普通高等教育"十二五"规划教材

电 工 学

下 册

电 子 技 术

林　珊　陈国鼎　编

万　频　主审

机 械 工 业 出 版 社

本书是普通高等教育"十二五"规划教材。该教材依据教育部颁发的工科高等学校"电工学"课程教学基本要求，在多年实际教学过程中，通过探索、改革和总结实践经验编写而成。

全书包括常用的半导体器件、基本放大电路、集成运算放大器、直流稳压电源、逻辑代数初步和基本逻辑门电路、组合逻辑电路、时序逻辑电路、存储器与可编程逻辑器件等内容。

本书以工程实践中正在使用的电子技术基础理论为主，在突出电子电路的基本理论、基本分析方法的同时，注重理论联系实际。全书内容叙述上力求简明扼要，重点突出；将基本概念讲述清楚，易于读者接受理解；将基本分析方法讲解透彻，步骤明确，使读者容易掌握。分析过程更为紧凑，体系与内容均较新颖。书中配有针对性的思考与练习及习题，形式多样，配置齐全，难易度适中。书末附有部分习题参考答案，方便学生自学和教师施教。

本书适用于高等学校工科各专业，可以作为电工学相关课程的教材。该书对工程技术人员也有重要的参考价值，可供社会读者阅读。

本书配有免费电子课件，欢迎选用本书作教材的老师登录 www. cmpedu. com 注册下载。

图书在版编目（CIP）数据

电工学. 下册，电子技术/林珊，陈国鼎编. —北京：机械工业出版社，2011.9
普通高等教育"十二五"规划教材
ISBN 978-7-111-34463-6

Ⅰ. ①电… Ⅱ. ①林…②陈… Ⅲ. 电工学 – 高等学校 – 教材②电工技术 – 高等学校 – 教材 Ⅳ. ①TM②TN01

中国版本图书馆 CIP 数据核字（2011）第 182143 号

机械工业出版社（北京市百万庄大街 22 号　邮政编码 100037）
策划编辑：贡克勤　责任编辑：贡克勤　王小东
版式设计：张世琴　责任校对：樊钟英
责任印制：李　妍
北京富生印刷厂印刷
2012 年 1 月第 1 版第 1 次印刷
184mm×260mm · 13.5 印张 · 331 千字
标准书号：ISBN 978-7-111-34463-6
定价：27.00 元

前　言

"电工学"课程是工科非电类各专业重要的专业技术基础课程，是各专业培养高技能人才必须具备的理论基础。科学技术的不断发展进一步加强了各学科之间的相互联系，电工电子技术越来越渗透到各学科，因此，"电工学"课程已不仅限于工科专业，众多理科类专业也将其作为必修课程。通过对该课程的学习，使学生获得必需的电工电子基础理论、电路分析计算能力及电工测量等基本知识与实践技能，为学习专业课程，树立理论联系实际的观点，培养实践能力、创新意识和创新能力，打下必要的基础。

近年来，我国高等教育为主动适应教育要面向现代化、面向世界、面向未来的需要，大力推动教学改革。随着教学改革的深化进行，作为工科非电类各专业的重要专业技术基础课程的"电工学"也发生了相当大的变化：知识点的更新、实际应用的推广、教学学时的减少、学生素质的提高等，这些因素都显示了教学改革的首要任务是进行教材改革。本书就是针对新的教学大纲、新的课程体系，在多年教学实践的基础上，总结多年的教学改革经验和科研成果，消化吸收国内外优秀教材的长处编写而成的。

传统的电工与电子技术在课程设置上着重追求内容的完整性和系统性，但是，随着当今社会学科的发展与细化，这种课程设置已经不太适合新形势的发展。教学改革的思路之一就是要把以往单一的、纵向的课程设置变为纵向和横向相互交汇的形式，以整体、融合、发展和应用的观念建立新的课程内容体系，打破原来的电工和电子、模拟和数字的界限，把课程内容层次化、模块化，以适应不同专业的要求，增加不同专业在课程内容选择方面的灵活性，使基础理论知识与应用更好地结合，较好地解决知识膨胀与课时紧张的矛盾。

本书按新教学大纲要求对传统的教学内容进行合理的精选、改写、补充和整合。本着"够用、实用、能用"的原则，降低了理论深度，压缩了基础性的原理叙述部分，不过分强调理论的系统性、严密性和完整性。除保留基础的传统内容外，削减了陈旧的复杂理论推导和应用较少的难记公式。增加了典型实例电路剖析的内容，这些实例注重理论联系实际，搭建了从理论到应用的桥梁，突出了电工电子技术在实际生活、生产中的应用。既增加了学生的学习兴趣，又引导学生思考，以便加强培养学生应用所学电工电子知识解决实际问题的意识与综合能力。同时，积极吸收当代的新知识、新观点和新技术，如增加可编程序控制器及其应用、大规模存储器、可编程逻辑器件、现场可编程逻辑阵列等内容。

该书的体系结构注重基础知识的内在关系，突出基本概念和基本原理，进一步理顺教学内容之间的关系。内容的编排与同类书有较大的调整，以遵循人的认知规律，更有利于学生按照严谨的思维方式接受相关的知识点，并采用比较有效和精练的方式把问题交代清楚，便于施教与自学，力求达到学以致用。这样做更有利于培养学生在教师指导下的自学能力。

本套教材包括《电工学（上册）——电工技术》和《电工学（下册）——电子技术》两本书，按通用教材的要求，能满足工科各非电类专业的需要。各章节内容之间具有相对的独立性，可以针对不同专业的特点，灵活选取相应的内容进行教学，以适应不同专业的需求。

本书是《电工学（下册）——电子技术》，全书共分8章，内容由浅入深，系统地介绍了电子技术的基础及应用。全书力求概念准确、内容新颖、深入浅出、语言流畅、可读性强。既注重基本原理必要的讲解，又力求突出工程上的实用性。明确指出本课程的重点和难点内容，以及学生在学习中的疑难之处与错误概念。书中有适量的且有针对性的例题、思考与练习题、习题，方便自学、易于教学。书中标有星号（*）的内容属于加深加宽的参考内容，可根据实际需要而有所取舍。习题中也有少量是标有星号（*）的，可供选用，以便在使用时具有一定的灵活性。

本书适用于高等学校工科各专业，可以作为电工学相关课程的教材，也可作为广大自学读者学习电工学课程时的辅导参考书。同时，可以作为电子爱好者自学和实践的指导性参考书，对工程技术人员有一定的参考价值，也可供电工学教师教学参考。

本书第1、2、3、4章及附录A、附录B、附录C、附录D、附录E由广东工业大学自动化学院林珊编写，第5、6、7、8章由广东工业大学物理与光电工程学院陈国鼎编写，全书由林珊统稿。

本书由广东工业大学自动化学院的副院长万频主审。万频副院长对本书的编写给予了极大的支持和帮助，在百忙中对书稿进行了仔细的审阅，并提出中肯的修改意见。在此，对万频副院长表示衷心的感谢！

广东工业大学自动化学院的副院长谢云教授在本书的编写过程中也给予了大力的支持和帮助，并提出宝贵的意见，在此，对谢云教授表示衷心的感谢！物理与光电工程学院的胡义华院长、苏成悦副院长、电工电子部的有关领导以及各位老师对本书的编写及出版也都给予了大力的支持和帮助，在此，谨向他们致以衷心的感谢！

由于编者水平有限以及时间仓促，本书在某些方面所作的变动和尝试，以及书中的不足和不妥之处，殷切希望读者提出宝贵意见并予以批评指正，以便今后修订提高。

编　者

目　　录

第1章　常用的半导体器件

电子技术就是研究电子元器件、电子电路及其应用的学科，已广泛地应用在自动控制、通信系统、电子测量技术、计算机系统等各个领域，深入渗透到人们的日常生活中。当电路所处理的是在时间上和数值上连续变化的模拟信号时，相应的电路称为模拟电子电路。而当处理的是在时间上和数值上都不连续的数字信号时，相应的电路称为数字电子电路。本书中第1~4章主要介绍模拟电子电路，第5章以后主要介绍数字电子电路。

要分析、研究和设计模拟电子系统，必须先掌握构成模拟电子电路最基本的电子元器件的基本结构、工作原理、特性和参数，这是深入学习电子电路的基础。当前，电子元器件已从电子管、分立半导体器件、小规模集成电路、中规模集成电路发展到大规模、超大规模集成电路。虽然现在的电子电路绝大部分使用集成电路，但半导体器件（如晶体二极管、晶体三极管等）是构成集成电路的核心。因此，本章首先介绍半导体的基础知识，然后讨论几种常用半导体器件的原理、特性及应用，管为路用，为后面电子电路的分析与设计打基础。

1.1　半导体的基础知识

按导电能力的强弱，可将物质分为导体、绝缘体和半导体三类。物质的导电性能取决于原子结构。导体一般为低价元素，原子中最外层轨道上的电子（价电子）数目小于 4 个，极易挣脱原子核的束缚成为自由电子。当受到外电场的作用时，这些自由电子产生定向运动形成电流，呈现较好的导电性能，一般情况下，导体的电阻率小于 $10^{-4}\Omega\cdot cm$。绝缘体一般为高价元素，最外层电子数目接近 8 个，受到原子核的束缚力强，极不容易摆脱原子核的束缚成为自由电子，因而导电性能极差，绝缘体的电阻率一般大于 $10^{10}\Omega\cdot cm$。所谓**半导体**（**Semiconductor**），就是导电能力介于导体和绝缘体之间的物质的总称，如硅（Si）、锗（Ge）、硒（Se）以及大多数的金属氧化物和硫化物都是半导体。在电子技术中，目前常用的半导体材料是硅（Si）和锗（Ge）等。它们都是 4 价元素，原子中最外层轨道上有 4 个电子，其简化原子结构模型图如图 1-1 所示。最外层电子既不像导体那样极易挣脱原子核的束缚，成为自由电子，也不像绝缘体那样被原子核束缚得很紧，因而导电性能介于两者之间。

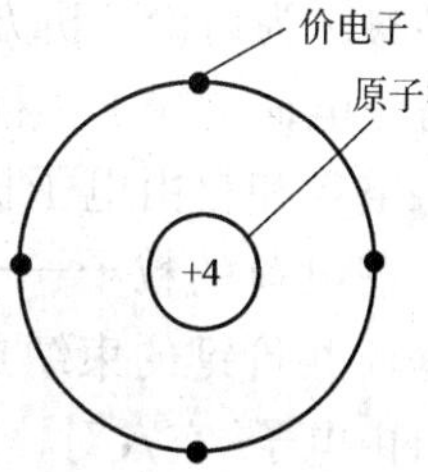

图 1-1　4 价元素简化
原子结构模型图

半导体材料之所以有用，并不在于它的导电能力介于导体和绝缘体之间，而是很多半导体的导电能力在不同条件下有很大差异。例如有些半导体（如钴、锰、镍等的氧化物）对温度的反应特别灵敏，环境温度增高时，它们的导电能力要增强很多，各种热敏电阻就是利用半导体材料的这种热敏特性制成的。又如有些半导体（如镉、铅等的硫化物与硒化物）受到光照时，它们的导电能力变得很强；当无光照时，又变得像绝缘体那样不导电，利用这种光敏特性就做成了各种光敏电阻。更重要的是，如果在纯净的半导体中掺入微量的某种杂质元素后，它的导电能力就可增加几十万甚至几百万倍。利用这种特性就做成了各种半导体器件，如晶体二极管、晶体管、场效应晶体管及晶闸管等。

半导体为什么具有这些其他物质所没有的导电特性呢？根本原因在于半导体材料的原子结构和导电机理。

1.1.1 本征半导体

用半导体材料制作半导体器件时，要高度提纯使之制成晶体，半导体一般都具有晶体结构，所以半导体也称为**晶体**，这就是晶体管名称的由来。这种完全纯净的、具有晶体结构的半导体称为**本征半导体**（**Intrinsic Semiconductor**）。

在本征半导体的晶体结构中，原子按一定的规则整齐地排列，在空间形成排列整齐的点阵称为晶格。由于原子间的距离很近，最外层的价电子不仅受到所属原子核的吸引，还受到相邻原子核的吸引。这样，每一个原子的每一个价电子都与相邻原子的一个价电子组成一个电子对，这对价电子是每两个相邻原子共有的，构成**共价键**（**Covalent Bonds**）结构。当大量的 4 价原子形成晶体结构时，每一个原子都与周围相邻的 4 个原子由于共价键而紧密地结合起来，形成稳定的三维空间立体结构。其平面示意图如图 1-2 所示。在晶体结构中，原子间距很小，相邻原子的价电子的运行轨道相互交迭，这就意味着此时围绕着一个原子核旋转的价电子，在下一个时刻会通过运行轨道的交迭区，转移到另一个原子核附近运动，并以这种方式不断转移，从而价电子可以在整个晶体的共价键内进行运动。

共价键结构使每个原子的最外层因具有 8 个电子而处于较为稳定的状态。但共价键对电子的束缚力毕竟不像绝缘体那样强，当温度升高或受到光照射时，共价键中的少数价电子因获得能量而挣脱共价键的束缚成为**自由电子**（**Free Electron**），同时在共价键内留下一个空位，相关原子会因丢失一个核外电子而成为正离子。相邻原子的价电子会很容易地转移过来填补这个空位，使该原子重新变成电中性，但相邻提供价电子的原子则变成正离子，如此持续下去。显然这种空位在晶体中也是可以移动的，且空位的移动伴随着正电荷（正离子）的转移。为讨论分析方便，把空位和正电荷合二为一，看成是一种可以在共价键内移动的、带有正电荷的粒子，称为**空穴**（**Hole**）。

空穴和自由电子极性相反而所带电量相等，且都可以移动。因此，半导体中存在两种运载电荷的粒子——**载流子**（**Carrier**），即自由电子和空穴。每当价电子获得足够的能量摆脱共价键的束缚成为一个自由电子，就会同时形成一个空穴，它们是成对出现的，称为自由电子-空穴对，这个过程是由于热运动产生的，称为**热激发**（或本征激发），如图 1-3 所示。

当半导体两端有外加电源时，一方面自由电子作定向运动，形成的电子电流。同时，共价键中的价电子递补空穴，从而形成空穴电流。因此，在半导体中，同时存在着电子导电和空穴导电，这是半导体导电方式的最大特点，也是半导体和金属导体在导电机理上的本质差别。

在外加电场的作用下，带正电荷的空穴和带负电荷的自由电子的运动方向相反。把带正电荷的空穴移动方向作为电流方向，则反向运动的自由电子所形成的电流也与空穴电流同向。

3

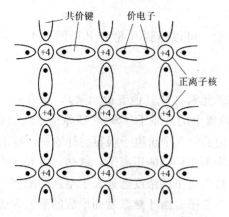

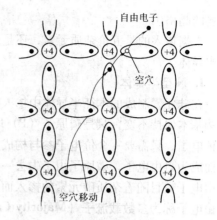

图 1-2 本征半导体共价键结构平面示意图　　　　　图 1-3　热激发（电子空穴对的形成）

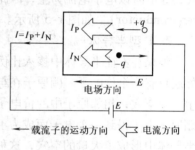

如果用 I_P 表示空穴移动形成的电流，用 I_N 表示自由电子移动形成的电流，则总电流为两种载流子电流之和，即 $I = I_P + I_N$，半导体的导电机理如图 1-4 所示。

　　伴随着热激发的进行，自由电子和空穴在运动的过程中也会相遇，自由电子重新回到共价键中，变为价电子，于是自由电子和空穴成对消失，这一现象称为**复合**。在热激发中产生自由电子空穴对是价电子获得能量，摆脱共价键束缚的过程。而复合则是自由电子释放出所获得的能量，重新被共价键捕获的过程。

图 1-4　半导体的导电机理

　　本征半导体中的自由电子和空穴总是成对出现，同时又不断复合。在一定温度下，热激发和复合达到动态平衡，于是半导体中的载流子（自由电子和空穴）的数目基本维持不变。温度升高，获得能量挣脱束缚的价电子增多，产生的自由电子-空穴对数量增加，即载流子的浓度随之增加，电阻率减小，导电性能也就越好。因此，温度对半导体器件性能的影响很大。这就是为什么半导体材料的导电能力会随温度的改变而改变，即具有**热敏性**的原因。另外，在光（射）线直接照射半导体表面和在磁场、电场作用等环境下，价电子同样会因获得足够能量而摆脱共价键形成自由电子-空穴对，从而使半导体的导电能力明显增强，具有**光敏性**。但在一般情况下，本征半导体的载流子总数很少，导电能力并不强。

1.1.2　杂质半导体

　　本征半导体虽然有自由电子和空穴两种载流子，但由于数量极少，导电能力很弱。另外，本征半导体的导电能力不能人为进行控制，温度一定，本征半导体材料的载流子浓度就是一个定值，它的导电能力也就不能被改变了。为了提高半导体材料的导电能力，并且实现人为控制半导体材料的导电性，可以采用掺杂技术。

　　所谓掺杂，就是在本征半导体中掺入微量的其他元素，这将使掺杂后半导体的导电性能大大增强，从而改变半导体的导电能力和导电类型。这种掺入微量杂质元素的半导体称为**杂质半导体**。一般掺入的杂质元素的浓度要远大于本征载流子浓度，又要远小于半导体材料本身的原子浓度，这样不会影响原有的半导体晶体结构，且能使杂质原子零星地分布在半导体材料的晶格中。

根据掺入的是五价杂质元素，还是三价杂质元素，可以得到 N 型和 P 型两种类型的杂质半导体。

1. N 型半导体

在硅元素制成的本征半导体中掺入比例很小的磷元素（或其他五价元素），原有的晶体结构基本保持不变，只是磷原子（P）取代了某些位置上的硅原子（Si）。磷原子最外层有 5 个价电子，只需要 4 个价电子参与构成共价键，多余的第 5 个价电子很容易挣脱原子核的束缚而成为自由电子，磷原子由于失去一个电子而成为不能移动的正离子。这样，半导体中的自由电子数目随着杂质磷元素的掺入而大量增多，自由电子的浓度远远大于空穴的浓度，故自由电子称为**多数载流子（Majority Carrier）**，简称**多子**；由于热激发而形成的空穴为**少数载流子（Minority Carrier）**，简称**少子**；自由电子导电成为这种杂质半导体的主要导电方式，导电时以电子电流为主，因此，这种半导体称为 **N 型半导体**或**电子型半导体（N-Type semiconductor）**，如图 1-5 所示。

2. P 型半导体

如果在本征半导体中掺入比例很小的硼元素（或其他三价元素），由于硼原子（B）最外层只有 3 个价电子，硼原子在与周围 4 个硅原子形成共价键时，就因缺少一个价电子而产生一个空穴，相邻原子中的价电子很容易过来填补这个空穴，空穴就转移到相邻的原子中，硼原子由于得到一个电子而成为不能移动的负离子。每一个硼原子都能提供一个空穴，而在半导体中形成了大量的空穴，这种以空穴作为主要导电方式的杂质半导体，称为 **P 型半导体**或**空穴型半导体（P-Type semiconductor）**，如图 1-6 所示。其中，空穴为多数载流子，导电时以空穴电流为主。由于热激发而形成的自由电子为少数载流子。

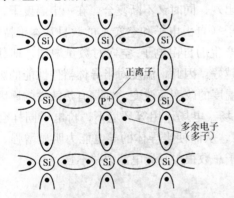 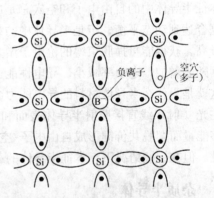

图 1-5 N 型半导体或电子型半导体　　　　图 1-6 P 型半导体或空穴型半导体

在杂质半导体中，多数载流子的浓度主要取决于掺杂浓度，可以通过控制掺杂浓度来改变半导体的导电能力。由于热激发形成的少数载流子浓度则随着温度的升高和光照的增强而增大。

无论是 N 型半导体还是 P 型半导体，都是在电中性的本征半导体中掺入电中性的杂质元素形成的，虽然它们都有一种载流子数量大大增多，但是，N 型半导体中的自由电子数等于空穴数与正离子数之和，P 型半导体中的空穴数等于自由电子数与负离子数之和，因此，杂质半导体也是电中性的，整个杂质半导体对外不显电性。

1.1.3　PN 结的形成及其单向导电性

1. PN 结的形成

在同一块本征半导体晶片上，采用不同的掺杂工艺，使相邻区域分别形成 N 型半导体和 P 型半导体，则在它们的交界面就形成一个特殊的薄层，称为 **PN 结**（PN- Jtraction）。PN 结是构成各种半导体器件的核心基础。

由于 P 型区是以空穴为多数载流子的，N 型区是以自由电子为多数载流子的，在两区的交界面存在着自由电子和空穴的浓度差异，因此 P 型区的空穴将由浓度高的 P 区向浓度低的 N 型区做有规则的运动，同时，N 型区的自由电子也要由浓度高的 N 区向浓度低的 P 型区做定向运动。这种多数载流子由于浓度差异而引起的定向运动称为**扩散运动**，浓度差越大，则扩散运动进行得越剧烈。随着这种扩散运动的进行，P 型区靠近边界处的区域只剩下带负电的硼离子，形成一个带负电荷的区域。N 型区靠近边界处的区域只剩下带正电的磷离子，形成一个带正电荷的区域。由于硼离子和磷离子都固定在晶体结构中不能移动，所以在 PN 交界面处形成的正负电荷区称为**空间电荷区**。空间电荷区中的电荷会形成一个由 N 型区指向 P 型区的电场，这个电场是由于载流子的扩散运动在半导体内部形成的，并不是由外加电压产生的，故称为**内建电场**，N 型区和 P 型区中载流子的运动如图1-7a所示。空间电荷区中正负电荷的数量会随着载流子的扩散逐渐增多，所以内建电场会由小到大逐渐增强。而内建电场的出现，将对载流子的运动产生两方面的影响。一方面，N 型区的自由电子和 P 型区的空穴在扩散穿越空间电荷区时，要克服电场力做功，

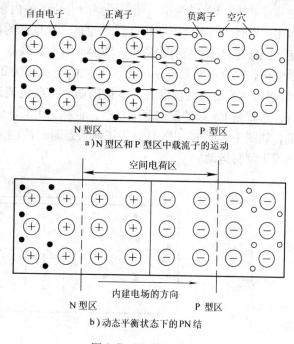

a）N 型区和 P 型区中载流子的运动

b）动态平衡状态下的PN结

图 1-7　PN 结的形成

这就使得扩散到对方的多数载流子的数量减少，即内建电场对于两边区域的多数载流子的扩散运动是一个阻力场（或减速场），使扩散运动受到阻挡。另一方面，内建电场对于两边区域的少数载流子的运动却是一个加速场。N 型区带正电荷的空穴在电场力的作用下，将顺着电场方向运动，P 型区带负电荷的自由电子在电场力的作用下逆着电场方向运动，这种载流子在电场作用下做的定向运动称为**漂移运动**。少数载流子只要因热运动进入内建电场的势力范围，就会在电场力的作用下加速漂移到达对方。在刚开始形成空间电荷区时，多数载流子的扩散运动占优势。在扩散运动进行过程中，空间电荷区逐渐加宽，内建电场逐步增强。在一定温度下，多数载流子的扩散运动逐渐减弱，而少数载流子的漂移运动则逐渐增强。最后，P 型区的多数载流子空穴扩散到 N 型区的数量等于 N 型区的少数载流子空穴漂移到 P 型区的数量，自由电子也是这样。这时，扩散和漂移这两种运动就达到**动态平衡状态**，如图 1-7b 所

示。空间电荷区的电荷数量不再变化，电荷区宽度基本稳定下来，这时就形成 **PN 结**。

形成空间电荷区的正、负离子虽然也带电，但是它们不能移动，不参与导电，而在这区域中能够移动的带电粒子（自由电子和空穴）都扩散到对方区域复合掉了，或者说载流子都消耗尽了，所以空间电荷区也叫做耗尽区，其电阻率很高。

2. PN 结的单向导电性

PN 结在没有外加电场时，半导体中的扩散运动和漂移运动处于动态平衡。但在外加电场的作用下，PN 结只允许通过单向电流，具有**单向导电性**（Current Amplifier）。

P 型区接外电源的正极端，N 型区接外电源的负极端，电源所产生的外加电场与内建电场方向相反，这样的接法称为**正向连接**。在外加场的作用下，扩散运动和漂移运动的动态平衡被破坏，P 型区的多子空穴进入空间电荷区，抵消了部分硼离子所带的负电荷，N 型区的多子自由电子向空间电荷区移动，抵消了部分磷离子所带的正电荷，空间电荷区中的正负电荷量减少，PN 结变窄，削弱了空间电荷区的内建电场，减小了对多数载流子扩散的阻碍作用。P 型区的空穴不断扩散到 N 型区，N 型区的自由电子不断扩散到 P 型区，两边多数载流子能够越过 PN 结的数量大大增加，由多数载流子的扩散运动形成 PN 结内较大的正向扩散电流，在外电路形成一个流入 P 区的电流称为**正向电流**。在一定范围内，外加电压稍有增大时，PN 结内电场将进一步被削弱，正向电流还将随之显著增加，PN 结呈现的电阻很低，这就是 PN 结的**正向导通状态**，也称为 PN 结**正向偏置**（Forward Bias），简称 PN 结正**偏**，如图 1-8 所示。PN 结处于正偏状态时，两端的电压降称为正向偏置电压，这时扩散运动大于漂移运动。

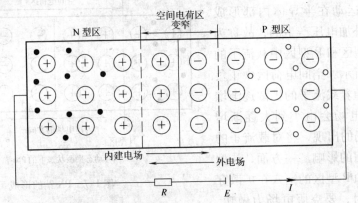

图 1-8 PN 结的正向导通状态

若将外加电源的负极端接 P 型区，外电源的正极端接 N 型区，这样的接法称为**反向连接**。电源所产生的外加电场与内建电场方向相同，使得 PN 结内的总电场大大加强，也破坏了扩散运动和漂移运动的动态平衡。P 型区的空穴和 N 型区的自由电子将离开 PN 结，PN 结变宽。外加电场与内建电场叠加在一起，一方面将使 P 型区和 N 型区多数载流子的扩散变得极为困难，扩散电流趋近于零。另一方面有利于 P 区和 N 区的少数载流子的漂移运动，PN 结中的电流就是少子的漂移电流。在外电路出现一个流入 N 区的**反向电流**。在常温下，由于少数载流子的数量很少，反向电流不大，一般为微安数量级以下，PN 结呈现的反向电阻很高，这就是 PN 结的**反向截止状态**，也称为 PN 结**反向偏置**（Backward Bias），简称 PN

结**反偏**，如图1-9所示。PN结处于反偏状态时，两端的压降称为反向偏置电压，这时漂移运动大于扩散运动。反向电流与反向电压的大小关系不大，当反向电压增大时，反向电流基本上保持恒定。所以又将反向电流叫做反向饱和电流。由于半导体中少数载流子是由热激发产生的，当环境温度升高时，热激发的程度加大，少数载流子的浓度增大，反向电流变大。所以，环境温度对反向电流的影响很大。

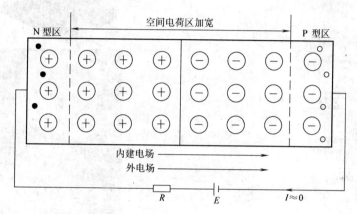

图1-9　PN结的反向截止状态

正向连接时，PN结的正向压降较小，通过的正向电流大。反向连接时，PN结两端的反向电压约等于外加电压，通过的反向电流极小。在一般情况下，可按反向电流等于零处理。所以，PN结具有只允许正向电流通过，不允许反向电流通过的特性，这就是PN结的**单向导电性**。

此外，PN结上电压大小变化时，PN结内储存的电荷量也随之发生变化，这种电荷数量随外加电压而变的特点，说明PN结还具有一定的电容效应，称为结电容。结电容的大小与PN结本身的结构和工艺有关，结电容的电容量较小，一般为几微法到几百微法。在低频工作时，可以忽略结电容的影响，但在工作频率较高的场合则必须考虑其影响，选择结电容小的管子，否则将失去单向导电性。PN结的反向饱和电流越小，结电容越小，则其单向导电性就越好。

【思考与练习】

1.1.1　本征半导体具有哪几种载流子？它们是怎样形成的？

1.1.2　N型半导体中哪种载流子为多数载流子？P型半导体中哪种载流子为多数载流子？N型半导体是否带负电？P型半导体是否带正电？为什么？

1.1.3　PN结是怎样形成的？它具有怎样的特性？

1.2　半导体二极管

1.2.1　半导体二极管的基本结构

在PN结两端加上引线作电极，用不透光的金属、塑料、玻璃等材料做管壳，封装起来，就可以制成**半导体二极管（Diode）**，简称**二极管**。P型区一侧引出的电极称为**阳极（Anode）**，也叫**正极**；N型区一侧引出的电极称为**阴极（Cathode）**，也叫**负极**。

按封装形式二极管可分为塑封管、金封管和玻璃封装等。图 1-10 所示为几种常见的二极管封装实物图例。其封装外形主要有如图 1-10a 所示的直插式（SMD）、图 1-10b 所示的贴片式（DIP）、图 1-10c 所示的螺栓式以及图 1-10d 所示的平板式。

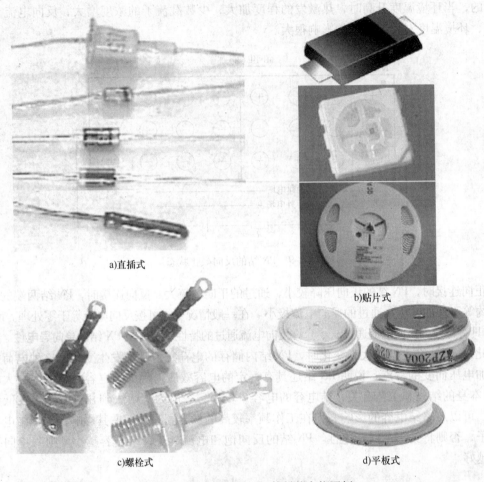

a)直插式

b)贴片式

c)螺栓式

d)平板式

图 1-10　几种常见的二极管封装实物图例

在二极管外壳上除了印有其型号外，还标注出了引脚极性，有的是在外壳上印上二极管的符号，有的是在二极管的阴极一侧印一色圈（一般塑料封装印白色、玻璃封装印黑色）。在无法辨认或不知其含义的情况下，还可以用万用表的欧姆档来判断引脚极性。

二极管有多种类型。按材料的不同分为锗二极管和硅二极管。按功能来分，有整流二极管、检波二极管、稳压二极管、发光二极管、开关二极管、光敏二极管、恒流二极管、变容二极管等。按 PN 结的不同结构形式，又可分为点接触型、面接触型和平面型等，二极管的结构分类及图形符号如图 1-11 所示。图 1-11a 所示的点接触型二极管，其 PN 结的结面积很小，不能流过较大的电流，但它的结电容也很小，适用于工作频率高的场合（可达几百兆赫）。例如收音机中的检波电路、脉冲数字电路中的开关元件，也可以作高频小电流整流。图 1-11b 所示的面接触型二极管，PN 结的结面积较大，能通过较大的电流（可达几千安），结电容也较大，最高工作频率较低，常应用在工频大电流整流电路。图 1-11c 所示的平面型二极管往往用于集成电路的制造工艺中，PN 结的面积可大可小，用于高频整流和开关电路中，可用作大功率管。图 1-11d 所示为二极管的电路图形符号，VD 为二极管的文字符号。

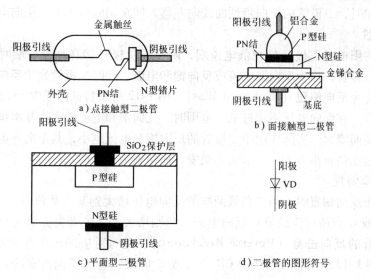

a）点接触型二极管

b）面接触型二极管

c）平面型二极管

d）二极管的图形符号

图 1-11 二极管的结构分类及图形符号

1.2.2 半导体二极管的伏安特性

描述元器件电压与电流之间关系的特性称为伏安特性。由于半导体二极管（简称二极管）内是一个 PN 结，PN 结的伏安特性就是二极管的伏安特性，所以，二极管具有**单向导电性**。

不同类型的二极管参数不同，但通过观察测量二极管中的电流 i_D 随两端电压 u_D 的变化而变化情况，得到形状大致相同的**二极管伏安特性曲线**，如图 1-12 所示。由伏安特性曲线可知二极管是非线性元件，该曲线直观地反映出二极管具有单向导电性，其伏安特性可分为**正向特性**、**反向特性**和**反向击穿特性**三部分。

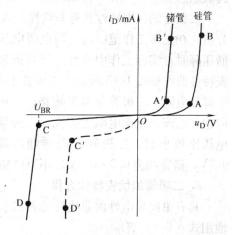

图 1-12 二极管的伏安特性曲线

1. 正向特性

将二极管的阳极（正极）接在高电位端，阴极（负极）接在低电位端，称为**正向偏置（Forward Bias）**，形成正向伏安特性。

在正向特性的起始部分，因为外加的正向电压较小，外加电场不足以克服 PN 结内电场对多数载流子扩散运动的阻力，此时的正向电流十分微弱，几乎为零，PN 结呈现为一个大电阻，二极管不能导通。图 1-12 所示曲线中 OA 段（或 OA'）称为"**死区**"，A 点（或 A′点）的称为"**死区电压**"。硅管的死区电压约为 0.5V，锗管约为 0.1V。

当正向电压超过死区电压后，PN 结呈现很小的电阻，正向电流才明显地增大，二极管才能真正**正向导通**。正向导通后二极管两端的电压基本上保持不变（硅管约为 0.6 ~ 0.7V，锗管约为 0.2 ~ 0.3V），称为二极管的"**正向导通压降**"。图 1-12 所示特征曲线中 AB 段

（或 A′B′段）称为导通段。

当温度增加时，二极管的正向特性曲线向左移，即在相同电压下，正向电流增大。

2. 反向特性

将二极管的阳极（正极）接在低电位端，阴极（负极）接在高电位端时，仅有微弱的反向电流流过二极管，称为反向漏电流或**反向饱和电流**，此时二极管处于**反向截止状态**，这种连接方式，称为**反向偏置**（**Backward Bias**）。图 1-12 所示特征曲线中 OC 段（或 OC′段）称为反向截止段。在反向电压不超过某一范围时，反向饱和电流的大小基本恒定，但此电流会随温度的升高而增大。实际应用中二极管的反向饱和电流越小，其单向导电性越好。硅管的反向饱和电流比锗管小得多，一般为几微安，而锗管为几百微安。

3. 反向击穿特性

二极管处于反向偏置时，当二极管两端的反向电压增大到某一数值时（图 1-12 所示特征曲线中 C 点或 C′点所对应的值）反向电流会急剧增大，二极管失去单向导电特性，这种状态称为二极管的**反向击穿**（**Reverse Breakdown**），此时对应的电压称为**反向击穿电压**，用 U_{BR} 表示。图 1-12 所示特征曲线中 CD 段（或 C′D′段）称为反向击穿区。反向击穿分**电击穿**和**热击穿**两种类型。电击穿又称**齐纳击穿**，这时 PN 结没有损坏，只要外加电压减小就能够恢复常态；而热击穿时，由于 PN 结消耗功率过大，使 PN 结因温度升高而烧毁，二极管失去单向导电性，造成永久损坏。所以，除了专门制造的供稳压用的稳压二极管外，要注意可能出现在二极管两端的最大反向电压不能超过产品技术手册中给出的最高反向工作电压。

当温度增加时，二极管的反向饱和电流显著增加，而反向击穿电压下降。锗管的反应尤其敏感。

二极管的伏安特性具有非线性，这给二极管应用电路的分析带来一定的困难。为了便于分析，在正常工作范围内，当电源电压远大于二极管的正向导通压降时，实际工作中可将二极管近似看成**理想二极管**，其伏安特性曲线如图 1-13 所示。二极管正向导通时，忽略正向导通压降和电阻，二极管相当于短路；二极管反向截止时，忽略反向饱和电流，反向电阻无穷大，二极管相当于开路。但当电源电压比较小时，二极管正向导通压降 U_{on}（硅管约为 0.6 ~ 0.7V、锗管约为 0.2 ~ 0.3V）不可忽略。

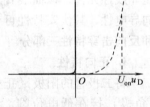

图 1-13　理想二极管的
伏安特性曲线

4. 二极管的伏安特性方程

具有单向导电性的非线性元件二极管的伏安特性可以近似地用式（1-1）表示。

$$i_D = I_S(e^{u_D/U_T} - 1) \tag{1-1}$$

式中，i_D 为通过二极管的电流；u_D 为二极管两端的外加电压；I_S 为反向饱和电流；U_T 为温度的电压当量，常温（$t = 27℃$ 即 $T = 300K$）时，$U_T = 26mV$。

1.2.3　二极管的主要参数

二极管的参数简要标明了二极管的性能和使用条件，是正确选择和使用二极管的依据。二极管的主要参数包括：

（1）**最大整流电流** I_{FM} 最大整流电流又称额定正向平均电流，是指二极管长时间工作时，允许通过的最大正向平均电流。它决定于 PN 结的结面积和散热条件，大功率二极管使用时应加装规定尺寸的散热片。实际使用时通过管子的平均电流不得超过此值，否则，二极管将因 PN 结过热而损坏。

（2）**最高反向工作电压** U_{RM} 指二极管工作时所允许加的最大反向电压，超过此值二极管就有被反向击穿的危险。为确保管子安全运行，一般器件手册上给出的最高反向工作电压约为击穿电压 U_{BR} 的一半。

（3）**最大反向电流** I_{RM} 指二极管加最高反向工作电压时的反向电流值。反向电流越小，二极管的单向导电性越好，并且受温度影响也越小。硅管的反向电流一般在几微安以下，而锗管的反向电流是硅管的几倍到几十倍，应用时应特别注意。当温度升高时，反向电流会显著增加。

在产品手册中还可以查阅到二极管的最高工作频率、最大整流电流下的正向压降、结电容等参数，但要注意由于测试条件、使用条件以及产品制造工艺的不同，给出的参数具有一定的分散性，即参数会有所不同

1.2.4　二极管的应用举例

二极管的应用范围很广，主要是利用它的单向导电性，可用于整流、检波、限幅、钳位、隔离等电路，也可在数字电路中作为开关元件使用。

1. 整流电路

利用二极管的单向导电性可以将交流电变为脉动的直流电，这种变换称为**整流**。图 1-14a 所示为简单的二极管整流电路，此电路具有波形变换作用。当输入波形为大小、极性均不断变化的正弦波 u_i 时，输出波形 u_o 却为单一极性的正弦波半波，这种输出波形中包含了直流成分，若配之以波形平滑电路（滤波电路），将其中包含的交流分量滤除，则可以实现交流到直流的转换。输入、输出信号波形如图 1-14b 所示。

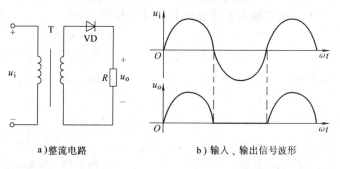

a）整流电路　　　　　　b）输入、输出信号波形

图 1-14　整流电路

2. 限幅电路

图 1-15a 所示为二极管的双向限幅电路，用来限制输出电压的幅度。在输入电压 u_i 为正半周且幅值大于 6V 后，二极管 VD_2 反向截止，而二极管 VD_1 阳极电位高于阴极电位正向导通，忽略正向导通压降，输出电压 u_o 被限制在 6V，输入电压波形 u_i 中大于 6V 的部分降落在限流电阻 R 上。在输入电压 u_i 虽然是正半周但幅值小于 6V 时，二极管 VD_1、VD_2 都截

止。同理，u_i 进入负半周后，VD_1 反向截止；当 u_i 的幅值介于 $0 \sim 6V$ 之间时，VD_2 也截止。而当 u_i 的幅值小于 $-6V$ 时，VD_2 正向导通，忽略正向导通压降，输出电压 u_o 被限制在 $-6V$。只要二极管 VD_1、VD_2 都截止，输出电压 u_o 波形就与输入波形 u_i 相同。输入、输出波形如图 1-15b 所示。

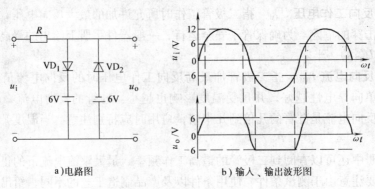

a)电路图　　　　　　　　　　b)输入、输出波形图

图 1-15　二极管双向限幅电路

3. 钳位电路

利用二极管的正向导通压降相对稳定，且数值较小，甚至可以近似为零的特点，来限制电路中某点的电位。如图 1-16 所示的钳位电路，当开关 S 闭合时，二极管 VD 反向截止，阳极电位 V_a 为零；当开关 S 断开时，二极管 VD 正向导通，忽略其正向导通压降，阳极电位 V_a 被钳制在 5V。这样二极管 VD 的钳位作用就使电位 V_a 被限制在 $0 \sim 5V$ 范围内。

4. 隔离电路

利用二极管反向截止时，反向饱和电流很小，反向电阻无穷大，二极管相当于开路，隔离信号或电路。如图 1-17 所示的隔离电路，当电位 $V_a = 0$、$V_b = 5V$ 时，二极管 VD_1 正向导通，VD_1 起钳位作用使电位 $V_o = 0$，而二极管 VD_2 反向截止，b 点的电位对输出 V_o 没有影响，VD_2 起到将输入 b 与输出 V_o 隔离的作用；同理，当 $V_b = 0$、而 $V_a = 5V$ 时，a 点的电位对输出 V_o 没有影响，VD_1 起到将输入 a 与输出 V_o 隔离的作用。

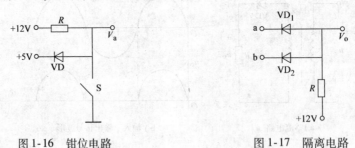

图 1-16　钳位电路　　　　　　　图 1-17　隔离电路

5. 半导体二极管的测量与选用

对二极管的极性与好坏进行检测，是正确选用二极管及保证电路质量的前提。在工程上通常使用万用表 $R \times 100$ 或 $R \times 1k$（Ω）挡，测得电阻小时，黑表笔对应的引脚为正极，红表笔对应的引脚为负极。进行质量测量时，交换表笔分别测量正、反向电阻。

1）由于制作二极管的材料不同，其正、反向阻值的大小是不同的。锗二极管的正、反向阻值均小于硅二极管的正、反向阻值。两次测量正、反向电阻相差越大，单向导电性越好，二极管质量也越好。

2）测量二极管的正、反向电阻时，如果表针不能停稳在某一个固定值上面，而是在某一范围内摆动飘移，表明被测二极管性能不好，不宜采用。

3）两次测量正、反向电阻接近或相等，不具有单向导电性，二极管失效。

4）两次测量正、反向电阻都无穷大，二极管断路。

5）两次测量正、反向电阻都等于零，二极管短路。

6）用不同型号的万用表或同一个万用表的不同量程测量同一个二极管正、反向阻值时，其阻值不一定相同，它们之间可能有一定差值。

7）在电路中测量二极管时，主要是看在通电的情况下其管压降是否正常，若管压降大于正常值很多，则表明二极管开路；若管压降小于正常值很多，则表明二极管可能击穿了（硅管正常压降约为 0.6~0.7V、锗管正常压降约为 0.2~0.3V）。

选用二极管时应注意的问题：

1）引出线弯角处距根部应大于 2mm，焊接处距根部应大于 5mm，焊接时间应小于 3s，烙铁功率应不大于 60W。

2）在高频和脉冲电路中使用时，引出线应尽量短，最好是贴板焊接。

3）对整流二极管反向电压应降低 20% 使用，并避免瞬间或长时间过电压。工作在容性负载时，其额定整流电流应降低 20% 使用。

4）大功率整流元件要满足散热条件。

1.2.5 特殊的半导体二极管

前面讨论的二极管属于普通二极管，另外还有一些特殊用途的二极管，如稳压二极管、发光二极管、光敏二极管等。

1. 稳压二极管

稳压二极管简称**稳压管（Zener Diode）**，是一种利用二极管的反向击穿特性实现电压稳定的特殊面接触型硅半导体二极管，它在电路中与适当阻值的电阻配合能起稳定电压的作用。稳压管的两个电极也叫阳极、阴极（或正极、负极），外形与普通二极管没有什么区别。其图形符号如图 1-18a 所示，文字符号常记为 VS。稳压管的伏安特性曲线与普通二极管类似，也分为正向导通区、反向截止区和反向击穿区，如图 1-18b所示。主要区别是稳压管的反向击穿特性比普通二极管的更陡，正常工作时，稳压管应工作在 PN 结的反向击穿状态。通过制造过程中的工艺措施和使用时限制反向电流的大小，能保证稳压管在反向击穿状态下不会因过热而损坏。所以我们说稳压管的击穿是可逆的，这也是与普通二极管的不同之处。

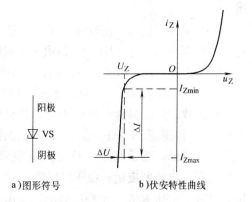

a）图形符号　　　b）伏安特性曲线

图 1-18　稳压管的图形符号和伏安特性曲线

在稳压管的反向击穿区，由于特性曲线很陡峭，当电流有较大的变化量 ΔI，即在（$I_{Zmin} \sim I_{Zmax}$）范围内变化时，相应的电压变化量 ΔU 却很小，可以认为稳压管电压 U_Z 基本不变。也就是当稳压管两端的电压稍有变化时就会引起较大的电流变化量，利用这一特性便可实现稳压作用。而且曲线越陡，稳压效果越好。

稳压管的主要参数如下：

（1）**稳定电压 U_Z**　稳定电压是指稳压管反向击穿后的正常工作电压。由于工艺方面的原因，稳压管的稳定电压离散性较大，产品手册中给出的稳压值是一个范围。例如稳压管 2CW14 稳压管的稳定电压是 6~7.5V。不过对于每一个管子来说，工作电流确定后，稳压值也是确定的。

（2）**稳定电流 I_Z 和最大稳定电流 I_{Zmax}**　稳定电流 I_Z 是指工作电压等于稳定电压时的反向电流，只有稳压管的电流达到此值时，稳压管才能进入反向击穿区。最大稳定电流 I_{Zmax} 是指稳压管允许通过的最大反向电流。使用稳压管时，工作电流不能超过 I_{Zmax}，否则稳压管将会发生热击穿而被烧毁。一般可在稳压电路中串入一个阻值恰当的限流电阻，保证稳压二极管有一个大小合适的工作状态。

（3）**最大耗散功率 P_{ZM}**　最大耗散功率是指稳压管不发生热击穿的最大功率损耗。已知稳定电压 U_Z 和最大稳定电流 I_{Zmax} 就可以求得最大耗散功率 $P_{ZM} = U_Z I_{Zmax}$。

（4）**动态电阻 r_Z**　动态电阻是指稳压管在反向击穿区稳定工作时，两端电压的变化量与相应电流的变化量的比值，即

$$r_Z = \frac{\Delta U_Z}{\Delta I_Z}$$

动态电阻 r_Z 是衡量稳压管稳压性能好坏的重要指标。反向击穿区曲线越陡，r_Z 越小，稳压管的稳压性能越好。一般稳压管的 r_Z 约为几欧到几十欧。

（5）**电压温度系数 α_U**　电压温度系数是指当稳压管中的电流等于稳定电流时，温度变化1℃时，稳定电压 U_Z 变化的百分数，用以表示稳压管稳压值的温度稳定性。电压温度系数越小，温度稳定性越好。一般来说，低于 4V 的稳压管具有负温度系数，大于 6V 的稳压管具有正温度系数，介于 4~6V 之间的稳压管，稳压值受温度的影响比较小，其温度系数很小。

如果温度变化范围比较大，又要求稳压管的温度稳定性好，可选择具有温度补偿的稳压管。例如 2DW 系列的稳压管就是由两个同型号的稳压管反相串联并封装在一个管壳内，构成具有双向击穿功能的稳压管，如图1-19所示。这种稳压管工作时，一只管子正向导通，作温度补偿管，具有负温度系数；另一只管子反向击穿，作稳压管，具有正温度系数。两只管子的温度系数一正一负，具有补偿作用，使得整体的温度稳定性大大增强，稳压值为 6.3V 左右，受温度影响很小。

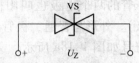

图 1-19　具有温度补偿的稳压管

稳压二极管的应用：稳压二极管正常工作时应处于反向击穿区，所以稳压管必须反向连接，且输入电压 U_i 要大于稳压管的稳定电压 U_Z。当稳压二极管反向击穿时，电流增加很快，稳压管的功率消耗大增，而功耗增大将使管子发热剧增。这又促使管子中的电流增加，使发热量进一步变大。这种情况如不加限制，必会发生热击穿，导致管子被烧毁。因此，需要串入一个阻值恰当的限流电阻，限制稳压管反向击穿时工作电流的大小，以保证稳压管有一个大小合适的工作状态。利用稳压管组成的简单稳压电路如图1-20 所示。电路中输入电压 U_i 是待稳定的直流电源电压，比如是经由整流滤波电路提供的不稳定电压（见第4章），电阻

R 是限流电阻（也称为调节电阻），用来限制流过稳压管的电流，R_L 是负载电阻。当稳压管 VS 处于反向击穿状态时，两端电压 U_Z 基本不变，故负载电阻 R_L 的输出电压 U_o 基本稳定，在一定范围内不受输入电压 U_i 和负载电阻 R_L 变化的影响。

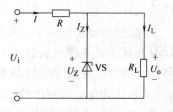

图 1-20　稳压管稳压电路

例 1-1　在图 1-20 所示的稳压管电路中，已知 $U_Z = 12\text{V}$，$I_{Z\max} = 18\text{mA}$，$I_{Z\min} = 5\text{mA}$，负载电阻 $R_L = 2\text{k}\Omega$，当输入电压 U_i 由正常值发生 $\pm 20\%$ 的波动时，要求负载两端电压基本不变，试确定输入电压 U_i 的正常值和限流电阻 R 的数值。

解：当输入电压 U_i 向上波动 20%，即 $1.2U_i$ 时，认为 $I_Z = I_{Z\max}$，因此有

$$I = I_{Z\max} + I_L = 18\text{mA} + \frac{U_Z}{R_L} = \left(18 + \frac{12}{2}\right)\text{mA} = 24\text{mA}$$

由 KVL 得

$$1.2U_i = IR + U_o = 24\text{mA} \times 10^{-3}R + 12\text{V} \qquad (1)$$

当输入电压 U_i 向下波动 20%，即 $0.8U_i$ 时，认为 $I_Z = I_{Z\min}$，因此有

$$I = I_{Z\min} + I_L = 5\text{mA} + \frac{U_Z}{R_L} = \left(5 + \frac{12}{2}\right)\text{mA} = 11\text{mA}$$

由 KVL 得

$$0.8U_i = IR + U_o = 11\text{mA} \times 10^{-3}R + 12\text{V} \qquad (2)$$

联解式 (1)、(2) 可得

$$U_i = 26\text{V}, \quad R = 800\Omega$$

2. 发光二极管

发光二极管（Light Emitting Diode，LED），是由磷砷化镓等半导体材料制造的二极管，是一种光发射器件，能把电能直接转换成光能的固体发光器件，其实物图例如图 1-21a 所示，图形符号如图 1-21b所示。当发光二极管外加的正向电压使得管子的正向电流足够大时才发光，发光的颜色与半导体材料以及电流的大小有关，可以发出红、黄、绿、蓝等不同颜色，还有红外发光二极管和激

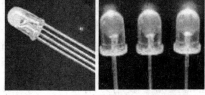

a）实物图例　　　　　　　　b）图形符号

图 1-21　发光二极管

光二极管等。发光二极管的伏安特性与普通小电流二极管相比，除了正向压降较大一些和反向击穿电压较小外，在电气性能方面基本相同。

为防止发光二极管因正向电流过大而使 PN 结过热烧毁，在发光二极管电路中应串联适当阻值的电阻。当发光二极管用于交流电路时，为防止其被反向击穿，应在它的两端反极性并联一只普通二极管，以降低发光二极管上的反向电压。

因为具有能耗低、响应速度快、寿命长、稳定性好、抗震性强、体积小等优点，发光二极管（LED）的应用极其广泛，下面仅举几个简单例子予以说明。

1）在许多电子设备中，常采用 LED 作电源指示灯和工作状态指示灯，用来指示设备工

作情况。

2）数码显示电路中，数码显示器可以分别显示出从 0～9 这 10 个阿拉伯数码，将 7 只 LED 制成条状并排列成如图 1-22 所示的数形，组成了显示器的数码管各段，当字形内相应的 LED 发光时，可显示出对应的数码。

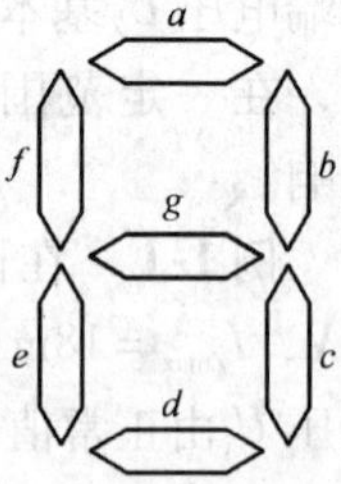

3）作为光电检测中的光源。由于 LED 有驱动功率小、长寿耐振的特点，所以是小功率便携式光电检测、遥控设备中首选的辐射光源。比如红外发光二极管大量用于各种音像设备中的红外遥控器、计算机鼠标中的位置检测、软盘驱动器中磁盘磁道检测。激光二极管是计算机的光盘驱动器、CD、VCD、DVD 和激光打印机等设备中的激光光源。

图 1-22　七段 LED 构成的数码管

4）在光通信设备中作为光辐射源。由于 LED 的响应速度快，可以将频率较高的脉冲信号转变成光信号。经过光纤传输后，用光电器件接收，还原成电信号。由于光纤传输光信号的过程不受电磁干扰的影响，且传输信息容量大，因而是当今一种非常重要的信息传输手段。

5）照明用点光源。由于 LED 具有工作电压低、电流小的优点，故在各种电子仪器设备中常用作照明光源。如手机的液晶显示屏照明、收音机的刻度照明、汽车仪表盘照明等。

发光二极管的主要技术参数有：正向电压、正向电流、最大功耗、发光主波波长等。

发光二极管的检测一般用万用表 $R \times 10k$（Ω）挡，通常正向电阻为 15kΩ 左右，反向电阻为无穷大。

3. 光敏二极管

光敏二极管俗称光电二极管，其 PN 结工作在反向偏置状态。光敏二极管是一种光接收器件。它的管壳上有一个玻璃窗口以便接受光照，当光线辐射于 PN 结时，提高了半导体的导电性，在反偏电压作用下形成反向电流。反向电流随光照强度的增加而上升，其主要特点是反向电流与照度成正比。光敏二极管可用于光的测量。当制成大面积光敏二极管时，能将光能直接转换成电能，可作为一种能源使用，称为光电池。光敏二极管的实物图例如图 1-23a 所示，图形符号如图 1-23b 所示。

a）实物图例　　b）图形符号

图 1-23　光敏二极管

光敏二极管的检测一般用万用表 $R \times 1k$（Ω）挡，要求无光照时反向电阻大，有光照时反向电阻小，若电阻差别小，则表明光敏二极管的质量不好。

【思考与练习】

1.2.1　二极管的主要特性是什么？其主要参数是什么？

1.2.2　什么是二极管的死区电压？为什么会出现死区电压？硅管和锗管的死区电压约为多少？

1.2.3　二极管的反向电流与反向电压是否有关？为什么？

1.3　晶体三极管

晶体三极管（Transistor），也称**半导体三极管**，简称**晶体管**。因为这种器件工作时，电子、空穴两种载流子均参与导电，故又称为**双极型晶体管**（BJT）。晶体管具有放大作用和开关作用，它是电子线路中应用最广泛的器件之一，由它组成的放大电路广泛应用于各种电子设备，对电子技术的发展起着至关重要的作用。学习晶体管，主要是掌握它的伏安特性和主要参数，以便正确地应用它。晶体管常见的封装外形主要有直插式和贴片式，如图1-24a所示。图1-24b 所示为晶体管几种常见外形相应的引脚排列。

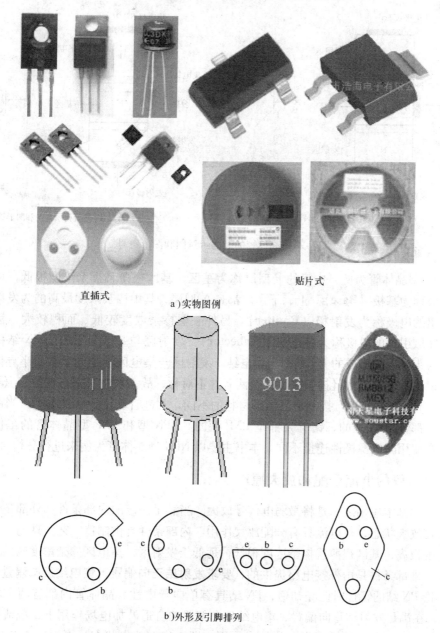

图 1-24 几种常见封装的晶体管实物图例、外形及引脚排列

1.3.1 晶体管的结构

晶体管的基本组成结构是两个相距很近的 PN 结。由于两个 PN 结之间的相互影响，使

晶体管表现出与单个 PN 结完全不同的特性，而且具有电流放大控制能力。

根据不同的掺杂工艺，在硅（或锗）片上制造出 3 个掺杂区域，并形成两个 PN 结，就构成晶体管。根据 PN 结排列方式的不同，晶体管可分为 NPN 和 PNP 两种不同的类型，其结构示意图和图形符号如图 1-25a、b 所示，文字符号常记为 **VT**。

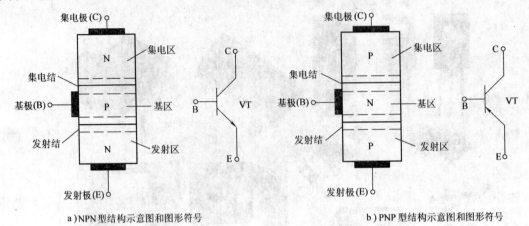

a）NPN 型结构示意图和图形符号　　　　　　　　b）PNP 型结构示意图和图形符号

图 1-25　晶体管的结构示意图和图形符号

以 NPN 型晶体管为例，中间的 P 型层称为**基区**，基区很薄且掺杂浓度很低，从该区域引出的电极称为**基极（Base）**。上、下两层都是 N 型层，其中掺杂浓度最高的为**发射区**，从该区域引出的电极称为**发射极（Emitter）**。另外一层掺杂浓度较低、面积较大，称为**集电区**，从该区域引出的电极称为**集电极（Collector）**。发射区与基区间形成的 PN 结称为**发射结**，基区与集电区间形成的 PN 结称为**集电结**。发射区与集电区虽是同型杂质半导体，但集电区比发射区的面积较大且掺杂浓度低，两者并不对称，故一般情况下，发射极（E）和集电极（C）不能对调使用。按制造晶体管材料的不同，有硅管和锗管两种类型。当前国内生产的硅管大都是 NPN 型的，锗管大都是 PNP 型的。NPN 型和 PNP 型晶体管的工作原理类似，只是在使用时电源极性连接不同。本书主要以 NPN 型晶体管为例来进行分析讨论。

1.3.2　晶体管的电流分配和放大原理

晶体管的基本应用之一是将微弱电信号放大。当满足一定的内部条件和外部条件时，晶体管工作在放大状态，对电流具有分配放大作用。**内部条件**是由制造工艺实现的，要求发射区掺杂浓度很高；基区很薄且掺杂浓度很低，远低于发射区；集电区掺杂浓度较低，集电结面积较大。外部条件是由外接电路提供的，要求**发射结正向偏置**，**集电结反向偏置**。

在讨论 PN 结的特性时已经知道，PN 结具有单向导电性。晶体管内部有两个相互影响的 PN 结，在满足发射结正向偏置、集电结反向偏置的合适外加电场作用下，载流子的传输过程使得晶体管对外电路表现出电流放大作用，即工作在放大状态。下面以 NPN 型晶体管为核心元件、以发射极作基极和集电极的公共端，构成的**共射极接法**电路为例，来说明晶体管处于放大状态时内部载流子运动的规律，如图 1-26 所示。

在图 1-26a 所示的电路图中，基极电源 E_B 和基极电阻 R_B 构成的基极电路保证发射结处于正向偏置，集电极电源 E_C 和集电极电阻 R_C 构成的集电极电路保证集电结处于反向偏置，

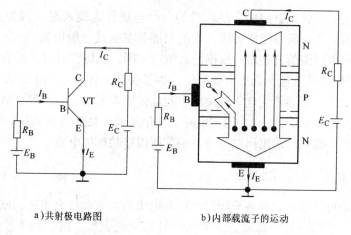

a)共射极电路图　　　　　　　b)内部载流子的运动

图1-26　晶体管共射极电路图与内部载流子的运动

即三极的电位要满足$V_C > V_B > V_E$。晶体管内部载流子的运动如图1-26b所示。由于发射结处于正向偏置，其宽度变窄，内电场减弱，发射区的多数载流子（自由电子）会源源不断地进入基区，形成发射极电流I_E。发射区的电子注入基区后，除小部分与基区的空穴复合，形成基极电流I_B外，大部分电子继续向集电结扩散，扩散到集电结边沿的电子在集电结反向电压的作用下，被拉向集电极，形成集电极电流I_C。注意，因为基区很薄，掺杂浓度很低，数量很少，因此，基区的多数载流子空穴向发射区的扩散运动以及集电区的少数载流子空穴向基区的漂移运动形成的电流（图中未画出）都很小，可以忽略，但少数载流子的运动与温度有关，受温度的影响较大。

内部载流子运动过程中对应形成的基极电流I_B、集电极电流I_C和发射极电流I_E满足下列关系：

$$I_E = I_B + I_C \tag{1-2}$$

由于在晶体管制成后，其内部尺寸和杂质浓度是确定的，所以发射区所发射的电子在基区复合的比例和被集电区收集的电子的比例大体上是确定的，因此形成三极电流I_B、I_C和I_E之间的比例分配关系，而且在数值上I_C接近于I_E而远大于I_B，I_B和I_C之间也存在一种比例关系，称为**电流放大系数β**，即

$$I_C = \beta I_B \tag{1-3}$$

当外加的基极电压的变化引起基极电流I_B的微小变化时，集电极电流I_C必将相应地发生较大的变化。这就是晶体管的电流放大作用，也就是通常所说的基极电流I_B对集电极电流I_C的控制作用。

上述关于NPN型晶体管放大电路工作原理的讨论同样适用于PNP型晶体管电路。所不同的是，当采用PNP管时，需要将图1-26a和图1-26b中电源电压的极性翻转，以保证PNP管的发射结正偏、集电结反偏，三极的电位要满足$V_C < V_B < V_E$。

由此可见，电路的放大过程是通过输入信号改变晶体管发射结正偏电压的大小，使从发射区进入基区的载流子数量随输入电压而变，利用晶体管内各电流之间确定的分配关系来实现对集电极电流的控制作用，在输出回路利用电阻将变化的集电极电流变换成输出电压。

在由晶体管组成的放大电路中，晶体管的一个电极作为输入端（因为需要用输入信号控制发射结的正偏电压，所以能作为输入端的只能是基极或发射极），一个作为输出端，另一个作为输入、输出回路的公共端。根据公共端的不同，晶体管可有 3 种连接方式（也称 3 种组态）：共发射极、共基极和共集电极接法。为了保证晶体管工作于放大状态，具有对集电极电流的控制能力，都必须使这 3 种接法中的晶体管发射结正偏，集电结反偏。这 3 种电路的详细分析将在第 2 章中讨论。图 1-26 所示电路是以基极作为输入端，以集电极作为输出端，以发射极作为输入、输出回路的公共端，所以是共射极电路。

1.3.3 晶体管的伏安特性曲线

晶体管的性能可以通过它的各极间的电压与电流的关系曲线来描述，该曲线称为晶体管的**伏安特性曲线**，是晶体管内部载流子运动的外部宏观表现。由于晶体管是一个三端子器件，不管以哪个极为公共端，都有一对输入端和一对输出端，因此，电路可分为输入回路和输出回路，所以要想全面完整地描述晶体管的伏安特性，必须用两组表示端变量之间关系的特性曲线，一组以输出端电压为参变量，描述输入端电压电流关系的曲线称为**输入特性曲线**。另一组以输入端电流作为参变量，描述输出端电压电流关系的曲线称为**输出特性曲线**。

当使用晶体管设计、调试或维修各种电子电路时，了解晶体管的外部伏安特性曲线和参数尤为重要。有的半导体器件手册中给出了某些晶体管的典型伏安特性曲线，但因半导体器件特性参数有较大的离散性，即使同一型号的晶体管其特性也会有较大的差异，所以只能将其视为同型号器件的参考曲线。在实际应用中，所用晶体管的特性曲线需要通过测试电路或利用专用测试仪器（晶体管特性图示仪）测量得出。现以 NPN 型的共射极电路为例，通过如图 1-27 所示的共射极晶体管伏安特性测试电路测出晶体管的伏安特性曲线，如图 1-28 所示。

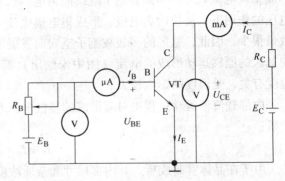

图 1-27 晶体管伏安特性的测试电路

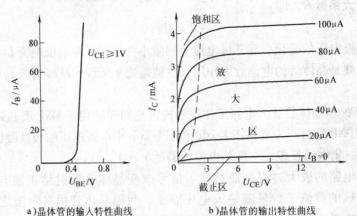

a) 晶体管的输入特性曲线 b) 晶体管的输出特性曲线

图 1-28 晶体管的伏安特性曲线

1. 输入特性曲线

在如图 1-27 所示的电路中，输入信号从晶体管的基极接入，基极与发射极组成输入回路。**输入特性曲线**就是指当集-射极电压 U_{CE} 为某一常数时，输入回路中的基极电流 I_B 与基-射极电压 U_{BE} 之间的关系曲线，用函数式表示为

$$I_B = f(U_{BE})\big|_{U_{CE}=常数}$$

图 1-28a 所示为某晶体管的输入特性曲线。当 $U_{CE}=0$ 时，C、E 间短接，I_B 和 U_{BE} 的关系就是发射结和集电结两个正向二极管并联的伏安特性。随着 U_{CE} 的增大，输入特性曲线右移，这说明 U_{CE} 对输入特性有影响。严格地讲，对于不同的 U_{CE} 输入特性不是一条而是一组曲线。但是当 $U_{CE} > 1V$ 时，集电结已反向偏置，并且内电场已足够大，可以把从发射区扩散到基区的电子中的绝大部分拉入集电区。只要 U_{BE} 保持不变，从发射区发射到基区的电子数就一定，即便再增大 U_{CE}，I_B 也基本不变。因此，当 U_{CE} 大于一定值（一般当 $U_{CE} > 1V$）后，输入特性曲线基本重合，因此只需测试一条曲线，所以，通常只画出 $U_{CE}=1V$ 时的输入特性曲线。

由图 1-28a 可以看出，晶体管的输入特性曲线和二极管的伏安特性一样，是非线性的，也有一段死区。只有在发射结外加正向电压大于死区电压时，晶体管才会出现 I_B。硅管的死区电压约为 $0.5V$，锗管约为 $0.1 \sim 0.2V$。在正常工作状态下，晶体管导通时发射结电压变化不大，NPN 型硅管发射结压降约为 $0.6 \sim 0.7V$，PNP 型锗管约为 $0.2 \sim 0.3V$。这是检查放大电路中晶体管是否正常的重要依据，若检查的结果与上述数值相差较大，可直接判断管子存在故障。

2. 输出特性曲线

在共发射极电路中，集电极为输出端，输出信号从集电极取出，在图 1-27 所示的电路中，集电极、发射极和电源 E_C 组成的回路称为输出回路。**输出特性曲线**就是指当基极电流 I_B 为常数时，输出回路中集电极电流 I_C 与集-射极电压 U_{CE} 之间的关系曲线，用函数式表示为

$$I_C = f(U_{CE})\big|_{I_B=常数}$$

对于不同的 I_B，可测得不同的输出曲线，所以晶体管的输出特性曲线是一组曲线，如图 1-28b 所示。

当 I_B 一定时，从发射区扩散到基区的电子数大致是一定的。在 U_{CE} 超过一定数值（约 1V）以后，这些电子的绝大部分被拉入集电区而形成 I_C，即便 U_{CE} 继续增大，I_C 也不再有明显的增加，此时晶体管具有恒流特性。

当 I_B 增大时，I_C 也相应增大，曲线上移，而且在一定范围内近似成正比例，I_C 比 I_B 大得多。这就是晶体管电流放大作用的体现。

通常把晶体管的输出特性曲线分为如图 1-28b 所示的 3 个工作区域：

（1）截止区 $I_B=0$ 对应的输出特性曲线以下的区域称为截止区。当 $I_B=0$ 时，集电极电流用 I_{CEO}（集-射极反向饱和电流）表示，其值很小，若忽略不计，则集电极与发射极之间相当于开路，即相当于一个断开的电子开关。对于 NPN 型硅管，当 $U_{BE} < 0.5V$ 时，即已开始截止，但是为了可靠截止，常使 $U_{BE} \leqslant 0V$，即发射结零偏或反偏，截止时集电结也处于反向偏置。

（2）放大区 输出特性曲线的近似水平部分是放大区。在该区域内，管压降 U_{CE} 已足够大，发射结正向偏置，集电结反向偏置，I_C 与 I_B 近似成正比关系，即 I_B 有一个微小变化，I_C

将按比例发生较大的变化，这既体现了晶体管的电流放大作用，也体现了基极电流对集电极电流的控制作用。

（3）饱和区 饱和区是对应于 $U_{CE} < U_{BE}$ 的区域，此时发射结和集电结均处于正向偏置，在饱和区，I_B 的变化对 I_C 的影响较小，两者不成正比，以致使 I_C 几乎不能随 I_B 的增大而增大，即 I_C 不受 I_B 的控制，晶体管失去放大作用，I_C 处于"饱和"状态。晶体管工作在饱和区时，集电极与发射极之间的管压降称为晶体管的饱和压降 U_{CEO}，此值很小，通常硅管约为 0.3V，锗管约为 0.1V，若忽略不计，则晶体管集电极与发射极之间相当于短路，即相当于一个闭合的电子开关。

以上 3 个区域为晶体管的正常工作区，晶体管工作在饱和区和截止区时，具有"开关"特性，因而常用于开关电路或脉冲数字电路；晶体管工作在放大区时可在模拟电路中起放大作用，所以晶体管具有"开关"和"放大"两大功能。

1.3.4 晶体管的主要参数

晶体管的参数用来表征其性能和适用范围，是选择晶体管、设计电路的依据。晶体管的参数很多，主要的参数有下面几个：

1. 电流放大系数

当晶体管接成共发射极电路时，在静态（即没有输入信号）时集电极电流 I_C 与基极电流 I_B 的比值称为共发射极**静态电流（直流）放大系数**

$$\bar{\beta} = \frac{I_C}{I_B}$$

当有信号输入，即晶体管工作在动态时，集电极电流的变化量 ΔI_C 与基极电流的变化量 ΔI_B 的比值称为**动态电流（交流）放大系数**

$$\beta = \frac{\Delta I_C}{\Delta I_B}$$

显然，$\bar{\beta}$ 和 β 的含义是不同的，但输出特性曲线近于平行等距（I_B 等差变化），且在集-射极反向饱和电流 I_{CEO} 很小的情况下，两者数值较为接近。今后在估算时，常用 $\bar{\beta} = \beta$ 这个近似关系式。常用的小功率晶体管的 β 值约为 20～150。β 值随温度升高而增大，在输出特性曲线中反映为曲线向上移且曲线的间距增大。

2. 极间反向电流

极间反向电流的大小反映了晶体管质量的优劣。其值越小，晶体管质量越好。

（1）集-基极反向饱和电流 I_{CBO} 当发射极开路时，由于集电结处于反向偏置，集电区和基区中的少数载流子向对方漂移运动所形成的反向漏电流称为集-基极反向饱和电流 I_{CBO}。I_{CBO} 受温度的影响大，在温度一定的情况下，I_{CBO} 接近于常数，所以又叫反向饱和电流。温度升高时 I_{CBO} 会增大，使管子的稳定性变差。在室温下，小功率锗管的 I_{CBO} 约为 $10\mu A$，小功率硅管的 I_{CBO} 在 $1\mu A$ 以下，且硅管温度稳定性优于锗管。

（2）集-射极反向饱和电流 I_{CEO} 当基极开路时，集电结处于反向偏置和发射极处于正向偏置时的集电极电流称为集-射极反向饱和电流 I_{CEO}。因为它好像是从集电极直接穿透晶体管而到达发射极的，所以又称为**穿透电流**。I_{CEO} 受温度的影响显著，在数值上约为 I_{CBO} 的 β 倍，由于 I_{CBO} 受温度影响较大，故温度变化对 I_{CEO} 的影响更大。I_{CBO} 越大、β 越高，晶体管的温度稳定性越差。一般硅管的 I_{CEO} 约为几微安，锗管的 I_{CEO} 约为几十微安。选用管子时，一般希望极间反向饱和电流尽量小一些，其值越小越好。

3. 极限参数

极限参数是指晶体管正常工作时所允许的电流、电压和功率等的极限值。如果超过这些数值，就很难保证管子正常工作，严重时将造成管子的损坏。常用的极限参数有以下几个：

（1）集电极最大允许电流 I_{CM} 晶体管的集电极电流 I_C 超过一定值时，晶体管的 β 值将要下降，当 β 值下降到正常值的 2/3 时的集电极电流，称为集电极最大允许电流 I_{CM}。因此，在使用晶体管时，I_C 超过 I_{CM} 时并不一定会使晶体管损坏，但以降低 β 值为代价。

（2）集-射极反向击穿电压 $U_{(BR)CEO}$ 晶体管的基极开路时，加在集电极与发射极间的最大允许电压称为集-射极反向击穿电压 $U_{(BR)CEO}$，其值通常为几十伏至几百伏。温度升高后，击穿电压要下降，所以选择晶体管时 $U_{(BR)CEO}$ 应大于工作电压 U_{CE} 两倍以上。当晶体管的集-射极电压 $U_{CE} > U_{(BR)CEO}$ 时，集电结将被反向击穿，I_{CEO} 会突然大幅度上升，可能导致晶体管损坏。

（3）集电极最大允许耗散功率 P_{CM} 晶体管正常工作时，集电极的功率损耗 $P_C = I_C U_{CE}$，P_C 的存在使集电结的温度（结温）升高。根据管子工作时允许的最高温度，定出了集电极最大允许耗散功率 P_{CM}。$P_C > P_{CM}$ 时将会导致晶体管过热损坏。P_{CM} 主要受结温限制，一般来说，锗管允许结温约为 70～90℃，硅管约为 150℃。

根据晶体管的 P_{CM} 值，可在晶体管的输出特性曲线上作出 P_{CM} 曲线，它是一条双曲线，称为允许管耗线。由 I_{CM}、$U_{(BR)CEO}$ 以及 P_{CM} 三个极限参数共同界定了晶体管的安全工作区，如图 1-29 所示。使用时不允许 P_C 超过极限值 P_{CM}。

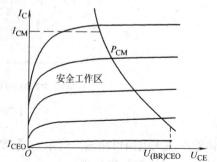

1.3.5 晶体管的小信号模型

由于输入、输出特性曲线都是非线性的，因此晶体管是一个非线性元件。但当晶体管工作在特性曲线近似于直线的部分，而且输入信号很小时，局部的特性曲线就可以近似看成是一小段直线。这样进行线性化处理后，在小信号工作条件下的非线性

图 1-29　晶体管的安全工作区

元件晶体管就可以用一个等效的线性电路模型来描述，使电路的分析计算得以简化。这样的线性电路模型称为**晶体管的小信号模型**，也称为**晶体管的微变等效电路模型**。晶体管小信号模型的建立过程如图 1-30 所示。

图 1-30a 所示的是共射极接法的晶体管局部电路，晶体管的输入特性曲线如图 1-30b 所示。设晶体管工作在放大区的 Q 点处，输入回路对应的电压和电流分别为 U_{BEQ} 和 I_{BQ}，当输入信号很小时，在 U_{BEQ} 的基础上出现一个小的变化量 ΔU_{BE}，相应地基极电流也会产生一个对应的变化量 ΔI_B，由于变化量 ΔU_{BE} 和 ΔI_B 都很小，Q 点处附近的输入特性曲线可以近似看成是直线。则 ΔU_{BE} 与 ΔI_B 之比用动态电阻 r_{be} 来表示，称为**晶体管的输入电阻**，即

$$r_{be} = \frac{\Delta U_{BE}}{\Delta I_B} = \frac{u_{be}}{i_b}$$

输入电阻 r_{be} 反映了晶体管的输入特性，在小信号的情况下，它是一个常数。因此，晶

24

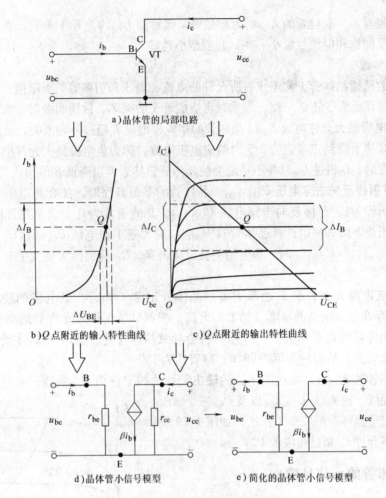

图 1-30　晶体管小信号模型的建立

体管的输入电路可用输入电阻 r_{be} 等效代替。r_{be} 一般为几百到几千欧，低频的小功率晶体管的 r_{be} 常用下面数值公式估算：

$$r_{be} \approx r_b + (1+\beta)\frac{26mV}{I_{EQ}} \qquad (1\text{-}4)$$

式中，I_{EQ} 为 Q 点对应的发射极电流（mA）；r_b 为基区电阻，通常为 $200 \sim 300\Omega$；r_{be} 为对交流而言的一个动态电阻，在电子技术手册中常用符号 h_{ie} 表示。

图 1-30c 是晶体管的输出特性曲线，在放大区的 Q 点附近特性曲线基本上近似平行于横轴。晶体管的变化量 ΔI_C 只受 ΔI_B 的控制，而与 ΔU_{CE} 无关。ΔI_C 与 ΔI_B 之比为

$$\beta = \frac{\Delta I_C}{\Delta I_B} = \frac{i_c}{i_b}$$

β 即为晶体管的**电流放大系数**。在小信号的情况下，β 是一个常数，由它确定 i_c 受 i_b 控制的关系。因此，晶体管输出电路的集电极与发射极之间可以用一个受电流 i_b 控制的电流源（CCCS）i_c 来代替，即

$$i_c = \beta i_b \qquad (1\text{-}5)$$

在电子技术手册中常用符号 h_{fe} 表示 β。

此外，晶体管的输出特性曲线并不完全与横轴平行，当 I_B 为常数时，ΔU_{CE} 与 ΔI_C 之比称为**晶体管的输出电阻** r_{ce}，即

$$r_{ce} = \frac{\Delta U_{CE}}{\Delta I_C} = \frac{u_{ce}}{i_b}$$

在小信号的情况下，r_{ce} 也是一个常数，在等效电路中 r_{ce} 应与受控电流源 $i_c = \beta i_b$ 并联。综上分析得到图 1-30a 所示晶体管的小信号模型如图 1-30d 所示。由于 r_{ce} 的阻值很高，约为几十到几百千欧，故常把它视作开路，忽略不计，简化的晶体管小信号模型如图 1-30e 所示。

【思考与练习】

1.3.1 晶体管具有电流放大作用的内部条件和外部条件分别是什么？

1.3.2 NPN 型晶体管处在放大状态，其三极电位应满足什么关系？PNP 型晶体管呢？

1.3.3 晶体管的发射极和集电极是否可以调换使用？为什么？

1.4 场效应晶体管

场效应晶体管（**Fild-Effect Distortion，FET**）是另一种常用的半导体器件，其外形与普通晶体管相似，但两者的控制特性却截然不同。晶体管是一种电流控制型器件，当它工作在放大状态时，必须给基极输入一定的基极电流达到控制集电极电流的目的，即信号源必须提供一定的电流才能工作，因此晶体管的输入电阻较低，仅有 $10^2 \sim 10^4 \Omega$。场效应晶体管则是利用改变外加电场的强弱来控制其导电能力，因而是一种电压控制型半导体器件。它的输出电流决定于输入端电压的大小，基本不需要信号源提供电流，输入电阻可高达 $10^9 \sim 10^{14} \Omega$，因而输入端电流几乎为零。此外，场效应晶体管还具有热稳定性好、低噪声、抗辐射能力强、制造工艺简单、便于集成等优点，因此在电子电路中得到了广泛的应用。

按照结构的不同，场效应晶体管可分为结型和绝缘栅型两类，其中绝缘栅型应用更为广泛，因此本节主要介绍绝缘栅型场效应晶体管。

1.4.1 绝缘栅型场效应晶体管的基本结构和工作原理

1. 绝缘栅型场效应晶体管的结构及符号

绝缘栅型场效应晶体管是由金属、氧化物和半导体组成的，因此又称为金属氧化物半导体场效应晶体管，简称 MOS 管。场效应晶体管的封装形式与晶体管相似。

MOS 管按其导电类型的不同，分为 N 沟道和 P 沟道两类，即 NMOS 管和 PMOS 管，每一类又分为增强型和耗尽型两种。

图 1-31a 所示为 N 沟道增强型 MOS 管结构的示意图。它是以一块掺杂浓度较低的 P 型硅片作衬底，其上扩散两个相距很近的高掺杂浓度的 N^+ 区，并引出两个电极，分别称为源极（S）和漏极（D），并在硅片表面覆盖一层薄薄的二氧化硅绝缘层，在两个 N^+ 型区之间的绝缘层上制作一个金属电极称为栅极（G），P 型衬底也引出一个电极 B，通常与源极相连一起使用。栅极与其他电极及硅片之间都是绝缘的，故称为绝缘栅型。如图 1-31b 所示在栅源之间加正向偏压 U_{GS} 时，就会在两个 N^+ 型区之间的 P 型衬底表面形成足够强的电场，这

个电场将会排斥 P 型衬底中的空穴，并把衬底中的电子吸引到表面，形成一个 N 型薄层，将两个 N⁺ 型区即漏极和源极沟通，这个 N 型薄层称为 **N 型导电沟道**，又因是 P 型衬底中的 N 型层而称为反型层，形成导电沟道时的电压 U_{GS} 称为**开启电压** $U_{GS(th)}$。由于导电沟道不是预先在制造时形成的，而是利用外加栅-源极电压形成电场产生的，则此类称为**增强型**。导电沟道产生后，在漏-源极加上正向偏压 U_{DS} 就形成了漏极电流 I_D，通过改变栅-源极之间 U_{GS} 电压的大小可控制导电沟道的宽度，从而有效地控制漏极电流 I_D 的大小，这样就得到了一个 N 沟道增强型绝缘栅场效应晶体管，即 NMOS 管。图 1-31c 所示为 NMOS 的图形符号，箭头向内表示 N 沟道。如果采用 N 型硅作衬底，源极、漏极为 P⁺ 型，则导电沟道为 P 沟道，其符号与 N 沟道类似，只是箭头方向朝外。

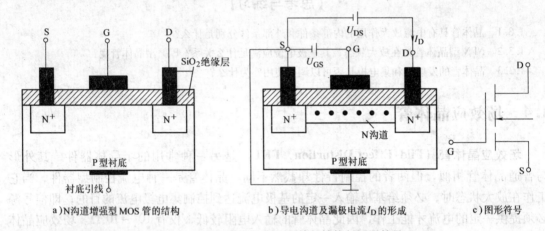

a) N 沟道增强型 MOS 管的结构   b) 导电沟道及漏极电流 I_D 的形成   c) 图形符号

图 1-31   N 沟道增强型 MOS 管的结构与图形符号

上述增强型绝缘栅场效应晶体管只有在外电场的作用下才有可能形成导电沟道，如果在制造时，在二氧化硅绝缘层中掺入大量正离子，就会形成足够强的电场，就使它具有一个原始导电沟道，这种制造时导电沟道已经形成的管子称为耗尽型绝缘栅场效应晶体管。N 沟道耗尽型绝缘栅 MOS 管的结构示意图和图形符号如图 1-32 所示。

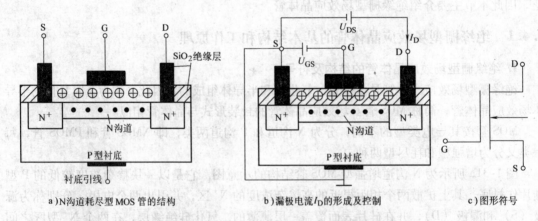

a) N 沟道耗尽型 MOS 管的结构   b) 漏极电流 I_D 的形成及控制   c) 图形符号

图 1-32   N 沟道耗尽型 MOS 管的结构与图形符号

由于场效应晶体管（MOSFET）工作时只有一种极性的载流子（N 沟道是自由电子、P 沟道是空穴）参与导电，故亦称为单极型晶体管。

场效应晶体管（MOSFET）与晶体管（BJT）都是半导体三极管，MOSFET 的源极、漏极、栅极分别相当于 BJT 的发射极、集电极、基极。晶体管的集电极电流 I_C 受基极电流 I_B 控制，是一种电流控制元件；而场效应晶体管的漏极电流 I_D 受栅-源极电压 U_{GS} 控制，是一种电压控制元件。与晶体管类似，场效应晶体管不仅可以通过 U_{GS} 对 I_D 控制用于信号放大，而且也可以作为开关元件，通过 U_{GS} 控制其导通或关断，广泛应用于开关电路和脉冲数字电路中。但与晶体管相比，场效应晶体管具有输入电阻大、耗电少、噪声低、热稳定性好、抗辐射能力强等优点，常用于低噪声放大器的前级或环境条件变化较大的场合。另外，场效应晶体管的制造工艺比较简单，占用芯片面积小，特别适用于制造大规模集成电路。

2. 绝缘栅场效应晶体管的特性曲线

场效应晶体管的基本特性曲线包括转移特性曲线和输出特性曲线。

由于绝缘栅场效应晶体管（MOSFET）的栅极是绝缘的，栅极电流 $I_G \approx 0$，因此不研究输入回路中 I_G 和 U_{GS} 之间的关系，而用转移特性来代替输入特性。所谓**转移特性**就是以漏-源极电压 U_{DS} 为参变量的漏极电流 I_D 和栅-源极电压 U_{GS} 之间的关系 $I_D = f(U_{GS})$。所谓**输出特性**就是以 U_{GS} 为参变量的 I_D 和 U_{DS} 之间的关系 $I_D = f(U_{DS})$。图 1-33 所示为转移特性曲线和输出特性曲线。

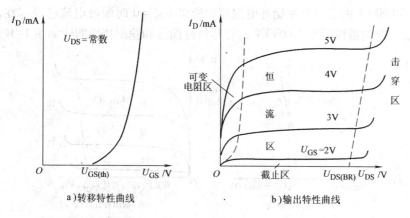

a）转移特性曲线　　　　　　b）输出特性曲线

图 1-33　N 沟道增强型 MOSFET 的转移特性曲线和输出特性曲线

（1）**转移特性**　转移特性曲线是描述当 U_{DS} 保持不变时 U_{GS} 对 I_D 的控制关系 $I_D = f(U_{GS})$。N 沟道增强型的 MOSFET 不具有原始导电沟道，漏、源两个 N^+ 型区之间被 P 型衬底隔开，漏极和源极之间相当于两个背靠背的 PN 结。当 $0 < U_{GS} < U_{GS(th)}$ 时，导电沟道尚未联通，不管漏-源极电压 U_{DS} 的极性如何，总有一个 PN 结是反向偏置的，所以漏极电流 $I_D \approx 0$，这相当于晶体管输入特性曲线的死区；只有当 $U_{GS} = U_{GS(th)}$ 时，通电沟道开始形成，才会有漏极电流 I_D 出现。随着 U_{GS} 的增大，也增大，这说明漏极电流 I_D 开始受到栅-源极电压 U_{GS} 的控制，它们之间的关系可用下式近似表示：

$$I_D = I_{DO}\left[\frac{U_{GS}}{U_{GS(th)}} - 1\right]^2$$

式中，I_{DO} 为 $U_{GS} = 2U_{GS(th)}$ 时的 I_D（单位：mA）；$U_{GS(th)}$（单位：V）为开启电压。

N 沟道增强型 MOSFET 的转移特性曲线如图 1-33a 所示。

（2）**输出特性**　增强型 NMOS 管的输出特性是指当 $U_{GS} > U_{GS(th)}$ 并保持不变时，漏-源极电压 U_{DS} 变化会引起漏极电流 I_D 的变化，它们之间的关系 $I_D = f(U_{DS})$ 称为输出特性，亦称漏极特性曲线。N 沟道增强型 MOSFET 的输出特性曲线如图 1-33b 所示。

当 U_{DS} 相对较小时，可不考虑 U_{DS} 对沟道的影响。在一定的 U_{GS} 作用下，I_D 几乎随 U_{DS} 的增大而线性增大。U_{GS} 越大，沟道电阻越小，曲线越陡，即 I_D 增长的斜率取决于 U_{GS} 的大小。在这个区域内，漏极和源极之间可看做一个受 U_{GS} 控制的可变电阻，故称为**可变电阻区**。当 U_{DS} 较大时，I_D 几乎不再随 U_{DS} 的变化而变化，I_D 已趋于饱和，具有恒流性质，故这个区域称为**恒流区**，又称饱和区，图 1-33b 所示曲线近似水平的部分即为**恒流区**。在一定的 U_{DS} 下，I_D 受 U_{GS} 的控制。当 U_{GS} 增大时，沟道电阻减小，I_D 随之增加，由于 I_D 随 U_{GS} 的增加而增大，该区又是线性放大区，场效应晶体管用于放大时就工作在这个区域。如果漏-源极电压 U_{DS} 过大，当其超过最大漏-源极击穿电压 $U_{DS(BR)}$ 时，将会使漏区与衬底间的 PN 结反向击穿，I_D 会急剧增大，如无限流措施，场效应晶体管将被损坏，该区域叫**击穿区**。而当 $U_{GS} < U_{GS(th)}$ 时，漏极电流 I_D 极小，几乎不随 U_{DS} 变化，场效应晶体管工作在**截止区**。

P 沟道增强型 MOSFET 漏极电源、栅极电源的极性均与 N 沟道增强型 MOSFET 相反，在漏极和源极间应加负极性电源，栅极电位应比源极电位低 $|U_{GS(th)}|$ 时管子才能导通，因此其转移特性曲线位于第三象限。

耗尽型 MOSFET 由于具有原始导电沟道，所以 $U_{GS} = 0$ 时漏极电流已经存在，称为**饱和漏极电流** I_{DSS}。N 沟道耗尽型 MOSFET 的转移特性曲线和输出特性曲线如图 1-34 所示。

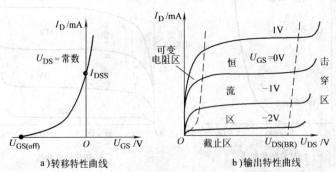

a）转移特性曲线　　　b）输出特性曲线

图 1-34　N 沟道耗尽型 MOSFET 的转移特性曲线和输出特性曲线

当 U_{GS} 减小（即向负值方向增大）到某一数值时，N 型沟道消失，$I_D \approx 0$，耗尽型 MOSFET 处于夹断状态（即截止），此时的栅-源极电压称为**夹断电压** $U_{GS(off)}$，如图 1-34a 所示。可见，耗尽型 MOSFET 不论栅-源极电压 U_{GS} 是正是负或是零，都能控制漏极电流 I_D，这个特点使其应用具有更大的灵活性。

耗尽型 MOSFET 管在恒流区内的转移特性可以近似表示为

$$I_D = I_{DSS}\left[1 - \frac{U_{GS}}{U_{GS(off)}}\right]^2 \quad (U_{GS} > U_{GS(off)})$$

式中，I_{DSS} 为 $U_{GS} = 0$ 时的饱和漏极电流。

与增强型 MOSFET 一样，耗尽型也有 N 沟道和 P 沟道之分。无论哪种类型的 MOSFET，使用时必须注意所加电压的极性。

增强型和耗尽型绝缘栅场效应晶体管的主要区别就在于是否有原始导电沟道。所以，只要检查它在零栅压下，在漏-源极间加电压时是否能导通，就可判别一个没有型号的 MOS-FET 是增强型还是耗尽型。

1.4.2 绝缘栅场效应晶体管的主要参数

(1) 开启电压 $U_{GS(th)}$ 当 U_{DS} 为定值时，形成漏极电流 I_D 所需要的最小栅-源极间的电压 $|U_{GS}|$ 值称为开启电压 $U_{GS(th)}$，它是增强型 MOS 场效应晶体管的主要参数。

(2) 夹断电压 $U_{GS(off)}$ 当 U_{DS} 为定值时，使漏极电流 I_D 减小到某一微小值所对应的栅-源极电压 U_{GS} 的值称为夹断电压 $U_{GS(off)}$。它是耗尽型 MOS 场效应晶体管的主要参数。

(3) 漏-源极击穿电压 $U_{DS(BR)}$ 使漏极电流 I_D 开始剧增时的 U_{DS} 称为漏-源极击穿电压 $U_{DS(BR)}$。使用时 U_{DS} 不允许超过此值，否则会烧坏管子。

(4) 栅-源极击穿电压 $U_{GS(BR)}$ 使二氧化硅绝缘层击穿时的栅-源极电压称为栅-源极击穿电压 $U_{GS(BR)}$。一旦绝缘层被击穿将造成短路现象，使管子损坏。

(5) 最大漏极电流 I_{DM} MOSFET 管工作时允许流过的最大漏极电流称为 I_{DM}。

(6) 最大耗散功率 P_{DM} 正常工作时，MOSFET 管允许的最大耗散功率，即漏极允许的耗散功率（$P_D = I_D U_{DS}$）的最大值，受 MOSFET 最高工作温度和散热条件的限制。

(7) 直流输入电阻 R_{GS} 在漏、源两极短路的情况下，外加栅-源极直流电压与栅极直流电流的比值称为栅-源极直流输入电阻 R_{GS}。由于 MOSFET 是电压控制元件，栅-源极之间存在二氧化硅绝缘层，所以 R_{GS} 很大，一般大于 $10^9\Omega$，这是 MOSFET 的优点之一。由于 R_{GS} 很大，可能出现栅极感应电压过高而造成绝缘层击穿的现象。为了避免这种损坏，保存 MOSFET 时，应将其各电极短接；在电路中栅极、源极之间应有直流通路；焊接时，电烙铁应断电或具有良好的接地线。

(8) 低频跨导 g_m 当 U_{DS} 为某一固定值时，漏极电流的微小变化 ΔI_D 和对应的输入电压变化量 ΔU_{GS} 之比，称为低频跨导 g_m，即

$$g_m = \frac{\Delta I_D}{\Delta U_{GS}}\bigg|_{U_{DS}=常数}$$

g_m 单位是电导的单位为 S（西门子）。它的大小是转移特性曲线在工作点处的斜率，工作点的位置不同，值也不同。g_m 反映了栅-源极电压 U_{GS} 对漏极电流 I_D 控制作用的大小，是衡量 MOSFET 放大能力的参数。g_m 越大，场效应晶体管的放大能力越好，即 U_{GS} 控制 I_D 的能力越强。

1.4.3 绝缘栅场效应晶体管简化的小信号模型

绝缘栅场效应晶体管（MOSFET）和晶体管（BJT）类似，当 MOSFET 在低频小信号状态下工作时，可以用它线性的小信号模型电路来代替。

由于 MOSFET 的栅、源极输入电阻 R_{GS} 很大，故可认为栅、源极间是开路的。MOSFET 的输出特性曲线在线性放大区内比较平坦，可以近似看成是和横轴平行的直线，故 I_D 仅受 U_{GS} 控制，与 U_{DS} 无关，即 $\Delta I_D = g_m \Delta U_{GS}$，因此可用一个电压控制的电流源（VCCS）来建立 MOSFET 简化的小信号模型，如图 1-35 所示。

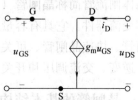

图 1-35　MOSFET 简化的小信号模型

1.4.4 绝缘栅场效应晶体管与普通晶体管的比较及使用注意事项

1. 场效应晶体管与普通晶体管的比较

场效应晶体管与普通晶体管虽然都是半导体器件，但它们仍有很大差异：

1）场效应晶体管是电压控制器件，几乎没有输入电流；普通晶体管是电流控制器件，必须有足够的输入电流才能工作。

2）场效应晶体管的输入电阻很高，一般在 $10^9\Omega$ 以上。

3）场效应晶体管是由一种载流子导电，温度稳定性好，而普通晶体管是多子和少子共同导电，少子受温度影响，故不如场效应管稳定，温度稳定性较差。

4）场效应晶体管制造工艺简单，便于集成化，适合制造大规模集成电路。

2. 场效应晶体管的使用注意事项

使用场效应晶体管时除注意它的参数外，根据它的结构，还要注意：

1）有些场效应晶体管将衬底引出（管子有 4 个引脚），让使用者根据需要连接。连接方式视 N 沟道、P 沟道而异。一般 P 衬底接低电位，N 衬底接高电位。然而某些特殊的电路，当源极电位很高或很低时，为了减少源极、衬底间电压对管子导电性能的影响，可将源极与衬底连在一起。

2）场效应晶体管的漏极与源极可以互换，其伏安特性没有明显变化。但有些产品出厂时已将源极与衬底连在一起，这时源极与漏极就不能对调使用。

3）绝缘栅场效应晶体管不使用时，由于它的输入电阻很高，需将各电极短接在一起，防止外界静电感应电压过高时击穿绝缘层，使管子损坏。

4）焊接时，电烙铁应有良好的接地线，以屏蔽交流电场，防止感应电压对管子的损坏。最好是将电烙铁的电源拔掉，用余热焊接。

【思考与练习】

1.4.1 试说明增强型绝缘栅场效应晶体管的工作原理，它和晶体管的工作原理有何不同？各自的特点是什么？

1.4.2 N 沟道增强型和耗尽型 MOSFET 有何区别？试说明 $U_{GS(th)}$ 和 $U_{GS(off)}$ 的物理意义。

1.4.3 N 沟道和 P 沟道的 MOSFET 在正常工作时，其外接电源极性有何不同？

1.4.4 场效应晶体管在使用过程中应注意什么？

*1.5 晶闸管

晶体闸流管简称**晶闸管**（**Thyristor**），旧称**可控硅**，是在晶体管基础上发展起来的一种大功率变流器件。它具有容量大、电压高、损耗小、控制方便等特点，包括普通晶闸管、双向晶闸管、快速晶闸管、可关断晶闸管、光控晶闸管和逆导晶闸管等，被广泛地应用于可控整流、逆变、交流调压和开关等方面。图 1-36 所示为常见的晶闸管封装实物图例。

1.5.1 晶闸管的基本结构

晶闸管常见的外形有螺栓式、平板式和塑封式，其外形以及引脚排列如图 1-37 所示。

图 1-36　常见的晶闸管封装实物图例

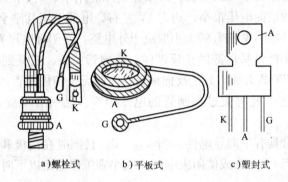

a)螺栓式　　　　b)平板式　　　　c)塑封式

图 1-37　晶闸管常见的外形及引脚排列

晶闸管有三个电极：阳极（A）、阴极（K）和门极（又称控制极，G）；四层半导体结构：P_1、N_1、P_2、N_2；三个 PN 结：J_1、J_2、J_3。晶闸管的这种内部结构可以用三个 PN 结串联来等效，如图 1-38a 所示；也可以等效为一个 PNP 型晶体管 VT_1 和一个 NPN 型晶体管 VT_2 互补连接的晶体管等效电路模型，如图 1-38b 所示，图 1-38c 为晶闸管的图形符号。

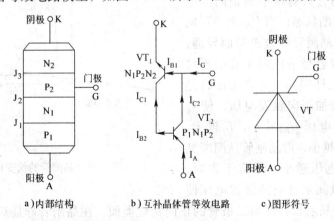

a)内部结构　　　b)互补晶体管等效电路　　　c)图形符号

图 1-38　晶闸管的内部结构、等效电路模型及图形符号

目前 200A 以上的晶闸管常用平板式，平板式晶闸管的中间金属环是门极，上面是阴极，下面是阳极，区分的方法是阴极距门极较近。200A 以下的晶闸管多采用螺栓式。它的阳极是一个螺栓，使用时把它拧紧在散热器上，另一端有两个引出线，粗的一根是阴极引

线，细的是门极。

1.5.2 晶闸管的工作原理

在图 1-38b 中，每一个晶体管的基极与另一个晶体管的集电极相连，阳极（A）相当于晶体管 $P_1N_1P_2$ 的发射极，阴极（K）相当于 $N_1P_2N_2$ 的发射极。当晶闸管阳极（A）加正向电压，门极（G）也加正向电压，即 $U_{AK} > 0$、$U_{GK} > 0$ 且为适当数值时，就会产生相应的门极电流 $I_G = I_{B1}$，若等效晶体管 VT_1、VT_2 的电流放大倍数均为 β，则 $I_{C1} = \beta I_{B1} = I_{B2}$，经 VT_2 再次放大后，得 $I_{C2} = \beta\beta I_{B1}$，而 I_{C2} 又流入 VT_1 管的基极再次放大，形成强烈的正反馈，使 VT_1、VT_2 迅速饱和导通，称为触发导通。晶闸管导通后，即使门极电流消失，依靠管子本身的正反馈，仍然处于导通状态。所以在实际应用中，U_{GK} 常为触发脉冲。晶闸管导通后，阳极与阴极间的正向电压很小，约为 1V 左右，电源电压几乎全部加在负载上，晶闸管中就流过负载电流，导通电流 I_A 的大小取决于外电路。当阳极电压 U_{AK} 断开或反接时，或者外电路使 I_A 降低到不能维持内部的正反馈时，晶闸管关断，恢复到阻断状态。当 $U_{AK} < 0$ 时，由于晶闸管内部 PN 结 J_1 和 J_3 处于反向偏置，因此无论门极是否加电压，晶闸管都不导通，呈现反向阻断状态，此时流过晶闸管的电流为零，晶闸管承受的反向电压取决于外电路。

综上所述，晶闸管具有单向导电性。当 $U_{AK} > 0$，且同时在门极和阴极间加正向触发信号时，晶闸管导通；当 $U_{AK} < 0$ 或使阳极电流 I_A 减小到维持电流以下时，晶闸管关断。

1.5.3 晶闸管的伏安特性

晶闸管的伏安特性为阳极电流 I_A 和阳极与阴极间电压 U_{AK} 的关系，其伏安特性曲线如图 1-39 所示。

$U_{AK} > 0$ 为正向特性。在门极开路（$I_G = 0$）时，晶闸管只有很小的正向漏电流通过，呈正向阻断状态；当 U_{AK} 大于正向转折电压 U_{BO} 时，晶闸管将被击穿而导通，但这种导通方法很容易造成晶闸管的不可恢复性击穿而使元件损坏，正常工作时是不允许的。若门极加正向触发电压，使 $I_G > 0$，则正向转折电压 U_{BO} 减小，I_G 越大，正向转折电压 U_{BO} 越小，即晶闸管从阻断到导通需要的正向电压越小。正常工作时，必须在门极与阴极间加合适的触发电压使

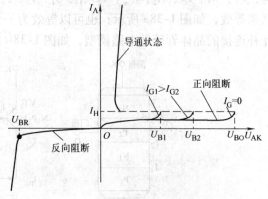

图 1-39　晶闸管的伏安特性曲线

其导通，导通后的晶闸管特性与二极管的正向特性类似。在晶闸管导通后，若减小正向电压，则 I_A 逐渐减小，当减小到维持电流 I_H 时，晶闸管又从导通状态转为阻断状态。

$U_{AK} < 0$ 为反向特性。晶闸管的反向特性与二极管的反向特性类似。当晶闸管处于反向阻断状态时，只有很小的反向漏电流通过。当反向电压达到击穿电压 U_{BR} 时，晶闸管被反向击穿，造成管子损坏。

1.5.4 晶闸管的主要参数

为了正确地选择和使用晶闸管，必须了解它的主要参数。

（1）正向转折电压 U_{BO} 指在额定结温（100A 以上为 115℃，50A 以下为 100℃）和门极断开的条件下，所加 $U_{AK} > 0$，使晶闸管由阻断发生正向转折变成导通状态所对应的电压峰值。

（2）正向重复峰值电压 U_{FRM} 在门极断路和晶闸管正向阻断的条件下，可以重复加在晶闸管两端的正向电压。一般取正向转折电压 U_{BO} 的 80%。

（3）反向重复峰值电压 U_{RRM} 在门极断路时，允许重复加在晶闸管两端的反向电压。一般取反向击穿电压的 80%。

（4）额定电压 U_D 通常取 U_{FRM} 与 U_{RRM} 中的较小者作为晶闸管的额定电压 U_D。晶闸管工作时，由于会出现各种环境温度升高、散热不良和各种过电压等情况，因此选用管子时，额定电压应为实际工作峰值电压的 2～3 倍。

（5）正向平均管压降 U_F 在规定的环境温度和标准散热的条件下，当晶闸管正向通过工频正弦半波电流时，A、K 两极间的电压平均值，又称管压降。一般在 0.6～1.2V 范围内。

（6）维持电流 I_H 在规定的环境温度和门极开路的条件下，晶闸管触发导通后维持导通状态所需的最小阳极电流。

（7）正向平均电流 I_F 在环境温度不大于 40℃和标准散热及全导通的条件下，允许晶闸管通过的工频正弦半波电流的平均值，简称正向电流。

（8）门极最小触发电压 U_G、最小触发电流 I_G 使晶闸管由阻断转入导通所必须的最小门极电流称为门极最小触发电流 I_G（一般为几十～几百毫安）。产生 I_G 所必须的最小电压称为门极最小触发电压 U_G（一般为 1～5V）。

晶闸管工作时，门极所用的触发脉冲要由专门的触发电路提供。当晶闸管工作于快速开关状态时，还必须考虑开关时间、电压上升率和电流上升率等参数。

1.5.5 晶闸管的测试与使用

1. 万用表测试法

根据 PN 结单向导电性，用万用表欧姆档测试晶闸管三个电极之间的电阻，就可初步判断管子的好坏。对于好的管子，阳极（A）与阴极（K）之间的电阻很大（接近无穷大），门极（G）与阴极（K）之间的电阻应小于或接近于反向电阻。

2. 晶闸管的使用注意事项

1）选择晶闸管的额定电压、额定电流时，应留有足够的安全余量。

2）要有过电压、过电流保护措施。

3）严格按规定散热。

4）严禁用绝缘电阻表（亦称兆欧表）检查晶闸管的绝缘情况。

由于晶闸管的过电流、过电压能力很弱，除选用时有一定的余量外，为了防止瞬间的过电流和过电压，实际应用中还并联了阻容吸收电路和串联了空心线圈、快速熔断器等保护器件。

【思考与练习】

1.5.1 晶闸管的导通条件是什么？关断条件是什么？

1.5.2 晶闸管导通后，如果断开门极的触发信号，结果怎样？

1.5.3 怎样用万用表判断晶闸管的好坏？晶闸管在使用时应注意什么？

习　题

【习题 1-1】 在图 1-40 所示的各电路中，$u_i = 10\sin\omega t$ V，$E = 5$V，忽略二极管的正向导通压降，试分别画出各电路的输入电压 u_i 以及输出电压 u_o 的波形，并标出波形的幅值。

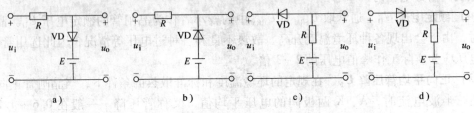

图 1-40　习题 1-1 的电路

【习题 1-2】 在图 1-41 所示的二极管各电路中，忽略二极管的正向导通压降，试分别求各电路的输出电压 U_o。

【习题 1-3】 二极管电路如图 1-42 所示，已知 $u_i = 5\sin\omega t$ V，二极管的正向导通压降 $U_D = 0.7$V，试画出电路的输入电压 u_i 以及输出电压 u_o 的波形，并标出波形的幅值。

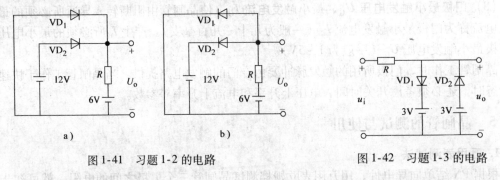

图 1-41　习题 1-2 的电路　　　　　　　　图 1-42　习题 1-3 的电路

【习题 1-4】 在图 1-43a 所示电路中，电阻 $R = 1$kΩ，输入电压 u_i 的波形如图 1-43b 所示，忽略二极管的正向导通压降，试画出输出电压 u_o 的波形。

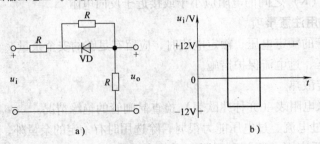

图 1-43　习题 1-4 的电路

【**习题 1-5**】在图 1-44 所示电路中，试分别求出下列情况下输出端 F 的电位及流过电阻 R 的电流。

（1）$V_A = V_B = 0V$；（2）$V_A = 3V$，$V_B = 0V$；（3）$V_A = V_B = 3V$。忽略二极管的正向导通压降。

【**习题 1-6**】在图 1-45 所示电路中，稳压管 VS 的稳定电压 $U_Z = 5V$，输入电压 $u_i = 10\sin\omega t$ V，$R_L \gg R$，忽略二极管的正向导通压降。试画出输出电压 u_o 的波形。

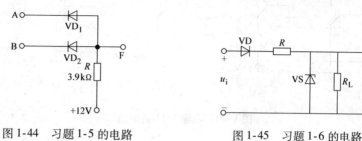

图 1-44　习题 1-5 的电路　　　　图 1-45　习题 1-6 的电路

【**习题 1-7**】在图 1-46 所示电路中，已知 $R = 1k\Omega$、$R_L = 500\Omega$，稳压管 VS 的稳定电压 $U_Z = 6V$，最小稳定电流 $I_{Zmin} = 5mA$，最大稳定电流 $I_{Zmax} = 25mA$。（1）分别计算 U_i 为 10V、15V、35V 三种情况下输出电压 U_o 的值；（2）若 $U_i = 35V$ 时负载开路，则会出现什么现象？为什么？

【**习题 1-8**】在图 1-46 所示电路中，已知 $R = 500\Omega$、$R_L = 500\Omega$，稳压管 VS 的稳定电压 $U_Z = 6V$，最小稳定电流 $I_{Zmin} = 5mA$，最大稳定电流 $I_{Zmax} = 30mA$，试分析输入电压 U_i 在什么范围内变化时，电路能正常工作。

【**习题 1-9**】现测得放大电路中两只晶体管的两个电流如图 1-47 所示，试分别求另一电极的电流，标出其实际方向，并在圆圈里画出管子，且分别求出它们的电流放大系数 β。

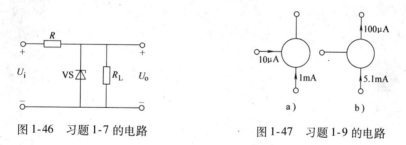

图 1-46　习题 1-7 的电路　　　　图 1-47　习题 1-9 的电路

【**习题 1-10**】测得放大电路中 6 只晶体管的直流电位如图 1-48 所示，在圆圈里画出管子，并分别说明它们是硅管还是锗管。

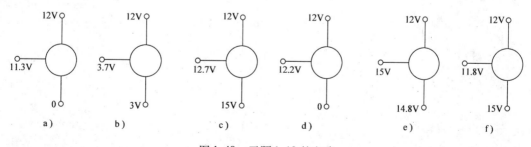

图 1-48　习题 1-10 的电路

【**习题 1-11**】分别判断图 1-49 所示的各电路中晶体管是否可能工作在放大状态。

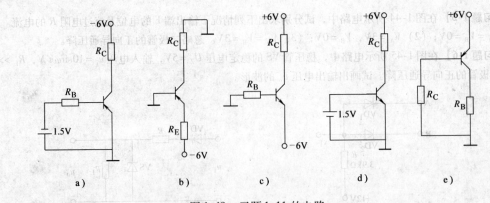

图 1-49 习题 1-11 的电路

第 2 章 基本放大电路

前面所介绍的晶体管、场效应晶体管的主要用途之一就是利用其放大作用组成放大电路。放大是电子技术中最基本的模拟信号处理功能，即在保证输出信号波形与输入信号波形相同或基本相同的前提下，把微弱的输入信号（电流、电压或功率）通过电子元器件的控制作用，将直流电源功率转换成一定强度并随输入信号变化的输出信号。这样就将微弱的电信号放大到需要的量级。放大电路又称放大器，是构成模拟电路和系统的基本单元，应用十分广泛。

生产过程中，经常需要检测和控制温度、压力、机械位移等一些非电量，虽然这些非电量的变化可以用传感器转换成相应的电信号，但所获得的电信号一般都很微弱，必须经过放大器放大后，才能驱动功率较大的继电器、控制电机、显示仪表或其他执行机构动作。例如扩音机就是放大器的典型应用。传声器把声音转换成微弱的电信号，经扩音机内部的放大电路放大后送至扬声器，再由扬声器还原成声音。由于经过了放大，扬声器发出的声音比送入传声器的声音要大得多。放大电路也可用于机床的安全保护，如果人手伸入了危险部位，遮挡了光源，控制电路就马上动作，切断电源，保护操作人员。各种各样的半导体器件配合晶体管的放大作用，构成了电工设备中不同的控制电路。所以，放大器是自动控制、检测、通信和计算机等电子设备中最基本的组成部分之一。

2.1 概述

在电子电路中，放大是指用一个较小的变化量去控制一个较大的变化量，放大作用实质上是一种能量的控制作用。由于输入信号微弱，能量很小，不能直接推动负载做功，因此，需要另外提供一个直流电源作为能源，由能量较小的输入信号控制这个能源，获得与输入信号具有相同变化规律的大能量输出信号，以便推动负载做功。放大电路就是利用具有放大功能的常用半导体器件如晶体管、场效应晶体管和集成电路等来实现这种控制，也称为**放大器**（**Amplifier**）。本节先讨论以晶体管为核心的基本放大电路的组成以及工作原理。

2.1.1 基本放大电路的组成

1. 放大电路的基本要求

（1）具有足够的放大倍数　放大倍数是衡量放大电路放大能力的重要参数。放大器的输入信号十分微弱，如果要使它的输出达到额定功率，就要求放大器具有足够的电流、电压或功率放大倍数。

（2）有一定的输出功率　可根据实际需要来规定放大器应有的输出功率，通常称为额定输出功率。

（3）失真要小　放大电路要求输出信号与输入信号的波形一致，如果放大过程中波形变化了，就叫失真，实际放大过程中造成失真的因素很多，一点不失真虽不可能，但希望失真不超过允许的范围。

（4）**工作要稳定**　当工作条件变化时，放大电路中晶体管的工作特性将受到影响，使放大特性变化，因此必须采取措施尽量减少干扰，保证放大电路在工作范围内的稳定。

要达到上述对放大电路的基本要求，要不失真地放大输入信号，放大电路的构成必须满足下列条件：一是电源极性必须使放大电路中的晶体管工作在放大状态，即发射结正向偏置，集电结反向偏置（NPN 管应满足 $V_C > V_B > V_E$；PNP 管应满足 $V_C < V_B < V_E$）；二是信号的变化能引起晶体管的输入电流的变化，输出电流的变化能方便地转换成输出电压，即为输入、输出信号提供通路。

2. 基本共射放大电路的组成

放大电路的核心是晶体管，晶体管的三个电极可分别作为输入信号和输出信号的公共端，所以就有共射极、共集极和共基极三种接法，如图 2-1 所示。本章主要讨论共射极和共集极这两种放大电路。

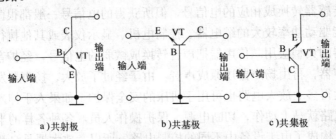

a）共射极　　　　b）共基极　　　　c）共集极

图 2-1　晶体管的三种基本连接方式

以 NPN 管为核心组成的基本放大电路如图 2-2a 所示。由信号源提供的信号 u_i 经电容 C_1 加到晶体管的基极与发射极之间，引起输入电流 i_B 的变化；放大后的信号 u_o 经 C_2 从集电极与发射极之间输出。电路以晶体管的发射极作为输入、输出回路的公共端，故称为**基本共射放大电路**。基本共射放大电路中各元器件的作用如下：

（1）**晶体管 VT**　它是整个放大电路的核心，起电流放大作用，即将微小的基极电流变化转换成较大的集电极电流变化，反映晶体管的电流控制作用，严格地说是能量控制作用。

（2）**基极直流电源 V_{BB} 和基极偏置电阻 R_B**　使发射结处于正向偏置，并提供大小适当的基极偏置电流 I_B。晶体管的基极、发射极、电阻 R_B 和直流电源 V_{BB} 构成的回路称基极回路，也称输入回路。R_B 的阻值一般取几十千欧至几百千欧。

（3）**集电极直流电源 V_{CC}**　它使晶体管的集电结反偏，确保晶体管工作在放大状态，它又是整个放大电路的能量提供者。放大电路把小能量的输入信号放大成大能量的输出信号，这些增加的能量就是由直流电源 V_{CC} 通过晶体管转换来的，晶体管本身并不能产生能量，还由于它在工作时发热，需要消耗能量。V_{CC} 一般为几伏至几十伏。

（4）**集电极电阻 R_C**　它将集电极电流的变化转换为电压的变化输出，以实现电压放大。一般取值为几千欧至几十千欧。晶体管的集电极、发射极、电阻 R_C 和直流电源 V_{CC} 构成的回路称集电极回路，因为信号从集电极输出，所以又称**输出回路**。

（5）**耦合电容 C_1 和 C_2**　在容量取得足够大的情况下，其输入信号频率范围内的容抗很小，近似为短路，可以通畅地传递交流信号，起到交流耦合作用，保证交流信号畅通无阻地经过放大电路，沟通信号源、放大电路和负载三者之间的交流通路。而对于直流偏置量，容抗为无穷大，相当于开路，可以隔断放大电路与信号源及负载之间的直流联系，避免信号源与放大电路、放大电路与负载之间直流量的相互影响，因此，耦合电容又称为隔直电容。C_1、C_2通常采用大容量的电解电容器，一般为几微法至几十微法，在电路中注意不能接反电解电容器的正、负极性。

在图 2-2a 所示的基本共射放大电路中使用了两个直流电源，实际应用中可以将 V_{BB} 省去，只采用一个直流电源 V_{CC}，改接 R_B 至 V_{CC} 的正极，通过调整基极偏置电阻 R_B 的数值，同样可以使发射结仍正向偏置、集电结反向偏置，产生合适的偏置电流 I_B，以保证晶体管处于放大状态。其习惯画法如图 2-2b 所示。

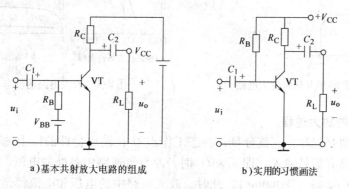

　　　　a）基本共射放大电路的组成　　　　　　　　b）实用的习惯画法

图 2-2　基本共射放大电路

2.1.2　基本放大电路的工作原理

在实际应用中常采用正弦信号发生器作为信号源来分析和调试放大电路，因此，本章中用正弦电压源作为信号源，用纯电阻作为负载来讨论放大电路的工作原理。

在放大电路中，既有直流电源形成的**直流分量**，又有交流信号源输入而产生的**交流分量**，交、直流分量叠加又形成**合成量**。为便于区分，表 2-1 约定了电压、电流各量的符号。

表 2-1　放大电路中电压和电流的符号

名称	直流分量	交流分量		合成量
		瞬时值	有效值	
基极电流	I_B	i_b	I_b	i_B
集电极电流	I_C	i_c	I_c	i_C
发射极电流	I_E	i_e	I_e	i_E
集-射极电压	U_{CE}	u_{ce}	U_{ce}	u_{CE}
基-射极电压	U_{BE}	u_{be}	U_{be}	u_{BE}

为了分析方便起见，在基本共射放大电路中设负载开路，如图 2-3 所示。

1. 静态工作点 Q 的设置

放大电路在未加入交流输入信号之前，或加入的输入信号为零（即 $u_i = 0$），而只接入直流电源 V_{CC} 时，电路所处的工作状态称为**静态（Static）**。此时，电路中各处的电压、电流只有直流分量，称为**静态值**，用 I_B、U_{BE}、I_C、U_{CE} 等表示。这一组直流分量数值对应于晶体管输入、输出伏安特性曲线上一个确定的点，称该点为**静态工作点**（**Quiescent Point**），用 Q 表示，如图2-4所示。

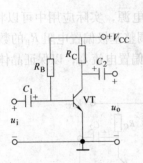

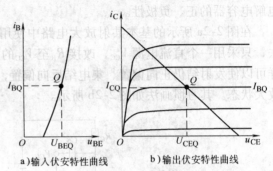

a）输入伏安特性曲线　　b）输出伏安特性曲线

图2-3　负载开路的基本共射放大电路　　　　图2-4　放大电路的静态工作点

2. 交流信号的放大过程

静态时直流通路仅存在直流分量，静态工作点 Q 在输出特性曲线上的位置不随时间而变动。当放大电路有信号输入（即 $u_i \neq 0$）时，原直流通路中各处的电压、电流都处于变动的工作状态，简称**动态**（**Dynamic**），此时，放大电路中的电压和电流都是直流分量和交流分量的叠加。也就是输入信号 u_i 通过输入耦合电容 C_1 送到晶体管的发射结上，从而使一个随输入信号 u_i 正弦变化的电流 i_b 叠加到静态电流 I_B 上。利用晶体管的电流放大作用，在集电极也相应地引起一个放大了 β 倍的正弦交变的集电极电流 i_c 叠加在静态电流 I_C 上，得到合成量 i_C。当 i_C 流过集电极电阻 R_C 时，产生电压 $i_C R_C$，从而使 $u_{CE} = V_{CC} - i_C R_C$。集电极信号 u_{CE} 经过电容 C_2 耦合后隔离了直流分量 U_{CE}，只是将与输入信号 u_i 反相的交流分量 u_{ce} 传送到负载，获得输出电压 u_o。电路中各电压、电流波形图如图2-5所示。

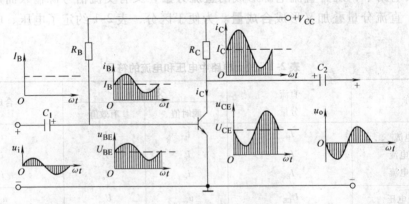

图2-5　交流信号的放大过程

基本放大电路中晶体管的工作状态如图2-6所示。图2-6b中的直线称为**交流负载线**，根据方程式 $u_{CE} = V_{CC} - i_C R_C$ 得出，反映了动态时放大电路输出回路中各电压间的约束关系。由于在共射放大电路中，输入电压 u_i 与输出电压 u_o 频率相同、相位相反，u_o 幅度得到放大，因此这种共射极基本放大电路通常也称为**反相放大器**。

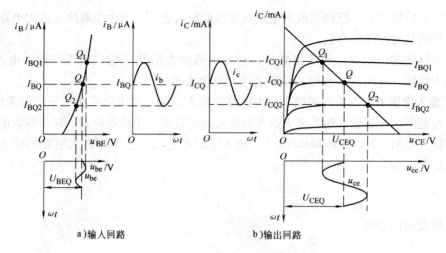

a)输入回路　　　　　　　　　b)输出回路

图 2-6　基本放大电路中晶体管的工作状态

2.1.3　基本放大电路主要的动态性能指标

为了比较和评价放大电路性能的优劣，要制定一些标准，这就是放大电路的动态性能指标。这些指标体现了放大电路质量的好坏，反映了电路具有的放大信号能力的大小，是分析和设计放大电路的依据。不同用途的电路对动态性能指标的侧重也不同。

交流放大电路的一般形式可用图 2-7 表示，u_S 为正弦信号源电压，R_S 为信号源的内阻，u_i 和 i_i 分别是输入电压和输入电流，u_o 和 i_o 分别是输出电压和输出电流，R_L 为负载电阻。

基本放大电路常用的动态性能指标主要有下列几项：

（1）电压放大倍数　电压放大倍数（Voltage Gain）又称为增益，是衡量放大电路对输入信号放大能力的主要指标。它定义为输出电压与输入电压之比，用 A_u 表示，即

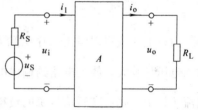

图 2-7　基本放大电路的示意图

$$A_u = \frac{u_o}{u_i}$$

当输入信号为正弦交流信号时，可用相量表示为

$$A_u = \frac{\dot{U}_o}{\dot{U}_i} \qquad (2\text{-}1)$$

其绝对值为

$$|A_u| = \frac{U_o}{U_i}$$

若输出电压与信号源电压的相量之比，定义为**源电压放大倍数**，用 A_{uS} 表示，即

$$A_{uS} = \frac{\dot{U}_o}{\dot{U}_S} \qquad (2\text{-}2)$$

放大器的放大倍数的大小反映了放大电路对信号的放大能力，其大小取决于放大电路的结构和组成电路的各元器件的参数。

放大电路除常用的电压放大倍数外，还有电流放大倍数（输出电流与输入电流之比）和功率放大倍数（输出功率和输入功率之比）等放大指标。

（2）输入电阻 r_i 由信号源提供放大电路的输入信号，放大电路相当于信号源的负载。如图2-8左侧所示，从输入端看进去放大电路可以等效成一个动态电阻，这个等效电阻称为放大器的输入电阻（Input Resistance）r_i。输入电阻 r_i 在数值上等于放大电路的输入电压与输入电流之比，即

$$r_i = \frac{u_i}{i_i}$$

当输入正弦交流信号时，有

$$r_i = \frac{\dot{U}_i}{\dot{I}_i} \tag{2-3}$$

设正弦信号源电压为 $\dot{U}_S$，内阻为 R_S，则放大电路的输入端所获得的输入信号电压为

$$\dot{U}_i = \frac{r_i}{r_i + R_S} \dot{U}_S$$

放大电路从信号源获取的输入电流为

$$\dot{I}_i = \frac{\dot{U}_i}{r_i} = \frac{1}{r_i + R_S} \dot{U}_S$$

由以上两式可以看出，在 $\dot{U}_S$ 和 R_S 一定时，输入电阻 r_i 越大，放大电路从信号源得到的输入电压 $\dot{U}_i$ 越大，放大电路的输出电压 $\dot{U}_o = A_u \dot{U}_i$ 也就越大；另外，r_i 越大，从信号源获取的电流 $\dot{I}_i$ 越小，越可减轻信号源的负担。因此，可以用输入电阻 r_i 来衡量放大电路对信号源的影响程度。当信号源为电压源时，一般都希望输入电阻 r_i 尽量大一些，最好能远远大于信号源内阻 R_S。

（3）输出电阻 r_o 放大电路的输出信号要送给负载，放大电路相当于负载的信号源，可以用一个等效电压源来代替，这个等效电压源的内阻就是放大电路的输出电阻 r_o，它等于负载开路时从放大器的输出端看进去的等效电阻，如图2-8右侧所示。

输出电阻（Output Resistance）r_o 在数值上定义为放大电路的输出电压与输出电流之比，即

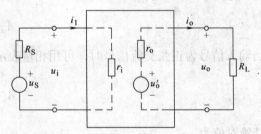

图2-8　放大电路的输入电阻与输出电阻

$$r_o = \frac{u_o}{i_o} \tag{2-4}$$

输出电阻 r_o 的求取有以下两种方法：

第一种方法为分析法。在如图 2-9 所示的求输出电阻的等效电路中，将输入信号短路，即令 $u_S = 0$，但保留信号源内阻 R_S。在输出端将负载开路（$R_L = \infty$），外加一个交流电压 u_o，它在输出端产生电流 i_o，由此可知输出电阻 r_o 为

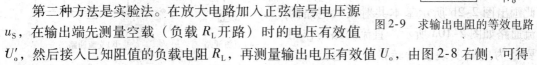

$$r_o = \frac{u_o}{i_o} \bigg|_{\substack{u_S = 0 \\ R_L = \infty}} \qquad (2\text{-}5)$$

第二种方法是实验法。在放大电路加入正弦信号电压源

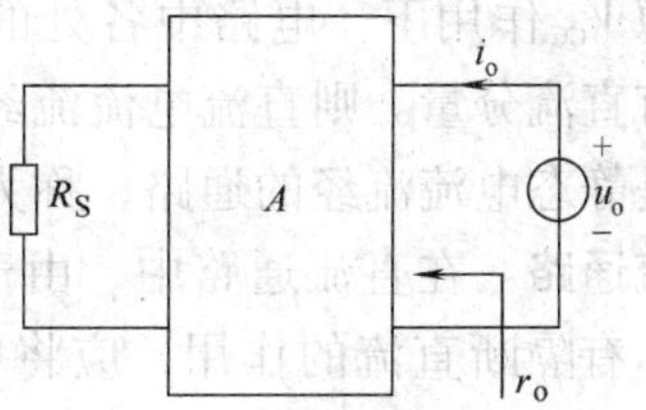

图 2-9　求输出电阻的等效电路

u_S，在输出端先测量空载（负载 R_L 开路）时的电压有效值 U'_o，然后接入已知阻值的负载电阻 R_L，再测量输出电压有效值 U_o，由图 2-8 右侧，可得

$$U_o = U'_o \frac{R_L}{R_L + r_o}$$

即

$$r_o = \frac{U'_o - U_o}{U_o} R_L$$

由上式可看出，由于输出电阻 r_o 的存在，放大电路接入负载 R_L 后，输出电压有效值 U_o 会减小。当 r_o 远小于负载电阻 R_L 时，输出电压有效值 U_o 基本保持不变，不随 R_L 的变化而变化，即不受 R_L 的影响，放大器的带负载能力较强；而 r_o 越大，输出电压有效值 U_o 下降得越多，说明放大器的带负载能力较差。因此，可以用输出电阻 r_o 来衡量放大电路带负载的能力。一般希望放大器的输出电阻 r_o 越小越好，最好远小于负载电阻 R_L。

【思考与练习】

2.1.1　试画出交流放大电路正常工作时晶体管各极的电流波形。

2.1.2　当信号源为电压源时，通常希望输入电阻大一些还是小一些？为什么？

2.1.3　一般用什么动态性能指标来衡量放大器的带负载能力？为什么？

2.1.4　放大电路的输出电阻中是否包含负载电阻 R_L？

2.2　基本放大电路的分析

本节以 NPN 管为核心组成的基本共射放大电路为例，讨论放大电路的分析方法。分析放大电路，就是在理解放大电路工作原理的基础上，根据直流量与交流量同时作用的特点，求解静态工作点和各项动态性能指标。

2.2.1　放大电路的直流通路与交流通路

在放大电路中，直流电源和交流信号总是共存的，既有为信号放大提供基本偏置条件的直流分量，又有被放大信号在放大过程中形成的交流分量。由于电容、电感等电抗元件的存在，直流量所流经的直流通路与交流信号所流经的交流通路不完全相同。由于两种分量及其对应的电路不同，在对放大电路进行整体分析的过程中，需要分别进行直流分量的静态电流、电压分析和交流分量的动态电流、电压分析。为了研究问题方便起见，常把直流电源对电路的作用和输入信号对电路的作用区分开来，分成直流通路和交流通路。

（1）直流通路 令输入信号 $u_i = 0$，即将信号源视为短路（保留其内阻），只在直流电源 V_{CC} 作用下，电路中各处的电压、电流只有直流分量。则直流电流流经的通路，也就是静态电流流经的通路，称为放大电路的**直流通路**。在直流通路中，由于耦合电容 C_1、C_2 有隔断直流的作用，应将电容视为开路，据此画出图 2-2b 所示基本共射放大电路的直流通路如图 2-10a 所示。直流通路的作用主要是为电路实现能量转换提供电能。其次，使电路获得合适的静态工作点 Q。

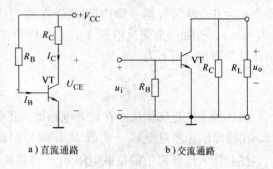

a）直流通路   b）交流通路

图 2-10 基本共射放大电路的直流通路和交流通路

（2）交流通路 令直流电源 $V_{CC} = 0$，即将电源正极与地线短接。在耦合电容 C_1、C_2 的值较大时，它们对交流信号呈现的容抗很小，可以忽略不计，视作短路。据此画出的输入信号 u_i 作用下交流信号流经的通路称为**交流通路**，如图 2-10b 所示。交流通路的作用主要是将微弱的输入信号按一定要求放大后，从输出端输出，并用于研究放大电路的电压放大倍数 A_u、输入电阻 r_i 以及输出电阻 r_o 等动态性能指标。

根据叠加定理，在分析放大电路时，应遵循"**动、静分开，先静后动**"的原则，先利用直流通路估算放大电路的静态工作点 Q，再利用交流通路进行动态性能分析，以确定放大电路的电压放大倍数 A_u、输入电阻 r_i 以及输出电阻 r_o 等主要的动态性能指标，两种通路切不可混淆。常用的分析方法有估算法、图解法和微变等效电路法等。

2.2.2 基本放大电路的静态分析

静态分析就是确定放大电路的静态工作点 Q。而静态工作点 Q 就是指只在直流电源 V_{CC} 作用下的直流通路中晶体管各极的电压和电流值（主要指 I_{BQ}、I_{CQ}、U_{CEQ}）。静态工作点 Q 的合适与否直接影响放大电路的工作状态和性能指标。

1. 用直流通路估算静态值

进行静态分析应首先画出放大电路的直流通路，将发射结电压 U_{BE} 近似为常数（硅管约为 0.7V，锗管约为 0.2V），再根据电路的基本分析方法列方程求解。

对于上述基本共射放大电路，根据图 2-10a 所示的直流通路，可得

$$I_{BQ} = \frac{V_{CC} - U_{BE}}{R_B} \approx \frac{V_{CC}}{R_B} \tag{2-6}$$

$$I_{CQ} = \beta I_{BQ} \tag{2-7}$$

$$U_{CEQ} = V_{CC} - I_{CQ} R_C \tag{2-8}$$

2. 用图解法确定静态工作点 Q

利用非线性电阻电路的图解分析法来确定静态值，可以直观地分析和了解静态值的变化对放大电路工作的影响。

在本书上册第 2 章第 7 节曾讨论过非线性电阻电路的图解法，即电路的工作情况由线性负载线与非线性元件的伏安特性曲线的交点确定，这个交点就是工作点。

在如图 2-10a 所示的直流通路中，非线性电路部分为晶体管，其输入、输出的伏安特性

曲线见图 1-28。除晶体管外其余的元器件构成线性电路部分，可以写出输入、输出回路线性部分的电路方程为

$$U_{BE} = V_{CC} - I_B R_B \qquad (2-9)$$

$$U_{CE} = V_{CC} - I_C R_C \qquad (2-10)$$

这两个直线方程分别对应输入、输出的伏安特性中的两条直线，称为输入、输出回路的**直流负载线**。用图解法确定放大电路的静态工作点 Q 的过程如图 2-11 所示，图解步骤如下：

1）在输入伏安特性曲线坐标上画出由式（2-9）所确定的输入回路直流负载线，输入伏安特性曲线与负载线的交点就确定了输入回路的静态工作点 Q，该点所对应的坐标 (U_{BEQ}, I_{BQ}) 为输入回路的静态值，其中的 U_{BEQ} 近似为常数。输入回路的静态值如图 2-11a 所示。当基极偏置电阻 R_B 改变时，引起偏置电流 I_B 变化，则静态工作点 Q 将沿直流负载线移动，因此，负载线为静态工作点 Q 移动的轨迹。

2）在输出伏安特性曲线坐标上画出由式（2-10）确定的输出回路直流负载线，该直线由集电极负载电阻 R_C 决定。输出回路的直流负载线与第 1）步中静态工作点 Q 所确定的 I_{BQ} 对应的输出伏安特性曲线相交于 Q 点，即为输出回路**静态工作点 Q**，该点所对应的坐标 (U_{CEQ}, I_{CQ}) 为所求输出回路的静态值，如图 2-11b 所示。

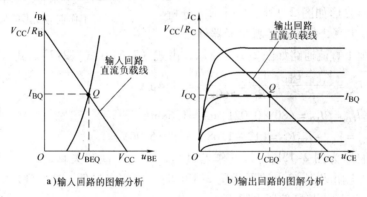

a）输入回路的图解分析　　　　　　b）输出回路的图解分析

图 2-11　利用图解法确定放大电路的静态工作点 Q

3. 静态工作点对波形的影响

对一个放大电路来说，其放大作用的前提是要保证输出波形能正确反映输入信号的变化，也就是要求输出波形尽可能不失真。所谓**失真（Distottion）**，是指输出信号波形与输入信号波形不一样。如果产生了失真，就失去了放大的意义。引起失真的原因有多种，其中最主要的是**静态工作点不合适或者输入信号太大**，使放大电路的工作区间超出了晶体管特性曲线上的线性范围，这种失真通常称为**非线性失真**。

输入信号比较小时，放大电路中，静态工作点是放大过程中信号动态变化的核心。如果静态工作点选择不当，就可能使动态工作范围进入非线性区而产生严重的非线性失真。在放大电路中设置静态工作点的目的就是避免产生非线性失真。因为只有当工作点 Q 合适时，即在晶体管的输入特性和输出特性中，使 Q 点设置在负载线的中间，输出信号才不会产生严重的非线性失真，才会得到如图 2-6 所示的输出与输入相一致的波形。若静态工作点 Q 选得过高，如图中 Q_1 点，这时 I_{BQ1} 设置得过大，则在输入信号的正半周时，交流信号所产生的 i_b 与直流量 I_{BQ1} 叠加后，使 i_C 很大，u_{CE} 很小（此时集电结也正向偏置），这样很容易使晶体

管进入饱和区而失去放大作用，产生**饱和失真**，使输出的电压波形负半周被削顶；若静态工作点 Q 选得过低，如图中 Q_2 点，这时 I_{BQ2} 设置较低，则在输入信号为负半周时，交流信号所产生的 i_b 与直流量 I_{BQ2} 叠加后，很容易使晶体管进入截止区而失去放大作用，产生**截止失真**，使输出的电压波形正半周被削顶。截止失真和饱和失真都属于非线性失真，如图 2-12 所示。可以通过适当调整基极偏置电阻 R_B 或集电极负载电阻 R_C，以获得一个合适的静态工作点，使动态工作时的晶体管处在特性曲线的线性区，避免放大电路产生非线性失真。

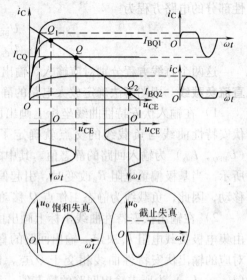

图 2-12　基本放大电路中的静态
工作点与波形的失真

例 2-1　在图 2-2b 所示的基本共射放大电路中，已知 $V_{CC} = 12V$，$R_B = 560k\Omega$，$R_C = 3k\Omega$，$\beta = 80$。（1）估算电路的静态工作点；（2）如果输入信号为正弦波，如图 2-13a 所示，从示波器上测输出电压的波形如图 2-13b、c 所示，分析其原因。要消除失真，如何调整哪个元器件？

解：（1）画出直流通路如图 2-10a 所示，由式（2-6）、式（2-7）、式（2-8）可得

$$I_{BQ} = \frac{V_{CC} - U_{BE}}{R_B} \approx \frac{V_{CC}}{R_B} = \frac{12V}{560k\Omega} = 21.4\mu A$$

$$I_{CQ} = \beta I_{BQ} = (80 \times 0.021)mA = 1.68mA$$

$$U_{CEQ} = V_{CC} - I_{CQ}R_C = (12 - 1.68 \times 3)V = 6.96V$$

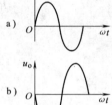

（2）输出波形为图 2-13b 时，工作点过高，产生了饱和失真，应调大基极偏置电阻 R_B；输出波形为图 2-13c 时，工作点过低，产生了截止失真，应调小基极偏置电阻 R_B。

图 2-13　例 2-1 的图

2.2.3　基本放大电路的动态分析

对于电压放大电路来说，静态工作点的设置是为放大提供必要的偏置条件，而在不失真的前提下，增大信号幅度才是放大的目的，放大的效果可以由放大电路的主要性能指标来衡量。静态工作点确定之后，有输入信号时，放大电路中的各个电流和电压瞬时值都含有直流分量和交流分量，而所谓放大，考虑的只是其中的电流、电压交流分量（信号分量）。对放大电路进行动态分析就是在静态值确定后分析信号的传输情况。具体讲，就是在静态工作点合适、输出波形不失真的前提下，分析放大电路的动态性能指标，即利用交流通路确定放大电路的电压放大倍数 A_u、输入电阻 r_i 和输出电阻 r_o。动态分析最基本的方法是**微变等效电路法**。

1. 放大电路的微变等效电路

在放大电路输入信号较小、且静态工作点选择合适的情况下，晶体管在静态工作点附近的工作状态接近于线性，因此，以晶体管的小信号线性模型为基础，把非线性的放大电路等效为一个线性电路来分析，这个线性电路就称为放大电路的**微变等效电路**，利用微变等效电

路进行动态分析分析的方法就称为**微变等效电路法**，又称**小信号分析法**。

微变等效电路法是针对交流分量的动态分析提出来的。要得到一个放大电路的微变等效电路，首先将放大电路中的耦合电容以及直流电源均视作短路，画出放大电路的交流通路，然后把交流通路中的晶体管用小信号模型来代替，就得到放大电路的微变等效电路。

以如图 2-14a 所示的基本共射放大电路为例，根据上述原则画出对应的交流通路和微变等效电路分别如图 2-14b 和图 2-14c 所示。

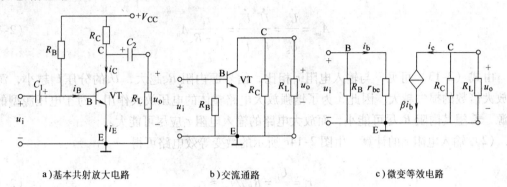

a）基本共射放大电路 b）交流通路 c）微变等效电路

图 2-14 基本共射放大电路的动态分析

微变等效电路是一个线性电路，全部由线性元器件构成，从而可以用已学过的线性电路的分析方法对放大电路进行分析，求解各项动态性能指标。

2. 动态性能指标的计算

如果输入信号是正弦信号，可用相量来表示微变等效电路中电压、电流的交流分量。

（1）电压放大倍数 A_u 的计算　由图 2-14c 所示的微变等效电路可得

$$\dot{U}_i = r_{be} \dot{I}_b$$

$$\dot{U}_o = -\dot{I}_C R'_L = -\beta \dot{I}_b R'_L$$

其中

$$R'_L = R_C /\!/ R_L = \frac{R_C R_L}{R_C + R_L}$$

由电压放大倍数的定义得

$$A_u = \frac{\dot{U}_o}{\dot{U}_i} = -\beta \frac{R'_L}{r_{be}} = -\beta \frac{R_C /\!/ R_L}{r_{be}} \tag{2-11}$$

式（2-11）中的负号表明输出电压 $\dot{U}_o$ 与输入电压 $\dot{U}_i$ 信号相位相反。

当放大电路空载（不接负载 R_L）时，有

$$A_u = \frac{\dot{U}_o}{\dot{U}_i} = -\beta \frac{R_C}{r_{be}} \tag{2-12}$$

显然，电压放大倍数 A_u 与外接负载电阻 R_L 有关，空载时放大倍数最大。负载电阻 R_L 越小（称负载越重），电压放大倍数 A_u 下降得越严重。此外，电压放大倍数还与晶体管的 β 值以及输入电阻 r_{be} 有关，即与放大电路的静态工作点有关。

放大电路对信号源电压 $\dot{U}_{\mathrm{S}}$ 的电压放大能力，可以直接用源电压放大倍数 A_{us} 来衡量。

由图 2-8 左侧的电路得输入电压 $\dot{U}_{\mathrm{i}}$ 对信号源电压 $\dot{U}_{\mathrm{S}}$ 的分压关系为

$$\dot{U}_{\mathrm{i}} = \dot{U}_{\mathrm{S}} \frac{r_{\mathrm{i}}}{r_{\mathrm{i}} + R_{\mathrm{S}}}$$

由源电压放大倍数的定义得

$$A_{\mathrm{us}} = \frac{\dot{U}_{\mathrm{o}}}{\dot{U}_{\mathrm{S}}} = \frac{\dot{U}_{\mathrm{i}}}{\dot{U}_{\mathrm{S}}} \frac{\dot{U}_{\mathrm{o}}}{\dot{U}_{\mathrm{i}}} = \frac{r_{\mathrm{i}}}{r_{\mathrm{i}} + R_{\mathrm{S}}} A_{\mathrm{u}} \tag{2-13}$$

由式（2-13）可见，与输入电阻 r_{i} 相比，信号源内阻 R_{S} 越大，$\dot{U}_{\mathrm{S}}$ 的分压 $\dot{U}_{\mathrm{i}}$ 越小，源电压放大倍数的损失越大。因此，为了增强放大电路整体的电压放大作用，对于电压源型的信号源，希望其内阻 R_{S} 尽可能小，而放大电路的输入电阻 r_{i} 应尽可能大。

（2）输入电阻 r_{i} 的计算　由图 2-14c 所示的微变等效电路可得

$$r_{\mathrm{i}} = \frac{\dot{U}_{\mathrm{i}}}{\dot{I}_{\mathrm{i}}} = R_{\mathrm{B}} /\!/ r_{\mathrm{be}} \approx r_{\mathrm{be}} \tag{2-14}$$

通常的 R_{B} 阻值约几百千欧，r_{be} 一般为 $1 \sim 2\mathrm{k}\Omega$，所以，基本共射放大电路的输入电阻 r_{i} 主要由晶体管的输入电阻 r_{be} 决定。

（3）输出电阻 r_{o} 的计算　根据输出电阻 r_{o} 的求取方法，应在信号源短路和负载电阻开路的状态下计算输出电阻 r_{o}。

由图 2-14c 所示的微变等效电路知，当 $\dot{U}_{\mathrm{S}} = 0$ 时，则 $\dot{I}_{\mathrm{b}} = \dot{I}_{\mathrm{c}} = 0$，相当于受控源开路。从放大电路的输出端看进去，输出电阻 r_{o} 为

$$r_{\mathrm{o}} = \frac{\dot{U}_{\mathrm{o}}}{\dot{I}_{\mathrm{o}}} \bigg|_{\substack{\dot{U}_{\mathrm{S}} = 0 \\ R_{\mathrm{L}} = \infty}} = R_{\mathrm{C}} \tag{2-15}$$

在此电路中，R_{C} 的阻值一般为几千欧，所以，基本共射放大电路的输出电阻较高。

例 2-2　在图 2-14a 所示的基本共射放大电路中，已知 $V_{\mathrm{CC}} = 12\mathrm{V}$，$R_{\mathrm{B}} = 300\mathrm{k}\Omega$，$R_{\mathrm{C}} = 3\mathrm{k}\Omega$，$\beta = 50$，$U_{\mathrm{BE}} = 0.7\mathrm{V}$。试计算静态工作点 Q（I_{BQ}、I_{CQ}、U_{CEQ}），并求出下列三种情况下的 A_{u}、A_{us}、r_{i} 和 r_{o}：（1）$R_{\mathrm{S}} = 0$，$R_{\mathrm{L}} = \infty$；（2）$R_{\mathrm{S}} = 0$，$R_{\mathrm{L}} = 3\mathrm{k}\Omega$；（3）$R_{\mathrm{S}} = 0.9\mathrm{k}\Omega$，$R_{\mathrm{L}} = 3\mathrm{k}\Omega$。

解： 由图 2-10a 所示的直流通路，据式（2-6）、式（2-7）、式（2-8）可得

$$I_{\mathrm{BQ}} = \frac{V_{\mathrm{CC}} - U_{\mathrm{BE}}}{R_{\mathrm{B}}} = \frac{12 - 0.7}{300 \times 10^3}\mathrm{A} = 38\mu\mathrm{A}$$

$$I_{\mathrm{EQ}} \approx I_{\mathrm{CQ}} = \beta I_{\mathrm{BQ}} = 50 \times 0.038\mathrm{mA} = 1.9\mathrm{mA}$$

$$U_{\mathrm{CEQ}} = V_{\mathrm{CC}} - I_{\mathrm{CQ}} R_{\mathrm{C}} = 12\mathrm{V} - 1.9\mathrm{mA} \times 3\mathrm{k}\Omega = 6.3\mathrm{V}$$

根据晶体管的输入电阻 r_{be} 的计算式（1-4）可得

$$r_{\mathrm{be}} = 200\Omega + (1 + \beta)\frac{26\mathrm{mV}}{I_{\mathrm{EQ}}} = 200\Omega + 51 \times \frac{26}{1.9}\Omega \approx 0.9\mathrm{k}\Omega$$

由式（2-14）可得

$$r_i = R_B /\!/ r_{be} \approx r_{be} \approx 0.9\text{k}\Omega$$

由式（2-15）可得

$$r_o = R_C = 3\text{k}\Omega$$

（1）在 $R_S = 0$、$R_L = \infty$ 时，$R_L' = R_C /\!/ R_L = R_C = 3\text{k}\Omega$。

由式（2-12）可得

$$A_u = \frac{\dot{U}_o}{\dot{U}_i} = -\beta \frac{R_C}{r_{be}} = -50 \times \frac{3}{0.9} = -166.6$$

由式（2-13）可得

$$A_{uS} = \frac{r_i}{r_i + R_S} A_u = A_u = -166.6$$

（2）在 $R_S = 0$、$R_L = 3\text{k}\Omega$ 时，仍有 $A_{us} = A_u$。

由式（2-11）可得

$$A_{us} = A_u = -\beta \frac{R_L'}{r_{be}} = -\beta \frac{R_C /\!/ R_L}{r_{be}} = -50 \times \frac{\frac{3 \times 3}{3 + 3}}{0.9} = -83.3$$

（3）在 $R_S = 0.9\text{k}\Omega$、$R_L = 3\text{k}\Omega$ 时，由式（2-11）可得

$$A_u = -\beta \frac{R_L'}{r_{be}} = -\beta \frac{R_C /\!/ R_L}{r_{be}} = -50 \times \frac{\frac{3 \times 3}{3 + 3}}{0.9} = -83.3$$

由式（2-13）可得

$$A_{us} = \frac{r_i}{r_i + R_S} A_u = \frac{0.9}{0.9 + 0.9} A_u = \frac{1}{2} A_u = \frac{1}{2} \times (-83.3) = -41.7$$

从上例中可以看出，如果信号源电压 $\dot{U}_S$ 一定，信号源内阻 R_S 和负载电阻 R_L 的存在都会使输出电压降低。在 $R_S = 0$、$R_L = \infty$ 时，放大电路的电压放大倍数 A_u 和源电压放大倍数 A_{us} 都是最大的。

以上分析主要以基本共射放大电路为例。共射放大电路的结构特点是在基极和发射极间输入信号，而从集电极和发射极间获得输出信号，即输出信号和输入信号都以发射极为公共端。共射电路主要用于电压放大，有较高的电压、电流放大倍数，输入电阻较低而输出电阻较高，所以在对输入、输出电阻没有特殊要求时均可采用，一般用在多级放大电路的中间级，用于提高放大倍数。

【思考与练习】

2.2.1　基本放大电路中为什么要设置静态工作点？

2.2.2　在什么条件下，放大电路可以用直流通路分析？

2.2.3　在什么条件下，放大电路可以用微变等效电路分析？

2.2.4　在图 2-2 所示的基本共射放大电路中，如果用示波器测得输出波形底部失真，原因是什么？调整哪个元器件才能使失真消除？如果是输出波形顶部失真，其问题同上。

2.2.5　在图 2-2 所示的基本共射放大电路中，将晶体管换为 PNP 型晶体管，在保证放大电路正常工作的前提下，电路应做怎样的调整？试画出调整后的电路。

2.3 常用的基本放大电路

前面分析的基本共射放大电路结构简单，电压和电流放大都比较大，但缺点是静态工作点不稳定，另外，在生产实践中，放大器为了完成不同的功能，电路结构也有所不同，即放大器有不同的类型。但不论何种类型的放大电路，它们的工作原理、性能指标及分析方法基本上都是相同的。除了以上所分析的基本共射放大电路外，还有以下几种常用的类型。

2.3.1 分压式偏置电路

1. 静态工作点的稳定

正如前面所述，放大电路应有合适的静态工作点，以保证有较好的放大效果，并且不引起非线性失真。由于静态工作点由直流负载线与晶体管输出特性曲线的交点确定，当电源 V_{CC} 和集电极电阻 R_C 的大小确定后，静态工作点的位置决定于偏置电流 I_B 的大小。在图 2-2 所示的放大电路中，偏置电流 I_B 由式（2-6）确定，即

$$I_{BQ} = \frac{V_{CC} - U_{BE}}{R_B} \approx \frac{V_{CC}}{R_B}$$

当基极偏置电阻 R_B 一经选定，偏置电流 I_B 也就固定不变，故图 2-2 所示的基本共射电路称为**固定式偏置电路**。

固定式偏置电路虽然结构简单并容易调试，但在外部因素（例如温度变化、晶体管老化、电源电压波动等）的影响下，将引起静态工作点的变动，严重时将使放大电路不能正常工作，其中影响最大的是温度的变化。例如当温度升高时，晶体管的反向饱和电流 I_{CBO}、电流放大系数 β 等参数随着增大，这都导致集电极电流的静态值 I_C 增大，因而晶体管整个输出特性曲线向上平移，严重时将使晶体管进入饱和区而失去放大能力，产生饱和失真，这是需要加以避免的。为此，常使用如图 2-15a 所示的**分压式偏置电路**，通过改进偏置电路，以达到稳定静态工作点的目的。

2. 分压式偏置电路

如图 2-15a 所示，该电路的特点是

1）电阻 R_{B1}、R_{B2} 构成偏置电路，利用 R_{B1} 和 R_{B2} 的分压来稳定基极电位。

由图 2-15b 所示的直流通路，可得

$$I_1 = I_2 + I_B$$

一般 I_B 很小，若使 $I_2 \gg I_B$，可以近似地认为 $I_1 \approx I_2$，则基极电位为

$$V_B = \frac{R_{B2} V_{CC}}{R_{B1} + R_{B2}} \tag{2-16}$$

所以基极电位 V_B 由 V_{CC} 经电阻 R_{B1} 和 R_{B2} 分压所决定，与晶体管的参数无关，随温度变化很小，几乎不受温度影响。

2）利用发射极电阻 R_E 来获得反映电流 I_E 变化的信号，反馈到输入端，实现工作点的稳定。

引入发射极电阻 R_E 后，由图 2-15b 可得

$$U_{BEQ} = V_B - V_E = V_B - R_E I_{EQ} \tag{2-17}$$

若使 $V_B \gg U_{BE}$，则

$$I_{CQ} \approx I_{EQ} = \frac{V_B - U_{BEQ}}{R_E} \approx \frac{V_B}{R_E} \qquad (2\text{-}18)$$

由式（2-18）也可认为 I_C 基本不受温度影响。另外

$$U_{CEQ} = V_{CC} - I_{CQ}R_C - I_{EQ}R_E \approx V_{CC} - I_{CQ}(R_C + R_E)$$

因此，只要满足 $I_2 \gg I_B$ 和 $V_B \gg U_{BE}$ 两个条件，就可得出式（2-16）、式（2-18），分别说明了 V_B 和 I_C 或 I_E 与晶体管的参数几乎无关，不受温度变化的影响，从而能基本稳定静态工作点。

分压式偏置电路能稳定静态工作点的物理过程可表示如下：

$$温度升高 \ T(℃)\uparrow \rightarrow I_C\uparrow \rightarrow V_E\uparrow \rightarrow U_{BE}\downarrow \rightarrow I_B\downarrow \rightarrow I_C\downarrow$$

即当温度升高使 I_C 和 I_E 增大时，$V_E = R_E I_E$ 也增大。由于 V_B 被电阻 R_{B1} 和 R_{B2} 的分压电路所固定，根据式（2-17），于是 U_{BE} 减小，从而引起 I_B 减小而使 I_C 自动下降，静态工作点大致恢复到原来的位置。可见，这种电路能稳定工作点的实质是由于输出电流 I_C 的变化通过发射极电阻 R_E 上电压降（$V_E = R_E I_E$）的变化反映出来，然后引回（就是反馈）到输入电路，与 V_B 比较，使 U_{BE} 发生变化来牵制 I_C 的变化。R_E 越大，稳定性能越好。但 R_E 太大时将使 V_E 增高，因而减小放大电路输出电压的幅值。R_E 在小电流情况下为几百欧至几千欧，在大电流情况下为几欧至几十欧。

发射极电阻 R_E 的接入，一方面发射极电流的直流分量 I_E 通过它，起自动稳定静态工作点的作用；另一方面发射极电流的交流分量 i_e 通过它，也会产生交流压降，使 u_{be} 减小，这样就会降低放大电路的电压放大倍数。为此，如图 2-15a 所示，可在 R_E 两端并联电容 C_E，只要 C_E 的容量足够大，对交流信号的容抗就很小，对交流分量可视作短路，而对直流分量相当于开路，并不影响对静态工作点的稳定作用，故 C_E 称为发射极电阻交流旁路电容，其容量一般为几十微法至几百微法。

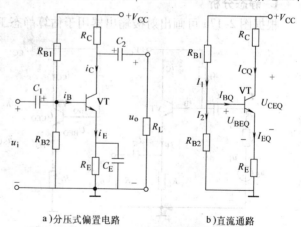

a）分压式偏置电路　　　b）直流通路

图 2-15　分压式偏置电路

例 2-3　在图 2-15a 所示的分压式偏置电路中，已知 $V_{CC} = 12V$，$R_{B1} = 20k\Omega$，$R_{B2} = 10k\Omega$，$R_C = R_E = 2k\Omega$，$R_L = 2k\Omega$，$\beta = 40$。（1）试计算静态工作点 Q（I_{BQ}、I_{CQ}、U_{CEQ}）；（2）画出微变等效电路；（3）求电压放大倍数 A_u、输入电阻 r_i 和输出电阻 r_o。

解： 图 2-15a 所示的分压式偏置电路的直流通路如图 2-15b 所示。

（1）由式（2-16）、式（2-18）可得

$$I_{CQ} \approx I_{EQ} = \frac{V_B - U_{BE}}{R_E} \approx \frac{V_B}{R_E} = \frac{R_{B2}V_{CC}}{(R_{B1} + R_{B2})R_E} = \frac{10 \times 12}{(10 + 20) \times 2}mA = 2mA$$

$$I_{BQ} = \frac{I_{CQ}}{\beta} = \frac{2}{40}mA = 0.05mA$$

$$U_{CEQ} \approx V_{CC} - I_{CQ}(R_C + R_E) = 12V - 2 \times (2+2)V = 4V$$

（2）分压式偏置电路的微变等效电路如图2-16所示。

由式（1-4）可得晶体管的输入电阻 r_{be} 为

$$r_{be} = 200\Omega + (1+\beta)\frac{26mV}{I_{EQ}} = 200\Omega + 41 \times \frac{26}{2}\Omega \approx 820\Omega$$

（3）由图2-16所示的微变等效电路可计算其交流参数如下：

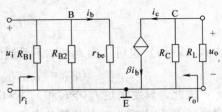

图2-16 分压式偏置电路的微变等效电路

$$A_u = -\beta\frac{R_L'}{r_{be}} = -\beta\frac{R_C /\!/ R_L}{r_{be}} = -40 \times \frac{\frac{2 \times 2}{2+2} \times 10^3}{820} \approx -49$$

$$r_i = R_{B1} /\!/ R_{B1} /\!/ r_{be} \approx r_{be} \approx 820\Omega$$

$$r_o = R_C = 2k\Omega$$

2.3.2 射极输出器

如图2-17a所示，该电路信号由基极输入，由发射极输出，故称为**射极输出器（Emitter Follower）**。其集电极直接接在直流电源上，对交流相当于接地，即集电极是交流信号输入、输出回路的公共端，故射极输出器也称为**共集电极放大电路**，简称**共集放大电路**。

1. 静态分析

根据图2-17a可画出射极输出器用于估算静态工作点的直流通路如图2-17b所示。

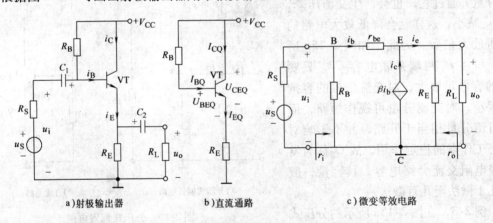

a）射极输出器　　　　b）直流通路　　　　c）微变等效电路

图2-17 射极输出器

列出输入回路的KVL方程

$$I_{BQ}R_B + U_{BEQ} + I_{EQ}R_E = V_{CC}$$

将 $I_{EQ} = (1+\beta)I_{BQ}$ 代入上式，得

$$I_{BQ} = \frac{V_{CC} - U_{BEQ}}{R_B + (1+\beta)R_E}$$

$$I_{EQ} = (1+\beta)I_{BQ}$$

$$U_{CEQ} = V_{CC} - I_{EQ}R_E$$

射极输出器中的电阻 R_E 同样具有稳定静态工作点的作用，其作用过程如下：

温度升高 T（℃）↑→I_{CQ}↑→I_{EQ}↑→$I_{EQ}R_E$↑→U_{EQ}↑→U_{BE}↓→I_{BQ}↓→I_{CQ}↓

上述过程说明射极输出器的静态工作点是稳定的。

2. 动态分析

画出射极输出器的微变等效电路如图 2-17c 所示。注意受控电流源 βi_b 的方向是由 C 指向 E 的。当输入正弦信号时，可用相量来表示微变等效电路中电压、电流的交流分量。

（1）电压放大倍数的计算　根据微变等效电路图 2-17c 可得

$$\dot{U}_o = \dot{I}_e R_L' = (1+\beta)\dot{I}_b R_L'$$

$$\dot{U}_i = r_{be}\dot{I}_b + \dot{I}_e R_L' = r_{be}\dot{I}_b + (1+\beta)\dot{I}_b R_L'$$

其中

$$R_L' = R_E // R_L = \frac{R_E R_L}{R_E + R_L}$$

故电压放大倍数为

$$A_u = \frac{\dot{U}_o}{\dot{U}_i} = \frac{(1+\beta)R_L'}{r_{be} + (1+\beta)R_L'} < 1 \tag{2-19}$$

在式（2-19）中，通常满足 $(1+\beta)R_L' \gg r_{be}$，故射极输出器的电压放大倍数略小于 1（接近于 1）。

正因为输出电压接近输入电压，二者的相位又相同，故射极输出器又称为**电压跟随器**，简称跟随器。射极输出器虽然没有电压放大作用，但由于输出电流 $\dot{I}_e = (1+\beta)\dot{I}_b$，所以，射极输出器仍具有一定的电流放大和功率放大作用。

（2）输入电阻 r_i 的计算　根据微变等效电路图 2-17c 可得

$$r_i = \frac{\dot{U}_i}{\dot{I}_i} = R_B // r_i'$$

$$r_i' = \frac{\dot{U}_i}{\dot{I}_b} = \frac{\dot{I}_b r_{be} + (1+\beta)\dot{I}_b R_L'}{\dot{I}_b} = r_{be} + (1+\beta)R_L'$$

即

$$r_i = R_B // r_i' = R_B // [r_{be} + (1+\beta)R_L'] \tag{2-20}$$

其中

$$R_L' = R_E // R_L = \frac{R_E R_L}{R_E + R_L}$$

通常射极输出器中的 R_B 的阻值较大（几十千欧至几百千欧），R_E 的阻值也有几千欧，式（2-20）表明，射极输出器的输入电阻较高，可达几十千欧至几百千欧。

（3）输出电阻 r_o 的计算　计算输出电阻时，应将微变等效电路中的信号源短路，负载电阻开路，输出端外加电压 $\dot{U}_o$ 产生电流 $\dot{I}_o$，计算输出电阻的等效电路如图2-18所示。

$$\dot{I}_o = \dot{I}_b + \beta\dot{I}_b + \dot{I}_{R_E} = \frac{\dot{U}_o}{r_{be} + R_S // R_B} + \beta\frac{\dot{U}_o}{r_{be} + R_S // R_B} + \frac{\dot{U}_o}{R_E}$$

$$r_o = \frac{\dot{U}_o}{\dot{I}_o}\bigg|_{\substack{\dot{U}_S = 0 \\ R_L = \infty}} = \frac{1}{\dfrac{(1+\beta)}{r_{be} + R_S // R_B} + \dfrac{1}{R_E}} = \frac{r_{be} + R_S // R_B}{1+\beta} // R_E$$

式中，R_S 为信号源内阻，通常较小。

一般满足

$$\frac{r_{be} + R_S // R_B}{1+\beta} \ll R_E$$

即

$$r_o \approx \frac{r_{be} + R_S // R_B}{1+\beta}$$

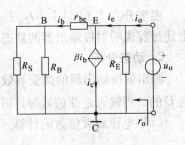

图 2-18　计算输出电阻
的等效电路

上式表明射极输出器的输出电阻 r_o 较小，通常为几欧至几百欧。

3. 射极输出器的特点及在电路中的应用

由以上分析可知，射极输出器具有稳定的静态工作点；输出电压跟随输入电压变化而变化，即输出电压与输入电压同相且略小于输入电压。尽管没有电压放大能力，但对电流仍有较强的放大能力。射极输出器的输入电阻很高，常用在多级放大电路的输入级。因为输入电阻高，从信号源吸取的电流小，可以减小对信号源的影响，因此在放大电路中多用它做高输入电阻的输入级。而射极输出器的输出电阻很低，可常用在多级放大电路的输出级，因为输出电阻越低，所以带负载能力越强。当放大器接入负载或负载变化时，对放大器影响小，可以保持输出电压的稳定，提高放大器的带负载能力。另外，射极输出器也可用于两级共射放大电路之间的隔离级，即也用在中间级，是为了将它的前级和后级隔离。因为在共射极放大电路的级间连接中，往往存在着前级输出电阻大、后级输入电阻小这种阻抗不匹配的现象，这将造成连接中的信号损失，使放大倍数下降。利用射极输出器输入电阻大，对前级影响小，输出电阻小，对后级的影响小，将其接入上述两级放大器之间，在隔离前后级的同时，起到了阻抗匹配作用。

【思考与练习】

2.3.1　分压式偏置电路稳定静态工作点的物理过程是怎样的？

2.3.2　射极输出器能否放大电压？能否放大电流？为什么？

2.3.3　试将共射极接法的固定式偏置电路、分压式偏置电路以及电压跟随器的直流通路、交流通路、微变等效电路以及静态分析、动态分析的计算式等列表进行对比。

2.4　场效应晶体管放大电路

由于场效应晶体管具有输入电阻高和噪声小等突出优点，因此在电子电路中常用到由场效应晶体管组成的放大电路。与晶体管放大电路类似，场效应晶体管放大电路也有三种基本组成结构，即共源极、共漏极、共栅极放大电路，分别与晶体管的共发射极、共集电极、共基极电路结构相对应，其中共源极放大电路应用较多。场效应晶体管放大电路的分析方法与晶体管放大电路的相同，要设置合适的静态工作点，也包括静态分析和动态分析，只是放大器件的特性和电路模型不同而已。本节仅以绝缘栅型场效应晶体管构成的共源极放大电路为例，来讨论场效应晶体管放大电路的工作原理。

2.4.1 共源极放大电路的静态分析

要使电路具有放大功能,场效应晶体管应工作于其特性曲线的恒流区,因此必须设置合适的静态工作点。晶体管是电流控制型器件,放大电路依靠调整基极电流 I_B 来获得合适的静态工作点;场效应晶体管是电压控制型器件,放大电路的静态工作点由栅-源电压 U_{GS} 决定。场效应晶体管放大电路的偏置电路形式较多,常用的有自给偏压和分压式偏置两种。

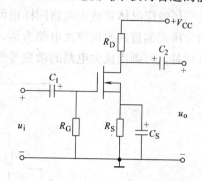

1. 自给偏压电路

图 2-19 为采用 N 沟道耗尽型 MOSFET 构成的自给式偏置放大电路。由于源极是输入、输出交流通路的公共端,故称为**共源极放大电路**。

静态时,因栅极电流 $I_G \approx 0$,故栅极电位 $V_G \approx 0$。

图 2-19 自给偏压共源放大电路

该电路是在源极串入源极电阻 R_S,耗尽型场效应管在 $U_{GS} = 0$ 时,也有漏极电流 I_D 流过 R_S 形成 $I_S R_S$($I_D = I_S$)压降,该电压降为栅源极间提供负偏压 $U_{GS} = V_G - V_S = -I_S R_S = -I_D R_S$,使管子工作于放大状态。这种不需要另接偏置电路的偏置方法叫做自给偏压电路。

增强型 MOSFET 由于没有原始导电沟道,工作时栅-源电压 U_{GS} 应为正,所以不能采用自给偏压电路的方法构成增强型场效应晶体管的共源极放大电路,而是采用分压式偏置电路。

2. 分压式偏置电路

如图 2-20 所示,这种分压式偏置电路可以用于增强型,也可以用于耗尽型效应晶体管的共源极放大电路。图 2-20 中的 R_{G1} 和 R_{G2} 是分压电阻。为了提高放大电路的输入电阻,在分压电路与 MOSFET 的栅极之间接入电阻 R_G,静态时 R_G 中基本上无电流通过,故栅极电位为

$$V_G = \frac{R_{G2}}{R_{G1} + R_{G2}} V_{DD}$$

栅-源极间的偏置电压为

$$U_{GS} = V_G - V_S$$

$$= \frac{R_{G2}}{R_{G1} + R_{G2}} V_{DD} - I_S R_S$$

$$= \frac{R_{G2}}{R_{G1} + R_{G2}} V_{DD} - I_D R_S \qquad (2\text{-}21)$$

漏极电流为

$$I_D = I_{DSS} \left[1 - \frac{U_{GS}}{U_{GS(off)}} \right]^2 \quad (U_{GS} > U_{GS(off)})$$

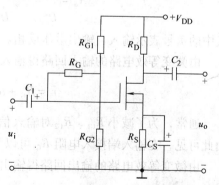

式中,I_{DSS} 为 $U_{GS} = 0$ 时的饱和漏极电流;$U_{GS(off)}$ 为栅-源夹断电压。

图 2-20 分压式偏置共源极放大电路

漏-源极电压为

$$U_{DS} = V_{DD} - I_D (R_D + R_S) \qquad (2\text{-}22)$$

根据式（2-21），对于 N 沟道耗尽型 MOSFET，$U_{GS} < 0$，故要求 $I_D R_S > V_G$；对于 N 沟道增强型 MOSFET，$U_{GS} > 0$，故要求 $I_D R_S < V_G$。

2.4.2 共源极放大电路的动态分析

场效应晶体管放大电路同样也可以通过微变等效电路进行动态分析，现以图 2-20 所示的分压式偏置共源极放大电路为例，在交流通路中将 MOSFET 用如图 1-35 所示的小信号模型代替，可画出放大电路的微变等效电路，如图 2-21 所示。

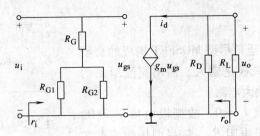

图 2-21 分压式偏置共源极放大电路的微变等效电路

由微变等效电路，可得

$$\dot{U}_i = \dot{U}_{gs}$$

$$\dot{U}_o = -\dot{I}_d R_L'$$

$$= -g_m \dot{U}_{gs} R_L'$$

$$= -g_m \dot{U}_{gs} R_D // R_L$$

$$= -g_m \dot{U}_{gs} \frac{R_D R_L}{R_D + R_L}$$

$$A_u = \frac{\dot{U}_o}{\dot{U}_i} = \frac{-g_m \dot{U}_{gs} R_L'}{\dot{U}_{gs}} = -g_m R_L' = -g_m \frac{R_D R_L}{R_D + R_L} \tag{2-23}$$

式中的负号表示输入、输出电压反相。

由微变等效电路的输入回路得输入电阻为

$$r_i = R_G + R_{G1} // R_{G2} = R_G + \frac{R_{G2}}{R_{G1} + R_{G2}} \tag{2-24}$$

通常，为了减小 R_{G1}、R_{G2} 对输入信号的分流作用，常选择 $R_G \gg R_{G1} // R_{G2}$，故 $r_i \approx R_G$。由此可见，在输入端接入电阻 R_G 可以显著提高放大电路的输入电阻。

由微变等效电路的输出回路得输出电阻为

$$r_o = R_D \tag{2-25}$$

R_D 一般为几百欧至几千欧，故输出电阻较大。

由于具有很高的输入电阻 r_i，场效应晶体管放大电路适合作为多级放大电路的输入级，尤其对于具有高内阻的信号源，只有采用场效应晶体管放大电路才能有效地放大信号。

2.4.1　在自给式偏置电路和分压式偏置电路中，电阻 R_G 所起的作用是什么？

2.4.2　试比较场效应晶体管共源极放大电路和晶体管共射极放大电路在电路结构上有何相似之处？为什么前者的输入电阻较高？

2.5　放大电路的频率特性

前面讨论放大电路时，为了分析简便起见，假设输入信号是单一频率的正弦信号。在实际应用中，放大电路的输入信号往往是非正弦量。例如广播的语言和音乐信号、电视的图像和伴音信号以及非电量通过传感器变换所得的信号等都含有基波和各种频率的谐波分量。由于在放大电路中一般都有电容元件，如耦合电容、发射极电阻交流旁路电容以及晶体管的极间结电容等，它们对不同频率的信号所呈现的容抗值是不相同的，因此，对于不同频率的信号，放大电路在放大幅度和相位关系上都会有所不同。换句话说，放大倍数的幅度是频率的函数称为**幅频特性**；放大电路输出电压与输入电压之间的相位差也是频率的函数，称为**相频特性**。幅频特性和相频特性统称为放大电路的**频率特性**。如果放大电路对复杂信号中各个不同频率的信号在幅度上和相位上放大的程度不一样，输出信号不能重现输入信号的波形，这就产生了输出波形的幅度失真和相位失真，统称**频率失真**。频率失真是由于电路中存在线性电抗元件所引起的，又称为**线性失真**。因此，我们需要讨论放大电路的频率特性。

在工业电子技术中，最常用的是低频放大电路，其频率范围为 20～10kHz。在分析放大电路的频率特性时，再将低频范围分为低、中、高三个频段。

（1）中频段　在一定频率范围内，由于耦合电容和发射极电阻旁路电容的容量较大，对中频段信号来讲其容抗很小，可视作短路。此外，晶体管的极间电容的容量很小，为几皮法至几百皮法，它对中频段信号的容抗很大，可视作开路。所以，在中频段，可认为电容不影响交流信号的传送，放大电路的电压放大倍数与信号频率无关，是个定值。前面章节中对放大电路所作的分析中，信号的频率都是中频段内，即都是指放大电路工作在中频段的情况。在本书的习题和例题中计算交流放大电路的电压放大倍数，也都是指中频段的电压放大倍数。

（2）低频段　由于信号频率较低，串联的耦合电容的容抗较大，其分压作用不能忽略，以致实际送到晶体管输入端的电压 U_{be} 比输入信号 U_i 要小，故放大倍数要降低。同样，发射极电阻旁路电容的容抗不能忽略，也使放大倍数降低。在低频段，晶体管的极间结电容的容抗比中频段更大，仍可视作开路。

（3）高频段　由于信号频率较高，耦合电容和发射极电阻旁路电容的容抗比中频段更小，故皆可视作短路。但晶体管的极间结电容的容抗减小，其分流作用不可忽略，因而输出电压减小，也使电压放大倍数降低。

综上所述，输入信号的频率过高或过低时，放大倍数都会下降。通常把放大倍数在高频和低频段分别下降到中频段放大倍数的 0.707（或 $\sqrt{2}$）倍时的频率范围称为放大电路的通频带，记作 BW，即

$$BW = f_H - f_L$$

式中的 f_H 为**上限截止频率**，f_L 为**下限截止频率**。这两个频率之间的频率范围称为**通频带**（Bandwidth），其宽度称为带宽，是反映放大电路频率特性的一个重要指标，通频带越宽，表明放大器对信号频率的适应能力越强。对于放大电路来说，为了减小频率失真，希望通频带宽一些，以使复杂信号中的各个频率成分都在通频带范围内，在幅度和相位上得到同样的放大效果，尽量减小频率失真，进而使输出信号尽可能地反映输入信号的原貌。放大器的幅频特性如图 2-22 所示。

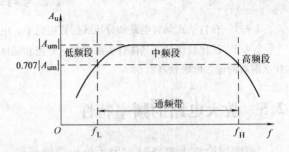

图 2-22　基本放大电路的幅频特性

【思考与练习】

2.5.1　为什么要研究放大电路的频率特性？如何分析特性？

2.5.2　晶体管放大电路中，使低频段放大倍数降低的主要原因是什么？

2.5.3　晶体管放大电路中，使高频段放大倍数降低的主要原因是什么？

2.6　多级放大电路

一个单级放大电路的放大倍数是有限的，一般在 1 ～ 200 之间，而放大器的输入信号一般都很微弱，通常为毫伏或微伏数量级，因此单级放大器的放大倍数往往不能满足实际应用要求，而且也很难同时兼顾各项性能指标。在实际应用中，为了驱动负载工作，获得足够高的放大倍数或考虑输入、输出电阻的特殊要求，实用放大电路通常由多个单级放大电路级联构成多级放大电路，以便由多级放大电路对微弱信号进行连续放大，才能在输出端获得必要的电压幅度或足够的功率，图 2-23 所示为多级放大电路的组成框图。

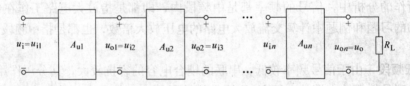

图 2-23　多级放大电路的组成框图

2.6.1　多级放大电路的耦合方式

多级放大电路内部各级之间的连接方式称为**耦合方式**。在分立元件电路中，常用的级间耦合有阻容耦合、直接耦合和变压器耦合等三种方式。无论采用哪一种耦合方式，都必须保证各级放大电路都有合适的静态工作点；前一级的输出信号能够顺利传输到后一级的输入端。

1. 阻容耦合

用电容来连接单级放大电路是一种简单且常用的耦合方式。图 2-24 所示为两级阻容耦合放大电路，电容 C_1 与信号源连接，两级之间是通过电容 C_2 耦合起来的，C_3 连接负载 R_L。

由于电容器有"隔直流、通交流"的作用，因此前一级的交流输出信号可以通过耦合电容传送到后一级的输入端，而各级放大电路的静态工作点相互没有影响，因此，阻容耦合方式主要优点是各级的静态工作点都是相互独立的，便于静态值的分析、设计和调试；此外，它还具有体积小、重量轻的优点。这些优点使阻容耦合方式在多级放大电路中得到广泛的应用。但缺点是不适合传送变化缓慢的信号，因为这类信号在通过耦合电容时会受到很大的衰减。

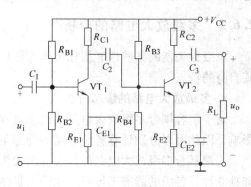

图 2-24　两级阻容耦合放大器

至于直流信号，则根本不能传送。而且在集成电路中由于难以制造大容量电容器，因而受到很大限制。

2. 直接耦合

直接耦合就是把前一级的输出端直接接到下一级的输入端，如图 2-25 所示。直接耦合放大电路不仅能放大交流信号，还能放大缓慢变化的信号和直流信号。更重要的是便于集成化，实际的集成电路内部一般都是采用直接耦合方式。但直接耦合使各级的直流通路是连通的，各级的静态工作点互相影响，并不是独立的。放大电路的静态工作点会受温度影响而产生波动。在直接耦合的多级放大电路中，即使第一级电路产生微小的缓慢变化的波动，也会被后级电路当作信号逐级放大，导致末级输出端会出现较大幅度的漂移。直接耦合的放大电路的级数越多，放大倍数越大，漂移的幅度就越大，严重时将会把真正的输出信号"淹没"，甚至使后级电路进入饱和或截止状态而无法正常工作。

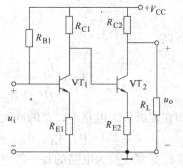

图 2-25　两级直接耦合放大器

3. 变压器耦合

变压器耦合是以变压器作为耦合元件，利用磁路耦合实现交流信号的传输。以图 2-26 所示电路为例，变压器 T_1 将第一级的输出信号电压变换成第二级的输入信号电压，T_2 将第二级的输出信号电压变换成负载 R_L 所要求的输出电压。

变压器耦合方式的最大优点是在传递交流信号的同时能够进行阻抗、电压和电流的变换，这在功率放大器中常常用到。由于变压器对直流电无变换作用，因此具有很好的隔离直流的作用。变压器耦合的缺点是体积和重量都较大，比较笨重，无法实现集成，而且也不能传输缓慢变化的信号或直流信号，

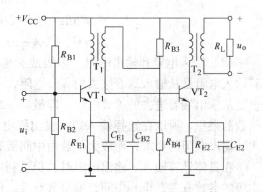

图 2-26　两级变压器耦合放大器

高频性能差、价格高，因此，这种耦合方式目前已很少采用。

2.6.2 多级放大电路的分析

单级放大器的某些性能指标可作为分析多级放大电路的依据，但分析多级放大电路又有其自身的特点。

1. 多级放大电路的静态分析

对于阻容耦合多级放大电路，由于电容的隔离直流的作用，各级电路的静态工作点互不影响，因此可以分别计算各级电路的静态工作点，方法与单级放大电路一样。

直接耦合多级放大电路的静态分析较为复杂。由于各级间的直流通路是连通的，因此不能独立计算各级的静态工作点。在分析具体电路时，只能利用电路的基本分析方法，建立关于电压、电流直流分量的独立方程（即 KCL、KVL 方框），同时，注意每个晶体管的电流控制关系或场效应晶体管的电压控制关系，通过联立方程来求解。

2. 多级放大电路的动态分析

（1）电压放大倍数 在多级放大电路中，由于各级之间是串联起来的，上一级的输出，就是下一级的输入，在如图 2-23 所示的多级放大电路的组成框图中，因为

$$\dot{U}_\mathrm{i} = \dot{U}_\mathrm{i1}, \quad \dot{U}_\mathrm{o1} = \dot{U}_\mathrm{i2}, \quad \dot{U}_\mathrm{o2} = \dot{U}_\mathrm{i3}, \quad \cdots, \quad \dot{U}_\mathrm{on} = \dot{U}_\mathrm{o}$$

所以

$$A_\mathrm{u} = \frac{\dot{U}_\mathrm{o}}{\dot{U}_\mathrm{i}} = \frac{\dot{U}_\mathrm{on}}{\dot{U}_\mathrm{i1}} = \frac{\dot{U}_\mathrm{o1}}{\dot{U}_\mathrm{i1}} \frac{\dot{U}_\mathrm{o2}}{\dot{U}_\mathrm{i2}} \cdots \frac{\dot{U}_\mathrm{on}}{\dot{U}_\mathrm{in}} = A_\mathrm{u1} A_\mathrm{u2} A_\mathrm{u3} \cdots A_\mathrm{un} = \prod_{k=1}^{n} A_\mathrm{uk} \qquad (2\text{-}26)$$

即在多级放大电路中，总的放大倍数等于各单级放大倍数的乘积。

式（2-26）中，A_u1、A_u2、$\cdots$、A_uk、$\cdots$、A_un 为带负载时的各级电路的电压放大倍数。在计算多级放大电路的每一级电压放大倍数时，必须将后一级电路的输入电阻作为前一级电路的负载电阻，以便反映出前、后级的交流通路之间的相互影响。

电压放大倍数在工程中常用对数形式来表示，称为**电压增益**，用字母 G_u 表示，单位为dB（分贝），定义为

$$G_\mathrm{u} = 20\lg |A_\mathrm{u}|$$

总增益（dB）为各级增益的代数和，即

$$\begin{aligned} G_\mathrm{u} &= 20\lg |A_\mathrm{u}| = 20\lg |A_\mathrm{u1} \cdot A_\mathrm{u2} \cdot \cdots \cdot A_\mathrm{un}| \\ &= 20\lg |A_\mathrm{u1}| + 20\lg |A_\mathrm{u2}| + \cdots + 20\lg |A_\mathrm{un}| \\ &= G_\mathrm{u1} + G_\mathrm{u2} + \cdots + G_\mathrm{un} \end{aligned}$$

（2）输入电阻和输出电阻 多级放大电路的输入电阻和输出电阻与单级放大器类似，其输入电阻是从输入端看进去的等效电阻，一般来说，也就是第一级的输入电阻。输出电阻也是从输出端看进去的等效电阻，即最后一级的输出电阻。由于总的放大倍数等于各级放大倍数的乘积，所以在选择输入级、输出级电路形式和参数时，就可以使其主要服从于对输入、输出电阻的要求，而放大倍数由中间级来提供。

在具体计算输入、输出电阻时，仍可利用单级电路已有的公式。不过，有时它们不仅和本级的参数有关，也和中间级的参数有关。例如，输入级为射极输出器时，它的输入电阻还与下一级的输入电阻有关，这一点需要特别注意。

【思考与练习】

2.6.1 对于一个多级放大电路来说，第一级应主要考虑什么指标？选择何种类型的放大电路比较合适？末级应主要考虑什么指标？选择何种类型的放大电路比较合适？中间级应主要考虑什么指标？选择何种类型的放大电路比较合适？

2.6.2 直接耦合放大电路可以放大交流信号吗？阻容耦合放大电路可以放大直流信号吗？为什么？

2.7 差动放大电路

在自动控制和检测装置中，待处理的电信号有许多是变化极为缓慢的，这类信号统称为"直流信号"。用来放大直流信号的放大电路称为直流放大器。直流放大器不能使用阻容耦合或变压器耦合方式，应采用直接耦合方式才能使直流信号逐级顺利传送，采用直接耦合必须处理好抑制"零点漂移"这一关键技术。

2.7.1 零点漂移

一个理想的直接耦合放大电路，当输入信号为零时，即处于静态时，其输出电压应保持不变，即输出相应的静态直流电压。但实际上，在直接耦合放大电路的输入端对地短路的条件下，其输出端的直流电位常常出现缓慢无规则的变化，这种现象称为**零点漂移**，简称**零漂**。在直接耦合放大电路中，即使第一级电路产生微小的波动，也会被后级电路当作信号逐级放大，导致末级输出端会出现较大幅度的零漂，对有用信号的鉴别很有影响，如果输入信号变化较慢，就会造成输出信号真假难辨。严重时的零漂电压会超过有用信号，放大电路就丧失了放大能力，将导致测量和控制系统出错。故希望**零点漂移**被抑制得越小越好。在多级直接耦合放大电路各级的零点漂移中，以第一级的零漂最为严重。因此，抑制零漂着重于第一级。

造成零点漂移的原因是电源电压的波动和晶体管参数随温度的变化，最主要的原因是放大电路的静态工作点受温度影响而产生的波动。抑制零漂的方法很多，如采用高稳定度的稳压电源来抑制电源电压波动引起的零漂；利用恒温系统来消除温度变化的影响等。在直接耦合放大电路中抑制零点漂移最有效的电路结构是利用两只特性相同的晶体管接成差动放大电路。差动放大电路常作为多级直流放大电路的输入级，在模拟集成电路中应用最为广泛。

2.7.2 差动放大电路的电路结构

差动放大电路（Differential Amplifier） 通常用于直流放大电路的输入级，如图 2-27 所示。其结构特点是：

（1）电路对称 差动放大电路由两个对称的单管共射放大电路组成，VT_1 和 VT_2 是特性相同的两个晶体管，左、右两边的偏置电阻 R_B、R_C 阻值也分别相等，即要求两边的元件特性及参数尽量一致。

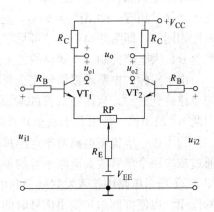

图 2-27 差动放大电路

（2）**两个输入端** 输入信号 u_{i1}、u_{i2} 可以分别从两个基极与地之间输入，简称为**双入**。也可以只从其中的一个输入端接入，而另一个输入端直接接地，简称为**单入**。

（3）**两个输出端** 可以从两管的集电极获得输出信号 u_o，简称为**双出**。也可以只从其中的一个单管的集电极与地之间获得输出信号 u_{o1} 或 u_{o2}，简称为**单出**。

（4）**双电源** 除了集电极电源 V_{CC} 外还有一个发射极电源 V_{EE}，一般取 $|V_{CC}| = |V_{EE}|$。

2.7.3 差动放大电路抑制零漂的原理

静态时，$u_{i1} = u_{i2} = 0$，两输入端与地之间可视为短路，负电源 V_{EE} 通过 R_E 为两个晶体管提供偏置电流，以建立合适的静态工作点，因而不必另外设置基极偏置电阻。由于电路对称，两边的 I_B、I_C 和 U_{CE} 都是相等的，即有 $V_{C1} = V_{C2}$，由图 2-27 可得静态输出电压为

$$U_o = U_{o1} - U_{o2} = V_{C1} - V_{C2} = 0$$

由此表明差动放大电路具有零输入时输出也为零的特点。

当温度变化时，左右两个管子的输出电压 U_{o1}、U_{o2} 都要发生变动，但由于电路对称，两管的输出变化量（即每管的零漂）相同，即 $\Delta U_{o1} = \Delta U_{o2}$，则

$$U_o = (U_{o1} + \Delta U_{o1}) - (U_{o2} + \Delta U_{o2}) = 0$$

可见利用两管的零漂在输出端相抵消，可以有效地抑制双管输出（即双出）时的零点漂移。

2.7.4 差动放大电路的输入信号及输入和输出方式

1. 差动放大电路的输入信号

因为差动放大电路有两个输入信号 u_{i1}、u_{i2}，所以分以下三种情况来讨论：

（1）**共模输入** 一对大小相等、相位相同的输入信号 u_{i1} 与 u_{i2}，称为**共模输入信号**（Common-Mode Signal），即 $u_{i1} = u_{i2}$，这对共模输入信号通过发射极公共电阻 R_E 和负电源 V_{EE} 加到左、右两个晶体管的发射结上，如果电路完全对称，则两个晶体管集电极对地的电压相等，即 $u_{o1} = u_{o2}$，差分放大电路的输出电压为

$$u_o = u_{o1} - u_{o2} = 0$$

这说明差分放大电路对共模信号没有放大作用，即共模电压放大倍数 $A_{uc} = 0$。这一特点可以用来抑制零点漂移。在理想情况下，由于温度变化、电源电压波动等原因所引起两管的输出电压漂移量相等，即 $\Delta U_{o1} = \Delta U_{o2}$，它们分别折合为各自的输入电压漂移也必然是大小相等、极性相同的，即为共模信号。可见零点漂移等效于共模输入。共模放大倍数 A_{uc} 越小，则表明差分放大电路抑制零点漂移的能力越强。

由于实际的电路难以做到完全对称，为此，电路中接入调零电位器 RP，可通过调节 RP 使电路达到对称，从而使双管的输出 $u_o = 0$。由于调零电位器 RP 有减小放大倍数的作用，因此 RP 的阻值一般取几十欧至几百欧。

为了进一步提高电路对零点漂移的抑制作用，可以在尽可能提高电路对称性的基础上，通过减少两个单管放大电路本身的零点漂移来抑制整个差分放大电路的零点漂移，因此，如图 2-27 所示电路中接入发射极公共电阻 R_E。R_E 起到稳定两个单管放大电路本身静态工作点的作用，以便抑制单管输出信号时的零点漂移。例如，当温度升高时，两个晶体管的发射极电流同时增大，发射极电阻 R_E 两端电压升高，使两管发射结压降同时减小，基极电流也都

减小，从而阻止了两管集电极电流随温度升高而增大，稳定了静态工作点，有效地抑制了单管输出信号时的零漂。在输入共模信号时，由于放大器在 R_E 上形成的反馈电压是单管电路的两倍，故对共模信号有很强的抑制能力。

显然，发射极电阻 R_E 的阻值越大，抑制零点漂移的能力越强，但 R_E 取值过大会使发射极电位 V_E 上升，两管的静态管压降 U_{CE} 减小，即信号不失真放大的动态范围减小。接入负电源 V_{EE} 可以补偿 R_E 上的直流压降，从而使放大电路既可选用较大的 R_E 值，又有合适的静态工作点。通常负电源 V_{EE} 与正电源 V_{CC} 的电压值相等。在集成电路中也常用恒流源来代替发射极电阻 R_E。

（2）差模输入 一对大小相等、相位相反的输入信号 u_{i1} 与 u_{i2} 称为**差模输入信号**（**Differential-Mode Signal**），即 $u_{i1} = -u_{i2}$，在这对差模信号的作用下，由于电路对称 $u_{o1} = -u_{o2}$。因而差分放大电路的输出电压为

$$u_o = u_{o1} - u_{o2} = 2u_{o1}$$

可见，差动放大电路对差模信号具有放大作用，即差模电压放大倍数 $A_{ud} \neq 0$。由于差模信号又称差分信号，故这种电路也称为**差分放大电路**。在实际应用中，只要将被放大的信号 u_i 分成一对差模信号，即 $u_i = u_{i1} - u_{i2} = 2u_{i1}$，分别从两个输入端输入便可以使信号得以放大。

（3）比较输入 既非共模，又非差模，大小和相对极性任意的两个输入信号 u_{i1} 与 u_{i2} 称为**比较输入信号**，在实际应用中很常见。在这对比较信号的作用下，差分放大电路的输出电压为

$$u_o = A_{u1}u_{i1} - A_{u2}u_{i2} = A_u(u_{i1} - u_{i2})$$

式中两个对称单管放大电路电压放大倍数相等，即 $A_{u1} = A_{u2} = A_u$。为了便于分析，通常将比较信号分解为共模分量和差模分量。例如，u_{i1} 和 u_{i2} 是同极性的信号，设 $u_{i1} = 12\text{mV}$，$u_{i2} = 6\text{mV}$。则将 $u_{i1} = 12\text{mV}$ 分解成 9mV 与 3mV 之和，即 $u_{i1} = 12\text{mV} = 9\text{mV} + 3\text{mV}$。而把 $u_{i2} = 6\text{mV}$ 分解成 9mV 与 3mV 之差，即 $u_{i2} = 6\text{mV} = 9\text{mV} - 3\text{mV}$。这样就可以认为 9mV 是输入信号中的**共模分量**，在差动放大电路中受到抑制；而 $+3\text{mV}$ 和 -3mV 则是输入信号的**差模分量**，在电路中能够得到放大。

对差分放大电路而言，差模信号是需要放大的有用信号，故希望差模电压放大倍数 A_{ud} 较大；而共模信号则是温度漂移或干扰产生的无用附加信号，需要对它进行抑制，故希望共模电压放大倍数 A_{uc} 愈小愈好。为了全面衡量差分放大电路放大差模信号和抑制共模信号的能力，通常以**共模抑制比**（**Common-Mode Rejection Ratio**，K_{CMRR}）作为评价指标。其定义为差动放大电路的差模电压放大倍数 A_{ud} 与共模电压放大倍数 A_{uc} 的比值，即

$$K_{CMRR} = \frac{A_{ud}}{A_{uc}}$$

显然，共模抑制比 K_{CMRR} 越大越好，在电路完全对称的理想情况下，共模电压放大倍数 $A_{uc} = 0$，则 $K_{CMRR} \to \infty$。但实际上电路不可能完全对称，K_{CMRR} 也不可能为无穷大。

2. 差动放大电路的输入和输出方式

差动放大器的输入端可采用双端输入和单端输入两种方式，双端输入是将信号加在两个晶体管的基极；单端输入则是将信号加在一只晶体管的基极和公共接地端，而另一只管子的输入端接地。不论是双端还是单端输入，其输入电阻均为单管共射放大电路输入电阻的两倍。差动放大器的输出端可采用双端输出和单端输出两种方式，双端输出时负载电阻 R_L 接

在两个晶体管的集电极之间，此时差模电压放大倍数等于单管共射放大电路的放大倍数；单端输出时，负载 R_L 接在某个晶体管的集电极与公共接地端之间，而另一只晶体管不输出，此时差模电压放大倍数和输出电阻均比双端输出减小一半。

由于差动放大器有两种输入方式和两种输出方式，因此差动放大器共有 4 种连接方式。

1）双端输入-双端输出 可利用电路的对称性及发射极公共电阻 R_E 来抑制共模信号。

2）双端输入-单端输出。

3）单端输入-双端输出。

4）单端输入-单端输出。

后三种接法的电路已不具备对称性，抑制零点漂移主要靠发射极公共电阻 R_E 来实现。

【思考与练习】

2.7.1 差分放大电路在结构上有何特点？在图 2-27 所示差分放大电路中，采用了哪些抑制零点漂移的方法？

2.7.2 在图 2-27 所示差分放大电路中，发射极公共电阻 R_E 是否也影响对差模信号的放大作用，为什么？

2.7.3 直流放大电路的输入级为什么采用差动放大电路？

2.8 功率放大电路

前面各节所述的放大电路的主要作用是把微小的输入信号放大，用于增强信号的幅度，均属于小信号放大电路，通常称之为电压放大电路。在许多电子设备的实际应用中，多级放大电路的末级通常都需要输出足够的功率来驱动一定的负载，例如使扬声器发声，推动电动机旋转等，这就需要放大电路的最后一级（输出级）一般采用能够输出足够功率的**功率放大电路**，简称**功放**电路或**功放管**（**Power Amplifier**）。

2.8.1 功率放大电路的特点

从能量转换观点来看，功率放大电路和电压放大电路并无本质的差别，但两者的任务不同，因而其电路特点有所不同。电压放大电路由单级或多级放大电路组成，其主要作用是把微弱的电压信号加以放大，输出足够大幅度的信号电压或电流，它通常在小信号状况下工作，这种电路本身消耗的功率不大，一般不考虑效率问题；而功率放大电路的主要任务是输出最大的不失真功率，即如何高效地把直流电能转化为按输入信号变化的交流输出信号，它通常在大信号状况下工作。由于工作状态和侧重的作用不同，与小信号放大电路相比，功率放大电路有其本身的特点：

（1）要求输出功率足够大 在不失真的情况下，为了获得尽可能大的输出功率，要求功放管的输出信号不仅电压幅度大，而且电流幅度也要大。

（2）接近极限的工作状态 功率放大电路中的核心元件晶体管或场效应晶体管通常在接近极限状态下工作。例如，晶体管的 U_{CE} 最大接近 U_{CM}，电流 I_C 最大接近 I_{CM}，管耗最大接近 P_{CM}。

（3）转换效率要高 功率放大的实质仍然是通过晶体管或场效应晶体管将直流电源的能

量转换为交流电能量提供给负载，即功率放大电路的输出功率是由直流电源供给的直流能量转换得到的，这种功率放大电路的转换效率定义为负载上得到的交流信号功率与直流电源供给的直流功率之比，即

$$\eta = \frac{P_o}{P_E} \times 100\% = \frac{P_o}{P_o + P_T} \times 100\%$$

式中，P_o为功率放大器输出的交流信号功率；P_E为直流电源供给的直流功率；P_T为电路损耗功率，其中主要是消耗在功率管上的平均功率。

（4）**采用图解法分析** 功率放大电路通常在大信号状况下工作，即处于大信号输入，因此，线性的小信号模型已不再适用，不能采用微变等效电路进行分析，必须用图解法来分析功率放大电路。

（5）**减小非线性失真** 由于功率放大电路处于大信号工作状态，工作点的运动范围大，容易引起非线性失真，尤其在接近或进入非线性区时。因此，要尽可能减小非线性失真。

2.8.2 互补对称功率放大电路

一般说来，功率放大电路主要分为三类：单管功率放大电路、互补对称功率放大电路、变压器耦合功率放大电路。单管功率放大电路结构简单，但输出功率和效率很低。变压器耦合功率放大电路能够利用变压器调整功率管的交流负载线，达到充分利用功率管的目的。但是，由于变压器体积比较大，频率特性不好，自身还存在着能量消耗，所以，现在应用较多的是**互补对称**（Complementary Symmetry）结构的功率放大电路，而且这种电路适合于功率放大电路的集成。

因为功率放大电路是多级放大电路的最后一级，通常工作在大信号状态，因此既要使输出不失真，又要获得大的输出功率和高的效率。一种有效的电路是采用如图2-28所示的互补对称功率放大电路。该电路将一个NPN管组成的射极输出器和一个PNP管组成的射极输出器合并在一起，公用负载电阻R_L和输入端。电路中没有偏置电阻R_B，在无信号输入（$u_i = 0$）时，放大管在接近截止区工作，使$I_{BQ} = I_{CQ} \approx 0$，管子本身损耗很小，电路的效率高；当输入信号$u_i$为正半周时，NPN管导通，PNP管截止，负载$R_L$上的输出波形为正半周；当输入信号$u_i$为负半周时，PNP管导通，NPN管截止，负载上的输出波形为负半周。在此电路中，两个不同类型的晶体管上下

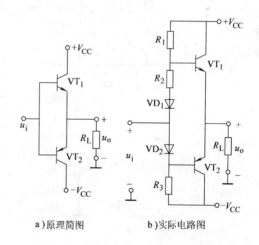

a）原理简图　　b）实际电路图

图2-28　互补对称功率放大电路

对称，交替轮流导通，互相补充，故称**互补对称功率放大电路**。由于管子导通工作时，接近极限状态，该电路的输出功率较大。另外，由于电路是由两个管子组成的射极输出器构成，所以输出电阻低也是它的主要特点，因此具有较强的带负载能力。

【思考与练习】

2.8.1 试比较功率放大电路和电压放大电路的异同。

2.8.2 为什么互补对称功率放大电路具有较强的带负载能力？其电压放大倍数大约为多大？

习　题

【习题 2-1】试判断图 2-29 所示的各电路能否放大交流信号？为什么？

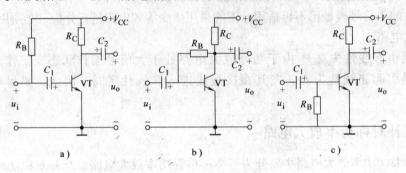

图 2-29　习题 2-1 的电路

【习题 2-2】试分别改正图 2-30 所示的各电路中的错误，使它们有可能放大正弦波信号。要求保留电路原来的共射接法。

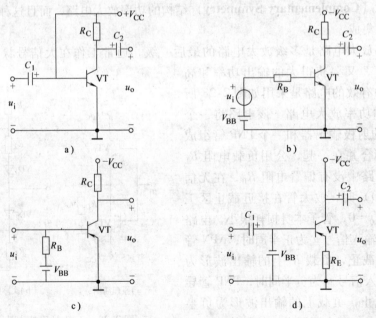

图 2-30　习题 2-2 的电路

【习题 2-3】图 2-31 所示电路在实验时，发现在以下两种情况下，输入正弦信号后，输出电压波形出现失真：（1）$U_{CE} \leqslant 1V$；（2）$U_{CE} \approx V_{CC}$。试分别说明这两种情况输出电压波形出现的是什么失真，画出各自的输出电压波形，并说明可以怎样调节 R_B 来改善失真。

【习题 2-4】 在图 2-31 所示的基本共射放大电路中，已知 $r_{be}=0.9\text{k}\Omega$、$\beta=80$、$U_{BE}=0.6\text{V}$、$V_{CC}=12\text{V}$、$R_B=390\text{k}\Omega$、$R_C=3.3\text{k}\Omega$、$R_L=1.2\text{k}\Omega$。（1）试计算静态工作点 Q（I_{BQ}、I_{CQ}、U_{CEQ}）；（2）试画出微变等效电路；（3）试求出电压放大倍数 A_u、输入电阻 r_i、输出电阻 r_o；（4）若输出电压 u_o 的波形出现如图 2-32 所示的失真情况，试问改变电阻 R_B 的大小能否消除失真？为什么？若负载电阻 R_L 和输入信号 u_i 均不变，怎样才能消除上述失真？

【习题 2-5】 在如图 2-33 所示的分压式偏置电路中，已知 $V_{CC}=12\text{V}$、$R_{B1}=30\text{k}\Omega$、$R_{B2}=20\text{k}\Omega$、$R_C=3.9\text{k}\Omega$、$R_E=3\text{k}\Omega$、$R_L=5.1\text{k}\Omega$、$\beta=50$、$r_{be}=1.07\text{k}\Omega$。（1）试计算静态工作点 Q（I_{BQ}、I_{CQ}、U_{CEQ}）；（2）试画出微变等效电路；（3）求电压放大倍数 A_u、输入电阻 r_i 和输出电阻 r_o；（4）如果将电路中电容 C_E 去除，则 A_u、r_i 以及 r_o 又等于多少？

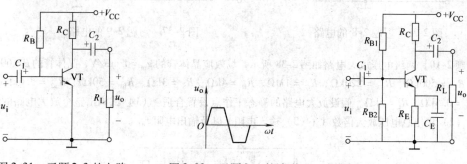

图 2-31 习题 2-3 的电路　　　图 2-32 习题 2-4 的波形　　　图 2-33 习题 2-5 的电路

【习题 2-6】 在图 2-34 所示的射极输出器电路中，已知 $V_{CC}=15\text{V}$、$R_B=200\text{k}\Omega$、$\beta=80$、$r_{be}=1\text{k}\Omega$、$R_E=3\text{k}\Omega$。（1）试计算静态工作点 Q；（2）试画出微变等效电路；（3）分别求出 $R_L=\infty$ 和 $R_L=3\text{k}\Omega$ 时电路的电压放大倍数 A_u、输入电阻 r_i 以及输出电阻 r_o。

【习题 2-7】 在图 2-35 所示的晶体管电路中，$V_{CC}=30\text{V}$、$\beta=80$、$r_{be}=1.3\text{k}\Omega$、$R_B=1\text{M}\Omega$、$R_E=2.4\text{k}\Omega$、$R_C=10\text{k}\Omega$。（1）试计算静态工作点 Q（I_{BQ}、I_{CQ}、U_{CEQ}）；（2）若输入幅度为 0.1V 的正弦波，计算输出电压 u_{o1}、u_{o2} 的幅值；（3）求输入电阻 r_i 以及输出电阻 r_{o1}、r_{o2}。

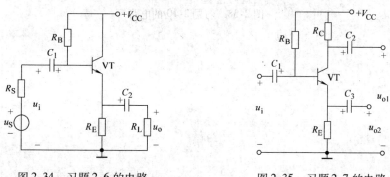

图 2-34 习题 2-6 的电路　　　　图 2-35 习题 2-7 的电路

【习题 2-8】 已知如图 2-36 所示的源极输出器的电路参数以及场效应晶体管的 g_m，试求出电压放大倍数 A_u、输入电阻 r_i 以及输出电阻 r_o。

【习题 2-9】 两级阻容耦合放大电路如图 2-37 所示，已知 $\beta_1=\beta_2=50$，假设放大电路的静态工作点设置合适，管子的输入电阻 $r_{be1}=r_{be2}=1\text{k}\Omega$。（1）若输入为正弦信号，试定性地画出输出电压 u_o 的波形；（2）试画出整个放大电路的微变等效电路；（3）求出总电压放大倍数 A_u、输入电阻 r_i 以及输出电阻 r_o。

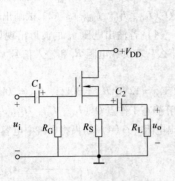

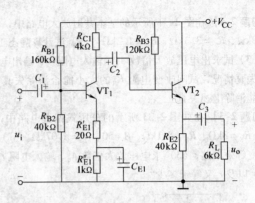

图 2-36 习题 2-8 的电路 　　　　　　　图 2-37 习题 2-9 的电路

【习题 2-10】 两级电压放大电路如图 2-38 所示，场效应晶体管的 $g_m = 1$ mA/V，晶体管的 $\beta = 60$、$r_{be} = 1.4$kΩ、$R_{G1} = 500$kΩ、$R_{G2} = 220$kΩ、$R_G = 1$MΩ、$R_D = 4$kΩ、$R_S = 3$kΩ、$R_{B1} = 50$kΩ、$R_{B2} = 5.6$kΩ、$R_C = 5$kΩ、$R_E = 0.5$kΩ、$R_L = 5$kΩ。假设放大电路的静态工作点设置合适。（1）试画出整个放大电路的微变等效电路；（2）求出总电压放大倍数 A_u；（3）输入电阻 r_i 以及输出电阻 r_o。

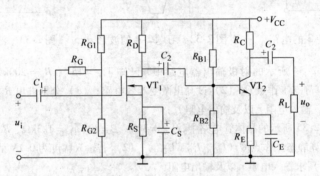

图 2-38 习题 2-10 的电路

第 3 章 集成运算放大器

集成电路是利用半导体制造工艺把整个电路的各个元器件以及相互之间的连接线同时制造在一块半导体芯片上，组成一个不可分割的整体，实现了材料、元器件和电路的统一。集成电路比分立元件电路体积小、重量轻、功耗低，由于减少了焊点，工作可靠性高，价格也较便宜。就功能而言，集成电路可分为数字集成电路和模拟集成电路。数字集成电路用来产生和处理那些离散的数字信号。模拟集成电路用来产生、放大和处理那些随时间连续变化的模拟信号。

模拟集成电路自 20 世纪 60 年代初期问世以来，在电子技术中得到了广泛的应用。其中最主要的代表器件就是运算放大器。运算放大器在早期用于模拟信号的运算，可以实现加、减、乘、除、微分、积分、对数与反对数等各种不同的数学运算，故称**运算放大器**（Operational Amplifier）。随着集成技术的发展，运算放大器的应用已远远超出了模拟运算的范围，广泛应用于信号的处理和测量、信号的产生和转换及自动控制等诸多方面。同时，许多具有特定功能的模拟集成电路，例如，集成功率放大器、集成稳压电源等也在电子技术领域中得到了广泛的应用。本章主要介绍集成运算放大器的基本组成、特性及及其在信号运算、信号处理方面的应用。

3.1 集成运算放大器概述

集成运算放大器简称**集成运放**或**运放**，是一种放大倍数很高的直接耦合的多级放大电路。通常有双列直插式、扁平式、圆壳式等封装形式，其引脚（即引出线）有 8 脚、10 脚、12 脚或 14 脚等。图 3-1 所示是几种集成运放的实物图例。在使用集成运放时，应知道引脚的用途以及运放的主要参数，这些需要通过查手册得到。

3.1.1 集成运算放大器的组成

集成运算放大器通常由输入级、中间级、输出级和偏置电路 4 个基本组成部分经直接耦合级联而成，如图 3-2 所示。

（1）**输入级** 输入级是运放内部电路的第一级，是提高运算放大器质量的关键部分。要求其零点漂移要小，输入电阻要高，抑制共模信号的能力要强，差模放大倍数要大，以便提高共模抑制比，应具有很强的抗干扰能力。因此，通常采用带有恒流源的高性能差动放大电路作为集成运放的输入级，带有两个输入端。

（2）**中间级** 中间级用来完成电压放大，电压放大倍数应尽量大，使集成运算放大器获得很高的电压放大倍数，一般由若干级共发射极（或共源极）放大电路组成。

（3）**输出级** 输出级是运放内部电路的最后一级，直接与负载相接。一般要求它应具有足够大的输出电压幅度及输出功率，以满足负载的需要；要求其具有较高的输入电阻和较低的输出电阻，一方面可以将前面放大级和负载相隔离，以免因负载电阻小 而影响放大级

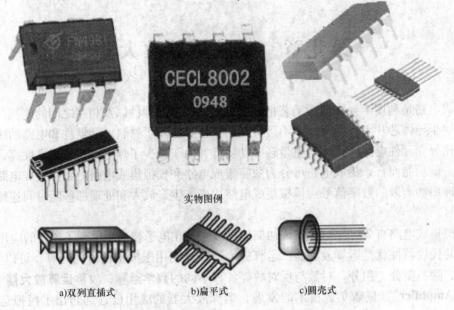

a)双列直插式　　　　b)扁平式　　　　c)圆壳式

图 3-1　集成运放的实物图例

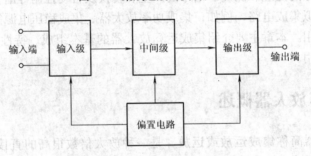

图 3-2　集成运放的组成框图

的放大作用，同时又有利于和负载相匹配，以获得较大的负载输出、较强的负载驱动能力；同时，还应具有过载保护，以防输出端意外短路或负载电流过大而烧坏管子。因此，输出级一般采用互补对称电路或射极输出器。

（4）偏置电路　偏置电路的作用是为上述各级电路提供合适而稳定的偏置电流，决定各级的静态工作点。一般由各种恒流源电路构成。

国家标准规定的运算放大器的图形符号如图 3-3 所示。不必标出所有的引脚。其中右侧" + "端为输出端，输出信号 u_o 由此端对地之间输出。左侧" - "端为反相输入端，当信号由此端对地输入时，输出信号 u_o 与输入信号相位相反，所以称为**反相输入端**，反相输入端与参考零电位之间的电压用 u_- 表示，这种输入方式称为**反相输入**。左侧" + "端为同相输入端，当信号由此端对地输入时，输出信号 u_o 与输入信号相位相同，所以称为同相输入端，同相输入端与参考零电位之间的电压用 u_+ 表示，这种输入方式称为**同相输入**。当两输入端都有信号输入时，称为**差动输入**方式。运算放大器在正常应用时，存在这三种基本输入方式。不论采

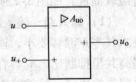

图 3-3　集成运放的图形符号

用何种输入方式，运算放大器放大的是两个输入信号的差（$u_+ - u_-$）。A_{uo} 是集成运放的**开环电压放大倍数**，表示空载输出电压 u_o 与差模输入电压（$u_+ - u_-$）之比。

集成运放的这两个输入端通常就是其内部输入级差分放大电路的两个输入端，因此从外部看，集成运放是一个双端输入、单端输出、差模电压放大倍数很高、输入电阻很高、输出电阻很低、抑制共模信号能力很强的集成放大电路。

3.1.2 集成运算放大器的主要参数

运算放大器的性能通常通过它的参数来体现，为了合理地选用和正确地使用运算放大器，必须了解各主要参数的意义。

（1）开环电压放大倍数 A_{uo}　指集成运放的输出端和输入端之间，在没有外加回路（即开环）的情况下，集成运放工作在线性区时，空载输出电压与差模输入电压之比。通常，运放的开环电压放大倍数 A_{uo} 都较大，一般为 $10^4 \sim 10^7$，即开环增益为 $80 \sim 140$dB。它是决定运算准确度的重要因素，A_{uo} 越高，所构成的运算电路越稳定，运算准确度也越高。

（2）差模输入电阻 r_{id}　指输入为差模信号时，集成运放两输入端之间的输入电阻，反映了运放输入端向差模输入信号源索取电流的大小。r_{id} 值越大，运放向信号源索取的电流越小，电路性能越好。r_{id} 一般为 $10^5 \sim 10^{11}\Omega$。

（3）开环输出电阻 r_o　指运算放大器输出端与地之间的动态电阻，反映了运放带负载能力的大小。开环输出电阻 r_o 越小，带负载能力越强。一般约为几十欧至几百欧。

（4）共模抑制比 K_{CMRR}　集成运放的共模抑制比 K_{CMRR} 的定义与差动放大电路相同，用来综合衡量运算放大器的放大、抑制零点漂移以及抵抗共模干扰的能力。K_{CMRR} 值越大，集成运放抑制共模干扰信号的能力就越强。因为运放的输入级采用差动放大电路，所以有很高的共模抑制比，一般为 $70 \sim 130$dB。

（5）最大输出电压 U_{OPP}　集成运放在空载情况下，能使输出电压和输入电压保持不失真关系的最大输出电压的峰-峰值，一般略低于电源电压。当电源电压为 ± 15V 时，U_{OPP} 一般约为 ± 13V。

（6）最大共模输入电压 U_{icM}　集成运放对共模信号有抑制作用，但当共模输入电压超过一定极限数值时，将会造成共模抑制比明显下降，运放将不能正常工作甚至损坏，共模输入电压的这一极限数值就是集成运放的最大共模输入电压 U_{icM}，该值与运放的输入级电路结构紧密相关。

（7）最大差模输入电压 U_{idM}　指运放的两个输入端之间所能承受的最大电压，超过这一数值，运放的输入级差放管将会发生击穿，从而使运算放大器性能下降甚至损坏。

（8）输入失调电压 U_{io}　理想的集成运放在输入电压为零时，输出电压也应为零。但由于输入级电路参数不对称等原因，实际的集成运放输入为零时输出并不为零，将其折合到输入端就是输入失调电压。它在数值上等于输出电压为零时两输入端之间应施加的直流补偿电压。U_{io} 的大小反应了输入级差动放大电路的不对称程度，显然其值越小越好，一般为几毫伏，高质量的在 1mV 以下。

（9）输入失调电流 I_{io}　当输入信号为零时，运放的输入级差分电路两个输入端静态电流的差值称为输入失调电流 I_{io}，它反映了运放两个静态输入电流的不对称程度。I_{io} 的存在会产生输出失调，因而 I_{io} 的值越小越好，一般为纳安级。

除上面介绍的几个主要参数外，集成运放的参数还有输入偏置电流、温度漂移、静态功耗、输入失调电压温漂、输入失调电流温漂、带宽等，需要时可查手册。

3.1.3 集成运算放大器的电压传输特性

集成运放的输出电压和输入电压之间的关系曲线称为电压**传输特性**（**Transfer Characteristics**）。这里的输入电压 u_i 是指同相输入端和反相输入端的差值电压，即 $u_i = u_+ - u_-$。对于由正、负电源供电可输出正、负电压的集成运放，其电压传输特性如图 3-4 所示。

从图 3-4 可以看出，集成运放的电压传输特性分为线性区（或称为线性放大区）和非线性区（或称为饱和区）两部分。电压传输特性的斜线部分就是线性区，当运放工作在线性区时，它是一个线性放大元件，其输出电压 u_o 与输入电压 $u_i = u_+ - u_-$ 是线性关系，即

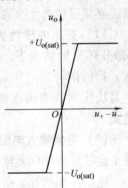

$$u_o = A_{uo}(u_+ - u_-) \tag{3-1}$$

式中的 A_{uo} 就是集成电路在没有通过外电路引入反馈，即开环时的差模电压放大倍数，也就是线性区斜线的斜率。由于受电源电压的限制，输出电压不可能随输入电压的增大而无限增大，因此，当输出电压 u_o 增大到一定值后，就进入了电压传输特性的水平直线部分即集成运放的非线性区（饱和区）。

图 3-4 集成运放的电压传输特性

当运算放大器的工作范围超出线性区在饱和区时，输出电压和输入电压不再满足式（3-1）表示的线性关系，此时输出电压 u_o 只有两种可能

$$\left.\begin{array}{l} 当\ u_+ > u_-\ 时，\ u_o = +U_{o(sat)} \\ 当\ u_+ < u_-\ 时，\ u_o = -U_{o(sat)} \end{array}\right\} \tag{3-2}$$

即当集成运放工作在非线性区时，输出电压 u_o 只有两种可能：正饱和值 $+U_{o(sat)}$ 和负饱和值 $-U_{o(sat)}$。工作在正、负饱和区的输出电压 $\pm U_{o(sat)}$ 一般略低于正、负电源电压。

集成运放的开环差模电压放大倍数 A_{uo} 往往很大，而输出电压 u_o 为有限值，因而集成运放的线性工作区很窄，在开环的情况下，即使输入信号在毫伏级以下，也足以使输出电压饱和，很容易进入非线性区。所以要使集成运放工作在线性区，必须通过外围电路引入负反馈。

3.1.4 理想集成运算放大器及其分析依据

1. 理想集成运算放大器及其电压传输特性

为便于分析计算，通常将集成运放看成是理想运算放大器。所谓的理想运算放大器就是将实际的集成运放性能指标理想化，满足所谓"三高一低"的理想化条件，即

开环差模电压放大倍数 $A_{uo} \to \infty$；

差模输入电阻 $r_{id} \to \infty$；

输出电阻 $r_o \to 0$；

共模抑制比 $K_{CMRR} \to \infty$。

理想运算放大器的开环电压放大倍数 $A_{uo} \to \infty$，所以，理想运算放大器开环应用时，线

性区理想化成与纵轴重合的线段，即可视作线性区不存在。理想运算放大器的图形符号及电压传输特性分别如图 3-5a、b 所示，图 3-5a 中的"∞"表示理想运放的开环差模电压放大倍数 A_{uo} 为无穷大。

由于实际运算放大器的上述技术指标接近理想条件，因此在分析时，用理想运算放大器代替实际的运算放大器所产生的误差并不大，在工程上是允许的，这样可以使分析过程大大简化。若无特别说明，后面对运算放大器的分析，均认为集成运放是理想的。

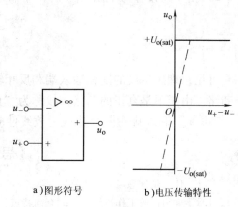

a）图形符号　　　b）电压传输特性

图 3-5　理想运算放大器

例 3-1　已知集成运算放大器的开环电压放大倍数 $A_{uo} = 2 \times 10^5$，外接的正负电源电压为 ±15V，输出最大电压为 ±13V。分别加入下列输入电压，求输出电压及极性。（1）$u_+ = 15\mu V$，$u_- = -10\mu V$；（2）$u_+ = -5\mu V$，$u_- = 10\mu V$；（3）$u_+ = 0V$，$u_- = 5mV$；（4）$u_+ = 5mV$，$u_- = 0V$。

解：由式（3-1）得

$$u_+ - u_- = \frac{u_o}{A_{uo}} = \frac{\pm 13}{2 \times 10^5}V = \pm 65\mu V$$

可见，当两个输入端之间的电压绝对值小于 $65\mu V$，工作在线性区，输出与输入满足式（3-1），否则工作在非线性区，输出就满足式（3-2），因此有

当 $u_+ = 15\mu V$，$u_- = -10\mu V$ 时，

$$u_o = A_{uo}(u_+ - u_-) = 2 \times 10^5 (15 + 10) \times 10^{-6}V = +5V$$

当 $u_+ = -5\mu V$，$u_- = 10\mu V$ 时，

$$u_o = A_{uo}(u_+ - u_-) = 2 \times 10^5 (-5 - 10) \times 10^{-6}V = -3V$$

当 $u_+ = 0V$，$u_- = 5mV$ 时，

$$u_o = -13V$$

当 $u_+ = 5mV$，$u_- = 0V$ 时，

$$u_o = +13V$$

2. 理想运算放大器线性应用的分析依据

如果直接将输入信号加在运放的两个输入端，因为开环差模电压放大倍数 A_{uo} 为无穷大，必然使运放工作在非线性区。因此，必须引入负反馈电路（见下节内容），使理想的运放工作在线性区。工作在线性区的理想运放具有以下的特点：

1）由于输出电压 u_o 为有限值，差模开环放大倍数 $A_{uo} \to \infty$，根据式（3-1）可知

$$u_+ - u_- = \frac{u_o}{A_{uo}} \approx 0$$

即

$$u_+ \approx u_- \tag{3-3}$$

可见，理想运放的同相输入端和反相输入端的电位是相等的，这等效于运放的两个输入端之间相当于短路。由于不是真正的短路，故称为**"虚短"**。

如果把理想运放的任一个输入端接地，根据式（3-3）可知另一个输入端的电位也为零，但又不是真正接地，所以把电路中不接地的一端称为"**虚地**"。

2）由于差模输入电阻 $r_{id} \rightarrow \infty$，而输入电压 $u_i = u_+ - u_-$ 是有限值，两个输入端电流为

$$i_+ = i_- = \frac{u_i}{r_{id}} \approx 0$$

即
$$i_+ = i_- \approx 0 \qquad\qquad (3-4)$$

可见，理想运放的同相输入端和反相输入端的输入电流均为零，即两个输入端之间相当于断路。由于不是真正的断路，故称为"**虚断**"。

"虚断"和"虚短"是集成运放线性应用时进行电路分析和设计的两个重要依据。

【思考与练习】

3.1.1　什么是理想运算放大器？

3.1.2　理想运放工作在线性区时有何特点？怎样理解"虚短"、"虚断"和"虚地"？

3.1.3　理想运放工作在非线性区时有何特点？怎样确定输出电压？

3.1.4　怎样判断理想运放工作在线性区还是非线性区？为什么？

3.2　放大电路中的负反馈

如前所述，必须引入负反馈才能使集成运算放大器工作在线性区，反馈是自动调节原理中的一个基本概念。在模拟电子电路中反馈得到非常广泛的应用，引入负反馈可以稳定静态工作点，稳定放大倍数，改变输入、输出电阻，拓展通频带，减小非线性失真等，使放大电路工作性能得到改善。因此，在介绍运算放大器的应用之前，先介绍有关反馈的概念。

3.2.1　反馈的概念

反馈（Feedback） 也称为"回授"，通过输出对输入的影响来改善系统的运行状况及控制效果。广泛应用于各个领域。例如，在行政管理中通过对执行部门工作效果（输出）的调研，以便修订政策（输入）；在商业活动中通过对商品销售（输出）的调研来调整进货渠道及进货数量（输入）；在控制系统中，通过对执行机构偏移量（输出量）的监测来修正系统的输入量等。

电路中的反馈就是将电路的输出信号（电压或电流）的一部分或全部通过一定的电路（反馈电路）送回到输入端，与输入信号一同控制电路的输出。任何带有反馈的放大电路都包含两个部分：一部分是不带反馈的**基本放大电路 A**，它可以是单级或多级的放大电路，其主要功能是放大信号；另一部分是**反馈电路 F**，它是放大电路输出、输入的联系环节。放大电路的反馈框图如图 3-6 所示，其中基本放大电路 A 和反馈电路 F 构成一个闭合环路，常称为**闭环电路**（或闭环系统）。它们均如箭头所示方向单方向传递信号。

在图 3-6 中，用 x 表示信号，它既可以表示电压，也可以表示电流。x_i、x_o 和 x_f 分别表示输入、输出和反馈信号，输入信号 x_i 和反馈信号 x_f 在输入端通过比较（叠加）后得到净输入信号 x_d，它是基本放大电路的输入信号，不但决定于输入信号（输入量），还与反馈信号（反馈量）有关。最后在输出端获得输出信号 x_o。

图 3-6　放大电路的反馈框图

根据反馈的效果可以区分反馈的极性。如果引回的反馈信号 x_f 削弱了输入信号 x_i , 使净输入信号 x_d 减小, 即 $x_d < x_i$, 从而降低了电路的放大倍数, 则称这种反馈为**负反馈（Nega-tive Feedback）**, 此时

$$x_d = x_i - x_f$$

如果引回的反馈信号 x_f 增强了输入信号 x_i , 使净输入信号 x_d 增大, 即 $x_d > x_i$, 从而提高了电路的放大倍数, 则称这种反馈为**正反馈**, 此时

$$x_d = x_i + x_f$$

由于反馈的结果影响净输入量, 因而必然影响输出量。所以, 根据输出量的变化也可以区分反馈的极性, 反馈的结果使输出量减小的为负反馈, 使输出量增大的为正反馈。

正确判断反馈的性质是研究反馈放大电路的基础。

1. 有无反馈的判断

若放大电路中存在将输出回路与输入回路相连接的通路, 并由此影响放大电路的净输入量, 则表明电路引入了反馈, 构成闭环系统; 否则, 电路中便没有反馈, 处于开环工作状态。

图 3-7 是判断有无引入反馈的三个不同的电路。在图 3-7a 所示电路中, 集成运放的输出端与同相、反相两个输入端均无通路, 故电路中没有引入反馈; 在图 3-7b 所示电路中, 电阻 R_f 将集成运放的输出端与反相输入端相连接, 因而集成运放的净输入量 x_d 不仅决定于输入信号 x_i , 还与输出信号 x_o 有关, 所以该电路中引入了反馈, 是个闭环电路系统。在图 3-7c 所示电路中, 虽然电阻 R 跨接在集成运放的输出端与同相输入端之间, 但是因为同相输入端接地, R 只不过是集成运放的负载, 而不会使输出信号 x_o 作用于输入回路, 所以电路中没有引入反馈。

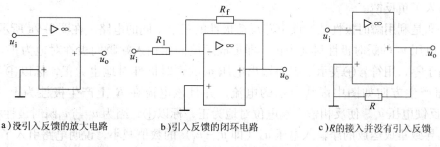

a）没引入反馈的放大电路　　　b）引入反馈的闭环电路　　　c）R 的接入并没有引入反馈

图 3-7　有无反馈的判断

由以上分析可知, 通过寻找电路中有无反馈通路, 并分析输出信号对输入信号有无产生影响, 从而可判断出电路是否引入了反馈。

2. 直流反馈与交流反馈的判断

如果反馈信号中只含有直流分量, 或者说, 仅存在于直流通路中的反馈称为**直流反馈**;

如果反馈信号中只含有交流分量，或者说，仅存在于交流通路中的反馈称为**交流反馈**。直流反馈通常对放大电路的静态工作点产生影响，而交流反馈则影响放大电路的动态性能指标。在很多放大电路中，常常是交、直流反馈同时存在。

图 3-8 是判断直流反馈与交流反馈的三个不同的电路。在图 3-8a 所示电路中，已知电容 C 对交流信号可视为短路，输出信号中的交流分量直接接地，并不影响输入信号，只有直流分量会影响反相输入端的信号，因而该电路只引入了直流反馈，而没有引入交流反馈。在图 3-8b 所示电路中，已知电容 C 对交流信号可视为短路，对于直流分量，电容 C 相当于开路，即在直流通路中不存在连接输出回路与输入回路的通路，故电路中没有直流负反馈。对于交流分量，电容 C 相当于短路，电阻 R_f 将集成运放的输出端与反相输入端相连接，并对输入信号中交流分量产生影响，故电路中只引入了交流反馈。在图 3-8c 电阻 R_f 上的电压既有直流分量又有交流分量，因而电路中既引入了直流反馈又引入了交流反馈。

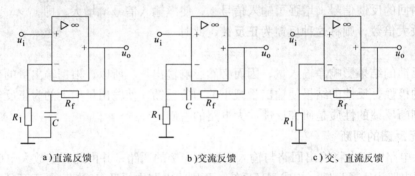

a) 直流反馈　　　　　　　b) 交流反馈　　　　　　　c) 交、直流反馈

图 3-8　直流反馈与交流反馈的判断

3. 反馈极性的判断

瞬时极性法是判断电路反馈极性的基本方法。首先假定输入信号在某一瞬间对地电位的极性，并以此为依据，逐级判断电路中各相关点电位的瞬时极性和电流的流向，从而得到输出信号的极性；再根据输出信号的极性判断出反馈信号的极性；若反馈信号使基本放大电路的净输入信号增大，则说明引入了正反馈；若反馈信号使基本放大电路的净输入信号减小，则说明引入了负反馈。

图 3-9 是利用瞬时极性法判断电路反馈极性的三个不同的电路。在图 3-9a 所示电路中，假设输入电压 u_i 的瞬时极性对地为正，即集成运放同相输入端瞬间极性对地为正，u_+ 的瞬间电位高于零，用符号 $\oplus$ 表示，因而输出电压 u_o 的瞬时极性对地也为正，标以 $\oplus$。u_o 在 R_f 和 R_1 回路产生方向如图中虚线所示的电流，并且该电流在 R_1 上产生极性为上"$+$"下"$-$"的反馈电压 u_f，使反相输入端电位对地为正，标以 $\oplus$；因为 u_i 与 u_f 瞬时极性相同，反馈信号 u_f 导致集成运放的净输入电压 u_d（即 $u_i - u_f$）的数值减小，说明电路引入了负反馈。

把图 3-9a 所示电路中集成运放的同相输入端和反相输入端互换就得到如图 3-9b 所示电路。若设输入电压 u_i 的瞬时极性对地为正，则输出电压 u_o 的极性对地电位为负，标以 $\ominus$。u_o 在 R_1 和 R_f 回路产生方向如图中虚线所示的电流，并且该电流在 R_1 上产生极性为上"$-$"下"$+$"的反馈电压 u_f，从而使同相输入端电位对地为负，标以 $\ominus$。因为 u_i 与 u_f 瞬时极性相反，反馈信号 u_f 必然导致集成运放的净输入电压 u_d（即 $u_i - u_f$）的数值增大，说明电路引入了正反馈。

在图 3-9c 所示电路中，假设输入电流 i_i 瞬时极性如图所示，集成运放反相输入端的电流 i_- 流入集成运放，即反相输入端瞬间极性对地为正，因而输出电压 u_o 极性对地为负，u_o 作用在电阻 R_f 上产生如图中所标注电流 i_f，i_f 对输入电流 i_i 分流，导致集成运放的净输入电流 i_- 的数值减小，所以电路引入了负反馈。

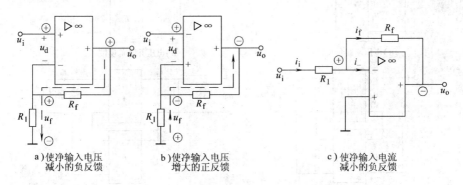

a) 使净输入电压减小的负反馈　　　b) 使净输入电压增大的正反馈　　　c) 使净输入电流减小的负反馈

图 3-9　瞬时极性法判断电路反馈的极性

以上分析说明，在集成运放组成的反馈放大电路中，可以通过分析集成运放的净输入电压（或者净输入电流）因反馈的引入是增大了还是减小了，来判断反馈的极性。使净输入量增大的为正反馈，使净输入量减小的为负反馈。根据瞬时极性法也很容易判断反馈的极性，由单个集成运放组成的本级反馈电路，若反馈电路接到反相输入端，则为负反馈；若反馈电路接到同相输入端，则为正反馈。

引入负反馈才能扩大集成运算放大器的线性工作区，因此，在本章中主要讨论负反馈集成运放电路。

3.2.2　负反馈的类型及其判断

1. 负反馈的类型

针对不同的应用场合，为达到不同的目的和要求，可采用如图 3-10 所示的 4 种不同负反馈类型的放大电路。反馈量实质上是对输出量的采样，根据反馈信号采样方式的不同，可分为电压反馈与电流反馈。当反馈量来源于输出电压，其数值与输出电压成正比，目的是使输出电压稳定，称为电压反馈，如图 3-10a、b 所示。当反馈量取自于输出电流，其数值与输出电流成正比，目的是使输出电流稳定，称为电流反馈，如图 3-10c、d 所示。负反馈的基本作用是将反馈量引回到输入端，与输入量相减，从而调整电路的净输入量和输出量。根据在输入端反馈信号与输入信号比较的形式不同，可以分为串联反馈和并联反馈。如果反馈信号以电压的形式出现，并与输入信号是以电压方式相叠加，即净输入量是输入电压减反馈电压，反馈的结果是使净输入电压减小，这种反馈称为串联反馈，如图 3-10 a、c 所示。而当反馈信号以电流的形式出现，并与输入量是以电流方式相叠加，即净输入量是输入电流减反馈电流，反馈的结果是使净输入电流减小，这种反馈称为并联反馈，如图 3-10b、d 所示。

因此，负反馈有电压串联、电压并联、电流串联和电流并联等 4 种组态，其放大电路框图如图 3-10 所示。

(1) 电压串联负反馈　在图 3-11 所示电路中，理想运放为图 3-10a 反馈放大电路框图中的基本放大电路。R_f 和 R_1 构成反馈环节，输入信号 u_i 通过 R_2 加于集成运放同相输入端。

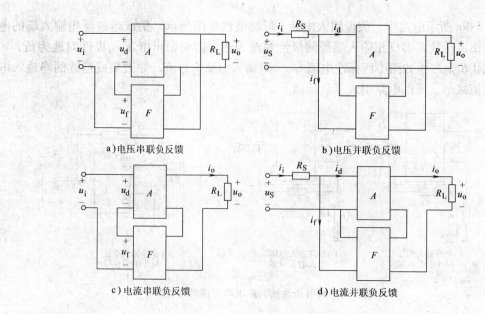

a）电压串联负反馈　　　　　b）电压并联负反馈

c）电流串联负反馈　　　　　d）电流并联负反馈

图 3-10　4 种不同负反馈类型的放大电路框图

输出电压 u_o 通过 R_f 和 R_1 分压，在 R_1 上的分压即为反馈信号 u_f。设同相输入端的输入信号瞬时极性为 "+"，则输出信号的极性为 "+"，因此反馈信号 u_f 也为 "+"，电路各点电位的瞬时极性如图中所标注。净输入电压为

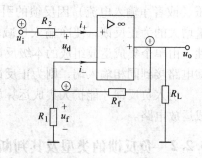

$$u_d = u_i - u_f$$

此式表示反馈信号削弱了净输入信号，为负反馈。同时此式还表示反馈信号 u_f 与输入信号 u_i 是串联关系（电压相加减），所以为串联反馈。从分析理想运算放

图 3-11　电压串联负反馈电路

大电路线性应用的重要依据 "虚断" 可知 $i_+ = i_- = 0$，因此由图可以得出反馈量为

$$u_f = \frac{R_1}{R_1 + R_f} u_o \tag{3-5}$$

可见，反馈量取自于输出电压 u_o，且反馈电压 u_f 正比于输出电压 u_o，所以为电压反馈；同时，因将 u_f 与输入电压 u_i 求差后放大，故引入了电压串联负反馈，因此，图 3-11 所示为电压串联负反馈电路。引入电压负反馈可以稳定输出电压。假定由于负载的变化使得输出电压 u_o 减小，据式（3-5）可知，反馈信号 u_f 随之减小，因而净输入信号 u_d 增大，输出信号 u_o 随之增大，使得输出电压稳定。

（2）电压并联负反馈　在图 3-12 所示电路中，运放为反馈放大电路的基本放大电路。反馈电阻 R_f 一端连接于输出端，另一端连接于反相输入端。输入信号 i_i 通过 R_1 加在集成运放反相输入端，通过 R_f 的电流即为反馈信号 i_f。设反相输入端的输入信号瞬时极性为 "+"，则输出信号的极性为 "−"，因此反

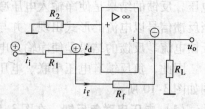

图 3-12　电压并联负反馈电路

馈信号 i_f 也为"$+$"，电路各点电位的瞬时极性如图中所标注，净输入电流为

$$i_d = i_i - i_f$$

此式说明反馈信号削弱了净输入信号，所以为负反馈；此式还表示反馈信号 i_f 与输入信号 i_i 是并联关系（电流相加减），所以为并联反馈。从分析理想运算放大电路线性应用的重要依据"虚短"可知 $u_+ = u_- = 0$，因此由图可以得出反馈量为

$$i_f = -\frac{u_o}{R_f}$$

可见，反馈量取自于输出电压 u_o，且反馈电流 i_f 的大小正比于输出电压 u_o，所以为电压反馈；同时，因反馈电流 i_f 与输入电流 i_i 求差后放大，故引入了电压并联负反馈，因此，图 3-12 所示为电压并联负反馈电路。该电压电路同样可以稳定输出电压。

（3）电流串联负反馈 在图 3-13 所示电路中，运放为反馈放大电路的基本放大电路。R_f 和负载电阻 R_L 构成反馈环节，输入信号 u_i 通过 R_1 加于集成运放同相输入端。负载中通过的电流为输出电流 i_o，R_f 上的电压即为反馈信号 u_f。设同相输入端的输入信号瞬时极性为"$+$"，则输出信号的极性为"$+$"，因此反馈信号 u_f 也为"$+$"，电路各点电位的瞬时极性如图中所标注，净输入电压为

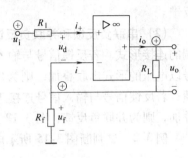

图 3-13　电流串联负反馈电路

$$u_d = u_i - u_f$$

此式表示反馈信号削弱了净输入信号，为负反馈；同时此式还表示反馈信号 u_f 与输入信号 u_i 是串联关系（电压相加减），所以为串联反馈。从分析理想运算放大电路线性应用的重要依据"虚断"可知 $i_+ = i_- = 0$，因此由图可以得出反馈量为

$$u_f = i_o R_f \tag{3-6}$$

可见，反馈量取自于输出电流 i_o，且反馈电压 u_f 正比于输出电流 i_o，所以为电流反馈；同时，因将 u_f 与输入电压 u_i 求差后放大，故引入了电流串联负反馈，因此，图 3-13 所示为电流串联负反馈电路。引入电流负反馈可以稳定输出电流。假定由于负载的变化使得 i_o 增大，据式（3-6）可知，反馈信号 u_f 随之增大，因而净输入信号 u_d 减小，使得输出电流 i_o 减小，从而保持输出电流稳定。

（4）电流并联负反馈 在图 3-14 所示电路中，如前所述反馈放大电路的基本放大电路是运算放大器。R_f 和电阻 R_1 构成反馈环节，输入信号 i_i 通过 R_1 加在集成运放反相输入端，通过 R_f 的电流即为反馈信号 i_f。设反相输入端的输入信号瞬时极性为"$+$"，则输出信号的极性为"$-$"，因此反馈信号 i_f 也为"$+$"，电路各点电位的瞬时极性如图中所标注，净输入电流为

$$i_d = i_i - i_f$$

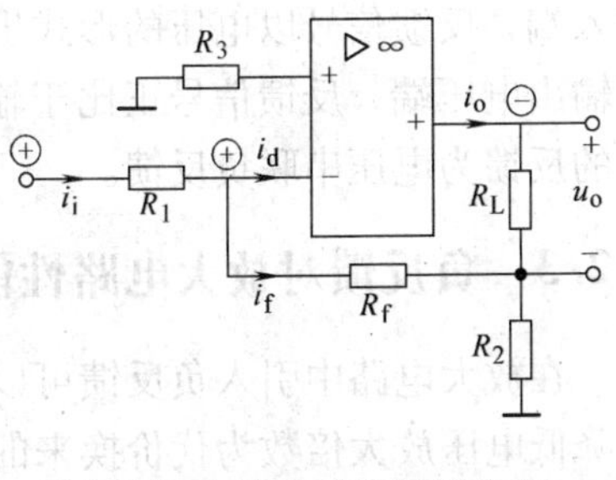

图 3-14　电流并联负反馈电路

此式说明反馈信号削弱了净输入信号，所以为负反馈；此式还表示反馈信号 i_f 与输入信号 i_i 是并联关系（电流相加减），所以为并联反馈。根据分析理想运算放大电路的重要依据"虚断"以及"虚短"，由图可得反馈量为

$$i_f = -\frac{R_2}{R_f + R_2}i_o$$

可见，反馈量取自于输出电流，反馈电流 i_f 与输出电流的大小 i_o 成正比，故为电流反馈；同时，因反馈电流 i_f 与输入电流 i_i 求差后放大，故引入了电流并联负反馈，因此，图3-14 所示为电流并联负反馈电路。该电流并联负反馈同样可以稳定输出电流。

2. 负反馈类型的判断

（1）电压负反馈和电流负反馈的判断　电压、电流反馈的判断通常看反馈电路与输出端的连接形式。若反馈电路与电压输出端相连接，即反馈信号正比于输出电压，则为电压反馈，图3-11 及图3-12 所示的电路即为电压负反馈；若反馈电路不与电压输出端相连接，即反馈信号正比于输出电流，则为电流负反馈，图3-13 及图3-14 所示的电路即为电流负反馈。

（2）串联负反馈和并联负反馈的判断　串联、并联反馈的判断通常看反馈电路与输入端的连接形式。若反馈信号与输入信号分别连接于两个不同的输入端，反馈信号与净输入信号以电压的形式串联叠加，则为串联负反馈，图3-11 及图3-13 所示的电路即为串联负反馈；若反馈信号与输入信号连接于同一个输入端，反馈信号与净输入信号以电流的形式并联叠加，则为并联负反馈，图3-12 及图3-14 所示的电路即为并联负反馈。

例3-2　试判断图3-15 所示电路中 R_f 所形成的反馈的类型。

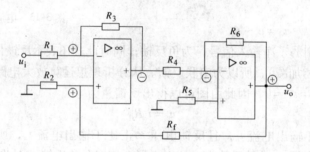

图3-15　例3-2 的电路

解： 首先根据输入、输出的极性关系，得出各输入、输出端的瞬时极性如图3-15 所示。利用瞬时极性法，可知电路中 R_f 引入的反馈是负反馈；输入信号与反馈信号连接于不同的输入端，反馈信号以电压的形式出现，与输入电压比较，所以为串联负反馈；反馈电路连接于输出电压端，反馈信号正比于输出电压，因此为电压负反馈。综上所述，反馈电阻 R_f 引入的反馈为电压串联负反馈。

3.2.3　负反馈对放大电路性能的影响

在放大电路中引入负反馈可以改善放大电路的工作性能。负反馈对放大器性能的改善是以降低电压放大倍数为代价换来的，但放大倍数的下降容易弥补。

1. 降低放大倍数

由图3-6 所示的带有负反馈的放大电路可知，未引入负反馈前基本放大电路的放大倍数称为**开环放大倍数**，用 A 表示，即

$$A = \frac{x_\text{o}}{x_\text{d}} \tag{3-7}$$

引入负反馈后，反馈信号与输出信号之比称为**反馈系数**，用 F 表示，即

$$F = \frac{x_\text{f}}{x_\text{o}} \tag{3-8}$$

引入负反馈后的净输入信号 x_d 为

$$x_\text{d} = x_\text{i} - x_\text{f} \tag{3-9}$$

包括反馈电路在内的整个放大电路的放大倍数称为**闭环放大倍数**，用 A_f 表示，即

$$A_\text{f} = \frac{x_\text{o}}{x_\text{i}} = \frac{x_\text{o}}{x_\text{d} + x_\text{f}} = \frac{\dfrac{x_\text{o}}{x_\text{d}}}{\dfrac{x_\text{d}}{x_\text{d}} + \dfrac{x_\text{f}}{x_\text{o}}\dfrac{x_\text{o}}{x_\text{d}}} = \frac{A}{1 + FA} \tag{3-10}$$

式中

$$FA = \frac{x_\text{f}}{x_\text{o}}\frac{x_\text{o}}{x_\text{d}} = \frac{x_\text{f}}{x_\text{d}}$$

由于负反馈时 x_d 与 x_f 同相，故 FA 为正实数，$1 + FA$ 为大于 1 的正实数。因此，由式（3-10）可知 $A_\text{f} < A$，即闭环放大倍数 A_f 小于开环放大倍数 A。这是因为放大电路引入负反馈后，使得净输入信号 x_d 减小，从而导致输出信号 x_o 减小，放大倍数降低。放大倍数降低的幅度取决于 $1 + FA$ 的大小，通常把 $1 + FA$ 称为**反馈深度**，其值越大，反馈越深，即负反馈作用越强，闭环放大倍数 A_f 也就越小。当 $1 + FA \gg 1$ 时，称为**深度负反馈**。

引入负反馈虽然降低了放大倍数，但以此为代价，却可以改善放大电路其他的工作性能。

2. 提高放大倍数的稳定性

当外界条件变化时（例如环境温度变化、元器件老化、电源电压波动、负载变化等），即使放大电路的输入信号一定，仍将引起输出信号的变化，也要引起放大倍数的变化。放大倍数的不稳定会影响放大电路的准确性和可靠性。放大倍数的稳定性通常用它的相对变化率来表示，如果这种变化的相对比率较小，则说明其稳定性较高。

由式（3-10）可得

$$\frac{\text{d}A_\text{f}}{\text{d}A} = \frac{(1 + AF) - AF}{(1 + AF)^2} = \frac{1}{(1 + AF)^2} \tag{3-11}$$

因此

$$\text{d}A_\text{f} = \frac{1}{(1 + AF)^2}\text{d}A \tag{3-12}$$

由式（3-12）及式（3-10）可得

$$\frac{\text{d}A_\text{f}}{A_\text{f}} = \frac{1}{(1 + AF)}\frac{\text{d}A}{A} \tag{3-13}$$

在式（3-13）中，$\text{d}A/A$ 表示无反馈时的放大倍数的变化率，$\text{d}A_\text{f}/A_\text{f}$ 表示有反馈时放大倍数的变化率。由于负反馈时反馈深度 $1 + FA$ 为大于 1 的正实数，显然，$\text{d}A_\text{f}/A_\text{f} < \text{d}A/A$。

由式（3-13）可知，引入负反馈后，虽然放大倍数从 A 减小到 A_f，但在外界条件有相同变化时，闭环放大倍数的相对变化 $\text{d}A_\text{f}/A_\text{f}$ 只有开环时的 $1/(1 + FA)$，可见负反馈使放大

电路的稳定性提高了。稳定性的提高意味着在输入信号一定的条件下，输出信号更加稳定，即外界条件变化对输出信号的影响减弱。对于具体的负反馈放大电路而言，电流负反馈具有稳定输出电流的作用；电压负反馈具有稳定输出电压的作用。

式（3-13）表明，负反馈深度越深，放大电路越稳定。当 $1 + FA \gg 1$ 时，有

$$A_f = \frac{A}{1 + FA} \approx \frac{A}{FA} = \frac{1}{F} \tag{3-14}$$

式（3-14）说明，在深度负反馈的情况下，闭环放大倍数 A_f 仅与反馈电路的参数即反馈系数 F 有关，而基本上不受开环放大倍数 A 的影响。通常，运算放大器负反馈电路都能够满足深度负反馈的条件。

3. 减小非线性失真

由于放大电路中存在非线性元件，使输出信号波形产生不同程度的非线性失真，尤其是输入信号幅度较大时，非线性失真更严重。当引入负反馈后，由于反馈电路为线性电路，反馈系数 F 为常数，反馈网络不产生移相，故反馈信号 x_f 是和输出信号 x_o 一样的失真波形，将失真的输出信号的一部分反送到输入端，迭加后使净输入信号波形产生与输出信号波形相反的失真效果，再经过放大，就可使输出信号的波形得到一定程度的补偿，非线性失真将会得到明显改变。但从本质上说，负反馈是利用了失真的波形来改善波形的失真，因此只能减小失真，而不能完全消除失真。

图 3-16 所示电路中，假设输入信号 x_i 为正弦波，无反馈时，输出波形产生非线性失真，正半周大而负半周小，如图 3-16a 所示。负反馈信号 x_f 与输入信号 x_i 进行叠加后使净输入信号 x_d 产生预失真，即正半周小、负半周大。这种失真波形通过放大器放大后正好弥补了放大器的缺陷，从而输出信号的正、负半周趋于对称，使输出信号比较接近于无失真的波形，改善了非线性失真，如图 3-16b 所示。但是，

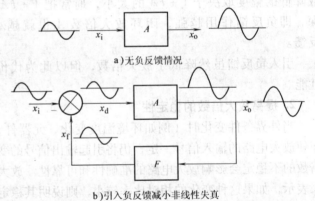

a）无负反馈情况

b）引入负反馈减小非线性失真

图 3-16　负反馈对非线性失真的改善

如果原信号本身就有失真，引入负反馈也无法改善。

4. 拓展通频带

通频带是放大电路的主要技术指标之一，放大器的放大倍数和输入信号的频率有关。定义放大倍数为最大放大倍数 $\sqrt{2}/2$ 以上所对应的频率范围为放大器的通频带。在一些要求有较宽频带的音、视频放大电路中，引入负反馈是拓展频带的有效措施之一。

放大电路引入负反馈后，将引起放大倍数的下降，由于反馈量正比于输出信号幅度，在中频区，放大电路的输出信号较强，反馈信号也相应较大，使放大倍数下降得较多；在高频区和低频区，放大电路的输出信号相对较小，反馈信号也相应减小，因而放大倍数下降得少些，从而使幅频特性趋于平坦，扩展了电路的通频带，如图

3-17 所示。引入负反馈展宽通频带可以改善放大电路的频率特性，当然，通频带的扩展也是以牺牲放大倍数为代价的。

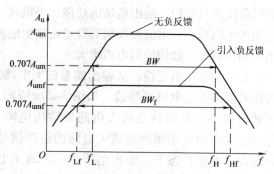

图 3-17　负反馈扩展放大电路的通频带

5. 负反馈对输入电阻和输出电阻的影响

（1）对输入电阻的影响　引入负反馈后，会使放大电路的输入电阻发生变化。负反馈对输入电阻的影响与反馈类型有关，它取决于反馈电路与输入端的连接方式。串联负反馈使输入电阻增大，并联负反馈使输入电阻减小。

图 3-18 是串联负反馈影响输入电阻的示意框图。从输入端看，无反馈时的输入电阻，即基本放大电路 A 的输入电阻为

$$r_i = \frac{u_d}{i_i}$$

而反馈放大电路的输入电阻为

$$r_{if} = \frac{u_i}{i_i}$$

因为 $u_d < u_i$，故 $r_{if} > r_i$，即串联负反馈使输入电阻增大。反馈越深，r_{if} 增加越多。输入电阻增大，减小了向信号源索取的电流，电路对信号源的要求降低了。

图 3-19 是并联负反馈影响输入电阻的示意框图。从输入端看，无反馈时的输入电阻，即基本放大电路 A 的输入电阻为

$$r_i = \frac{u_i}{i_d}$$

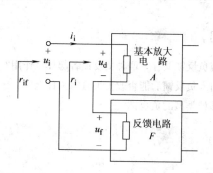

图 3-18　串联负反馈影响
输入电阻的示意框图

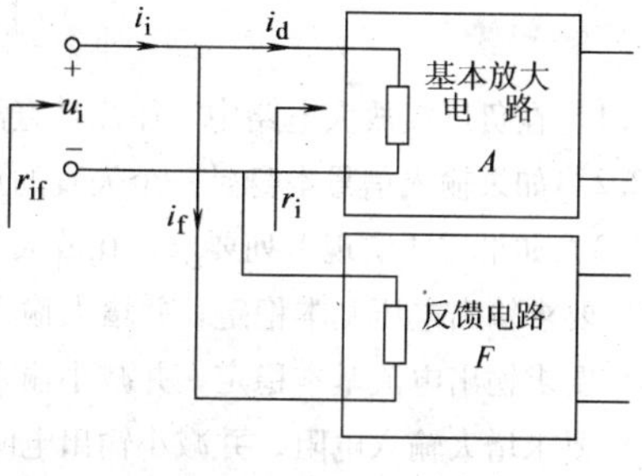

图 3-19　并联负反馈影响
输入电阻的示意框图

而反馈放大电路的输入电阻为

$$r_{if} = \frac{u_i}{i_i}$$

因为 $i_d < i_i$，故 $r_{if} < r_i$，即并联负反馈使输入电阻减小。并联负反馈越深，r_{if} 减小越多。

（2）对输出电阻的影响　引入负反馈后，也会使放大电路的输出电阻发生变化。负反馈对输出电阻的影响取决于反馈电路与输出端的连接方式，即输出端反馈信号的取样方式。

电压负反馈具有稳定输出电压的功能，当输入一定时，电压负反馈使输出电压趋于恒定，故使输出电阻减小；电流负反馈具有稳定输出电流的功能，当输入一定时，电流负反馈使输出电流趋于恒定，故使输出电阻增大。

如果是电压负反馈，从输出端看放大电路，可用戴维南等效电路来等效，如图 3-20a 所示。等效电路中的电阻就是放大电路的输出电阻，等效电路中的电压源就是放大电路的输出信号电压源。理想状态下，输出电阻为零，输出电压为恒压源特性，这意味着电压负反馈越深，输出电阻越小，输出电压越稳定，越接近恒压源特性。所以电压负反馈能够减小输出电阻，稳定输出电压，增强带负载能力。

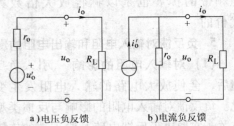

a）电压负反馈　　　b）电流负反馈

图 3-20　负反馈放大电路输出端等效电路

如果是电流负反馈，从输出端看，放大电路可等效为电流源与电阻并联的形式来讨论，如图 3-20b 所示。等效电阻中的电阻仍然为输出电阻，电流源为输出信号电流源。理想状态下，输出电阻为无穷大，输出电流为恒流源特性。这意味着电流负反馈越深，输出电阻越大，输出电流越稳定，越接近恒流源特性。所以电流负反馈能够增加输出电阻，稳定输出电流。

综上所述，负反馈对输入、输出电阻的影响见表 3-1。

表 3-1　负反馈对输入、输出电阻的影响

反馈类型	电压串联	电压并联	电流串联	电流并联
输入电阻	增大	减小	增大	减小
输出电阻	减小	减小	增大	增大

【思考与练习】

3.2.1　在负反馈放大电路中，往往是直流负反馈与交流负反馈共存，两种负反馈各起什么作用？

3.2.2　如果输入信号本身是一个失真的正弦波，试问引入负反馈后能否改善失真？为什么？

3.2.3　如果需要实现下列要求，在放大电路中应引入哪种类型的负反馈？

（1）要求输出电压基本稳定，并增大输入电阻；

（2）要求输出电流基本稳定，并减小输入电阻；

（3）要求增大输入电阻，并减小输出电阻。

3.3　运算放大器的应用

集成运算放大器是双端输入和单端输出的具有高放大倍数的放大器，使用时通常在它的输出端和输入端之间接入反馈网络，采用不同的反馈网络，可以实现各种不同的功能。当运算放大器外加深度负反馈，使运算放大器工作在线性区，可构成比例、积分、微分、对数及加减乘除等模拟信号运算电路、信号处理电路及正弦波振荡电路等；当运算放大器处于开环或外加正反馈使运算放大器工作于非线性的饱和区时，可实现电压比较，构成各种电压比较

器、信号产生电路及进行波形转换等。

3.3.1 集成运算放大器在信号运算方面的应用

利用集成运算放大器工作在线性区时的特性，加入线性负反馈，可以实现加、减、积分、微分等数学运算功能；加入非线性负反馈，可以实现乘、除、对数、反对数等数学运算功能。通常应用理想运放的两个重要依据"虚断""虚短"（见前面 3.1.4 节所述）来分析运算放大器的线性应用电路。

1. 比例运算电路

（1）反相比例运算电路　图 3-21 所示为反相比例运算电路。输入信号 u_i 经电阻 R_1 接到集成运算放大器的反相输入端，同相输入端经电阻 R_2 接地，输出电压 u_o 经反馈电阻 R_f 接回到反相输入端，反馈电阻 R_f 引入电压并联负反馈。在实际电路中，为了保证运算放大器的两个输入端处于平衡状态，应使 $R_2 = R_1 // R_f$，R_2 称为**平衡电阻**，其作用是保持运放输入级电路的对称性，消除由于静态偏置电流在输入端造成的误差电压。

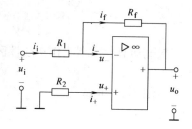

图 3-21　反相比例运算电路

根据运算放大器工作在线性区时的两个分析依据"虚断"和"虚短"的概念，有

$$i_+ = i_- = 0, \quad u_+ = u_- = 0$$

可知反相输入端为"虚地"端。由图 3-21 可得

$$i_1 = i_f + i_- = i_f$$

而

$$i_1 = \frac{u_i - u_-}{R_1} = \frac{u_i}{R_1} \qquad i_f = \frac{u_- - u_o}{R_f} = -\frac{u_o}{R_f}$$

所以

$$\frac{u_i}{R_1} = -\frac{u_o}{R_f}$$

故

$$u_o = -\frac{R_f}{R_1} u_i \tag{3-15}$$

式（3-15）表明，输出电压 u_o 与输入电压 u_i 是正比例运算关系，或者说是比例放大的关系。其比例系数也称为闭环电压放大倍数

$$A_{uf} = \frac{u_o}{u_i} = -\frac{R_f}{R_1}$$

上式中负号表示输出电压 u_o 与输入电压 u_i 极性相反，其输出与输入的比值由电阻 R_1 与 R_f 来决定，而与集成运放本身内部各项参数无关，说明电路引入了深度负反馈，保证了比例运算的准确度和稳定性。适当选配电阻，可使闭环电压放大倍数 A_{uf} 的准确度很高，而且大小可以方便地调节。若 $R_1 = R_f$，则 $u_o = -u_i$，该电路称为**反相器**（也称倒相器）。

（2）同相比例运算电路　图 3-22 所示为同相比例运算电路。反相输入端经电阻 R_1 接地，输出电压 u_o 经电阻 R_f 接回到反相输入端，反馈电阻 R_f 引入电压串联负反馈。在图 3-22a 中输入信号 u_i 经平衡电阻 R_2 接到集成运算放大器的同相输入端，应使 $R_2 = R_1 // R_f$；而在图 3-22b 中输入信号 u_i 经电阻 R_2 和 R_3 分压后再接入同相输入端，为保证两个输入端处于平衡状态，应满足 $R_2 /\!/ R_3 = R_1 /\!/ R_f$。

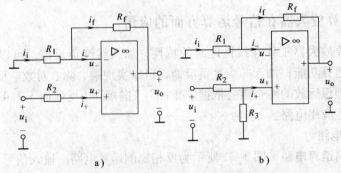

图 3-22　同相比例运算电路

根据运算放大器工作在线性区时具有"虚断"、"虚短"，即

$$i_+ = i_- = 0, \quad u_+ = u_-$$

由图 3-22 可得

$$i_1 = i_f + i_- = i_f$$

而

$$i_1 = \frac{0 - u_-}{R_1} = -\frac{u_+}{R_1}$$

$$i_f = \frac{u_- - u_o}{R_f} = \frac{u_+ - u_o}{R_f}$$

所以

$$-\frac{u_+}{R_1} = \frac{u_+ - u_o}{R_f}$$

故

$$u_o = (1 + \frac{R_f}{R_1}) u_+ \tag{3-16}$$

在图 3-22a 中，由于 $i_+ = i_- = 0$，有 $u_- = u_+ = u_i$，于是式（3-16）表示为

$$u_o = \left[1 + \frac{R_f}{R_1} \right] u_+ = \left[1 + \frac{R_f}{R_1} \right] u_i \tag{3-17}$$

在图 3-22b 中，$i_+ = i_- = 0$，电阻 R_2 和 R_3 构成串联电路，u_+ 是 u_i 在 R_3 上的分压，由分压公式得

$$u_- = u_+ = \frac{R_3}{R_2 + R_3} u_i$$

则式（3-16）表示为

$$u_o = \left[1 + \frac{R_f}{R_1} \right] u_+ = \left[1 + \frac{R_f}{R_1} \right] \frac{R_3}{R_2 + R_3} u_i \tag{3-18}$$

式（3-16）更具有一般性，当同相输入端的前置电路结构较复杂时，如图 3-22b 所示，只需要将 u_+ 求出并代入式（3-16）便可求得输出电压 u_o。

可见，输出电压 u_o 与输入电压 u_i 同相位，而且 u_o 与 u_i 也是成正比例的。由于电路引入了深度负反馈，其同相比例系数即电压放大倍数 $A_{uf} = u_o / u_i$ 取决于外接电阻的电阻值，而与集成运放本身内部各项参数无关，保证了比例运算的精度和稳定性。

当 $R_f = 0$ 或 $R_1 = \infty$ 时，电路如图 3-23 所示，有 $u_o = u_i$，即 $A_{uf} = u_o / u_i = 1$，这种电路称

为**电压跟随器**，该电路具有输入电阻高、向信号源索取电流小、输出电阻低、带负载能力强等特点。

例 3-3　在图 3-24 所示电路中，已知输入信号 u_i 及各个外接电阻的阻值（$R_{f1} = 100\text{k}\Omega$，$R_1 = 10\text{k}\Omega$，$R_{f2} = 500\text{k}\Omega$，$R_3 = 100\text{k}\Omega$），求输出电压 u_o。

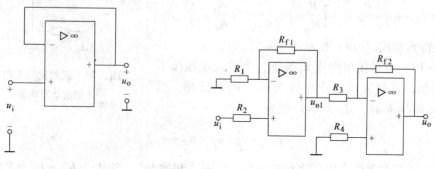

图 3-23　电压跟随器　　　　　　　图 3-24　例 3-3 的电路

解： 图 3-24 所示电路为两极运算电路，第一级为同相比例运算电路，其输出电压 u_{o1} 为

$$u_{o1} = \left[1 + \frac{R_{f1}}{R_1}\right] u_{+1} = \left[1 + \frac{R_{f1}}{R_1}\right] u_i = \left[1 + \frac{100\text{k}\Omega}{10\text{k}\Omega}\right] u_i = 11 u_i$$

第二级为反相比例运算电路，其输入信号为第一级电路的输出 u_{o1}，故电路的输出电压 u_o 为

$$u_o = -\frac{R_{f2}}{R_3} u_{o1} = -\frac{500\text{k}\Omega}{100\text{k}\Omega} u_{o1} = -5 u_{o1} = -5 \times 11 u_i = -55 u_i$$

2. 加法运算电路

如果反相输入端有若干个输入信号，则构成反相比例求和电路，也称**加法运算电路**。如图 3-25 所示为一个具有三个输入信号的加法运算电路，图中平衡电阻 $R_2 = R_{11} /\!/ R_{12} /\!/ R_{13} /\!/ R_f$。

由于 $i_+ = i_- = 0$ 及 $u_+ = u_- = 0$，电路中反相输入端为"虚地"端，有

$$i_f + i_- = i_f = i_{11} + i_{12} + i_{13}$$

于是

$$\frac{u_- - u_o}{R_f} = \frac{u_{i1} - u_-}{R_{11}} + \frac{u_{i2} - u_-}{R_{12}} + \frac{u_{i3} - u_-}{R_{13}}$$

即

$$-\frac{u_o}{R_f} = \frac{u_{i1}}{R_{11}} + \frac{u_{i2}}{R_{12}} + \frac{u_{i3}}{R_{13}}$$

得

$$u_o = -\left[\frac{R_f}{R_{11}} u_{i1} + \frac{R_f}{R_{12}} u_{i2} + \frac{R_f}{R_{13}} u_{i3}\right] \tag{3-19}$$

也可以利用叠加定理对图 3-25 所示电路进行分析。当 u_{i1} 单独作用时，u_{i2} 和 u_{i3} 不起作用，相当于接地，有

$$u_{o1} = -\frac{R_f}{R_{11}} u_{i1}$$

同理，当 u_{i2} 单独作用时，有

$$u_{o2} = -\frac{R_f}{R_{12}} u_{i2}$$

当 u_{i3} 单独作用时，有

$$u_{o3} = -\frac{R_f}{R_{13}}u_{i3}$$

当 u_{i1}、u_{i2}、u_{i3} 共同作用时，利用叠加定理，得

$$u_o = u_{o1} + u_{o2} + u_{o3} = -\left[\frac{R_f}{R_{11}}u_{i1} + \frac{R_f}{R_{12}}u_{i2} + \frac{R_f}{R_{13}}u_{i3}\right]$$

同样可以得到如式(3-19)所示的关系式。

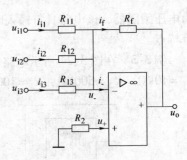

图 3-25　反相比例求和电路
（加法运算电路）

式(3-19)表示输出电压 u_o 等于各个输入电压按不同比例相加，负号表示输出电压与输入电压反相。当 $R_{11} = R_{12} = R_{13} = R$ 时，式(3-19)变为

$$u_o = -\frac{R_f}{R}(u_{i1} + u_{i2} + u_{i3}) \tag{3-20}$$

即输出电压与各输入电压之和成比例，实现"和放大"。当 $R_{11} = R_{12} = R_{13} = R_f$ 时，有

$$u_o = -(u_{i1} + u_{i2} + u_{i3})$$

即输出电压等于各输入电压之和，实现加法运算。

加法运算的输入信号也可以从同相端输入，但由于运算关系和平衡电阻的选取比较复杂，而且同相输入时集成运放的两输入端承受共模电压，它不允许超过集成运放的最大共模输入电压，因此，一般较少使用同相输入的加法电路。若要进行同相加法运算，则只需在反相加法电路后再加一级反相器即可。

例 3-4　在图 3-26 所示电路中，已知 $u_{i1} = 1V$，$u_{i2} = 0.5V$，求输出电压 u_o。

解：第一级为反相输入的加法运算电路，其输出电压 u_{o1} 为

$$u_{o1} = -\frac{R_f}{R}(u_{i1} + u_{i2})$$

$$= -\frac{100}{50}(1 + 0.5)\ V = -3V$$

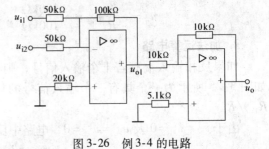

图 3-26　例 3-4 的电路

第二级为反相器，其输入为第一级的输出，故输出电压 u_o 为

$$u_o = -u_{o1} = 3V$$

3. 差动运算电路

在基本运算电路中，当两个输入端同时都有信号输入时，则为差动输入，构成如图3-27所示的**差动运算电路**。差动运算被广泛地应用在测量和控制系统中。根据叠加原理，当 u_{i1} 单独作用时，电路为反相比例运算电路，其输出电压 u_{o1} 为

$$u_{o1} = -\frac{R_f}{R_1}u_{i1}$$

当 u_{i2} 单独作用时，为同相比例运算电路。由于电阻 R_3 的分压作用，使同相输入端电压为

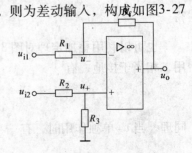

图 3-27　差动运算电路

$$u_+ = \frac{R_3}{R_2 + R_3} u_{i2}$$

所以，输出电压 u_{o2} 为

$$u_{o2} = \left[1 + \frac{R_f}{R_1}\right] u_+ = \left[1 + \frac{R_f}{R_1}\right] \frac{R_3}{R_2 + R_3} u_{i2}$$

因此，当 u_{i1} 和 u_{i2} 共同作用时，利用叠加定理，得输出电压 u_o 为

$$u_o = u_{o1} + u_{o2} = \left[1 + \frac{R_f}{R_1}\right] \frac{R_3}{R_2 + R_3} u_{i2} - \frac{R_f}{R_1} u_{i1}$$

若取 $R_1 = R_2$，$R_3 = R_f$，则

$$u_o = \frac{R_f}{R_1} (u_{i2} - u_{i1})$$

上式表明输出电压与两输入电压之差成正比，称为**差动放大电路**。

若取 $R_1 = R_2 = R_3 = R_f$，则

$$u_o = u_{i2} - u_{i1}$$

此时电路就是**减法运算电路**。

例 3-5　一个测量系统的差分运算电路的输出电压和输入电压的关系为 $u_o = u_{i1} - 2u_{i2}$，而且要求反馈电阻 $R_f = 10\text{k}\Omega$。试设计出能实现此运算关系的电路。

解： 由输入、输出的关系式知，该电路应为差动运算
电路，电路如图 3-28 所示。有

$$u_o = \left[1 + \frac{R_f}{R_1}\right] \frac{R_3}{R_2 + R_3} u_{i1} - \frac{R_f}{R_1} u_{i2} = u_{i1} - 2u_{i2}$$

则

$$-\frac{R_f}{R_1} = -2$$

得

$$R_1 = \frac{R_f}{2} = \frac{10\text{k}\Omega}{2} = 5\text{k}\Omega$$

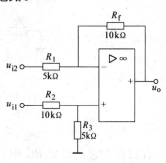

图 3-28　例 3-5 的电路

由于　$\left[1 + \frac{R_f}{R_1}\right] \frac{R_3}{R_2 + R_3} = (1 + 2)\frac{R_3}{R_2 + R_3} = 3 \times \frac{R_3}{R_2 + R_3} = 1$

有

$$\frac{R_3}{R_2 + R_3} = \frac{1}{3}$$

得

$$R_2 = 2R_3$$

为保证两个输入端处于平衡状态，应满足

$$R_2 /\!/ R_3 = R_1 /\!/ R_f = 5 /\!/ 10$$

可求得　　　　　$R_2 = 10\text{k}\Omega$　　　$R_3 = 5\text{k}\Omega$

4．积分运算电路

若将反相比例运算电路中的反馈电阻 R_f 用电容 C_f 替代，就可以实现积分运算。积分运算电路如图 3-29a 所示，其中平衡电阻 $R_1 = R_2$。

由于 $i_+ = i_- = 0$ 及 $u_+ = u_- = 0$，电路中反相输入端为"虚地"端，有

$$i_i = i_f + i_- = i_f = i_C \qquad i_i = \frac{u_i - u_-}{R_1} = \frac{u_i}{R_1}$$

即电容 C_f 的充电电流为

$$i_C = i_i = \frac{u_i}{R_1}$$

设电容事先未充电，即 $u_C(0) = 0$，则输出电压 u_o 为

$$u_o = -u_C = -\frac{1}{C_f}\int i_C \mathrm{d}t = -\frac{1}{C_f}\int i_i \mathrm{d}t = -\frac{1}{C_f}\int \frac{u_i}{R_1}\mathrm{d}t = -\frac{1}{R_1 C_f}\int u_i \mathrm{d}t \qquad (3\text{-}21)$$

式（3-21）说明，输出电压 u_o 与输入信号 u_i 的积分成比例，式中的负号表示二者反相。$R_1 C_f$ 称为积分时间常数。

若在 $t = 0$ 时输入 $u_i = U$ 的直流电压（设电容事先未充电），则输出电压 u_o 为

$$u_o = -\frac{1}{R_1 C_f}\int u_i \mathrm{d}t = -\frac{1}{R_1 C_f}\int U \mathrm{d}t = -\frac{U}{R_1 C_f}t$$

由上式可知，当积分电路输入直流信号 u_i 时，输出电压 u_o 随时间按线性规律变化。经过一定时间后，当输出电压 u_o 达到集成运算放大器的最大输出电压时，运放进入饱和状态，输出保持在饱和值上。图 3-29b 是输入为直流信号时的输入、输出波形曲线。

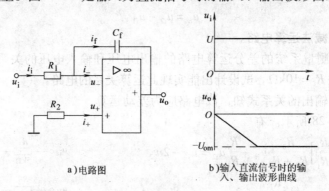

a）电路图　　　　　　　　b）输入直流信号时的输入、输出波形曲线

图 3-29　积分运算电路

在以前学过的简单 RC 积分电路中，当输入信号 u_i 一定时，随着电容充电过程的进行，充电电流 i_C 不断衰减，电路的输出电压按指数规律增长，线性度较差。而由集成运算放大器组成的积分电路，由于电容器的充电电流恒定（$i_C = u_i/R_1$），所以输出电压 u_o 是时间的一次函数，按线性规律变化。

利用积分运算电路，在积分常数和输入方波电压的幅值满足一定关系时，可将输入的方波电压变换为三角波电压输出，实现了波形的转换，如图 3-30 所示。

积分电路除用于信号运算外，在控制和测量系统中也得到了广泛的应用。将反相比例运算和积分运算结合在一起，就构成了**比例积分运算电路**，又称为**比例积分调节器**（简称 **PI 调节器**），如图 3-31a 所示。电路的输出电压 u_o 为

$$u_o = -(i_f R_f + u_C) = -\left[i_f R_f + \frac{1}{C_f}\int i_C \mathrm{d}t\right]$$

由于

$$i_i = i_f = i_C = \frac{u_i}{R_1}$$

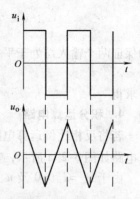

图 3-30　积分运算电路
实现波形转换

所以
$$u_o = -\left[\frac{R_f}{R_1}u_i + \frac{1}{R_1 C_f}\int u_i dt\right]$$

若在 $t = 0$ 时输入 $u_i = U$ 的直流电压（设电容事先未充电），则输出电压 u_o 为

$$u_o = -\left[\frac{R_f}{R_1}U + \frac{U}{R_1 C_1}t\right]$$

比例积分调节器（PI 调节器）输入直流信号时的输入、输出波形如图 3-31b 所示，可以将其看做是由比例、积分、保持三部分构成的。在自动控制系统中需要有调节器（或称校正电路），以保证系统的稳定性和控制的精度。

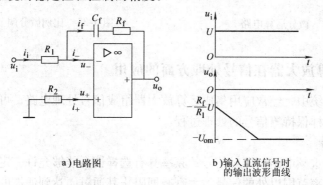

a）电路图　　　　　　b）输入直流信号时
　　　　　　　　　　　的输出波形曲线

图 3-31　比例积分运算电路（PI 调节器）

5. 微分运算电路

微分是积分的逆运算，只需将如图 3-29a 所示积分运算电路中反相输入端的电阻和反馈电容调换位置，就构成**微分运算电路**，如图 3-32a 所示。

在理想运放电路中，由于 $i_+ = i_- = 0$ 及 $u_+ = u_- = 0$，反相输入端为"虚地"端，有

$$i_f = i_C \qquad u_C = u_i$$

则
$$i_f = i_C = C\frac{du_C}{dt} = C\frac{du_i}{dt}$$

所以
$$u_o = -i_f R_f = -R_f C\frac{du_i}{dt} \qquad\qquad\qquad (3\text{-}22)$$

即输出电压 u_o 与输入电压 u_i 的微分成比例，就可以实现微分运算。当输入直流电压时，输出电压为尖脉冲，如图 3-32b 所示。

将反相比例运算和微分运算组合在一起，就构成**比例微分调节器**（简称 **PD 调节器**），如图 3-33 所示。由于 $i_+ = i_- = 0$ 及 $u_+ = u_- = 0$，反相输入端为"虚地"端，有

$$i_f = i_1 + i_C = \frac{u_i}{R_1} + C\frac{du_i}{dt}$$

电路的输出电压 u_o 为

$$u_o = -i_f R_f = -\left[\frac{R_f}{R_1}u_i + R_f C\frac{du_i}{dt}\right]$$

在自动控制系统中，利用比例微分调节器（PD 调节器）来加速系统的调节过程。

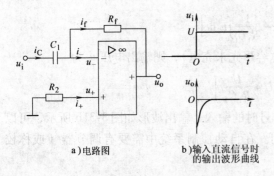

a）电路图　　　　b）输入直流信号时
　　　　　　　　　的输出波形曲线

图 3-32　微分运算电路

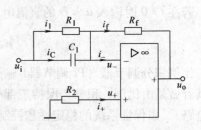

图 3-33　比例微分调节器（PD 调节器）

3.3.2　集成运算放大器在信号处理方面的应用

在自动控制系统中，经常应用集成运算放大器组成信号处理电路，可以实现滤波、电压和电流的转换及采样保持等信号的处理过程。

1. 有源滤波器

滤波器是一种选频电路，即对信号的频率具有选择性，能够允许一定频率范围内的信号顺利通过，而使频率范围以外的信号大大衰减即阻止其通过，达到滤波的目的。

滤波器根据工作信号的频率范围可以分成 4 类：

低通滤波器（LPF）：通过低频信号，阻止高频信号。

高通滤波器（HPF）：通过高频信号，阻止低频信号。

带通滤波器（BPF）：通过某一频率范围的信号，阻止频率低于和高于此范围的信号。

带阻滤波器（BEF）：阻止某一频率范围内的信号，通过频率低于和高于此范围的信号。

仅由电阻、电容和电感等无源元件组成的滤波电路称为**无源滤波器**。无源滤波器无放大作用，带负载能力差，而且滤波特性随负载变化等缺点。为了克服这些不足，在由 RC 组成的无源滤波器与负载之间加入有源器件集成运算放大器就构成了**有源滤波器**。与无源滤波器相比，有源滤波器具有体积小、效率高、特性好等一系列优点，因而得到了广泛的应用。但有源滤波器只适用于信号处理，不适用于高电压大电流的情况。

设输入信号 u_i 为正弦电压，则滤波器的输入、输出可以分别用相量表示为 $\dot{U}_i$（jω）和 $\dot{U}_o$（jω），那么输出电压与输入电压之比就是频率的函数，表示为

$$\frac{\dot{U}_o(j\omega)}{\dot{U}_i(j\omega)} = f(j\omega)$$

输出电压与输入电压的大小之比称为滤波器的**幅频特性**

$$|f(j\omega)| = \left|\frac{\dot{U}_o(j\omega)}{\dot{U}_i(j\omega)}\right|$$

根据幅频特性就可以判断滤波器的工作频率范围，进而确定滤波器的类型。

（1）有源低通滤波器　由一个无源 RC 低通电路和一个同相比例运算电路就构成了**一阶**

有源低通滤波器，如图 3-34a 所示。由 RC 电路可得

$$\dot{U}_+ = \dot{U}_C = \frac{\dfrac{1}{j\omega C}}{R + \dfrac{1}{j\omega C}}\dot{U}_i = \frac{1}{1 + j\omega RC}\dot{U}_i$$

根据同相比例运算电路的输入、输出关系式（3-16），得

$$\dot{U}_o = \left[1 + \frac{R_f}{R_1}\right]\dot{U}_+ = \left[1 + \frac{R_f}{R_1}\right]\frac{1}{1 + j\omega RC}\dot{U}_i$$

有

$$\dot{A}_u = \frac{\dot{U}_o}{\dot{U}_i} = \left[1 + \frac{R_f}{R_1}\right]\frac{1}{1 + j\omega RC}$$

令 $f_0 = \dfrac{1}{2\pi RC}$，可以得到幅频特性，即电压放大倍数为

$$A_u = \frac{U_o}{U_i} = \left[1 + \frac{R_f}{R_1}\right]\frac{1}{\sqrt{1 + \left[\dfrac{f}{f_0}\right]^2}} \tag{3-23}$$

在式（3-23）中，令 $f = 0$，可以得到电路的通带放大倍数为

$$A_{um} = \frac{U_o}{U_i} = 1 + \frac{R_f}{R_1}$$

当 $f \ll f_0$ 时，$A_u = A_{um} = 1 + \dfrac{R_f}{R_1}$，表明有源低通滤波器允许低频段的信号顺利通过；

当 $f = f_0$ 时，$A_u = \dfrac{U_o}{U_i} \approx \sqrt{2}\left[1 + \dfrac{R_f}{R_1}\right] = \sqrt{2}A_{um} \approx 0.707 A_{um}$，定义 $f_0 = \dfrac{1}{2\pi RC} = f_H$ 为有源低通滤波器的**上限截止频率**；

当 $f > f_0$ 时，$A_u = \dfrac{U_o}{U_i}$ 随频率 f 的增大而减小；

当 $f \to \infty$ 时，$A_u = \dfrac{U_o}{U_i} \approx 0$，表明有源低通滤波器阻止高频段的信号通过。

综上所述，可以画出有源低通滤波器的幅频特性如图 3-34b 所示。

为了改善滤波效果，使 $f > f_0$ 时信号衰减得更快，在图 3-34a 所示一阶有源低通滤波器的基础上再增加一级 RC 低通电路就构成了如图 3-35 所示的**二阶有源低通滤波器**。

（2）有源高通滤波器　由一个无源 RC 高通电路和一个同相比例运算电路就构成了**一阶有源高通滤波器**，如图 11-36a 所示。

用前面分析有源低通滤波器的方法，可以得出图 3-36a 所示的一阶有源高通滤波电路的幅频特性为

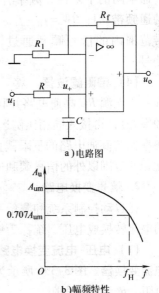

a）电路图

b）幅频特性

图 3-34　有源低通滤波器

$$A_{u} = \frac{U_{o}}{U_{i}} = \left(1 + \frac{R_{f}}{R_{1}}\right) \frac{1}{\sqrt{1 + \left(\dfrac{f_{0}}{f}\right)^{2}}} \qquad (3\text{-}24)$$

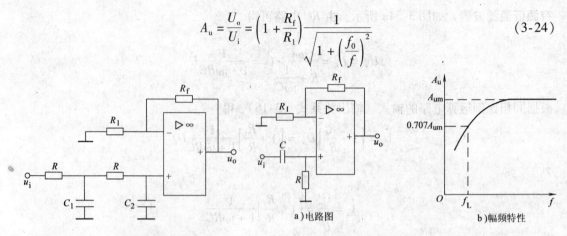

图 3-35　二阶有源低通滤波器　　　　　图 3-36　一阶有源高通滤波器

式（3-24）表明有源高通滤波器允许高频段的信号顺利通过；定义 $f_{0} = \dfrac{1}{2\pi RC} = f_{L}$ 为有源高通滤波器的**下限截止频率**；信号越低，衰减得越严重，即电路可以阻止低频段的信号。有源高通滤波器的幅频特性如图 3-36b 所示。同样，如果再增加一级 RC 高通电路就构成滤波效果更好的**二阶有源高通滤波器**。

（3）带通滤波器　将一个无源 RC 低通电路和一个无源 RC 高通电路串联（低通滤波器的上限截止频率 f_{H} 应高于高通滤波器的下限截止频率 f_{L}），再接入同相比例运放就构成了**带通滤波器**，如图 3-37 所示。低通电路的上限截止频率 f_{H} 与高通电路的下限截止频率 f_{L} 之差就是带通滤波器的**通频带**，即 $BW = f_{H} - f_{L}$。带通滤波器允许通频带范围内的信号顺利通过，而阻止通频带外的信号。

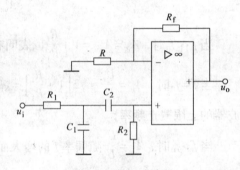

图 3-37　带通滤波器

（4）带阻滤波器　将一个无源 RC 低通电路和一个无源 RC 高通电路并联（低通滤波器的上限截止频率 f_{H} 应低于高通滤波器的下限截止频率 f_{L}），再接入同相比例运放就构成了**带阻滤波器**，如图 3-38 所示。低通电路的上限截止频率 f_{H} 与高通电路的下限截止频率 f_{L} 之间频率范围的信号就是带阻滤波器阻止的信号，而让此频率范围以外的信号顺利通过。

2. 信号变换电路

在自动控制系统和测量系统中，经常利用运算放大器把待测的电压转换成电流或把待测的电流转换成电压，统称为信号变换电路（Signal-Ttransfer Amplifier）。

（1）电压-电流变换电路　将输入电压变换成与之成正比的输出电流的电路，称为**电压-电流变换器**。图 3-39a 所示为反相输入式电压-电流变换器。其中 R_{1} 为输入电阻，R_{L} 为负载电阻，R_{2} 为平衡电阻。

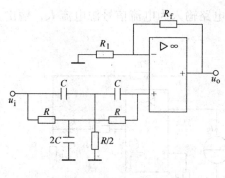

图 3-38　带阻滤波器

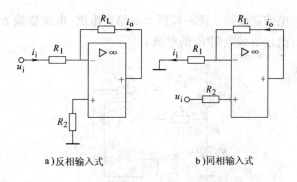

a) 反相输入式　　　　　　b) 同相输入式

图 3-39　电压-电流变换电路

在图 3-39a 所示的理想运算放大电路中，由于 $i_+ = i_- = 0$ 及 $u_+ = u_- = 0$，有

$$i_o = i_i = \frac{u_i}{R_1}$$

上式表明，负载电流 i_o 与输入电压 u_i 成正比，而与负载电阻 R_L 无关。只要输入电压 u_i 恒定，则输出电流 i_o 将稳定不变。

图 3-39b 所示为同相输入式电压-电流变换器。根据理想运放的条件 $i_+ = i_- = 0$ 及 $u_+ = u_- = u_i$，同样有

$$i_o = i_i = \frac{u_i}{R_1}$$

其效果与反相输入式电压-电流变换器相同，由于采取的同相输入，输入电阻高，电路精度高。但不可避免有较大的共模电压输入，应选用共模抑制比高的集成运算放大器。

（2）**电流-电压变换器**　将输入电流变换成与之成正比的输出电压的电路，称为**电流-电压变换器**。例如，将光电管产生的光电流转换为与其成正比的电压的电路，如图 3-40 所示。电路中 $-E$ 的作用是使光敏二极管工作在反向状态。当有光照时，光敏二极管产生光电流 i_i，在电路中，由于 $i_+ = i_- = 0$ 及 $u_+ = u_- = 0$，有

$$i_f = i_i$$

则

$$u_o = i_f R_f = i_i R_f$$

上式表明，运算放大器的输出电压 u_o 与输入电流 i_i 成正比例。如果输入电流 i_i 稳定，只要 R_f 选得精确，则输出稳定的电压 u_o，而光照越强，输入电流 i_i 越大，输出电压 u_o 也越大。

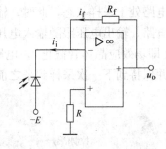

图 3-40　电流-电压变换电路

（3）**电压-电压变换器**　将输入电压变换成与之成正比的电压输出的电路，称为**电压-电压变换器**。图 3-41 所示的电压-电压变换器可以将稳压管稳压电路得到的固定基准电压转换为需要的电压数值。根据理想运放的条件 $i_+ = i_- = 0$ 及 $u_+ = u_- = 0$，可得

$$u_o = -\frac{R_f}{R_1} u_z$$

改变反馈电阻 R_f 就可以方便地改变输出电压的 u_o 大小。

（4）**电流-电流变换器**　将输入电流变换成与之成正比的电流输出的电路，称为**电流-**

电流变换器。图3-42所示电路为**电流-电流变换**器。电路输入为电流信号源电流 I_S，输出为流过负载电阻 R_L 的电流 i_o。

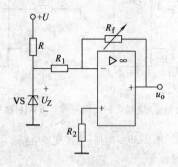

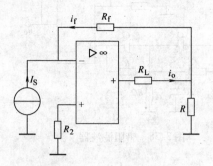

图 3-41　电压-电压变换电路　　　　　　图 3-42　电流-电流变换电路

因为 $i_+ = i_- = 0$ 及 $u_+ = u_- = 0$，可得

$$I_S + i_f = 0$$

$$i_f = i_o \frac{R}{R + R_f}$$

所以

$$i_o = -I_S \left[1 + \frac{R_f}{R} \right]$$

上式表明该电路实现了电流-电流变换功能。

3. 采样保持电路

采样保持电路的功能是将快速变化的输入信号按控制信号的周期进行"采样"，使输出准确地跟随输入信号的变化，并能在两次采样的间隔时间内保持上一次采样结束的状态。数字电路、计算机及程序控制的数据采集系统中常常用到采样保持电路。

图 3-43a 所示是一种基本的采样保持电路，电路由模拟开关 S、存储电容 C 和接成电压跟随器的运算放大电路构成。采样保持电路的模拟开关 S 通常由场效应晶体管组成，它的开与合由一个控制信号控制。当控制信号为高电平时，开关 S 闭合（即场效应晶体管导通），电路处于采样状态，此时，输入信号 u_i 对存储电容 C 充电，由于运算放大器接成电压跟随电路，输出电压跟随输入电压变化，即 $u_o = u_C = u_i$。当控制信号为低电平时，开关 S 断开（即场效应晶体管截止），电路处于保持状态，由于存储电容 C 无放电回路，则有 $u_o = u_C$，并保持到下一次采样到来之前。采样保持电路的输入、输出信号波形如图 3-43b 所示。

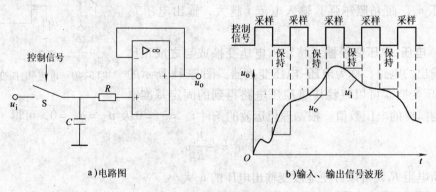

a) 电路图　　　　　　　　　　　　b) 输入、输出信号波形

图 3-43　采样保持电路

3.3.3 *RC* 正弦波振荡电路

所谓正弦波振荡，就是不需要外接任何输入信号，利用正反馈使电路自身产生一定频率、一定幅度的正弦波输出电压。正弦波振荡电路就是能够产生正弦交流信号的电路，通过调整电路中元件的参数，可以改变输出的正弦波信号的频率，使其高达几百兆赫或低至几赫。它是无线电通信、广播系统的重要组成部分，也广泛应用在测量、遥控和自动控制等领域。

1. 自激振荡

接通电源后在没有外加输入信号的情况下，依靠电路自身的条件就有按一定规律变化的信号输出的现象称为**自激振荡**。常用的正弦波振荡电路实质上就是一个没有外加输入信号的正反馈放大器，它是利用正反馈使电路产生自激振荡的。

当振荡电路与电源接通开始工作时，在电路中不可避免地激起一个微小的扰动信号，这就是起始信号。它是一个非正弦信号，含有一系列不同频率的正弦分量。这个微弱的瞬间扰动信号通过电路中的**放大和正反馈环节**，不断增大，即经过放大→输出→正反馈→放大→……的循环过程，振荡电路就可以输出一定的正弦波交流信号，这时便产生了自激振荡。通过电路中的**稳幅环节**，使输出电压不会无限增长，而趋近于稳定在一定幅值，即输出一定幅值的正弦波交流信号。另外，通过电路中的**选频环节**，以便输出稳定的单一频率的正弦波信号，而且可以对输出的正弦波信号频率进行调节。

图 3-44a 所示为接有正反馈的放大电路的框图，$\dot{X}_i$ 是输入信号，$\dot{X}_o$ 是输出信号，A 是放大电路的放大倍数，F 是反馈电路的反馈系数。若引入正反馈且反馈信号正好等于放大电路所需要的输入信号，即 $\dot{X}_f = \dot{X}_i$ 时，去掉输入信号 $\dot{X}_i$ 后，反馈信号 $\dot{X}_f$ 就替代了输入信号 $\dot{X}_i$，在输出端仍有稳定的信号 $\dot{X}_o$ 输出，如图 3-44b 所示。此时，称电路产生了自激振荡。

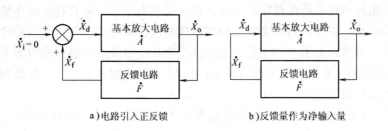

a)电路引入正反馈　　　　　b)反馈量作为净输入量

图 3-44　自激振荡原理框图

因为

$$\dot{A} = \frac{\dot{X}_o}{\dot{X}_i}$$

$$\dot{F} = \frac{\dot{X}_f}{\dot{X}_o}$$

得

$$\dot X_i = \frac{\dot X_o}{\dot A} \qquad \dot X_f = \dot F \dot X_o$$

只有 $\dot X_f = \dot X_i$ 时，才能建立起自激振荡，所以，还必须有

$$\frac{\dot X_o}{\dot A} = \dot F \dot X_o$$

由此得出电路**产生自激振荡的条件**是

$$\dot A \dot F = 1 \tag{3-25}$$

由于 $\dot X_f = \dot X_i$，表明反馈信号和输入信号的大小和相位都必须相等，因此，自激振荡的条件式（3-25）包括以下两方面：

（1）幅值条件

$$|\dot A \dot F| = 1$$

幅值条件表示放大器的放大倍数与反馈电路的反馈系数的乘积等于 1，从而使反馈信号与输入信号的大小相等。可通过调整放大电路的放大倍数来满足幅值条件，以达到足够的反馈幅度。

（2）相位条件

$$\varphi_A + \varphi_F = \pm 2n\pi \qquad n = 0,\ 1,\ 2,\ 3,\ \cdots$$

相位条件表示放大器与反馈电路的总相移应为 0 或 2π 的整数倍，即反馈信号 $\dot X_f$ 与放大电路所需要的输入信号 $\dot X_i$ 的相位相同，即必须是正反馈。

只有当电路同时满足上述幅值和相位两方面的自激振荡条件时，只要接通电源，无需外接输入信号，电路就可以产生稳定的自激振荡。振荡电路还必须具有选频环节，用来选择振荡电路的振荡频率，以便只对一个特定频率的信号满自激振荡条件，才能使输出电压是单一频率的正弦波。通常由电阻 R 和电容 C 组成 RC 选频电路或由电感 L 和电容 C 组成 LC 选频电路。RC 选频电路主要用于产生低频振荡，而 LC 选频电路主要用于产生高频振荡。

2. RC 正弦波振荡电路

常用的 RC 正弦波振荡电路是由集成运算放大器和 RC 选频电路构成的，如图 3-45a 所示。运算放大器组成同相比例运算电路，其电压放大倍数 $A = 1 + \dfrac{R_f}{R_1}$，改变 R_f 可以方便地调整放大倍数 A 的大小。由串并联电阻 R 和电容 C 构成选频环节，是放大器的反馈网络，反馈网络的输出与运算放大器的同相输入端相连，即引入正反馈。RC 选频电路的输入 $\dot U'_i$ 是振荡电路的输出 $\dot U_o$，RC 选频电路的输出 $\dot U'_o$ 是振荡电路的的反馈信号 $\dot U_f$，如图 3-45b 所示。当 $f_o = \dfrac{1}{2\pi RC}$ 时，$\varphi_F = 0$，若 $\varphi_A = 0$，则为正反馈，即满足自激振荡的相位条件。这时，$F = \dfrac{U_f}{U_o} = \dfrac{1}{3}$，只需使 $R_f = 2R_1$，即 $A = 1 + \dfrac{R_f}{R_1} = 3$，满足了自激振荡的振幅条件 $|\dot A \dot F| = 1$，电路就在频率

$f_\circ = \dfrac{1}{2\pi RC}$ 上产生振荡并能稳定输出。因此，*RC* 选频电路的**振荡频率**是

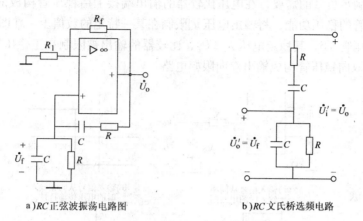

a)*RC* 正弦波振荡电路图   b)*RC* 文氏桥选频电路

图 3-45   *RC* 正弦波振荡电路

$$f_\circ = \frac{1}{2\pi RC}$$

在接通电源时，为了保证起振，必须使振幅条件 $|AF| > 1$，即应使放大电路的电压放大倍数 $A > 3$。因为满足振荡条件的起始信号很小，该信号被放大后反馈至输入端，使输入信号增大，再放大，再增大，如此反复，输出电压才会逐渐增大起来。当输出电压增大到一定幅度时，由于集成放大电路的非线性器件的作用，使得放大倍数 A 下降，稳定在 $AF = 1$，振荡自动稳定下来。如果放大倍数 A 正好等于 3，就会使工作不稳定，当放大倍数 A 稍有下降，则立即停振。因此为了保证起振，应要求放大倍数 A 稍大于 3，即要取 $R_f \geqslant 2R_1$。

3.3.4 电压比较器

当运算放大器工作在开环状态或引入正反馈时，由于其放大倍数非常大，所以只存在正、负饱和两种状态，输出不是高电平就是低电平。当运算放大器工作在这种状态时，称为运算放大器的非线性应用。电压比较器（Voltage Comparators）是运算放大器非线性应用的一个典型实例。

电压比较器是一种模拟信号的处理电路，是集成运放的基本应用电路之一。它的基本功能是对两个输入端的信号进行比较，将比较的大、小结果用正、负两值（或高、低电平）表示，并在输出端输出。应用集成运算放大器构成比较器时，集成运算放大器应工作在非线性区（饱和区），即开环状态或引入正反馈。电压比较器广泛应用于各种报警电路。另外，它在自动控制、电子测量、鉴幅、模数转换、各种非正弦波形的产生和变换电路中也得到广泛的应用。

1. 基本电压比较器

在运算放大器的一个输入端加上输入信号 u_i，另一输入端加上**基准电压**（也称为**参考电压**）U_{REF}，就构成了**基本电压比较器**。

在图 3-46a 所示的基本电压比较器中，输入信号 u_i 从同相输入端接入，$u_+ = u_i$，$u_- = U_{REF}$。由于运算放大器开环电压放大倍数很高，即使输入端有微小的差值信号，也会使集成

运放工作在非线性区，输出正负饱和电压 $\pm U_{o(sat)}$，即 $u'_o = \pm U_{o(sat)}$。通常，为了限定输出电压的幅值以满足负载的需要，在电压比较器的输出端接上由稳压管构成的稳压限幅电路，以便利用稳压管的稳压功能，将输出电压 u_o 限制在某一特定的数值上。在图 3-46a 中，输出端接有双向稳压管 VS，其稳定电压为 $\pm U_Z$，比较器的输出被限制在正稳压值 $+U_Z$ 或负稳压值 $-U_Z$，这种双向稳压管构成输出双向限幅电路。

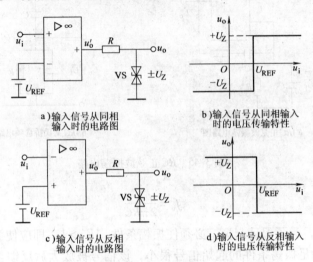

a)输入信号从同相
　输入时的电路图

b)输入信号从同相输入
　时的电压传输特性

c)输入信号从反相
　输入时的电路图

d)输入信号从反相输入
　时的电压传输特性

图 3-46　基本电压比较器及其电压传输特性

当 $u_+ = u_i > u_- = U_{REF}$，即 $u_i > U_{REF}$ 时，集成运放的输出电压 $u'_o = +U_{o(sat)}$，由于稳压管的稳压作用，电路的输出电压 $u_o = +U_Z$；

当 $u_+ = u_i < u_- = U_{REF}$，即 $u_i < U_{REF}$ 时，集成运放的输出电压 $u_o = -U_{o(sat)}$，由于稳压管的稳压作用，电路的输出电压 $u_o = -U_Z$。

显然，当 $u_+ = u_-$，即 $u_i = U_{REF}$ 时，输出电压 u_o 发生跳变。使电压比较器输出发生跳变的输入电压值称为**阈值电压** U_T，这里 $U_T = U_{REF}$。

综上所述，可以得到如图 3-46b 所示的从同相输入端接入输入信号时的电压传输特性。

如果输入信号 u_i 从反相输入端接入，如图 3-46c 所示。有 $u_- = u_i$，$u_+ = U_{REF}$，则

当 $u_- = u_i > u_+ = U_{REF}$，即 $u_i > U_{REF}$ 时，运放输出 $u'_o = -U_{o(sat)}$，比较器输出 $u_o = -U_Z$；

当 $u_- = u_i < u_+ = U_{REF}$，即 $u_i < U_{REF}$ 时，运放输出 $u'_o = +U_{o(sat)}$，比较器输出 $u_o = +U_Z$。

输入信号从反相输入端接入时的电压传输特性如图 3-46d 所示。

可见，在电压比较器的输入端进行模拟信号大小的比较，在输出端则以正、负两个电压来反映比较结果，输出的两个正、负电压值也称为高、低电平，分别用数字量"1"和"0"表示，因此，电压比较器也是把模拟量转换成数字量的一种常用电路。

如果把图 3-47a 所示的基本电压比较器的反相输入端直接接地，则基准电压 $U_{REF} = 0$，即输入电压 u_i 和零电压进行比较，阈值电压 $U_T = U_{REF} = 0$，输入信号每次过零时输出电压都要产生跳变，因此称为**过零比较器（Zero-Crossing Ccomparator）**，其传输特性如图 3-47b 所示。可以利用这种电路进行波形变换。例如当输入信号 u_i 为正弦电压时，电压比较器的输出 u_o 则为矩形波电压，实现了把正弦波转换成矩形波的转换，如图 3-47c 所示。

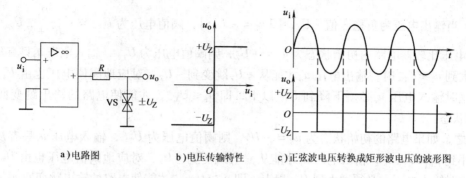

a）电路图　　　　　b）电压传输特性　　　　c）正弦波电压转换成矩形波电压的波形图

图 3-47　过零比较器

如果只需要将输出稳定在 $+U_Z$ 上，输出可采用正向限幅电路，其电路图及电压传输特性如图 3-48 所示。同理也可构成将输出稳定在 $-U_Z$ 上的负向限幅电压比较器。

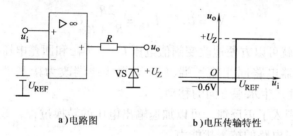

a）电路图　　　　　　　　b）电压传输特性

图 3-48　正向限幅的电压比较器及传输特性

2*. 滞回电压比较器

基本电压比较器虽然电路简单，但当有微小的干扰信号或噪声使输入信号在基准电压附近上下波动时，都将使输出电压在高、低电平之间反复跃变。这说明电路灵敏度高，也说明输出容易发生误跳变，电路抗干扰能力差。在实际应用中，有时电路过分灵敏会对设备产生不利的影响，甚至使之不能正常工作。因而，电路有时需要一定的惯性，在一定的输入电压范围内，输出电压保持原状态不变，以提高抗干扰的能力，如图 3-49a 所示的基本**滞回电压比较器（Regenerative Comparator，也称迟滞电压比较器）**就具有较强的抗干扰的能力。

在图 3-49a 所示的滞回电压比较器电路中，输入电压 u_i 加到运算放大器的反相输入端，通过电阻 R_f 引入正反馈，运放工作在非线性区，而且输出端接有双向稳压管，因此，电路的输出电压 u_o 有两种取值，即 $u_o = \pm U_Z$。通过正反馈电路，使阈值电压与输出电压 u_o 有关。由于 $i_+ = i_- = 0$，根据电路可以得出同相输入端电位为

$$u_+ = \frac{R_1}{R_1 + R_f} u_o = \pm \frac{R_1}{R_1 + R_f} U_Z$$

而 $u_- = u_i$，当 $u_+ = u_-$，即 $u_i = \pm \dfrac{R_1}{R_1 + R_f} U_Z$ 时，输出电压 u_o 发生跳变。因而电路有两个阈值电压，分别为

1）当输出电压为正稳压值 $+U_Z$，即 $u_o = +U_Z$ 时，阈值电压为 $U_{T+} = \dfrac{R_1}{R_1 + R_f} U_Z$。

2) 当输出电压为负稳压值 $-U_Z$，即 $u_o = -U_Z$ 时，阈值电压为 $U_{T-} = -\dfrac{R_1}{R_1 + R_f}U_Z$。

设电压比较器电路的初始状态为 $u_o = +U_Z$，则阈值电压为 U_{T+}，输入电压 u_i 只有从 $u_i < U_{T+}$ 增大到 $u_i \geqslant U_{T+}$ 时，输出电压 u_o 才能从 $+U_Z$ 跳变到 $-U_Z$，对应地阈值电压也由 U_{T+} 变为 U_{T-}。这时输入电压 u_i 必须下降到 U_{T-} 以下，即 $u_i \leqslant U_{T-}$，才能使电路的输出跳变回 $u_o = +U_Z$ 的状态。

反之，如果电路的初始状态为 $u_o = -U_Z$，则阈值电压为 U_{T-}，输入电压 u_i 只有从 $u_i > U_{T-}$ 减小到 $u_i \leqslant U_{T-}$ 时，输出电压 u_o 才能从 $-U_Z$ 跳变到 $+U_Z$，对应地阈值电压也由 U_{T-} 变为 U_{T+}。这时输入电压 u_i 必须增大到 U_{T+} 以上，即 $u_i \geqslant U_{T+}$，才能使电路的输出跳变回 $u_o = -U_Z$ 的状态。

由上述两个过程的分析可知电路具有滞回的输出特性，由此，得出滞回电压比较器的电压传输特性如图 3-49b 所示。两个阈值电压之差称为回差 ΔU，即

$$\Delta U = U_{T+} - U_{T-} = \frac{2R_1}{R_1 + R_f}U_Z$$

改变 R_1 或 R_f 的数值，就可以方便地改变阈值电压 U_{T+}、U_{T-} 和回差电压 ΔU。如果将图 3-49a 所示的滞回电压比较器电路同相输入端电阻 R_1 的接地端改为接基准电压（即参考电压）U_{REF}，则电压传输特性产生水平方向的移动。

滞回比较器由于引入了正反馈，可以加速输出电压的转换过程，改善输出波形；由于回差电压的存在，提高了电路的抗干扰能力。

当滞回比较器的输入电压 u_i 是正弦波时，输出同样也是矩形波，波形转换如图 3-49c 所示。

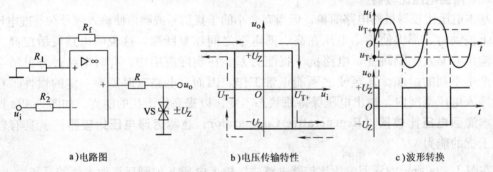

a）电路图　　　　　　b）电压传输特性　　　　　　c）波形转换

图 3-49　滞回电压比较器及传输特性

【思考与练习】

3.3.1　试说明自激振荡的条件。
3.3.2　试说明起振条件。
3.3.3　试说明正弦波振荡电路中选频网络的作用。

3.4　使用集成运算放大器应注意的问题

随着集成电路技术的发展，集成运放的种类越来越多，集成运放的各项技术指标不断改

善，应用日益广泛，为了确保运算放大器能正常可靠地工作，使用时应注意以下事项。

1. 元器件的选择

放大器的类型很多，按其技术指标不同可分为通用型、高速型、高阻型、低功耗型、大功率型和高精度型等；按其内部电路结构不同又可分为双极型（晶体管组成）和单极型（场效应晶体管组成）；按每一片中集成运放的数目不同可分为单运放、双运放和四运放。在正确选用和使用集成运算放大器之前，首先要了解集成运放基本性能指标的物理意义，应根据具体情况综合考虑输入信号的特点、负载的性质、电路的精度要求、功耗的要求、供电电源、工作环境以及芯片的价格等多种因素，选择合适的型号，有时还要做一些实验来帮助选择。选好后，根据手册中查到的引脚图和设计的外部电路连线。一般生产厂家对其产品都配有使用说明书，选用元器件时应仔细阅读。

2. 电路的保护

集成运放在使用中常因输入信号过大、电源电压极性接反或过高、输出端直接接"地"或接电源等原因而损坏。因此，在使用集成运放时为了防止损坏，使运放安全工作，应根据电路具体情况采取相应的保护措施。保护措施一般分为输入端保护、输出端保护、电源保护等，集成运放的保护电路如图 3-50 所示。

（1）输入端的保护　当集成运放的输入端所加的差模电压或共模电压过高时，会使运放不能正常使用甚至损坏。为此，应用时应在输入端接入两个反向并联的二极管，将输入电压限制在二极管的正向压降以下。输入端的保护如图 3-50a 所示。

（2）输出端的保护　为了防止运放的输出电压过大，造成器件损坏，可采用由限流电阻和稳压管组成的限幅电路来限制输出电压和电流。电路如图 3-50b 所示。

（3）电源端的保护　为了防止正、负电源接反造成运放损坏，通常接入二极管进行电源保护，如图 3-50c 所示。当电源极性正确时，两二极管导通，对电源无影响；当电源接反时，二极管截止，将电源与运放隔离。

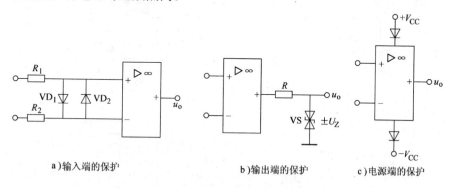

a）输入端的保护　　　　b）输出端的保护　　　　c）电源端的保护

图 3-50　集成运放的保护

【思考与练习】

3.4.1　在选用集成运放元件时应注意什么？

3.4.2　集成运放通常有哪几种保护方式？

习　题

【习题3-1】试判断图3-51所示各电路中是否引入了反馈，是直流反馈还是交流反馈，是正反馈还是负反馈。设图中所有电容对交流信号均可视为短路。

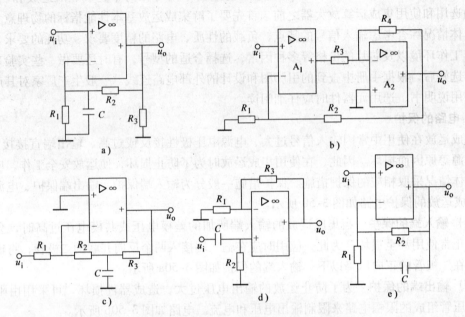

图 3-51　习题 3-1 的电路

【习题3-2】试判断图3-52所示各电路的负反馈类型。

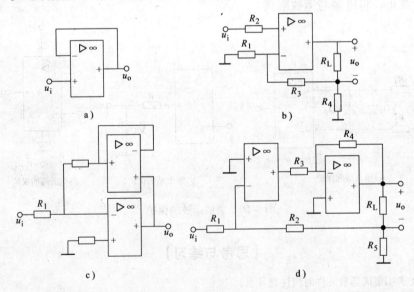

图 3-52　习题 3-2 的电路

【习题3-3】图3-53所示各负反馈放大电路中，哪些能稳定输出电压？哪些能稳定输出电流？哪些能提高输入电阻？哪些能降低输入电阻？哪些能提高输出电阻？哪些能降低输出电阻？

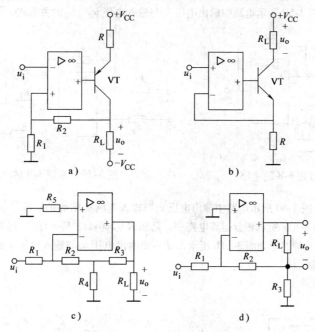

图 3-53　习题 3-3 的电路

【习题 3-4】图 3-54 所示反相比例运算电路中，已知 $u_i = -1V$、$R_1 = 10k\Omega$、$R_2 = 50k\Omega$，试求输出电压 u_o。

【习题 3-5】电路如图 3-55 所示，若输入电压 $u_i = -0.5V$，试求输出端电流 i_o。

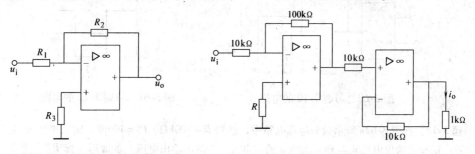

图 3-54　习题 3-4 的电路　　　　　图 3-55　习题 3-5 的电路

【习题 3-6】试求图 3-56 所示电路中输出电压 u_o 与输入电压 u_i 的关系式。

【习题 3-7】电路如图 3-57 所示，若输出电压 $u_o = -55u_i$，试求电阻 R_5 的值；并说明：若输入电压 u_i 与地接反，则输出电压 u_o 与输入电压 u_i 的关系将会发生什么变化？

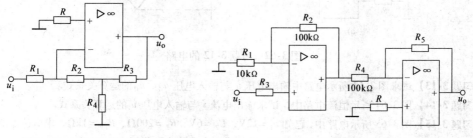

图 3-56　习题 3-6 的电路　　　　　图 3-57　习题 3-7 的电路

【习题 3-8】 试求图 3-58 所示电路中的输出电压 u_o。

【习题 3-9】 试求图 3-59 所示电路中输出电压 u_o 与输入电压 u_{i1}、u_{i2} 的关系式。

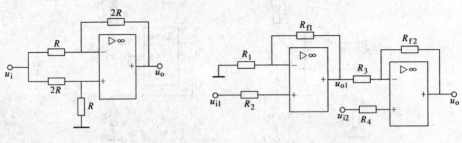

图 3-58 习题 3-8 的电路   图 3-59 习题 3-9 的电路

【习题 3-10】 试求图 3-60 所示电路中输出电压 u_o 与输入电压 u_{i1}、u_{i2} 的运算关系式。

【习题 3-11】 在图 3-61a 所示积分运算电路中，已知 $R = 500\text{k}\Omega$、$C_f = 1\mu\text{F}$，运算放大器的最大输出电压为 $\pm 10\text{V}$，输入电压 u_i 的波形如图 3-61b 所示，试写出输出电压 u_o 与输入电压 u_i 的关系式，并画出输出电压 u_o 的波形（标明最大值）。

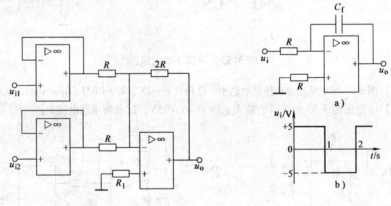

图 3-60 习题 3-10 的电路   图 3-61 习题 3-11 的电路

【习题 3-12】 在图 3-62a 所示微分运算电路中，已知 $R = 100\text{k}\Omega$、$C_f = 100\text{pF}$，输入电压 u_i 的波形如图 3-62b 所示。试写出输出电压 u_o 与输入电压 u_i 的关系式，并画出输出电压 u_o 的波形（标明最大值）。

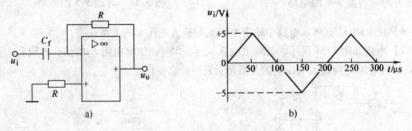

图 3-62 习题 3-12 的电路

【习题 3-13】 试求图 3-63 所示电路中输出电压 u_o 与输入电压 u_{i1}、u_{i2} 的运算关系式。

【习题 3-14】 图 3-64 所示恒流电路中，试求输出电流 i_o 与输入电压 u_i 的运算关系式。

【习题 3-15】 图 3-65 所示电路中，已知 $u_i = 12\text{V}$、$U_Z = 6\text{V}$、$R_2 = 200\Omega$、$R_{RP} = 1\text{k}\Omega$，求电位器滑动触点上下滑动时，输出电压 u_o 的变化范围，并说明运算放大器在电路中的作用。

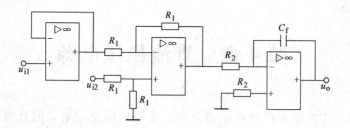

图 3-63　习题 3-13 的电路

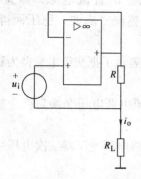

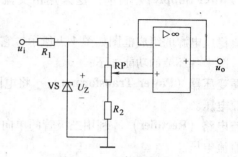

图 3-64　习题 3-14 的电路　　　　　　图 3-65　习题 3-15 的电路

【**习题 3-16**】在图 3-66 所示电路中，已知稳压管 $U_Z = 6V$、$R_1 = 10k\Omega$、$R_{RP} = 10k\Omega$，试求调节电位器 RP 时，输出电压 u_o 的变化范围，并说明改变负载电阻 R_L 对输出电压 u_o 有无影响。

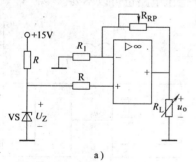

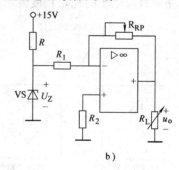

a)　　　　　　　　　　　　　　　　b)

图 3-66　习题 3-16 的电路

第4章　直流稳压电源

在日常生活、工农业生产和科学研究中，主要应用交流电，但直流电源使用也十分广泛，如电解、电镀、蓄电池的充电、直流电动机等都需要直流电源供电。此外，在电子电路、电子设备和自动控制装置中还需要非常稳定的直流电源，即**直流稳压电源**（**Direct Power Supply**）。目前广泛采用由交流电源经整流、滤波、稳压而得到的直流稳压电源。

直流稳压电源的组成框图如图4-1所示，它同时也表示了把交流电变换为稳定的直流电的过程。图中各环节的功能如下：

电源变压器（**Power Transformer**）　将电网的交流电源电压变换为符合整流电路所需要的交流电压。

整流电路（**Rectifier**）　利用二极管的单向导电性将电源变压器二次电压变换为单方向的脉动直流电压。

滤波电路（**Filter**）　将整流电路输出的单向脉动电压中的交流成分滤掉，减小整流电压的脉动程度，保留直流分量，尽可能供给负载平滑的直流电压，以适合负载的需要。

稳压电路（**Voltage Regulator**）　在电网电压波动或负载变动时，使输出的直流电压稳定。如果电路对直流电压的稳定程度要求较低，稳压电路也可以不要。

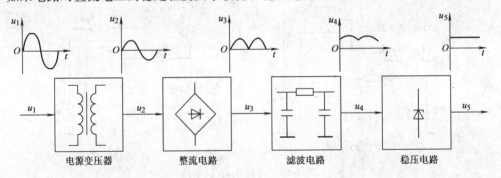

图4-1　直流稳压电源的组成框图

4.1　整流电路

整流电路就是利用二极管的单向导电性将交流电转换成脉动的直流电的电路。如果整流电路输入单相交流电，则称为单相整流电路；如果整流电路输入三相交流电，则称为三相整流电路。在小功率整流电路中（200W以下），常用单相整流电路。在整流电路的分析中，将二极管当做理想元件处理，即忽略正向导通压降，正向电阻视为零，忽略反向电流，反向电阻视为无穷大。

4.1.1 单相半波整流电路

1. 工作原理

单相半波整流电路（Haif-Wave Rectifier）如图 4-2 所示，该电路由整流变压器 T、整流二极管 VD 及负载电阻 R_L 组成。整流变压器将电网一次电压变换为整流电路所要求的交流电压 u_2，设

$$u_2 = \sqrt{2}U_2\sin\omega t$$

其波形如图 4-3 所示。由于二极管具有单向导电性，只有当它的阳极电位高于阴极电位时才能导通。当在变压器二次绕组的电压即输入电压 u_2 为正半周时，极性为 a 正 b 负，二极管 VD 承受正向电压而导通，电流 i_o 流过负载 R_L，忽略二极管正向压降，负载 R_L 上获得的输出电压 $u_o = u_2$，两者波形相同。当输入电压 u_2 负半周时，极性为 a 负 b 正，二极管 VD 因承受反向电压而截止，负载上没有电流，输出电压 $u_o = 0$，因此负载 R_L 上得到半波整流电压和电流。输出电压 u_o、输出电流 i_o 的波形如图 4-3 所示。

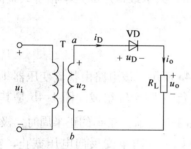

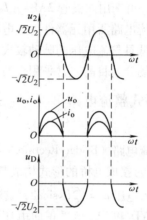

图 4-2　单相半波整流电路　　　　图 4-3　单相半波整流电路波形

由输出波形可以看到，负载上得到的整流电压、电流虽然方向不变，但其大小是变化的，这就是所谓的直流脉动电压，常用一个周期的平均值 U_o 来衡量它的大小。

$$U_o = \frac{1}{2\pi}\int_0^{2\pi} u_2 \mathrm{d}\,\omega t = \frac{1}{2\pi}\int_0^{\pi} \sqrt{2}U_2\,\sin\omega t\mathrm{d}\omega t = 0.45U_2 \tag{4-1}$$

电阻性负载的平均电流为 I_o，即

$$I_o = \frac{U_o}{R_L} = 0.45\frac{U_2}{R_L} \tag{4-2}$$

式（4-1）和式（4-2）表示单相半波整流电路输出电压和输出电流平均值与输入电压有效值的关系。直流脉动电压、电流的平均值应该分别用直流电压表、直流电流表进行测量。

在交流电压 u_2 的负半周，二极管截止，电压 u_2 全部加在二极管 VD 上，二极管所承受的最高反向电压 U_{DM} 为 u_2 的峰值，即 $U_{DM} = -\sqrt{2}U_2$。二极管 VD 承受的反向电压 u_D 波形如图 4-3 所示。二极管导通时的电流为负载电流，所以二极管的平均电流为 $I_D = I_o$。

2. 整流二极管的选用原则

为了安全地使用二极管，应先通过查手册中二极管的参数，确定最大整流电流 I_{FM} 和反向工作峰值电压 U_{RM}，就可以选择满足其要求的二极管。另外，还要考虑到电网电压的波动范围为 $\pm 10\%$，故应使所选择的整流二极管两个极限参数满足以下条件：

$$I_{FM} \geqslant 1.1 I_D \qquad U_{RM} \geqslant 1.1 U_{DM}$$

例 4-1 有一单相半波整流电路如图 4-2 所示。已知负载电阻 $R_L = 750\Omega$，变压器二次电压 $U_2 = 20V$，试求整流电路输出电压和输出电流平均值 U_o、I_o 及二极管承受的最高反向电压 U_{DM}，并选用二极管。

解：
$$U_o = 0.45 U_2 = 0.45 \times 20V = 9V$$

$$I_o = \frac{U_o}{R_L} = \frac{9}{750}A = 12mA$$

则
$$U_{DM} = \sqrt{2} U_2 = \sqrt{2} \times 20V = 28.2V$$

$$I_D = I_o = = 12mA$$

查附录 C-1，可选用二极管 2AP4（$I_{FM} = 16mA \geqslant 1.1 I_D$，$U_{RM} = 50V \geqslant 1.1 U_{DM}$）。

单相半波整流电路所用元器件少，电路简单，但利用率低，只利用了电源的半个周期，输出电压平均值低且整流电压的脉动较大。所以单相半波整流电路只适用于电流较小且允许交流成分较大的场合。目前，常采用全波整流电路，其中最常用的是单相桥式整流电路。

4.1.2 单相桥式整流电路

1. 工作原理

单相桥式整流电路（Bridge Rectifier）如图 4-4a 所示，该电路由整流变压器 T、4 个整流二极管($VD_1 \sim VD_4$)接成电桥的形式构成整流桥及负载电阻 R_L 组成。图 4-4b 是其简化画法。设整流电路的输入电压 $u_2 = \sqrt{2} U_2 \sin\omega t$，其波形如图 4-6 所示。在 u_2 的正半周时，极性为 a 正 b 负，整流二极管 VD_1 和 VD_3 承受正向电压导通，VD_2 和 VD_4 承受反向电压截止，电流由 $a \rightarrow VD_1 \rightarrow c \rightarrow R_L \rightarrow d \rightarrow VD_3 \rightarrow b$ 形成回路，如图 4-5a 电路所示。此时负载电阻 R_L 上得到一个正半波电压 $u_o = u_2$，如图 4-6 中 u_o 波形的 $0 \sim \pi$ 段所示，实际极性 c 正 d 负。在 u_2 的负半周时，极性为 a 负 b 正，二极管 VD_2 和 VD_4 承受正向电压导通，VD_1 和 VD_3 承受反向电压截止，电流由 $b \rightarrow VD_2 \rightarrow c \rightarrow R_L \rightarrow d \rightarrow VD_4 \rightarrow a$ 形成回路，如图 4-5b 电路所示。此时负载电阻 R_L 上得到另一个半波电压，如图 4-6 中 u_o 波形的 $\pi \sim 2\pi$ 段所示，实际极性仍然是 c 正 d 负，负载电阻 R_L 上的输出电压 $u_o = -u_2$。由此可见，桥式整流电路中负载上的输出电压 u_o 在输入电压 u_2 的正、负半周都存在，且为方向不变、大小变化的单向脉动直流电压 u_o，波形如图 4-6 所示。

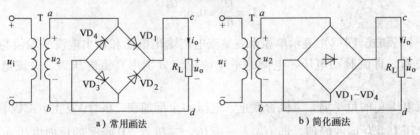

a）常用画法 b）简化画法

图 4-4 单相桥式整流电路

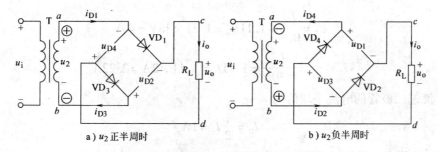

a) u_2 正半周时   b) u_2 负半周时

图 4-5 单相桥式整流电路原理

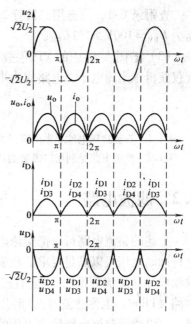

图 4-6 单相桥式整流电路原理

显然，桥式全波整流电路输出电压的平均值 U_o 比半波整流时增大了一倍，即

$$U_o = 2 \times 0.45U_2 = 0.9U_2$$

输出电流也增大了一倍，即

$$I_o = \frac{U_o}{R_L} = 0.9\frac{U_2}{R_L}$$

从图 4-6 可看出，变压器二次电流 i_2 仍为正弦波，其有效值为

$$I_2 = \frac{U_2}{R_L} = \frac{U_o}{0.9R_L} = 1.11I_o$$

因为电路中每两个整流二极管串联导电半周，即每只二极管只在半个周期内导通，所以，在一个周期内流过每个二极管的平均电流只有负载电流的一半，即 $I_D = I_o/2$。每个二极管流过的电流 i_D 波形如图 4-6 所示。

在图 4-5a 所示电路中可以看出，若二极管 VD_1 和 VD_3 正向导通，就将 u_2 加到了二极管 VD_2、VD_4 的两端，使这两只二极管因承受反向电压而截止，截止的整流二极管承受的反向电压即为变压器二次电压 u_2，其最大值为 $U_{DM} = U_{2m} = \sqrt{2}U_2$，二极管承受的反向电压 u_D 波形如图 4-6 所示。

2. 整流二极管的选用原则

在桥式整流电路中，整流二极管的选择要求及方法与半波整流电路相同，选择原则仍然是

$$I_{FM} \geq 1.1I_D \qquad U_{RM} \geq 1.1U_{DM}$$

桥式整流电路中的整流二极管目前已做成整流桥模块，其整流输出电流和耐反压等指标有系列的标称值，可供选用。

例 4-2 现需要 36V、2A 的直流电源为某一负载供电，采用单相桥式整流电路，试计算：（1）变压器二次电压和电流的有效值；（2）流过二极管的电流平均值和二极管承受的最高反向工作电压，并选择二极管；（3）若图 4-4a 中的 VD_3 因故开路，则输入电压平均值将变为多少？

解：

（1）变压器二次电压和电流的有效值为

$$U_2 = \frac{U_o}{0.9} = 1.11 U_o = 1.11 \times 36\text{V} = 40\text{V}$$

$$I_2 = \frac{U_2}{R_L} = \frac{U_o}{0.9 R_L} = 1.11 I_o = 1.11 \times 2\text{A} = 2.22\text{A}$$

（2）流过二极管的电流平均值为

$$I_D = \frac{1}{2} I_o = 1\text{A}$$

每个二极管上承受的最高反向工作电压为

$$U_{DM} = U_{2m} = \sqrt{2} U_2 = \sqrt{2} \times 40\text{V} = 56\text{V}$$

查附录 C-1，可选用二极管 2CZ12B，其最大整流电流为 $I_{FM} = 3\text{A} \geqslant 1.1 I_D$，最大反向电压为 $U_{RM} = 100\text{V} \geqslant 1.1 U_{DM}$。

（3）若图 4-4a 中的 VD_3 因故开路，则在 u_2 的负半周另外 3 只二极管均截止，负载电阻上仅获得正半周电压，电路成为半波整流电路。因此输出电压仅为正常时的一半，即 18V。

【思考与练习】

4.1.1　直流稳压电源通常由哪四部分构成？简述各部分电路的工作原理及作用。

4.1.2　整流电路是利用二极管的什么特性工作的？其作用是什么？

4.2　滤波电路

上述的整流电路可以把交流电压转换为直流脉动电压。在电镀、蓄电池充电等设备中，这种脉动电压可以满足要求。整流电路的输出电压虽然是单方向的直流，但还是包含了很多脉动成分（交流分量），不能直接用做电子电路的直流电源。因此应在整流电路后加接滤波电路（Filter，也称滤波器），利用电容和电感对直流分量和交流分量呈现不同的电抗的特点，可以滤除整流电路输出电压的交流成分，保留其直流成分，使其变成比较平滑的电压、电流波形，以改善输出电压、电流的脉动程度。常用的滤波电路有电容滤波器、电感滤波器和复式滤波器等。

4.2.1　电容滤波器

在整流电路的输出端与负载电阻并联一个足够大的电容，利用电容上电压不能突变的原理进行滤波，就是一个最简单的电容滤波器（Capacitance Filter），如图 4-7 所示为单相桥式整流电容滤波电路。

1. 电容滤波原理

设变压器二次正弦电压即整流电路的输入电压 $u_2 = \sqrt{2} U_2 \sin\omega t$，其波形如图 4-8 所示，当电路不接滤波电容时，输出电压 u_o 波形如图 4-8 中的虚线所示；当接入滤波电容时，负载上的输出电压 u_o 即为电容器上的电压 u_C。

设电容器事先未充电。u_2 由零逐渐增大，当 $0 < \omega t < \pi/2$ 时，整流二极管 VD_1 和 VD_3 承受正向电压导通，一方面供电给负载，在忽略二极管正向压降的情况下，$u_o = u_2$。同时对电容 C 充电，同步上升，即 $u_C = u_o = u_2$。在 $\omega t = \pi/2$ 时，电容电压 u_C 充至最大值 u_{2m}（$= \sqrt{2} U_2$），

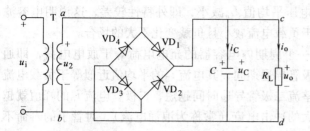

图 4-7 单相桥式整流电容滤波器

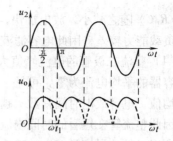

图 4-8 桥式整流电容滤波的波形图

u_2 达到最大值以后以正弦规律开始下降，电容放电，电容电压 u_C 以指数规律下降。在 $\pi/2 < \omega t < \omega t_1$ 这段时间内，由于 u_2 下降速度慢，u_C 下降速度快，仍满足 $u_2 > u_C$，整流二极管 VD_1 和 VD_3 仍然正向导通，则 $u_o = u_2$，输出电压仍然按正弦规律下降；当下降至 $u_2 < u_C$ 时（$\omega t = \omega t_1$），整流二极管 VD_1、VD_3 以及 VD_2、VD_4 都承受反向电压均截止，电源不再向负载供电，而是电容器对负载电阻继续放电，电容放电使输出电压 u_o 以一定的时间常数按指数规律下降，直到 u_2 的负半周，当 $|u_2| > u_C$ 时，VD_2 和 VD_4 正向导通，电容再次被充电，输出电压 u_o 按正弦规律上升，只不过此时导通的二极管是 VD_2 和 VD_4，工作过程与正半周时类似。这样，在输入正弦电压的一个周期内，电容器充电两次，放电两次，反复循环，得到如图 4-8 中实线所示的经电容滤波后的输出电压的波形。显然，接上滤波电容后的输出电压脉动程度减小了。

2. 滤波电容的选择

从电容滤波器的工作原理来看，电容放电时间常数 τ（$= R_L C$）越大，放电过程越慢，则输出电压越大，滤波效果也越好，为此，应选择大容量的电容。为了得到比较平直的输出电压，一般要求按照下式

$$R_L C \geqslant (3 \sim 5) T/2 \tag{4-3}$$

选择电容器的容量。式中，T 为电源交流电压的周期。

为安全起见，电容器的耐压应大于输出电压的最大值并留有一定的裕量。一般采用极性电容器。

3. 电容滤波的特点

（1）电路简单，滤波效果较好，应用广泛。

（2）输出直流电压的平均值提高了。因为即使二极管全部截止，由于电容电压不能跃变，电容的放电使输出电压并不为零，输出电压 u_o 波形包围的面积明显增大，说明直流输出平均值 U_o 提高了。在满足式（4-3）的条件下，负载电压的平均值 U_o 可按下式估算：

单相半波整流电容滤波 $\qquad U_o = U_2 \tag{4-4}$

单相桥式整流电容滤波 $\qquad U_o = 1.2 U_2 \tag{4-5}$

电容越大，波形越平滑，输出电压的平均值 U_o 越大。

（3）外特性较差，只适用于负载电流较小且负载不常变化的场合。电容放电时间常数 τ（$= R_L C$）与负载电阻 R_L 有关。负载电阻 R_L 变化会引起 τ 的变化，当然就会影响放电的快慢，从而影响输出电压平均值的稳定性。当电路空载（$R_L = \infty$）时，由于不存在放电回路，因此输出电压为 $\sqrt{2} U_2$。随着负载电阻 R_L 减小，即输出电流的增大，电容放电的时间常数

τ（$=R_\text{L}C$）随之减小，放电加快，输出电压平均值 U_o 减小，即外特性较差，这说明电容滤波带负载能力较差，因此电容滤波适用于负载电流较小且负载变化不大的场合。

（4）整流二极管的电流峰值大。在一个周期内电容器的充电电荷等于放电电荷，即通过电容器的平均电流为零，可见，在二极管导通期间，其电流 i_D 的平均值近似等于负载电流的平均值，电容放电时间常数 τ 越大，整流二极管导通时间越短，二极管电流 i_D 的峰值就越大，因此整流管在短暂的时间内流过较大的冲击电流（常称为浪涌电流），对管子的寿命不利，所以必须选择容量较大的整流二极管。

例 4-3 单相桥式整流电容滤波电路，其输入交流电压的频率 $f = 50\text{Hz}$，负载电阻 $R_\text{L} = 200\Omega$，要求直流输出电压 $U_\text{o} = 28\text{V}$。试选择整流二极管和滤波电容器。

解：（1）选择整流二极管。

流过二极管的平均电流为

$$I_\text{D} = \frac{1}{2}I_\text{o} = \frac{1}{2} \times \frac{U_\text{o}}{R_\text{L}} = \frac{1}{2} \times \frac{28}{200}\text{A} = 0.07\text{A} = 70\text{mA}$$

据式（4-5），取 $U_\text{o} = 1.2U_2$ 得变压器二次电压有效值

$$U_2 = \frac{U_\text{o}}{1.2} = \frac{28}{1.2}\text{V} \approx 23.3\text{V}$$

二极管承受的最高反向工作电压为

$$U_\text{DM} = \sqrt{2}U_2 = \sqrt{2} \times 23.3\text{V} \approx 33\text{V}$$

因此，查附录 C，可选用二极管 2CP11，其最大整流电流为 $I_\text{FM} = 100\text{mA} \geqslant 1.1I_\text{D}$，反向工作峰值电压为 $U_\text{RM} = 50\text{V} \geqslant 1.1U_\text{DM}$。

（2）选择滤波电容器。

根据式（4-3），取 $R_\text{L}C = 5T/2$，所以

$$C = \frac{5T}{2R_\text{L}} = \frac{5 \times 0.02}{2 \times 200}\text{F} = 250 \times 10^{-6}\text{F} = 250\mu\text{F}$$

查相关手册，按系列选用 $C = 270\mu\text{F}$、耐压为 50V 的极性电容器。

4.2.2 电感滤波器

上述的电容滤波带负载能力较差。对于负载电流较大且负载经常变化的场合，采用电感滤波器（Inductance Filter），即在负载前串联电感线圈，如图 4-9 所示。电感滤波是利用电感电流不能突变的特性实现滤波的。

当电感足够大时，满足 $\omega L \gg R_\text{L}$，整流电压的交流分量大部分降在电感上，若忽略电感线圈的电阻和二极管的管压降，则电感线圈上无直流电压降，无论负载电阻怎样变动，整流输出的直流分量几乎全部落在负载电阻 R_L 上，因此电感滤波输出电压平均值较稳定，其值为

$$U_\text{o} \approx 0.9U_2$$

图 4-9 电感滤波电路

显然，电感 L 值越大，滤波效果越好。

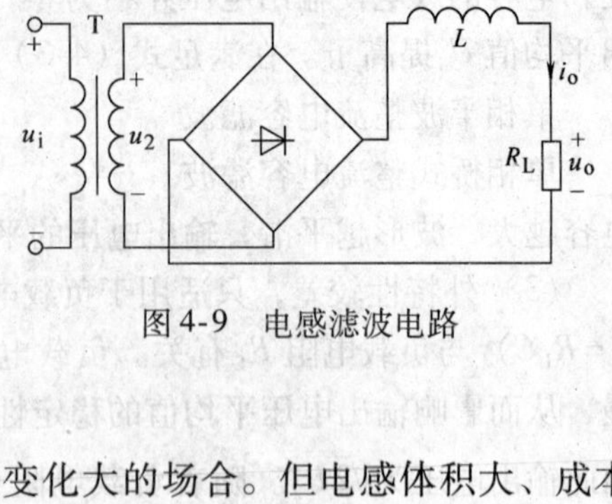

电感滤波器带负载能力强，适用于大电流或负载变化大的场合。但电感体积大、成本

高，元件本身的电阻还会引起直流电压损失和功率损耗。滤波电感常取几毫亨到几十毫亨，在小功率的电子设备中很少采用电感滤波。

4.2.3 复式滤波器

电容滤波和电感滤波各有优缺点。在一些直流用电设备中，为了进一步提高滤波效果，使输出电压的脉动更小，同时电源又能适应负载变化，常采用由电容和电感以及电阻组成多级滤波的方法，构成复式滤波器，如图4-10所示。复式滤波进一步提高了滤波效果同时又不降低带负载能力。

1. LC 滤波器

为了减小输出电压的脉动程度，在滤波电容之前串接一个铁心电感线圈 L，这样就组成了 LC 滤波器（电感电容滤波器），如图4-10a所示。因为电感线圈对整流电流的交流分量具有阻抗，谐波频率越高，阻抗越大，所以它可以减弱整流电压中的交流分量，ωL 比 R_L 大得越多，则滤波效果越好。然后又经过电容滤波器滤波，再一次滤掉交流分量，这样就可以得到比较平直的直流输出电压。但是，由于电感线圈的电感较大（一般在几亨到几十亨的范围内），其匝数较多，电阻也较大，因而其上也有一定的直流压降，造成输出电压的下降。

LC 滤波器适用于工作频率较高、电流较大、要求输出电压脉动较小的场合。

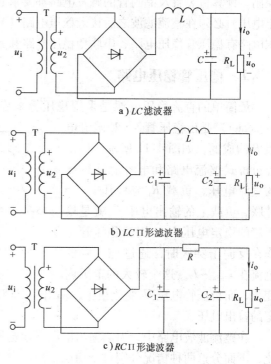

a) LC 滤波器

b) LC Π形滤波器

c) RC Π形滤波器

图4-10 复式滤波器

2. LC Π形滤波器

为了进一步提高滤波效果，使输出电压的脉动更小，可以在 LC 滤波器的前面再并接一个滤波电容，这样就构成 LC Π形滤波器，如图4-10b 所示。整流电路输出的脉动电压经电容 C_1 滤波后，又经过 L 和 C_2 的再次滤波，有很好的滤波效果，但该电路中整流二极管的冲击电流较大，同时仍存在电感笨重、成本高等缺陷。

3. RC Π形滤波器

在负载电流较小，又要求电压脉动很小的场合，常用电阻代替电感，组成 RC Π形滤波器，如图4-10c 所示。整流电路输出的脉动电压经电容 C_1 滤波后，仍含有一定的纹波分量，虽然电阻对于交直流电压有降压作用，但它与电容 C_2 配合后，就会使脉动电压的交流分量较多地降落在电阻 R 两端，而较少地降落在负载上，从而起到了滤波作用。电阻 R 与电容 C_2 越大，滤波效果越好。但 R 太大，会使电阻 R 上的直流压降增大，所以这种滤波电路主要适用于负载电流较小而又要求输出电压脉动很小的场合。

4.2.1　试简述电容滤波电路特点与应用场合。

4.2.2　试简述电感滤波电路特点与应用场合。

4.2.3　试简述复式滤波电路特点与应用场合。

4.3　稳压电路

经整流和滤波后的直流输出电压往往会随交流电源电压的波动和负载的变化而变化。电压不稳定有时会产生测量和计算误差，甚至不能正常工作。特别是精密电子测量仪器、自动控制、计算机装置及晶闸管的触发电路都要求有很稳定的直流电源供电。为了得到稳定的直流电压，必须在整流滤波之后接入稳压电路（Voltage Regulator）。在小功率设备中常用的稳压电路有稳压管稳压电路、串联型稳压电路和集成稳压电路。

4.3.1　稳压管稳压电路

最简单的直流稳压电源是采用稳压管来稳定电压的。稳压管稳压电路（Zener Voltage Regulator）是由稳压管 VS 和限流电阻 R 构成的，如图 4-11 所示。U_i 是经过桥式整流电路和电容滤波得到的直流电压，负载 R_L 与稳压管 VS 并联，负载上的输出电压 U_o 就是稳压管的稳定电压 U_Z。因为稳压管工作在反向击穿区时，通过稳压管的电流在 $I_{Zmin} \sim I_{Zmax}$ 这个较大的范围内

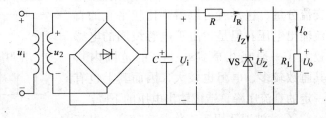

图 4-11　稳压管稳压电路

变化，而稳压管电压 U_Z 变化很小，输出一个稳定的电压 U_o，这样，负载上就能得到比较稳定的输出电压。

在整流滤波电路中，引起输出电压不稳定的主要原因是电源电压的变化和负载电流的变化，下面分这两种情况分别讨论稳压管稳压电路的稳压原理。

1. 当负载电阻 R_L 不变，由于电网电压波动而使输入电压 U_i 变化时的稳压过程

假设电网电压升高而使 U_i 随之增大时，负载电压 U_o 也有增大的趋势，当 $U_Z = U_o$ 稍有增大时，稳压管的电流 I_Z 显著增大，于是电流 $I_R = I_Z + I_o$ 加大，限流电阻 R 上的电压 U_R 也显著增大，以抵消输入电压 U_i 的增大，从而使输出电压 U_o 保持近似不变。这个稳压过程可以表示为

$$U_i \uparrow \longmapsto U_o \uparrow \longmapsto U_Z \uparrow \longmapsto I_Z \uparrow \longmapsto I_R \uparrow \longmapsto U_R \uparrow \longmapsto U_o \downarrow$$

当交流电源电压减小而使输入电压 U_i 降低时的稳压过程则相反，是以限流电阻 R 上的电压 U_R 的减小来抵消输入电压 U_i 的减小，从而使输出电压 U_o 保持稳定。

2. 当电网电压稳定，由于负载电阻 R_L 变化引起的输出电压的变化时的稳压过程

假设电网电压稳定，则稳压电路的输入电压 U_i 不变。如果负载电阻 R_L 减小，因负载电流 I_o 增大，于是电流 $I_R = I_Z + I_o$ 也加大，而使电阻 R 上的电压 U_R 增大，负载电压 U_o 因

而有减小的趋势，当 $U_Z = U_o$ 稍有下降，使得稳压管电流 I_Z 显著减小，于是电流 $I_R = I_Z + I_o$ 减小，U_R 也减小。所以输出电压 U_o 也保持近似不变。负载电阻减小时的稳压过程可以表示为

$$R_L \downarrow \rightarrow I_o \uparrow \rightarrow I_R \uparrow \rightarrow U_R \uparrow \rightarrow U_o \downarrow \rightarrow U_Z \downarrow \rightarrow I_Z \downarrow \rightarrow I_R \downarrow \rightarrow U_R \downarrow \rightarrow U_o \uparrow$$

上述的稳压过程是用 I_Z 的减小来补偿 I_o 的增大，最终使 I_R 基本保持不变，从而输出电压 U_o 也就近似稳定不变，其中电阻 R 起到调节电压的作用。因负载电阻增大引起的输出电压的调整过程则相反。

选择稳压管稳压电路的元件参数时，一般取

$$U_o = U_Z$$
$$I_{Zmin} < I_Z < I_{Zmax}$$
$$I_{Zmax} = (1.5 \sim 3)I_{omax}$$
$$U_i = (2 \sim 3)U_o$$

例 4-4 有一稳压电路如图 4-11 所示。负载电阻 R_L 由开路变到 3kΩ，整流滤波后的输出电压 $U_i = 45V$。现要求输出直流电压 $U_o = 15V$，试选择稳压管 VS。

解： 根据输出电压 $U_o = 15V$ 的要求，负载电流最大值

$$I_{omax} = \frac{U_o}{R_L} = \frac{15}{3 \times 10^3}A = 5 \times 10^{-3}A = 5mA$$

稳压管的最大稳压电流可取为

$$I_{Zmax} = 3I_{omax} = 15mA$$

查附录 C-3，选择稳压管 2CW20，其稳压值 $U_Z = 13.5 \sim 17V$，稳定电流 $I_Z = 5mA$，最大稳定电流 $I_{Zmax} = 15mA$。

4.3.2 恒压源

上面所介绍的稳压管稳压电路的输出电压大小是固定的，有时不能满足使用要求。而由稳压管稳压电路和运算放大器组成的恒压源的输出电压不仅可调而且因引入了电压负反馈使输出更稳定。

图 4-12a 是反相输入恒压源，其输出为

$$U_o = -\frac{R_f}{R_1}U_Z$$

图 4-12b 是同相输入恒压源，其输出为

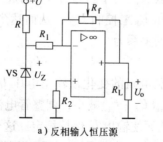
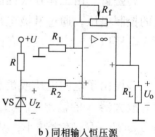

a) 反相输入恒压源　　　　b) 同相输入恒压源

图 4-12 恒压源

$$U_o = \left(1 + \frac{R_f}{R_1}\right)U_Z$$

4.3.3 串联型稳压电路

稳压管稳压电路虽然具有电路简单、稳压效果好等优点，但允许的负载电流变化范围

小，输出直流电压不可调，所以，一般用来作基准电压。而恒压源电路，输出电压虽然稳定可调，但运放的输出电流也较小，为了克服这些缺陷，多采用串联型稳压电路（Serial-Type Voltage Regulator），这也是集成稳压器的基础。

为了扩大运算放大器输出电流的变化范围，将恒压源电路的输出接到大电流晶体管 VT 的基极，而从发射极输出，这样同相输入恒压源就改成了串联型稳压电路。它是由基准电压电路、取样电路、比较放大电路和调整管 4 部分构成，其电路原理框图如图 4-13a 所示，对应电路图如图 4-13b 所示。电路的具体组成及各部分的作用如下：

U_i 是经整流滤波后的输入电压；U_o 是串联型稳压电路输出的稳定的直流电压；

基准电压电路　由电阻 R 和稳压管 VS 构成，基准电压为 U_Z；

取样电路　电阻 R_1 和 R_2、R_{RP} 构成，当输出电压 U_o 变化时，取样电路将 U_o 的变化量按比例送到放大器，由图可知取样电压 U_f 为

$$U_f = U_- = \frac{R''_{RP} + R_2}{R_1 + R_{RP} + R_2} U_o$$

比较放大电路　由运算放大器 A 构成，其输出为

$$U_B = A_{uo}(U_+ - U_-) = A_{uo}(U_Z - U_f)$$

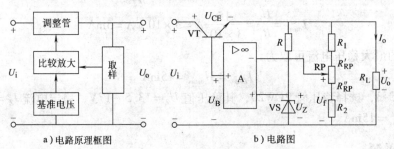

a）电路原理框图　　　　　b）电路图

图 4-13　串联型稳压电路

调整管　由工作在线性区的大功率晶体管 VT 构成，管压降为 U_{CE}。放大器的输出为基极的控制电压，通过基极电压 U_B 来控制 U_{CE}，从而达到调整输出电压 U_o 的目的。管压降、输入电压以及输出电压三者的关系为

$$U_o = U_i - U_{CE}$$

假设由于电源电压或负载电阻的变化使输出电压 U_o 增大时，则取样电压 U_f 随之增大，运算放大器 A 的输出 $U_B = A_{uo}(U_Z - U_f)$ 减小，调整管电流 I_C 减小，管压降 U_{CE} 增大，输出电压 $U_o = U_i - U_{CE}$ 随之减小，从而使输出 U_o 保持稳定。这个自动调整过程实际上是一个负反馈过程。从图 4-13b 所示电路可知，电阻 R_1 和可调电位器 RP 引入串联电压负反馈，故称为串联型稳压电路。取样电压 U_f 是正比于输出电压 U_o 的反馈电压，基准电压 U_Z 可看做输入电压。根据同相比例运算电路，有

$$U_B = \left(1 + \frac{R_1 + R'_{RP}}{R_2 + R''_{RP}}\right) U_Z$$

忽略晶体管正向导通的发射结压降，则

$$U_o = U_B = \left(1 + \frac{R_1 + R'_{RP}}{R_2 + R''_{RP}}\right) U_Z$$

或者，根据集成运算放大器的虚短 $U_+ = U_-$，而

$$U_- = U_f = \frac{R''_{RP} + R_2}{R_1 + R_{RP} + R_2} U_o$$

以及

$$U_- = U_+ = U_Z$$

有

$$\frac{R''_{RP} + R_2}{R_1 + R_{RP} + R_2} U_o = U_Z$$

可得

$$U_o = \left(\frac{R_1 + R_{RP} + R_2}{R''_{RP} + R_2}\right) U_Z = \left(\frac{R_1 + R'_{RP} + R''_{RP} + R_2}{R''_{RP} + R_2}\right) U_Z = \left(1 + \frac{R_1 + R'_{RP}}{R''_{RP} + R_2}\right) U_Z$$

因此，通过改变基准电压 U_Z 或调整电位器 RP，就可以方便地改变输出电压。
上述的稳压过程可表示为

$$U_i \uparrow（或 R_L \downarrow I_o \uparrow）\to U_o \uparrow \to U_f \uparrow \to U_B \downarrow I_B \downarrow I_C \downarrow U_{CE} \uparrow U_o \downarrow$$

如果输出电压有降低的趋势，其稳压的调节过程与上述相反。

4.3.4　集成稳压电源

集成稳压电源（Integrate Regulator）是把调整管、取样电路，基准电压、比较放大、各种保护电路以及连接导线等全部集成在一块芯片上就构成了集成稳压电路，其特点是体积小，外围元器件少，性能稳定可靠，使用调整方便，价格低廉等，因此得到广泛的应用。

1. 三端固定式集成稳压器

目前集成稳压电源类型很多，以 W7800、W7900 系列小功率三端稳压器应用最普遍。这种稳压器只有三个引脚：电压输入端（通常接入整流滤波电路的输出信号）、稳定电压输出端和公共接地端，故称之为三端集成稳压器。图 4-14 所示为三端集成稳压器的封装外形和图形符号。W7800 系列输出固定的正电压，输出电压系列有：5V、8V、12V、15V、18V、24V 等。W7900 系列输出固定的负电压，输出电压系列与 W7800 系列对应。对于具体器件，"00" 用数字代替，表示输出的稳压值。例如 W7812 表示输出稳定电压 +12V，W7915 表示输出稳定电压 -15V。这两种系列三端稳压器可以输出 0.5A 电流，如果加装散热片，最大输出电流可达到 1.5A。使用时，除了要考虑输出电压和最大输出电流外，还必须注意输入电压的大小。要保证稳压，必须使输入电压的绝对值至少高于输出电压 3V 以上，但也不能超过最大输入电压（一般为 35V 左右）。

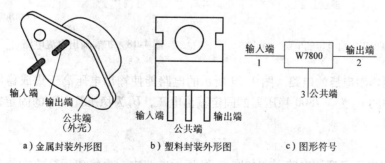

　a）金属封装外形图　　　　b）塑料封装外形图　　　c）图形符号

图 4-14　三端集成稳压器的封装外形和图形符号

三端集成稳压器的应用十分方便、灵活，下面介绍几种常用电路。

（1）输出固定正电压的电路 电路如图 4-15 所示。其中，U_i 是经整流滤波后的直流电压，电容 C_1 旁路整流电路输出的高频干扰信号，以消除自激振荡，用于改善纹波特性，通常取 $0.33\mu F$。电容 C_2 起滤波作用，并能改善暂态响应，一般取 $1\mu F$。注意 W7800 系列的 1、2、3 引脚分别为输入端、输出端、公共端。

（2）输出固定负电压的电路 电路如图 4-16 所示。当要求输出负电压时，应选择相应的 W7900 集成稳压器。注意电压极性及引脚功能，W7900 系列 1、2、3 引脚分别为公共端、输入端、输出端。

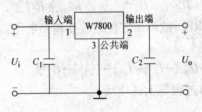
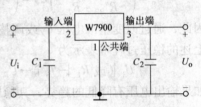

图 4-15　输出固定正电压的电路　　　　图 4-16　输出固定负电压的电路

（3）正、负电压同时输出的电路 电路如图 4-17 所示。它是一个由 W7800 系列和 W7900 系列的典型电路共用一个接地端组合而成的正负电压输出电路。

（4）扩大输出电流的电路 由于功率的限制，W7800 系列和 W7900 系列稳压器最大输出电流只能达到 1.5A，当所需的负载电流超过稳压器的最大输出电流时，可采用外接大功率管或并联相同型号稳压器的方式扩大输出电流，接法如图 4-18 所示。在图 4-18a 中，VT 为大功率管，为了消除晶体管 VT 的 U_{BE} 对输出电压 U_o 的影响，电路中又加了补偿二极管 VD，这样不仅使输出电压 U_o 等于稳压器的固定输出电压，而且起到温度补偿的作用，使输出电压 U_o 的数值基本不受温度的影响。在图 4-18b 中则是利用相同型号的稳压器并联来提高输出电流。

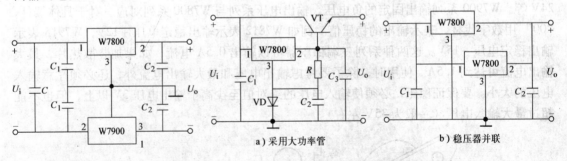

图 4-17　同时输出正、负电压的电路　　　　　　图 4-18　扩展输出电流电路

（5）提高输出电压的电路 图 4-19 所示的电路能使输出电压高于集成稳压器的固定输出电压。图中的 U_x 为 W7800 稳压器的固定输出电压，U_z 为稳压管 VD_z 的固定输出电压。显然，输出电压 U_o 为

$$U_o = U_x + U_z$$

（6）输出电压可调的电路 在如图 4-20 所示电路中，由集成运算放大器 A 接成电压跟随器，图中的 U'_o 为 W7800 稳压器的固定输出电压，U''_o 为电压跟随器 A 的输出电压。显然，

输出电压 U_o 为

$$U_o = U'_o + U''_o$$

由于 U'_o 是固定的，而调节电位器 RP 可改变 U''_o，从而实现输出电压的可调。

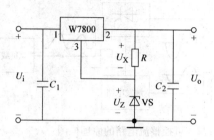

图 4-19　提高输出电压的电路

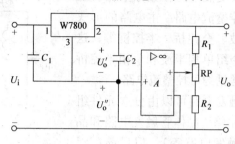

图 4-20　输出电压可调的电路

2. 三端可调式集成稳压器

该集成稳压器不仅输出电压可调，且稳压性能优于固定式，被称为第二代三端集成稳压器。同样有正电压输出和负电压输出两类。

W117、W217、W317 系列输出正电压。图 4-21a 所示为 W317 系列的应用电路。电位器 RP 和电阻 R 组成取样分压器，取样电压接稳压器的调整端 1 引脚，改变电位器 RP 可调节输出电压 U_o 的大小，可以使输出电压 U_o 在 1.25～37V 的范围内连续可调。有 图 4-21a 所示电路中，电容 C_1 旁路整流电路

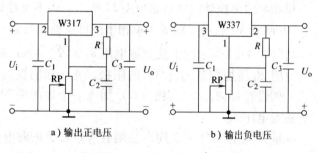

a）输出正电压　　　b）输出负电压

图 4-21　三端可调式集成稳压器

输出的高频干扰信号，以消除自激振荡；电容 C_2 可消除电位器 RP 上的纹波电压，使取样稳定；电容 C_3 起滤波作用。

$$U_o = 1.25 \times \left(1 + \frac{R_{RP}}{R}\right)V$$

W137、W237、W337 系列输出负电压。W337 系列的应用电路如图 4-21b 所示。

【思考与练习】

4.3.1　简述当负载电阻不变，电网电压波动时，稳压管稳压电路的稳压过程。

4.3.2　简述当电网电压不变，负载电阻波动时，稳压管稳压电路的稳压过程。

4.3.3　稳压管稳压电路中限流电阻的作用是什么？其值过小或过大将产生什么现象？

*4.4　单相可控整流电路

将电网的工频交流电转换成大小可调的单一方向直流电的过程称为可控整流。可控整流在工业生产中应用很广，如直流电动机的调压调速、电解及电镀用的直流电源等。可控整流的原理框图如图 4-22 所示。变压器将电网电压转换成可控整流电路需要的交流电压，可控

整流电路的主电路由晶闸管构成，只要改变触发电路送出触发脉冲的时间，就可以改变晶闸管在交流电压一周期内导通的时间，这样，负载上直流电压的大小就可以得到控制。

按交流电的相数分单相和三相可控整流电路。主电路的形式有半波、全控桥、半控桥等，这里仅介绍单相半波和单相半控桥两种常见的可控整流电路。

触发电路可以由分立元件组成（如单结晶体管触发电路和晶体管触发电路等），但目前广泛

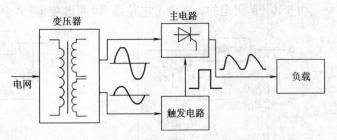

图 4-22　可控整流电路的原理框图

采用集成化触发器和数字式触发器。关于触发器的内容，本章不作介绍，请读者查阅有关书刊。

4.4.1　单相半波可控整流电路

单相半波可控整流电路如图 4-23 所示。将不可控的单相半波整流电路中的整流二极管 VD 用晶闸管 VT 代替，就成为单相半波可控整流电路。设负载为电阻性负载 R_L。

将如图 4-24 所示的正弦交流电压 $u_2 = \sqrt{2}U_2\sin\omega t$ 通过负载电阻 R_L 施加到晶闸管 VT 的阳极（A）和阴极（K）两端。假设在 ωt_1 时刻给门极（G）加入一个如图 4-24 所示的触发电压 u_G。

在输入电压 u_2 的正半周，晶闸管 VT 承受正向电压。但在 $0 \sim \omega t_1$ 时间段内，虽然晶闸管 VT 承受正向电压，但触发电路还未向门极（G）施加触发电压 u_G，晶闸管不会导通，仍处于阻断状态，输出电压 $u_o = 0$。

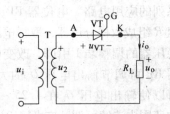

图 4-23　单相半波可控整流电路

在 ωt_1 时刻，触发电路向门极（G）施加触发电压 u_G，晶闸管 VT 导通，若忽略晶闸管的正向导通管压降，则负载 R_L 上获得的输出电压 $u_o = u_2$。

当 $\omega t_1 = \pi$ 时，输入电压下降到零，即 $u_2 = 0$，流过晶闸管的电流小于维持电流，晶闸管被关断，输出电压 $u_o = 0$。

在输入电压 u_2 的负半周，有 $u_2 < 0$，晶闸管承受反向电压，保持反向阻断状态，输出电压 $u_o = 0$。

当输入电压 u_2 的第二个周期到来后，在相应的时刻加入触发电压 u_G，晶闸管又一次导通，……，如此循环往复，负载 R_L 上就得到有规律的可控直流电压 u_o 输出。输出电压的波形 u_o 以及晶闸管承受的电压波形 u_{VT} 如图 4-24 所示。

在可控整流电路中。从晶闸管开始承受正向电压到触发脉冲到来之间的电角度称为触发延迟角（也称移相角），用 α 表示。晶闸管在一个周期内导通的电角度称为导通角，用 θ 表示，如图 4-24 所示。在单相半波可控整流电路电阻性负载中，α 的变化范围为 $0 \sim \pi$，且 $\alpha + \theta = \pi$。

显然，触发延迟角 α 越小（导通角 θ 越大），输出电压 u_o 就越大。改变触发脉冲到来的时间，输出电压的波形也随之改变，就可以达到控制输出直流电压大小的目的。

从图 4-24 可得，输出直流电压 u_o 的平均值 U_o 为

$$U_o = \frac{1}{2\pi}\int_\alpha^\pi \sqrt{2}U_2\sin\omega t d(\omega t) = 0.45U_2\frac{1+\cos\alpha}{2}$$

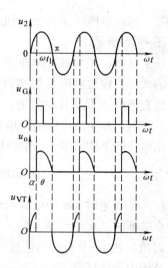

由上式可以看出，当 $\alpha = 0$，即 $\theta = \pi$ 时，晶闸管在正半周全导通，$U_o = 0.45U_2$，输出电压平均值 U_o 最高，与二极管半波整流输出电压相同；当 $\alpha = \pi$，即 $\theta = 0$ 时，晶闸管全关断，输出电压 $U_o = 0$。所以触发延迟角 α 在 $\pi \sim 0$ 范围内连续可调时，输出电压 U_o 在 $0 \sim 0.45U_2$ 范围内连续可调。

因为是电阻性负载，输出电流正比于输出电压，则输出电流的平均值为

$$I_o = \frac{U_o}{R_L} = 0.45\frac{U_2}{R_L}\frac{1+\cos\alpha}{2}$$

晶闸管 VT 通过的平均电流为

$$I_{VT} = I_o$$

图 4-24　单相半波可控整流电路的电压波形

晶闸管 VT 上承受的最高正、反向工作电压大小均为

$$U_{FM} = U_{RM} = \sqrt{2}U_2$$

为了留有充分的安全余量，一般选择晶闸管的正向平均电流为

$$I_F = (1.5 \sim 2)I_{VT}$$

选择晶闸管的正、反向重复峰值电压为

$$U_{FRM} = (2 \sim 3)U_{FM}$$
$$U_{RRM} = (2 \sim 3)U_{RM}$$

单相半波可控整流电路具有电路简单，调整安装方便等优点，但其输出电压低、脉动大。因此，该电路仅适用于小容量，电容滤波的可控直流电源。

4.4.2　单相半控桥式整流电路

将图 4-4 所示的单相桥式整流电路中的两个二极管用晶闸管代替，就构成了单相半控桥整流电路（简称半控桥），如图 4-25 所示。

在输入电压 u_2 的正半周，晶闸管 VT_1 和二极管 VD_2 承受正向电压。若触发电路向晶闸管 VT_1 的门极施加触发脉冲电压 u_G，则 VT_1 和 VD_2 均导通，同时，VT_2 和 VD_1 因承受反向电压而截止。电流通路为

$$a \to VT_1 \to R_L \to VD_2 \to b$$

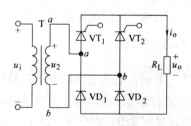

若忽略晶闸管和二极管的正向导通管压降，则负载 R_L 上获得的输出电压 $u_o = u_2$。

图 4-25　单相半控桥式整流电路

在输入电压 u_2 的负半周，晶闸管 VT_2 和二极管 VD_1 承受正向电压，若触发电路向晶闸管的 VT_2 门极施加触发脉冲电压 u_G，则 VT_2 和 VD_1 均导通，同时，VT_1 和 VD_2 因承受反向电压而截止。电流通路为

$$b \to VT_2 \to R_L \to VD_1 \to a$$

若忽略晶闸管和二极管的正向导通管压降，则负载 R_L 上获得的输出电压 $u_o = -u_2$。

输入电压 u_2 下一个周期的情况同上述，循环往复，可得到电路中各电压、电流波形如图 4-26 所示。

显然，改变触发脉冲到来的时间，即改变触发延迟角 α 的大小，输出电压 u_o 的波形也随之改变，就可以达到控制输出直流电压 U_o 大小的目的。

与单相半波可控整流电路相比，半控桥式整流电路的输出电压的平均值要大一倍，即

$$U_o = 0.9 U_2 \frac{1 + \cos\alpha}{2}$$

全导通时（$\alpha = 0$，$\theta = \pi$），$U_o = 0.9 U_2$，输出电压最高；全关断时（$\alpha = \pi$，$\theta = 0$），输出电压 $U_o = 0$。因此，触发延迟角 α 在 $\pi \sim 0$ 范围内连续可调时，输出电压 U_o 在 $0 \sim 0.9 U_2$ 范围内连续可调。

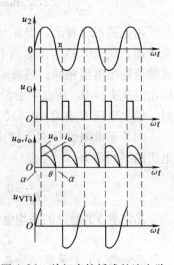

图 4-26 单相半控桥式整流电路的电压和电流波形图

输出电流的平均值为

$$I_o = \frac{U_o}{R_L} = 0.9 \frac{U_2}{R_L} \frac{1 + \cos\alpha}{2}$$

每个晶闸管通过的平均电流为

$$I_{VT} = \frac{1}{2} I_o$$

每个晶闸管上承受的最高正、反向工作电压为

$$U_{FM} = U_{RM} = \sqrt{2} U_2$$

例 4-5 某单相半控桥整流电路如图 4-25 所示。若纯电阻负载需要输出电压 U_o 在 $0 \sim 180\mathrm{V}$、输出电流 I_o 在 $0 \sim 6\mathrm{A}$ 的可调直流电源供电，试求输入交流电压的有效值，并选择整流元件的型号。

解： 当晶闸管的触发延迟角 $\alpha = 0$，即导通角 $\theta = \pi$ 时，输出为 $U_o = 180\mathrm{V}$，$I_o = 6\mathrm{A}$。

$$U_o = 0.9 U_2 \frac{1 + \cos\alpha}{2} = 0.9 U_2$$

则输入交流电压的有效值 U_2 为

$$U_2 = \frac{U_o}{0.9} = \frac{180}{0.9}\mathrm{V} = 200\mathrm{V}$$

考虑到电网电压的波动、管压降及导通角 θ 实际上到不了 π（即 $180°$），交流电压的选取应比实际计算的加大 10% 左右。取 $U_2 = 220\mathrm{V}$，可以不用变压器，直接将单相半控桥整流电路接到 $220\mathrm{V}$ 的交流电源上。

流过晶闸管和二极管的平均电流为

$$I_{VT} = I_{VD} = \frac{1}{2} I_o = 3\mathrm{A}$$

每个晶闸管上承受的最高正、反向工作电压和二极管承受的最高反向工作电压为

$$U_{FM} = U_{RM} = U_{DRM} = \sqrt{2} U_2 = 310\mathrm{V}$$

主要依据正、反向重复峰值电压以及正向平均电流选择晶闸管

$$I_F = (1.5 \sim 2)I_{VT} = 5A$$
$$U_{FRM} = (2 \sim 3)U_{FM} = (620 \sim 930)V$$
$$U_{RRM} = (2 \sim 3)U_{RM} = (620 \sim 930)V$$

晶闸管和二极管的额定电压均可定为700V，额定电流为5A的。因此晶闸管的型号可选择为 KP5 - 7；二极管的型号可选择为 2CZ5/7。

【思考与练习】

4.4.1 可控整流电路是利用晶闸管的什么电学特性工作的？其作用是什么？

4.4.2 晶闸管由阻断到导通必须具备什么条件？由导通到阻断应具备什么条件？

4.4.3 晶闸管导通时，阳极电流的大小由什么决定？阻断时，承受电压的大小由什么决定？

习 题

【习题4-1】 如果在如图4-27所示的单相半波整流电路中的二极管反方向接入，能否起整流作用？试用波形图进行分析，并指出负载电压极性。

【习题4-2】 有一单相半波整流电路，如图4-27所示。已知负载电阻 $R_L = 2k\Omega$，变压器二次电压 $U_2 = 30V$，试求整流电路输出电压和输出电流平均值 U_o、I_o，并选择二极管。

【习题4-3】 在如图4-28所示的单相桥式整流电路中，若出现下列故障，会出现什么现象？（1）负载电阻 R_L 短路；（2）整流二极管 VD_1 击穿短路；（3）整流二极管 VD_3 极性接反；（4）4个整流二极管（$VD_1 \sim VD_4$）的极性都接反。

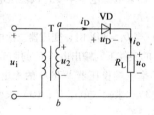

图4-27 习题4-1的电路

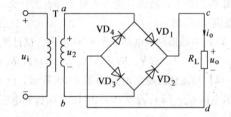

图4-28 习题4-3的电路

【习题4-4】 在如图4-29所示的单相桥式整流电路中，已知负载电阻 $R_L = 50\Omega$，负载电压 $U_o = 110V$，试计算变压器二次电压有效值，并选择二极管。

【习题4-5】 在如图4-30所示单相桥式整流电容滤波电路中，其输入交流电压的频率 $f = 50Hz$，要求直流输出 $U_o = 30V$，$I_o = 0.15A$。试选择整流二极管和滤波电容器。

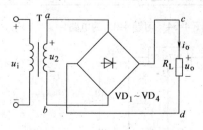

图4-29 习题4-4的电路

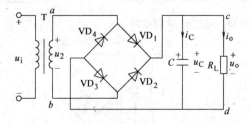

图4-30 习题4-5的电路

【习题4-6】 在如图4-30所示单相桥式整流电容滤波电路中，其输入交流电压的频率 $f = 50Hz$，已知变压器二次电压有效值 $U_2 = 10V$，$R_L = 50\Omega$，滤波电容 $C = 2200\mu F$。试计算：（1）直流输出电压的平均值 U_o；（2）负载电阻 R_L 开路时，直流输出电压的平均值 U_o；（3）滤波电容 C 开路时，直流输出电压的平均值 U_o；（4）整流二极管 VD_1 开路时，直流输出电压的平均值 U_o。

【习题 4-7】 有一单相桥式整流电容滤波电路，已知变压器二次电压有效值 $U_2 = 20V$，现在分别测得直流输出电压为 28V、24V、20V、18V、9V，试判断并说明每种电压对应的工作状态是什么？是正常还是故障？若是故障，试说明是何种故障。

【习题 4-8】 有一单相桥式整流滤波稳压电路如图 4-31 所示，试改正图中的错误，使其能正常输出正极性电压 U_o。

【习题 4-9】 整流滤波稳压电路如图 4-32 所示，负载两端电压 $U_o = 5V$，流过稳压管的电流 $I_Z = 10mA$，限流电阻 $R = 0.7k\Omega$，负载电阻 $R_L = 500\Omega$。试计算：（1）滤波输出电压 U_i；（2）变压器二次电压的有效值 U_2；（3）流过整流二极管的平均电流 I_D；（4）二极管承受的反向峰值电压 U_{DRM}。

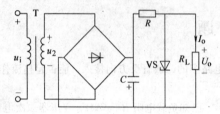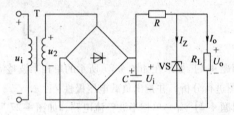

图 4-31　习题 4-8 的电路　　　　　图 4-32　习题 4-9 的电路

【习题 4-10】 稳压电路如图 4-33 所示，已知 $U_i = 27V$，稳压管的稳定电压 $U_Z = 9V$，稳压管的稳定电流为 5mA，最大稳定电流为 26mA，限流电阻 $R = 0.6k\Omega$，负载电阻 $R_L = 1k\Omega$。试计算：（1）I_o、I_Z 的值；（2）负载电阻 R_L 开路时，稳压管能否正常工作？为什么？（3）如果电源电压不变，该稳压电路允许负载电阻变动的范围是多少？

【习题 4-11】 串联型稳压电路如图 4-34 所示。试计算：（1）当 $U_i = 30V$ 时，变压器二次电压的有效值 U_2；（2）在 $U_i = 30V$、$U_Z = 6V$、$R_1 = 2k\Omega$、$R_2 = 1k\Omega$、$R_3 = 1k\Omega$ 的条件下，输出电压 U_o 的调节范围。

【习题 4-12】 整流滤波稳压电路如图 4-35 所示，已知小功率三端稳压器 W7800 的输出电压为 12V。（1）试求输出电压 U_o；（2）若 W7800 的 1、2 引脚间电压 $U_{12} = 3V$，求输入电压 U_i；（3）求变压器二次电压的有效值 U_2。

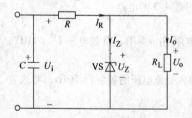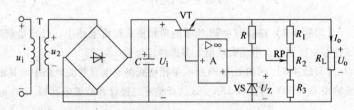

图 4-33　习题 4-10 的电路　　　　　图 4-34　习题 4-11 的电路

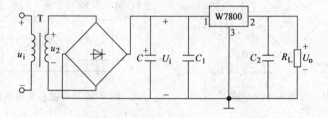

图 4-35　习题 4-12 的电路

第 5 章　逻辑代数初步和基本逻辑门电路

前面学习了模拟电路的有关知识，在模拟电路中电信号都是在时间或数值上连续变化的模拟信号。从本章开始将要讨论的数字电路中，电信号是时间或数值上不连续变化的数字信号（脉冲信号），其值也只有低电平和高电平两种状态。目前，数字电子技术的应用越来越广泛，例如在计算机、通信、办公自动化等很多电子设备中都得到广泛应用。

数字电路按照逻辑功能的特点可分为组合逻辑电路和时序逻辑电路两大类。如果任意时刻电路的输出只取决于该时刻各个输入变量的取值，而与电路原来的状态无关，则这样的电路就属于组合逻辑电路。

本章简要介绍数字电路的基本概念和基本知识。

5.1　逻辑代数的基本知识

逻辑代数又称为布尔代数，是英国数学家乔治·布尔在 19 世纪中叶首先提出来的。直到 20 世纪 30 年代才在开关电路中找到它的用途，并迅速发展成为分析和综合开关电路的重要数学工具。

在逻辑代数中，特别是二值逻辑中，变量的取值只有 1 和 0 两种情况。并且这里的 0 和 1 并不表示数值的实际大小，而是仅仅表示两种不同的逻辑状态。

5.1.1　数制和码制

1. 数制

（1）十进制数　十进制是日常生活和工作中应用最广泛的数值计数体制。在这种计数进位制中，计数基数是 10，每一位取值为 0~9 等十个不同的可能数码，大于 9 的数需要用多位数来表示，高位和低位之间遵循"逢十进一"的规则。

例如十进制数 1648.75 可表示为

$$(1648.75)_{10} = 1 \times 10^3 + 6 \times 10^2 + 4 \times 10^1 + 8 \times 10^0 + 7 \times 10^{-1} + 5 \times 10^{-2}$$

由此可得，一个任意十进制数 D 都可表示为

$$(D)_{10} = a_n \times 10^n + a_{n-1} \times 10^{n-1} + \cdots + a_0 \times 10^0 + a_{-1} \times 10^{-1} + a_{-2} \times 10^{-2} + \cdots + a_{-m} \times 10^{-m}$$

$$= \sum_{i=-m}^{n} a_i \times 10^i \tag{5-1}$$

这里 a_i 表示第 i 位的系数，它是 0~9 当中的某一个数；10^i 表示第 i 位的权。一般地，用 N 代替上面公式中的 10，则有任意 N 进制数展开式的普遍形式：

$$(D)_{N} = a_n \times N^n + a_{n-1} \times N^{n-1} + \cdots + a_0 \times N^0 + a_{-1} \times N^{-1} + a_{-2} \times N^{-2} + \cdots + a_{-m} \times N^{-m}$$

$$= \sum_{i=-m}^{n} a_i \times N^i \tag{5-2}$$

式中，a_i 的含义与式（5-1）中的规定相同。

（2）二进制数

二进制数的计数基数是 2，每一位只有 0 和 1 这两个可能的数码，低位和相邻高位之间遵循逢二进一的进位规则。

由式（5-2）可知，任意一个二进制数可表示为

$$(D)_2 = a_n \times 2^n + a_{n-1} \times 2^{n-1} + \cdots + a_0 \times 2^0 + a_{-1} \times 2^{-1} + a_{-2} \times 2^{-2} + \cdots + a_{-m} \times 2^{-m}$$

$$= \sum_{i=-m}^{n} a_i \times 2^i$$

例如二进制数 1101.01 可表示为

$$(1101.11)_2 = 1 \times 2^3 + 1 \times 2^2 + 0 \times 2^1 + 1 \times 2^0 + 1 \times 2^{-1} + 1 \times 2^{-2}$$

二进制中的数码 0 和 1 也可以用来表示数字信号的高电平和低电平两种不同的逻辑状态，该表示方法使电路的实现变得简单，是数字电路中应用最广泛的一种表示方法。

（3）十六进制数　十六进制由于书写、阅读和记忆较二进制更为方便，并且它和二进制的转换也非常简单，故使得十六进制在各种微处理器中应用也非常广泛。

十六进制计数基数是 16，共有 16 个不同的数码，分别是 0~9、A、B、C、D、E、F。

由式（5-2）可知，任意一个十六进制数可表示为

$$(D)_{16} = a_n \times 16^n + a_{n-1} \times 16^{n-1} + \cdots + a_0 \times 16^0 + a_{-1} \times 16^{-1} + a_{-2} \times 16^{-2} + \cdots + a_{-m} \times 16^{-m}$$

$$= \sum_{i=-m}^{n} a_i \times 16^i$$

例如十六进制数 6DF 可表示为

$$(6DF)_{16} = 6 \times 16^2 + D \times 16^1 + F \times 16^0$$

2. 二进制代码

在数字电路中，二进制数码不仅表示数值，而且也用它来编码以表示不同的事物对象。

用不同的二进制数表示文字、符号等不同信息的事物对象称为二进制编码。一位二进制数码只有"0"和"1"两种可能组合，最多只能表示两个不同的事物对象；两位二进制数码有"00"、"01"、"10"、"11" 4 种组合状态，最多可以表示 4 种不同的事物对象。一般地，n 位二进制数码有 2^n 种不同的组合状态，因而可以表示 2^n 个不同的事物对象。通常可以由 $2^n > M$ 来确定编码所需要的最少的二进制数码的位数，这里 M 表示已知的对象数量。

BCD 码就是二-十进制编码的简称，其含义就是用二进制数码表示十进制的 0~9 这十个数码。常用的编码方式有下面几种。

（1）8421 码　在这种编码方式中，值为 1 的那些位的权值之和对应的十进制数就是所表示的十进制数，并且从左到右每一位的权值分别为 8、4、2、1，所以把这种编码简称为 8421 码。

（2）余 3 码　如果把每一个余 3 码看做一个 4 位二进制数，则它的数值要比它所表示的十进制数码多 3，故称之为余 3 码。根据余 3 码的编码规则可知，余 3 码不是恒权码。

（3）2421 码　这种编码中由左到右的权值分别为 2、4、2、1，因而该种编码方式属于恒权码。

表 5-1 列出了几种常用的 BCD 码。

表 5-1　几种常用的 BCD 码

编码方式 十进制数	8421 码	余 3 码	2421 码
0	0000	0011	0000
1	0001	0100	0001
2	0010	0101	0010
3	0011	0110	0011
4	0100	0111	0100
5	0101	1000	1011
6	0110	1001	1100
7	0111	1010	1101
8	1000	1011	1110
9	1001	1100	1111
权	8421		2421

5.1.2　逻辑代数中的基本和常用的逻辑运算

1. 基本运算

在逻辑代数中，最基本的逻辑运算有三种：逻辑与运算（逻辑乘法运算）；逻辑或运算（逻辑加法运算）；逻辑非运算（逻辑取反运算）。

（1）与运算　当决定一件事情的各个条件必须同时全部具备时，这件事情才会发生，这样的因果关系，称之为与逻辑关系。例如在图 5-1 所示电路中，由于开关 A 和 B 串联，故只有开关 A 和 B 同时闭合时，灯 Y 才会亮，所以对灯亮这件事情来说，开关 A 和 B 的闭合是与逻辑关系。如果分别用 0 和 1 来表示开关和电灯有关状态的过程，即称为状态赋值。假设这里用 0 表示开关断开和灯灭，用 1 表示开关接通和灯亮，这称之为变量取值。这样，只有当

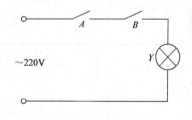

图 5-1　与逻辑关系举例

开关 A、B 的取值都为 1 时，Y 的值才为 1，这种逻辑关系在逻辑代数中表示为

$$Y = A \cdot B \tag{5-3}$$

式（5-3）中逻辑变量 A 和 B 之间的运算称为与运算，也就是逻辑乘法运算，运算结果为 Y。

如果把式（5-3）中的 A 和 B 看做输入逻辑变量，Y 看做是输出逻辑变量，则 Y 就是逻辑变量 A 和 B 的逻辑函数。如果把逻辑变量 A 和 B 的各种取值以及所对应的输出结果 Y 一一列出来，并用一张表来表示，则这张表就称为该逻辑函数的真值表，表 5-2 为与逻辑运算的真值表。

表 5-2　与逻辑运算的真值表

A	B	Y
0	0	0
0	1	0
1	0	0
1	1	1

在数字电路中，通常采用一些逻辑符号图形来表示基本的逻辑关系，图 5-2 所示为常用的两种与逻辑的符号。

（2）或运算　如果在决定事物结果的几个条件中只要有一个或一个以上的条件满足时，结果就会发生，则这种逻辑关系称为或逻辑关系。

在图 5-3 所示电路中，因为开关 A 和 B 并联，则只要开关 A 和 B 之中任何一个接通，或者 A 和 B 同时接通，灯都会亮。这两个并联的开关 A 和 B 体现了或逻辑关系。如果把开关 A 和 B 以及灯亮的状态看做逻辑变量，则这种逻辑关系在逻辑代数中可以表示如式（5-4）所示，其或逻辑运算的真值表如表 5-3 所示。

$$Y = A + B \tag{5-4}$$

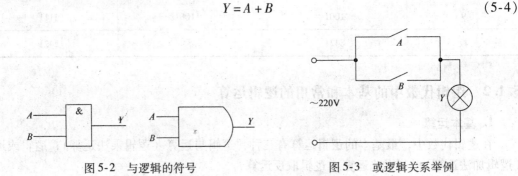

图 5-2　与逻辑的符号　　　　图 5-3　或逻辑关系举例

表 5-3　或逻辑运算的真值表

A	B	Y
0	0	0
0	1	1
1	0	1
1	1	1

或逻辑运算的符号如图 5-4 所示。

（3）非运算　当条件满足时，结果不发生，当该条件不满足时，结果却发生了，这种因果关系就是非逻辑关系。如图 5-5 所示电路中开关 A 和灯 Y 并联，开关 A 闭合时，灯 Y 不亮，但开关 A 断开时，灯 Y 却亮了，体现了非逻辑关系。如果把开关 A 和灯 Y 的状态看做逻辑变量，则这种逻辑关系在逻辑代数中表示为

$$Y = \overline{A} \tag{5-5}$$

式（5-5）中，对逻辑变量 A 的运算就是非运算，也称为逻辑取反运算，这里 A 为原变量，$\overline{A}$ 为反变量。非逻辑运算的真值表如表 5-4 所示，非逻辑运算的符号如图 5-6 所示。

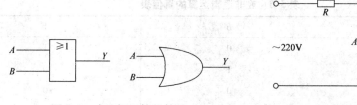 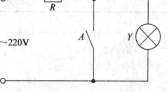

图 5-4　或逻辑运算的符号　　　　　　　图 5-5　非逻辑关系举例

表 5-4　非逻辑运算的真值表

A	Y
0	1
1	0

2. 复合逻辑运算

在逻辑代数中，除了最基本的与、或、非逻辑运算外，还有很多由基本逻辑运算组合而成的复合逻辑运算，常见的复合逻辑运算有与非、或非、异或、同或等。

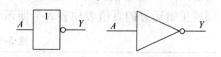

图 5-6　非逻辑运算的符号

（1）与非运算　与非运算就是与运算和非运算的组合，其表达式为

$$Y = \overline{A \cdot B} \tag{5-6}$$

与非运算是最常用的复合运算，其含义是先将逻辑变量 A 和 B 作与运算，然后将结果作逻辑非运算。在数字电路中，把实现与非运算的逻辑单元电路称为与非门，其逻辑功能为：当输入变量全为 1 时，输出为 0；否则输出为 1。与非逻辑运算的真值表如表 5-5 所示，逻辑符号如图 5-7 所示。

表 5-5　与非逻辑运算的真值表

A	B	Y
0	0	1
0	1	1
1	0	1
1	1	0

（2）或非运算　或非运算就是或运算和非运算的组合，其表达式为

$$Y = \overline{A + B} \tag{5-7}$$

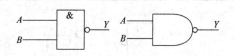

图 5-7　与非逻辑运算的符号

或非运算也是常用的一种逻辑运算，其含义是先将逻辑变量 A 和 B 作或运算，然后将结果作非运算。在数字电路中，把实现或非运算的逻辑单元电路称为或非门，其逻辑功能为：当输入变量全为 0 时，输出为 1；否则输出为 0。或非逻辑运算的真值表如表 5-6 所示，或非逻辑运算的符号如图 5-8 所示。

表 5-6　或非逻辑运算的真值表

A	B	Y
0	0	1
0	1	0
1	0	0
1	1	0

（3）同或运算　同或运算的表达式为

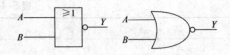

图 5-8　或非逻辑运算的符号

$$Y = AB + \overline{A}\,\overline{B} = A \odot B \qquad (5\text{-}8)$$

同或运算是常用的一种逻辑运算，把实现同或运算的逻辑单元电路称为同或门，其逻辑功能为：当输入两个变量相同时，输出为 1；否则输出为 0。同或逻辑运算的真值表如表 5-7 所示，同或逻辑运算的符号如图 5-9 所示。

表 5-7　同或逻辑运算的真值表

A	B	Y
0	0	1
0	1	0
1	0	0
1	1	1

（4）异或运算　异或运算的表达式为

$$Y = A\overline{B} + \overline{A}B = A \oplus B \qquad (5\text{-}9)$$

异或运算也是常用的一种运算，把实现异或运算的逻辑单元电路称为异或门。其逻辑功能为：当输入两个变量全相同时，输出为 0；否则输出为 1。异或逻辑运算的真值表如表 5-8 所示，异或逻辑运算的符号如图 5-10 所示。

表 5-8　异或逻辑运算的真值表

A	B	Y
0	0	0
0	1	1
1	0	1
1	1	0

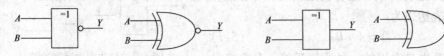

图 5-9　同或逻辑运算的符号　　　　　图 5-10　异或逻辑运算的符号

5.1.3　逻辑代数中的基本公式和基本定理

逻辑代数也称为布尔代数，它是分析和设计逻辑电路的基本数学工具。逻辑代数中逻辑变量的取值只有 1 和 0 两种情况，即所谓逻辑 1 和逻辑 0，逻辑代数所表示的是逻辑关系，而不是数量关系，这是它与普通代数的根本区别。

在逻辑代数中最基本的逻辑运算是逻辑乘（与运算）、逻辑加（或运算）以及逻辑非（取反运算）这三种。根据这些基本运算可以推导出一些常用的逻辑运算公式。

1. 基本公式

表 5-9 列出了变量与常量以及变量与自身的一些运算规则，表 5-10 列出了变量与变量之间的运算公式。

表 5-9　变量与常量以及变量自身的运算规则

逻辑与	逻辑或	逻辑非
$A \cdot 0 = 0$	$A + 0 = 0$	$A \cdot \overline{A} = 0$
$A \cdot 1 = A$	$A + 1 = 1$	$A + \overline{A} = 1$
$A \cdot A = A$	$A + A = A$	$\overline{\overline{A}} = A$

表 5-10　变量与变量之间的运算公式

交换律	$A \cdot B = B \cdot A$	$A + B = B + A$
结合律	$(A \cdot B) \cdot C = A \cdot (B \cdot C)$	$(A + B) + C = A + (B + C)$
分配律	$A \cdot (B + C) = A \cdot B + A \cdot C$	$A + B \cdot C = (A + B)(A + C)$
反演律（摩根律）	$\overline{A \cdot B} = \overline{A} + \overline{B}$	$\overline{A + B} = \overline{A} \cdot \overline{B}$
吸收律	$A + A \cdot B = A$	$A + \overline{A} \cdot B = A + B$

2. 逻辑代数的基本规则

（1）代入规则　对于任何一个逻辑等式，将此等式中的某一变量都代之以另外一个逻辑函数式，则等式仍成立。这就是代入规则。

因为任何一个逻辑函数，它和一个逻辑变量一样，只有两种可能的取值 0 和 1，所以用一个逻辑式代替一个逻辑等式中的某一个逻辑变量，逻辑等式依然成立。

例如，已知等式 $\overline{AB} = \overline{A} + \overline{B}$，如果把等式两边的 B 都用 BC 来代替，则可得到下面的等式

$$\overline{A(BC)} = \overline{A} + \overline{BC} = \overline{A} + \overline{B} + \overline{C}$$

反复运用代入规则可得

$$\overline{A(BCD)\cdots} = \overline{A} + \overline{B} + \overline{C} + \overline{D} + \cdots$$

由此可知，代入规则在公式推导中很有用，如果将已知等式中某一变量用逻辑式代替后可得到一新的逻辑式，从而扩大了原等式的应用范围。

（2）对偶规则　如果将任一逻辑函数式 Y 中所有的逻辑乘"·"换成逻辑加"+"，逻辑加"+"换成逻辑乘"·"，"0"换成"1"，"1"换成"0"，所得到的新逻辑表达式 Y' 称为 Y 的对偶式，也就是说 Y' 称为 Y 互为对偶式。此即为对偶规则。

例如，如果 $Y = \overline{A\,\overline{B} \cdot B + CD} + \overline{(\overline{C} + D)B}$，则其对偶式为

$$Y' = \left[\overline{(A + \overline{B}) + B(\overline{C} + D)} \right] \cdot \overline{(\overline{CD} + B)}。$$

Y' 称为 Y 的对偶，$(Y')' = Y$。

注意：对偶关系不是相等的关系，即 $Y' \neq Y$。

运用对偶规则可以使要记忆的公式减少一半。当证明了两个等式相等后，利用对偶规则，它们的对偶式也必然相等。

（3）反演规则　如果将任一逻辑函数式 Y 中所有的逻辑乘"·"换成逻辑加"+"，逻辑加"+"换成逻辑乘"·"，"0"换成"1"，"1"换成"0"，原变量换成反变量，反变量换成原变量，则得到的新的逻辑函数表达式 $\overline{Y}$ 称为原函数 Y 的反函数。此即为反演规则。

例如，已知 $Y = (A + \overline{B} \cdot \overline{C} \cdot \overline{D}) \cdot \overline{E}$，则其反函数 $\overline{Y} = \overline{A} \cdot (B + C + D) + E$

从原函数求反函数的过程叫做反演。摩根定律是进行反演的重要工具。

其实，如果对上述函数两边同时取反并反复运用摩根定律有

$$\overline{Y} = \overline{(A + \overline{B} \cdot \overline{C} \cdot \overline{D}) \cdot \overline{E}} = \overline{(A + \overline{B} \cdot \overline{C} \cdot \overline{D})} + E = \overline{A} \cdot \overline{\overline{B} \cdot \overline{C} \cdot \overline{D}} + E = \overline{A} \cdot (B + C \cdot D) + E$$

当函数较简单时，可以用摩根定律求其反函数，如果函数比较复杂，用反演规则求反函数会比较方便。

5.1.4　逻辑函数表示方法

1. 逻辑函数的表示方法

（1）真值表　真值表是一种用表格描述逻辑函数的方法。任何逻辑函数总是和若干个逻辑变量相关，真值表是一种由输入逻辑变量的所有可能取值组合及其对应的输出逻辑函数值所构成的表格。

由于任何一个逻辑变量只有 0 和 1 两种可能的取值，因此两个输入逻辑变量就有 4 种可能取值组合，3 个输入逻辑变量就有 8 种可能取值组合，n 个逻辑变量就有 2^n 种可能的取值组合。

真值表是一种十分有用的逻辑工具，在逻辑问题的分析和设计中，将经常用到这一工具。

例 5-1　有 3 个温度探测器，当探测的温度超过 60℃ 时，输出控制信号为 1；如果探测的温度低于 60℃ 时，输出控制信号为 0；当有两个或两个温度探测器输出为 1 时，总控制输出 1 信号，自动控制调整设备，使温度降低到 60℃ 以下，试写出总控制器的真值表。

解：设 3 个温度探测器的输出信号分别为 A、B、C，当温度大于 60℃ 时，输出控制信号为 1，否则输出信号为 0。设总控制信号输出为 Z，则依据题意的逻辑关系分别写出各种逻辑变量对应的输出变量的结果，按照变量取值从 000 到 111 依次递增的顺序排列，得到如表 5-11 所示的真值表。

表 5-11　例 5-1 的逻辑真值表

A	B	C	Z
0	0	0	0
0	0	1	0

（续）

A	B	C	Z
0	1	0	0
0	1	1	1
1	0	0	0
1	0	1	1
1	1	0	1
1	1	1	1

在真值表中，输入逻辑变量的取值一旦确定，则很容易在真值表中找到相应的函数值，这种表格简单直观，因此在许多数字集成电路的应用手册中，通常以真值表的形式给出器件的逻辑功能。在数字电路的逻辑设计中，利用真值表可以很方便地把一个具体的实际问题抽象为数学问题，以便于对电路的逻辑功能进行数字设计。

（2）逻辑表达式　逻辑表达式是由逻辑变量以及与、或、非三种基本运算符所构成的式子。

例 5-2　在图 5-11 所示的电路中，灯的亮和灭取决于开关的状态。把开关的状态看做逻辑变量，试用逻辑函数式表示开关和灯之间的函数关系。

解： 分析题意可知，开关 A 和 B 有一个闭合则所对应的支路接通，开关 C 闭合其对应的支路也接通，但是只有这两个支路同时接通，灯才亮，所以可得到

$$Y = (A + B)C$$

（3）逻辑图　用逻辑运算的图形符号来表示逻辑函数表达式中的逻辑关系，称为逻辑图。由于一般的逻辑图形符号和其对应的集成电路器件相对应，所以逻辑图也可看做逻辑电路图。如例 5-2 中的逻辑表达式中的代数运算符号用逻辑图形符号来表示，就得到如图 5-12 所示的逻辑图。

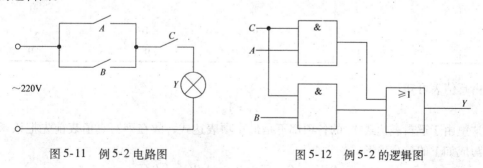

图 5-11　例 5-2 电路图　　　　图 5-12　例 5-2 的逻辑图

2. 逻辑函数各种表示方法之间的相互转换

同一逻辑函数有三种表示方法，它们之间的相互转换，是分析、设计逻辑电路的关键。

（1）从真值表到逻辑表达式　在给出的逻辑真值表中，把那些使函数值为 1 的输入变量的取值组合挑出来，取值为 1 的输入变量用原变量表示，取值为 0 的输入变量用反变量表示，这样对于每个使函数值为 1 的输入变量组合就可以得到一个逻辑乘积项，因为不同的乘积项之间是或逻辑关系，所以只需要把得到的所有逻辑乘积项加起来就可以获得逻辑函数表达式。

例 5-3 写出真值表 5-11 所表示的逻辑函数的表达式。

解: 由表 5-11 得知，使函数值为 1 的输入变量组合共有 4 种，分别如下：

当输入变量取值为 $A=0$、$B=1$、$C=1$ 时，函数值为 1，此时得到的逻辑乘积项为 $\overline{A}BC$；

当输入变量取值为 $A=1$、$B=0$、$C=1$ 时，函数值为 1，此时得到的逻辑乘积项为 $A\overline{B}C$；

当输入变量取值为 $A=1$、$B=1$、$C=0$ 时，函数值为 1，此时得到的逻辑乘积项为 $AB\overline{C}$；

当输入变量取值为 $A=1$、$B=1$、$C=1$ 时，函数值为 1，此时得到的逻辑乘积项为 ABC；

最后把各个逻辑乘积项加起来，得到该函数表示式为

$$Z = \overline{A}BC + A\overline{B}C + AB\overline{C} + ABC$$

（2）从逻辑表达式到真值表　把输入逻辑变量各种可能的取值组合分别代入逻辑函数式中计算，求出相应的函数值并列出表格就得到该表达式的真值表。

例 5-4 已知 $Y_1 = A\overline{B} + B\overline{C} + C\overline{A}$

$$Y_2 = \overline{A}B + \overline{B}C + \overline{C}A$$

说明 Y_1、Y_2 的关系。

解: 将该函数的 3 个逻辑变量 A、B、C 的所有可能的取值组合代入原函数式中计算，得如表 5-12 所示的真值表。

表 5-12　Y_1、Y_2 的真值表

A	B	C	Y_1	Y_2
0	0	0	0	0
0	0	1	1	1
0	1	0	1	1
0	1	1	1	1
1	0	0	1	1
1	0	1	1	1
1	1	0	1	1
1	1	1	0	0

由真值表可知：

$$Y_1 = Y_2$$

这里由于逻辑表达式 Y_1 的各项都不是最小项表达式，故在列写真值表前先把该函数的各项写成如下的最小项形式

$$A\overline{B} = A\overline{B}(C+\overline{C}) = A\overline{B}C + A\overline{B}\,\overline{C}$$
$$B\overline{C} = B\overline{C}(A+\overline{A}) = AB\overline{C} + \overline{A}B\overline{C}$$
$$C\overline{A} = C\overline{A}(B+\overline{B}) = \overline{A}BC + \overline{A}\,\overline{B}C$$

同样对 Y_2 也可以做类似的处理。

（3）从逻辑图到逻辑表达式　每一张逻辑图的输入输出之间都有一定的逻辑关系，这一逻辑关系可以用一个逻辑函数式来表示。所以，逻辑图也是逻辑函数的一种表示方法。逻辑图与实际电路接近，这是它的突出优点。

每个门电路（或逻辑部件）都有一个反映输入输出关系的逻辑表达式。所以，可根据给出的逻辑图，从输入到输出逐级写出输出端的逻辑表达式。

（4）从逻辑表达式到逻辑图　逻辑表达式由"与""或""非"等运算组成。所以只要用"与门"、"或门"、"非门"等门电路来实现这些运算，就能得到与逻辑表达式对应的逻辑图。

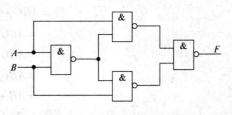

图 5-13　例 5-5 逻辑图

例 5-5　画出逻辑表达式 $Y = \overline{\overline{A \cdot \overline{AB}} \cdot \overline{B \cdot \overline{AB}}}$ 所对应的逻辑图。

解：依题意画出对应的逻辑图如 5-13 所示。

5.1.5　逻辑函数的化简

逻辑函数的化简主要有以下一些方法。

1. 公式法化简

（1）并项法　利用 $A + \overline{A} = 1$，将两项合并为一项，可以消去一个或两个变量。

例 5-6　化简逻辑函数式 $Y = ABC + A\overline{B}\,\overline{C} + A\overline{B}C + AB\overline{C}$

解：
$$Y = ABC + A\overline{B}\,\overline{C} + A\overline{B}C + AB\overline{C}$$
$$= AB(C + \overline{C}) + A\overline{B}(C + \overline{C})$$
$$= AB + A\overline{B}$$
$$= A(B + \overline{B})$$
$$= A$$

（2）吸收法　利用公式 $A + AB = A$ 以及 $AB + \overline{A}C + BC = AB + \overline{A}C$，消去多余项。

例 5-7　化简 $Y = AC + A\overline{B}CD + ABC + \overline{C}D + ABD$

解：
$$Y = AC + A\overline{B}CD + ABC + \overline{C}D + ABD$$
$$= AC + \overline{C}D + ABD$$
$$= AC + \overline{C}D$$

（3）消去法　利用公式 $A + \overline{A}B = A + B$，消去多余因子。

例 5-8　化简 $Y = AB + \overline{A}C + \overline{B}C$

解：
$$Y = AB + \overline{A}C + \overline{B}C$$
$$= AB + (\overline{A} + \overline{B})C$$
$$= AB + \overline{AB}C$$
$$= AB + C$$

（4）加项法　利用公式 $A + A = A$，在逻辑函数式中加入其中一项的相同项，然后再合并化简。

例 5-9　化简逻辑函数 $Y = ABC + A\overline{B}C + AB\overline{C}$

解：
$$Y = ABC + A\overline{B}C + AB\overline{C}$$
$$= ABC + A\overline{B}C + AB\overline{C} + ABC$$
$$= (B + \overline{B})AC + AB(\overline{C} + C)$$
$$= AC + AB$$

例 5-10 化简逻辑函数 $Y = ABC + ABD + \overline{A}\,\overline{B}\,\overline{C} + CD + B\overline{D}$

解： 化简得

$$Y = ABC + ABD + \overline{A}\,\overline{B}\,\overline{C} + CD + B\overline{D}$$
$$= ABC + \overline{A}\,\overline{B}\,\overline{C} + CD + B(\overline{D} + DA)$$
$$= ABC + \overline{A}\,\overline{B}\,\overline{C} + CD + B(\overline{D} + A)$$
$$= AB(1 + C) + \overline{A}\,\overline{B}\,\overline{C} + CD + B\overline{D}$$
$$= AB + \overline{A}\,\overline{B}\,\overline{C} + CD + B\overline{D}$$
$$= B(A + \overline{A}\,\overline{C}) + CD + B\overline{D}$$
$$= B(A + \overline{C}) + CD + B\overline{D}$$
$$= BA + B\overline{C} + CD + B\overline{D}$$
$$= AB + B(\overline{C} + \overline{D}) + CD$$
$$= AB + B\,\overline{CD} + CD$$
$$= AB + B + CD$$
$$= B + CD$$

2. 逻辑函数的卡诺图化简

（1）最小项和标准与或式　一个有 n 个输入变量的逻辑函数，在这 n 个变量因子构成的若干乘积项中，如果一些乘积项满足下列条件：① 每个乘积项有且仅有 n 个变量因子，② 每个变量都以原变量或者反变量的形式作为一个因子在乘积项中出现且仅出现一次，则这样的乘积项就称为最小项。

由最小项的定义可知，n 个输入变量共有 2^n 个最小项。如二变量 A、B 共有 4 个最小项：AB、$\overline{A}B$、$A\overline{B}$、$\overline{A}\,\overline{B}$；三变量 A、B、C 共有 8 个最小项：ABC、$\overline{A}BC$、$A\,\overline{B}C$、$AB\overline{C}$、$\overline{A}\,\overline{B}C$、$\overline{A}B\overline{C}$、$A\,\overline{B}\,\overline{C}$、$\overline{A}\,\overline{B}\,\overline{C}$。有时候为了方便也常用编号 m_i 来表示最小项，其编号就是把使最小项的值为 1 时的取值二进制组合看做二进制数，并计算出对应的十进制数值。例如三变量的各种取值组合代入全部最小项中，得到三变量的最小项及其编号如表 5-13 所示。

表 5-13　三变量的最小项及其编号

最小项	A	B	C	对应十进制数	最小项编号
$\overline{A}\,\overline{B}\,\overline{C}$	0	0	0	0	m_0
$\overline{A}\,\overline{B}C$	0	0	1	1	m_1
$\overline{A}B\overline{C}$	0	1	0	2	m_2
$\overline{A}BC$	0	1	1	3	m_3
$A\,\overline{B}\,\overline{C}$	1	0	0	4	m_4
$A\,\overline{B}C$	1	0	1	5	m_5
$AB\overline{C}$	1	1	0	6	m_6
ABC	1	1	1	7	m_7

由最小项的定义，可知最小项有如下性质：

1）对任意一个最小项，在所有变量取值组合中，有且仅有一种取值使该最小项的值为1。

2）任意两个最小项的乘积为0。

3）所有最小项的逻辑或为1。

任何逻辑函数都可以表示成最小项之和的形式——标准与或式。逻辑函数的标准与或式是唯一的。

（2）卡诺图 把逻辑函数的最小项填入特定的方格内排列起来，让它们不仅几何位置相邻，而且逻辑上也相邻，这样得到的阵列图叫做卡诺图。

变量卡诺图一般画成正方形或长方形，对于 n 个变量有 2^n 种组合，卡诺图也相应地分割出 2^n 个小方格；变量的取值顺序按格雷码（循环码）排列，并作为每个小方格的编号。最小项的卡诺图如图 5-14 所示。

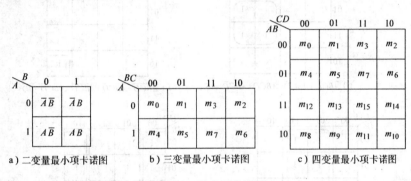

a）二变量最小项卡诺图　　b）三变量最小项卡诺图　　c）四变量最小项卡诺图

图 5-14　最小项卡诺图

任何逻辑函数都可以表示为唯一的标准与或式，求函数的标准与或式，并编号把卡诺图中对应这些最小项的位置填1，其他位置填0，则可以得到逻辑函数的卡诺图。

例 5-11 用卡诺图表示逻辑函数 $Y_1 = \overline{A}\,\overline{B}\,C + \overline{A}B\overline{C} + A\,\overline{B}\,\overline{C} + AB\overline{C}$

$$Y_2 = C + BD + \overline{A}\,\overline{B} + \overline{A}D + A\,\overline{B}\,\overline{C}。$$

解： 图 5-15 是逻辑函数 Y_1 和 Y_2 的卡诺图。

（3）利用卡诺图化简逻辑函数 应用卡诺图化简逻辑函数时，先将逻辑式中的最小项分别用1填入相应的小方格，如果逻辑式中的最小项不全，则填写0或空着不填；如果逻辑式不是由最小项构成，一般应先将逻辑式化成最小项表达式再填写。这种化简逻辑函数方法的关键是找出逻辑相邻项，所谓逻辑相邻就是相同变量的两个最小项只有一个因子不同，它们在逻辑上相邻。逻辑相邻的 2^n 个最小项相加，能消去 n 个变量，图 5-16 为相邻最小项的化简举例。

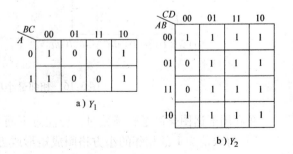

a）Y_1

b）Y_2

图 5-15　例 5-11 卡诺图

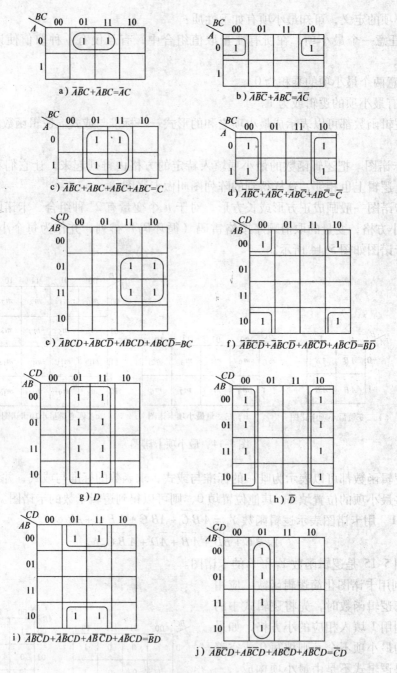

图 5-16 相邻最小项的化简举例

在利用卡诺图化简逻辑函数时，应注意下面几点：

1）将取值为 1 的相邻的小方格圈成矩形或方形，相邻小方格包括最上行与最下行以及最左列与最右列两端的两个小方格。并且取值为 1 的小方格的数目应该为 2^n 个，不允许出现其他数目的小方格等。

2）圈尽可能地大，这样包围圈内的小方格数目就会越多，但要注意每个圈中至少包含一个其他圈中从未出现过的最小项。

3）每一个取值为 1 的小方格可以被圈多次，但是不能遗漏。

4）相邻的两项可以合并为一项，并消去一个因子；相邻的 4 项可以合并为一项，并消去两个因子；同理，逻辑相邻的 2^n 个最小项相加，能消去 n 个变量。

最后将合并的结果相加，得到逻辑函数的最简与或式。

例 5-12 把逻辑函数 $Y(A,B,C,D) = \sum_m (0,6,8,9,10,11,12,13)$ 化为最简与或式。

解： 先画出该逻辑函数的卡诺图如图 5-17 所示，并把 4 个包围圈对应的乘积项加起来

$$Y(A,B,C,D) = A\bar{B} + A\bar{C} + \bar{B}C\bar{D} + \bar{A}BC\bar{D}$$

如果圈 "0"，则可得到原函数的反函数 $\bar{Y}$：

$$\bar{Y} = \bar{A}D + \bar{A}BC + ABC + \bar{A}\bar{B}\bar{C}$$

如果给出的是或与式，可以先用对偶规则化为与或式，再填入卡诺图化简。

为获得原函数，对化简结果运用一次对偶规则即可。

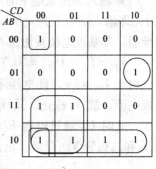

图 5-17　例 5-12 卡诺图

5.2　集成逻辑门电路

门电路是数字电路中最基本的逻辑单元，其主要功能是用来实现基本逻辑运算和复合逻辑运算。按照功能一般可分为与门、或门、非门、与非门、或非门、与或非门、同或门、异或门等。

数字电路中门电路的输入和输出电信号只有高电平和低电平两种状态，通常用逻辑值 0 和 1 来表示。如果用逻辑 0 表示低电平，逻辑 1 表示高电平，则这种表示方法称为正逻辑；反之，如果用逻辑 0 表示高电平，逻辑 1 表示低电平，则该种表示方法称为负逻辑。本书中在没有特别说明的情况下都是采用正逻辑。

TTL（Transistor-Transistor Logic）集成电路，即晶体管—晶体管逻辑集成电路，它是由于输入级和输出级都采用了晶体管而得名。TTL 集成电路具有结构简单、稳定可靠、工作速度快，工作电压范围宽等优点，并且品种繁多。TTL 集成门电路和 CMOS（Complementary Metal–Oxidde Semiconductor）集成电路均成为应用最广泛的数字集成电路。其产品除了早期的 74 系列外，还有 74H、74S、74LS、74AS、74ALS、74LVC 等系列改进产品，目前应用最广泛的是 74LS 系列。本节通过对 TTL "与非" 门典型电路的介绍，熟悉 TTL "与非" 门有关的工作原理和特性等。

5.2.1　TTL 逻辑门电路

1. 电路结构和工作原理

图 5-18 所示为 TTL 反相器的电路图，其中晶体管 V_1 和电阻 R_1 组成该逻辑电路的输入级，完成逻辑信号的输入功能。V_2 和电阻 R_2、R_3 组成电路的中间级，它的作用是为后级提供较大的驱动电流，以增强输出级的负载能力，同时 V_2 的发射极和集电极分别向输出级提供同相和反相信号，以控制输出级的工作状态。晶体管 V_3、V_4、VD_1 和电阻 R_4 组成推拉式输出级，以提高 TTL 电路的开关速度和带负载能力。

下面以图 5-18 所示电路为例来分析"与非"门的逻辑关系，并估算电路中有关点的电位。

设定电源电压为 $U_{CC} = 5V$，输入低电平信号 $U_{iL} = 0.3V$，输入高电平信号 $U_{iH} = 3.6V$，PN 结导通压降为 0.7V，晶体管的 $U_{CES} = 0.3V$。

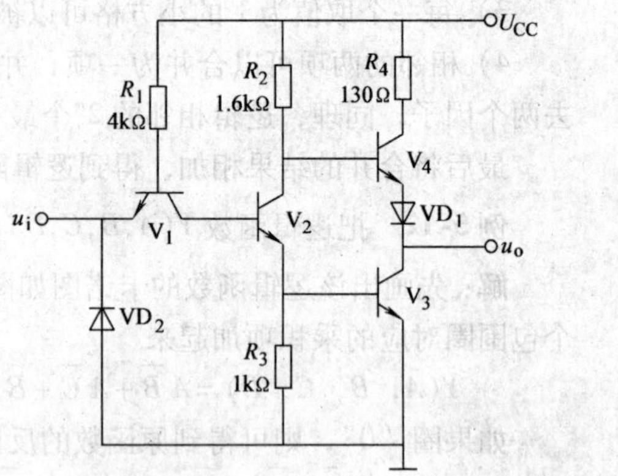

（1）输入端接低电平时　当输入端接低电平 0 时，即输入端电平为 $u_i = U_{iL}$，则由于 V_1 的发射极导通，其基极电位被钳位在 1V，即

$$V_{B1} = U_{iL} + U_{BE1} = (0.7 + 0.3)V = 1V$$

由于 $V_{B1} = 1V$，此电压不足以向 V_2 提供正向基极电流，故 V_2 截止，从而导致 V_3 也处于截止状态，此时 U_{CC} 通过电阻 R_2 向 V_4 提供基极电流，使 V_4 和二极管 VD_1 导通。由此得到电路的输出电压为

图 5-18　TTL 反相器的电路图

$$u_o = U_{CC} - R_2 I_{B4} - U_{BE4} - U_{VD1} = (5 - 0.7 - 0.7)V = 3.6V$$

这里忽略了电阻 R_2 上的电压。

（2）当输入端接高电平时　即 $u_i = U_{iH}$ 时，电源通过 R_1 和 V_1 的集电极向 V_2 管提供足够的基极电流，使 V_2 和 V_3 都要饱和导通，此时

$$V_{B1} = U_{BC1} + U_{BE2} + U_{BE3} = (0.7 + 0.7 + 0.7)V = 2.1V$$

$$u_{C2} = U_{CES2} + U_{BE3} = (0.3 + 0.7)V = 1V$$

因此，V_4 和二极管 VD_1 都截止，电路的输出电压为 $u_o = U_{CES3} = 0.3V$，即输出为低电平。

综合上面的分析结果可知，电路的输入和输出之间是反相关系：输入低电平时，输出为高电平；输入为高电平时，输出为低电平。

2. 电压传输特性

电压传输特性是指输出电压和输入电压之间的关系曲线。TTL 门电路的电压传输特性曲线如图 5-19 所示，从输入和输出电压变化的关系中可以了解 TTL "与非"门电路在应用时的主要参数，如开门电平、关门电平、抗干扰能力等。

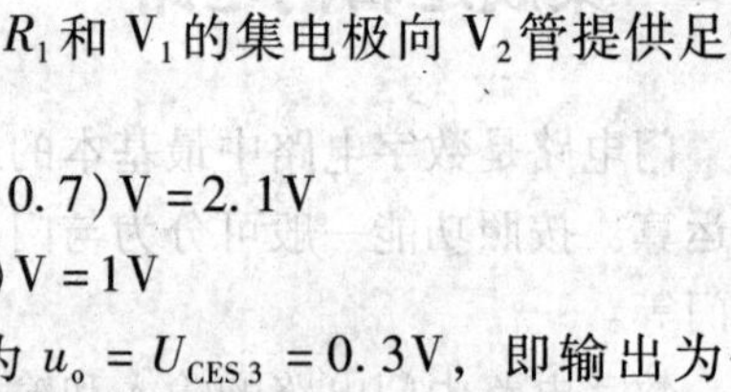

电压传输特性曲线大体可分成 4 段：

AB 段：u_i 在 0 ~ 0.6V 之间，属于低电平输入范围，$u_{B1} = (u_i + U_{BE1}) < 1.3V$，所以 V_2 和 V_3 都处于截止状态，V_4 处于导通状态，由前面的分析可知，此时电路输出 u_o 保持高电平 3.6V。这一段称为截止区。

BC 段：u_i 在 0.7 ~ 1.3V 之间，在这个区间里，$U_{C1} > 0.7V$（$U_{C1} = u_i + U_{CES1}$），V_2 管开始导通（V_3 仍然截止），V_2 的集电极电流增大，引起 U_{C2} 减小，输出电压 u_o 随之下降（$u_o = U_{C2} - U_{BE4} - U_{VD1}$）。这一段称为线性区。

图 5-19　TTL 门电路的电压传输特性曲线

CD 段：u_i 增加到接近 1.4V，这一段曲线很陡，当 u_i 略增加一些，u_o 便迅速下降，这是

因为，当 u_i 增大到约 1.4V 时，V_3 开始导通，V_4 趋于截止，u_i 略有增加，I_{B2} 迅速增大，U_{C2} 迅速下降，促使 V_3 很快进入饱和状态，这一段称为特性曲线的转折区。转折区中所对应的电压称为"门限电压"，用 U_T 表示。

DE 段：$u_i > 1.4$V，V_3 处于深度饱和状态，输出维持低电平不变。

结合电压传输特性，讨论 TTL "与非"门的抗干扰能力问题。在集成门电路中，经常以噪声容限的数值来定量说明门电路抗干扰能力的大小。

在确保输出为高电平时，输入低电平可以有一个变化范围；同样，在确保输出为低电平时输入高电平也有一个变化范围，这个变化范围就是电路的抗干扰能力。

所谓关门电平，就是在保证输出为额定高电平条件下，允许的最大输入低电平值，用 U_{OFF} 表示；而在确保输出为额定低电平时所允许的最小输入高电平值称为开门电平，用 U_{ON} 表示。

U_{ON} 和 U_{OFF} 是门电路的重要参数。

如果前级输出的低电平为 U_{OL}、高电平为 U_{OH}，对应为本级输入低电平 U_{IL}、高电平 U_{IH}，则输入低电平时的噪声容限为

$$U_{NL} = U_{OFF} - U_{IL}$$

上式说明 TTL "与非"门在正常输入低电平为 U_{IL} 的情况下允许叠加一个噪声（或干扰）电压，只要干扰电压的幅值不超过 U_{NL}，电路仍能正常工作。

输入高电平时的噪声容限为

$$U_{NH} = U_{IH} - U_{ON}$$

由此表明，在输入高电平时，只要干扰电压的幅值不超过 U_{NH}，输出就能保持正确的逻辑值。

5.2.2　TTL "与非"门的技术参数

从使用的角度看，除了解门电路的工作原理、逻辑功能外，还必须了解门电路的主要参数的定义和测试方法，并根据测试结果判断器件性能的好坏。下面在讨论电压传输特性的基础上，讨论 TTL "与非"门的几个主要技术参数。

1. 输出高电平 U_{OH}

当输入端有一个（或几个）接低电平，输出端空载时的输出电平 U_{OH} 的典型值为 3.5V，标准高电平 $U_{SH} = 2.4$V。

2. 输出低电平 U_{OL}

输出低电平是指输入全为高电平时的输出电平，标准低电平 $U_{SL} = 0.4$V。

3. 输入端短路电流 I_{IS}

当电路任一输入端接"地"、其余输入端开路时，流过这个输入端的电流称为输入短路电流 I_{IS}。I_{IS} 构成前级负载电流的一部分，因此希望尽量小些。

4. 扇出系数 N

扇出（Fan-Out）系数是指带负载的个数。它表示"与非"门输出端最多能与几个同类的"与非"门连接，典型值 $N > 8$。

5. 空载功耗

"与非"门的空载功耗是当"与非"门空载时，电源总电流 I_{CL} 与电源电压 U_{CC} 的乘积。

当输出为低电平时的功耗为空载导通功耗 P_{ON}，当输出为高电平时的功耗称为空载截止功耗 P_{OFF}，P_{ON} 总比 P_{OFF} 大。

6. 开门电平 U_{ON}

在额定负载下，确保输出为标准低电平 U_{SL} 时的输入电平称为开门电平。它表示使"与非"门开通时的最小输入电平。

7. 关门电平 U_{OFF}

关门电平是指输出电平上升到标准高电平 U_{SH} 时的输入电平。它表示使"与非"门关断所需的最大输入电平。

8. 高电平输入电流 I_{IH}

输入端有一个接高电平，其余接"地"的反向电流称为高电平输入电流（或输入漏电流），它构成前级"与非"门输出高电平时的负载电流的一部分，此值越小越好。

9. 平均传输延迟时间 t_{pd}

在"与非"门输入端加上一个方波电压，输出电压较输入电压有一定的时间延迟。从输入波形上升沿的中点到输出波形下降沿的中点之间的时间延迟称为导通延迟时间 $t_{d(on)}$，从输入波形下降沿中点到输出波形上升沿中点之间的时间延迟称为截止延迟时间 $t_{d(off)}$。平均传输延迟时间定义为

$$t_{pd} = \frac{t_{d(on)} + t_{d(off)}}{2}$$

此值表示电路的开关速度，越小越好。

5.2.3 集电极开路 TTL 门

同一逻辑函数可以用不同的门电路来实现，若能使门电路的输出端直接相连，则可以在很大程度上简化电路。

但是，前面所讲的 TTL 门电路却不允许输出端直接相连，因为这些具有推拉式输出级的门电路，无论是输出高电平还是低电平，其输出电阻都很小。假如把这样的两个门电路的输出端并联，当一个门电路输出高电平，而另一个门电路输出低电平时，必定有一个很大的电流流过两个门电路的输出级。由于此电流过大，不仅会使导通门电路输出的低电平严重抬高，破坏了逻辑功能，甚至还会把电路烧坏。

为了允许把几个门电路的输出端连接在一起使用，使总的输出是各个门电路的逻辑与，这种称为"线与"的工作方式，TTL"与非"门电路的输出级不再是推拉式结构，而是采用集电极开路的输出结构，这种集电极开路的与非门，简称 OC（Open Collector Gate）门电路或 OC 门。图 5-20a、b 所示为该电路的内部结构和逻辑符号。

图 5-20a 表明，OC 门与普通 TTL"与非"门不同之处，OC 门在应用时需要外接上拉电阻，其阻值的大小和外接电源以及 OC 门的输出电流有关，因此，当 N 个 OC 门的输出端相并联时，不会出现电流与地之间的低阻通路。图 5-21 给出两个 OC 门实现"线与"的电路。

OC 门电路进行"线与"时，对外接电阻 R 的选取，必须保证输出高、低电平时，在规定的"0、1"电平范围内。

另外有些 TTL OC 门电路的输出尺寸比较大，因而可以承受较大的电流和较高的电压，如 7406、7407 等，最大耐压为 30V，输出管允许的最大负载电流为 40 mA 。

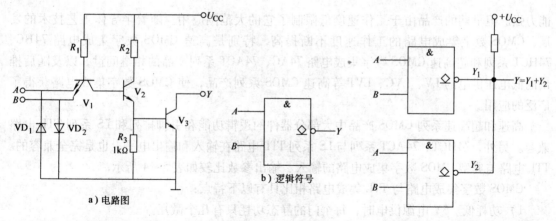

图 5-20　集电极开路与非门电路　　　　　　　图 5-21　与非门线与的电路实例

5.2.4　三态输出门

在微型计算机系统中，信息是通过总线与各设备进行分时交换的。为了减轻总线的负载和相互干扰，要求有三种状态的输出门电路，简称 TSL 门（Three State Output Gate）。所谓三态门，是指输出不仅有高电平和低电平两种状态，还有第三种状态——高阻输出状态。高阻输出状态可以减轻总线负载和相互干扰。

图 5-22 所示是一个简单的三态门（TSL）门电路，其中 EN 为使能端也称控制端，A、B 为数据输入端。

当控制端 EN 为低电平时，TSL 门的输出状态将完全取决于数据输入端 A、B 的状态，电路输出与输入的逻辑关系与一般"与非"门相同，即实现与非逻辑关系

$$Y = \overline{A \cdot B}$$

电路的输出不是高电平就是低电平，这种状态称为三态"与非"门工作状态。

当控制端 EN 为高电平时，由于此时 VD_2 导通，V_2、V_3 均截止，并且由于 V_4 的基极电位

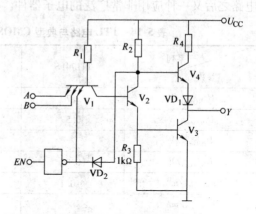

图 5-22　三态输出与非门电路

被钳位在 0.7V，故 V_4 也截止。这样由于 V_3 和 V_4 都截止，输出端相对于电路的其他部分都是断开的，这种状态称为电路处于高阻状态，这是三态"与非"门的第三种状态（禁止态）。

三态门不需要外接负载，门的输出级采用推拉式输出，输出电阻低，因而开关速度比 OC 门快。

5.3　CMOS 数字集成电路简介

CMOS 数字集成电路是互补对称 MOS 电路的简称，其电路结构采用增强型 PMOS 管和增强型 NMOS 管按互补对称形式连接。CMOS 数字集成电路的突出特点是低功耗、抗干扰

能力强。但早期的产品由于工作速度低限制了它的大范围应用。随着半导体工艺技术的发展，CMOS 数字集成电路的工作速度不断提高，特别是高速 CMOS 数字集成电路 74HC、74HCT 系列和超高速 CMOS 数字集成电路 74AC、74ACT 系列产品的相继问世，以及随后推出的低电压供电的 LV、LVC、LVT 等高速 CMOS 系列产品，使 CMOS 数字集成电路获得了广泛的应用。

高速和超高速系列 CMOS 产品中大部分器件的逻辑功能和引脚排列和 LS 系列 TTL 电路兼容。另外，74HCT、74ACT 系列与 LS 系列 TTL 电路在输入和输出电平上也是完全兼容的。TTL 电路与典型 CMOS 数字集成电路的输入、输出参数比较如表 5-14 所示。

CMOS 数字集成电路与 TTL 集成电路相比具有以下特点：

1）功耗低。5V 电源供电时，每个门的静态功耗只有几个微瓦。

2）电源电压范围更宽。4000 系列为 3 ~ 18V，74HC 和 74AC 系列为 2 ~ 6V，74HCT 和 74ACT 系列为 4.5 ~ 5.5V。

3）输出逻辑电平摆幅大，低电平接近 0V，高电平接近电源电压。

4）抗干扰能力强，噪声容限大。

5）输入阻抗高，扇出系数大。

6）温度稳定性好，工作温度范围宽。

由于 CMOS 数字集成电路的这些优点和特点，目前 CMOS 数字集成电路已经成为继 TTL 电路之后又一种应用非常广泛的电子器件。

表 5-14　TTL 电路与典型 CMOS 数字集成电路的输入、输出参数比较

参数 ＼ 系列	TTL74LS	CMOS 4000	CMOS 74HC	CMOS 74HCT
$U_{OH(min)}$/V	2.7	4.9	4.9	4.9
$U_{OL(max)}$/V	0.5	0.05	0.1	0.1
$U_{IH(min)}$/V	2	3.5	3.5	2
$U_{IL(max)}$/V	0.8	1.5	1.5	0.8
$I_{OH(max)}$/mA	-0.4	-0.51	-4	-4
$I_{OL(max)}$/mA	8	0.51	4	4
$I_{IH(max)}$/μA	20	0.1	0.1	0.1
$I_{IL(max)}$/μA	-400	-0.1	-0.1	-0.1

习　题

【习题 5-1】将下面的十进制数转换为对应的二进制数和十六进制数。

(1) 20　　(2)　62　　(3)　425　　(4) 1024

【习题 5-2】将下面的二进制数转换为对应的十进制数和十六进制数。

(1)（11001）$_2$　　(2)（1101100101）$_2$　(3)（111111）$_2$　(4)（101101001）$_2$

【习题 5-3】用公式法化简逻辑函数。

(1) $Y = AC + B\overline{C} + \overline{A}B$　　　　　　(2) $Y = ABC + A\overline{B} + AB\overline{C}$

（3）$Y = A\,\overline{B}\,\overline{C} + \overline{A}B + \overline{A}D + C + BD$

（4）$Y = AB + \overline{A}C + BCD$

（5）$Y = A\overline{B} + C + \overline{A}\,\overline{C}D + B\,\overline{C}D$

（6）$Y = \overline{AB} + AC + BC + \overline{B}\,\overline{C}D + B\,\overline{C}E + \overline{B}CF$

【习题 5-4】用反演规则写出下列函数的反函数。

（1）$Y = A(B + C) + CD$

（2）$Y = \overline{AB + \overline{C}} \cdot D + AC$

（3）$Y = \overline{A + C(\overline{BC} + D)}\,(B + C) + AD$

（4）$Y = A + B(CD + \overline{A}D)$

【习题 5-5】用对偶规则写出下列函数的对偶式。

（1）$Y = A\,(B + \overline{C})$

（2）$Y = (A + B)\,(A + \overline{C})\,(C + \overline{B})\,(B + D)$

【习题 5-6】用卡诺图化简逻辑函数。

（1）$Y = \overline{A}\,\overline{B} + AC + \overline{B}C$

（2）$Y = \overline{A}BC + AD + B\overline{D} + C\overline{D} + A\,\overline{C} + \overline{A}\,\overline{D}$

（3）$Y = AB + \overline{A}\,\overline{B}\,\overline{C} + \overline{A}BC$

（4）$Y = \sum_{m}(2,3,6,7,8,9,12,13,15)$

（5）$Y = \sum_{m}(2,4,7,9,10,11,12,15)$

（6）$Y = \sum_{m}(2,3,5,7,8,12)$

（7）$Y = \sum_{m}(1,2,3,5,6,7,8,9,12,13)$

（8）$Y = \sum_{m}(0,1,2,3,4,6,8,9,10,11,14)$

【习题 5-7】写出图 5-23 所示 TTL 门电路输出信号的逻辑表达式。

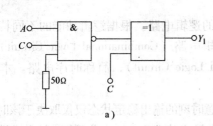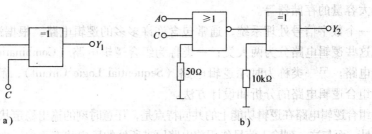

图 5-23　习题 5-7 图

【习题 5-8】在图 5-24a 所示电路中，每个门的平均传输延迟时间为 $t_{pd} = 20\text{ns}$，输入电压的重复频率为 $f = 5\ \text{MHz}$，波形如图 5-24b 所示，试画出：

（1）不考虑传输延迟时间的情况下 u_O 的波形。

（2）考虑传输延迟时间的情况下 u_O 的波形。

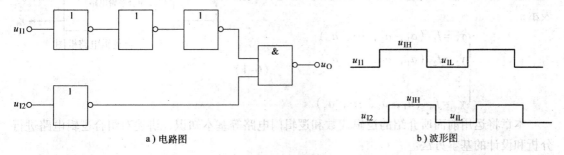

a）电路图　　　　　　　　　　　b）波形图

图 5-24　习题 5-8 图

第6章　组合逻辑电路

随着半导体技术的发展，在一个半导体芯片上集成的电子元件数目越来越多，集成电路按集成电子元件数目的多少可分为小规模集成电路（Small Scale Integrated Circuit，SSI）、中规模集成电路（Middle Scale Integrated Circuit，MSI）、大规模集成电路（Large Scale Integrated Circuit，LSI）和超大规模集成电路（Very Large Scale Integrated Circuit，VLSI）。

小规模集成电路是完成基本逻辑运算的主要逻辑器件，例如各种门电路和后面将要讲的触发器都属于SSI电路；中规模集成电路能够完成一定的逻辑功能（如编码器、译码器、计数器等），通常称为逻辑组件（也称为逻辑部件，或称为模块）；大规模、超大规模集成电路是一个逻辑系统，例如微型计算机中的中央处理器（Central Processing Unit，CPU）、单片机及大容量的存储器等。

一个数字信号处理系统，通常包含许许多多的逻辑电路。根据逻辑功能的不同特点，可以把这些逻辑电路分为两大类：一类称为组合逻辑电路（Combinational Logic Circuit），简称组合电路；另一类称为时序逻辑电路（Sequential Logic Circuit），简称时序电路。本章主要讨论组合逻辑电路的分析和设计方法。

组合逻辑电路在逻辑功能上的共同特点是，任意时刻的输出稳定状态仅仅取决于该时刻的输入信号，而与这一刻输入信号作用前电路原来所处的历史状态无关。由此可知，这种电路结构主要由一系列逻辑门电路组成，只有从输入到输出的通路，而没有从输出到输入的回路。并且由于它的输出与电路的历史状况无关，电路中自然也不含有存储单元。这种电路没有记忆功能。

对于任何一个多输入、多输出的组合逻辑电路，都可以用如图6-1所示的框图来表示。图中 a_1，a_2，$\cdots$，a_n 表示输入变量，y_1，y_2，$\cdots$，y_m 表示输出变量。输出与输入的逻辑关系可以用一组逻辑函数表示：

图6-1　组合逻辑电路框图

$$\begin{cases} y_1 = f_1\ (a_1,\ a_2,\ \cdots,\ a_n) \\ y_2 = f_2\ (a_1,\ a_2,\ \cdots,\ a_n) \\ \vdots \\ y_m = f_m\ (a_1,\ a_2,\ \cdots,\ a_n) \end{cases} \qquad (6\text{-}1)$$

本章将运用前面所介绍的逻辑代数和逻辑门电路等基本知识，讲述对组合逻辑电路进行分析和设计的基本方法。

6.1　组合逻辑电路的分析和设计方法

6.1.1　组合逻辑电路的分析方法

组合逻辑电路的分析就是通过给定的逻辑电路，找出其输出和输入之间的逻辑关系，从而分析出该电路的逻辑功能。对逻辑电路进行分析，一方面可以更好地对其加以改进和应用，另一方面也可以检验所设计的逻辑电路是否优化，以及是否能实现预定的逻辑功能。组合逻辑电路的分析方法一般采用代数法，通常按下列步骤进行：

1）根据给定电路的逻辑图，从输入端开始，依据器件的基本功能逐级导出各输出端的的逻辑函数表达式。

2）用逻辑代数和逻辑函数化简等基本知识对所列写的逻辑表达式进行化简和变换，以使逻辑关系简单清晰。

3）由简化的逻辑表达式列写逻辑真值表，以使逻辑关系更加直观，明了。

4）依据真值表和逻辑表达式对逻辑电路进行分析，确定逻辑电路的功能，给出对该逻辑电路的评价。

以上分析组合逻辑电路的过程可以概括为如图 6-2 所示的框图形式。

图 6-2　组合逻辑电路的分析过程

需要注意的是：在确定电路的逻辑功能时，其描述术语尽量规范、简单和准确。在数字系统中，常见组合逻辑电路的逻辑功能主要有：二进制数的运算和比较、编码与译码、数字信号的选择与分配、二进制代码的变换、奇偶校验等。

例 6-1　分析图 6-3 所示电路的逻辑功能。

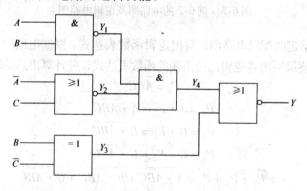

图 6-3　例题 6-1 的电路图

解：（1）由逻辑电路图写出逻辑表达式。从输入端到输出端，顺序写出各个逻辑门输出端的逻辑表达式为

$$Y_1 = \overline{AB} \qquad Y_2 = \overline{\overline{A} + C} \qquad Y_3 = B \oplus \overline{C} \qquad Y_4 = \overline{\overline{AB} \cdot \overline{\overline{A} + C}}$$

然后通过计算并化简得到总的输出变量的逻辑式

$$Y = \overline{Y_4 + Y_3} = \overline{\overline{\overline{AB} \cdot \overline{\overline{A} + C}} + B \oplus \overline{C}} = (AB + \overline{A} + C)(B\overline{C} + \overline{B}C)$$
$$= AB\overline{C} + \overline{A}B\overline{C} + \overline{A}BC + \overline{B}C$$

（2）利用卡诺图化简逻辑表达式。例 6-1 的卡诺图如图 6-4a 所示。

$$Y = B\overline{C} + C\overline{B} = B \oplus C$$

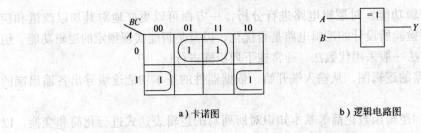

a）卡诺图　　　　　　b）逻辑电路图

图 6-4　例 6-1 的卡诺图及逻辑电路图

（3）功能描述。由真值表可知，这是一个二变量的异或逻辑电路，改进后得到新的逻辑电路图如图 6-4b 所示。

例 6-2　分析图 6-5 给定的组合逻辑电路。

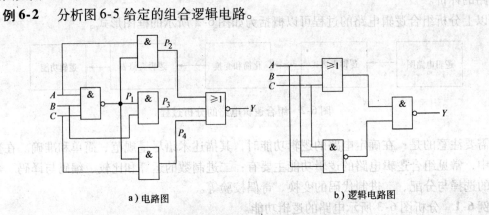

a）电路图　　　　　　　　　　　　b）逻辑电路图

图 6-5　例 6-2 的电路图及逻辑电路图

解：（1）根据给定的逻辑电路图，写出逻辑函数表达式。根据电路中每种逻辑门电路的功能，从输入到输出，逐级写出各逻辑门输出端的函数表达式，并计算出总的输出函数表达式：

$$P_1 = \overline{ABC}$$
$$P_2 = A \cdot P_1 = A \cdot \overline{ABC}$$
$$P_3 = B \cdot P_1 = B \cdot \overline{ABC}$$
$$P_4 = C \cdot P_1 = C \cdot \overline{ABC}$$
$$Y = \overline{P_2 + P_3 + P_4} = \overline{A \cdot \overline{ABC} + B \cdot \overline{ABC} + C \cdot \overline{ABC}}$$

（2）化简电路的输出函数表达式。用代数化简法对所得输出函数表达式化简如下：

$$Y = \overline{A \cdot \overline{ABC} + B \cdot \overline{ABC} + C \cdot \overline{ABC}} = \overline{\overline{ABC}(A + B + C)}$$
$$= ABC + \overline{A + B + C} = ABC + \overline{A}\,\overline{B}\,\overline{C}$$

（3）根据化简后的逻辑函数表达式列出真值表。该函数的真值表如表 6-1 所示。

表 6-1　例 6-2 逻辑函数真值表

A	B	C	Y
0	0	0	1
0	0	1	0

（续）

A	B	C	Y
0	1	0	0
0	1	1	0
1	0	0	0
1	0	1	0
1	1	0	0
1	1	1	1

（4）功能评述。根据真值表可知，该电路仅当输入 A、B、C 取值全为"0"或全为"1"时，输出 Y 的值为"1"，否则电路输出 Y 均为"0"。也就是说，当输入信号一致时输出为"1"，输入信号不一致时输出为"0"。可见，该电路具有检查输入信号是否一致的逻辑功能。因此，通常称该电路为"判一致电路"。

在某些对信息的可靠性要求非常高的系统中，往往采用几套设备同时工作，一旦运行结果不一致，便由"判一致电路"发出报警信号，通知操作人员排除故障，以确保系统的可靠性。

其次，由分析可知，该电路的设计方案并非最佳。根据化简后的逻辑函数表达式，可得到如图 6-5b 所示的逻辑电路。显然，它比原电路简单、清晰。

6.1.2 组合逻辑电路的设计方法

组合逻辑电路设计是根据某一具体逻辑问题或某一逻辑功能要求，得到实现该逻辑问题或逻辑功能的"最优"逻辑电路。所谓"最优"的逻辑设计，经典的设计方法是在用小规模集成电路进行逻辑设计时，要求采用最少逻辑门和最少的器件种类以达到最稳定、最经济的设计指标。随着数字集成电路的发展，"最优"的逻辑设计概念逐步转变为缩小电路体积，减少电路连线，提高其工作的可靠性，降低电路的成本。用标准的中规模集成电路模块来实现组合电路的设计、用大规模集成电路的可编程逻辑器件实现给定的逻辑功能的设计，已成为目前逻辑设计的新思想。本章所分析的组合逻辑电路都是中规模集成电路组件。

设计组合逻辑电路通常可按如下步骤进行：

1. 根据实际逻辑问题进行逻辑抽象

在许多情况下，给出的实际逻辑问题都是用文字描述的具有一定因果关系的事件。为了方便进行数字设计，首先必须通过逻辑抽象的方法，用逻辑函数来描述这一因果关系。

逻辑抽象的工作可以分为这样几步：

1）通过分析给定事件的因果关系，确定输入逻辑变量和输出逻辑变量。一般总是把引起事件的原因定为输入逻辑变量，而把事件的结果作为输出逻辑变量。

2）进行逻辑状态赋值，即由设计者规定二值逻辑的 0、1 这两种分别代表输入量和输出量状态的具体含义。

3）根据题意列出逻辑真值表，进而写出相应的逻辑函数表达式。

2. 写出最简逻辑函数表达式

根据选定的器件类型将逻辑函数进行变换和简化，写出与使用的逻辑门相对应的最简逻辑函数表达式。

3. 根据变换后逻辑表达式绘制逻辑电路图

注意：上述设计方法并不是一成不变的。例如，有的逻辑问题是直接以真值表给出的，这就不需要再进行逻辑抽象了。又如，有的问题逻辑关系简单、直观，也可以不经过逻辑真值表而直接写出逻辑表达式。

通常在逻辑电路设计过程中还应注意以下几个问题：

1）输入变量的形式。输入变量有两种方式：一种是既提供原变量也提供反变量；另一种是只提供原变量而不提供反变量。

在信号源只提供原变量而不提供反变量时，只能由电路本身提供所需的反变量。最简便的方法是对每个输入的原变量增加一个非门，产生所需要的反变量。但是，这样处理往往是不经济的，而且增加了组合电路的级数，使信号的传输时间受到影响。通常需要采取适当的设计方法来节省器件，满足信号传输的时间要求。

2）对组合电路信号传输时间的要求，即为对组合电路级数的要求。

3）单输出函数还是多输出函数。实际应用中常常遇到多输出电路，即对应一种输入组合下，有一组函数输出。如编码器、译码器、全加器等电路，都是多输出函数的组合电路。多输出函数电路是一个整体，设计时要求对总体电路进行简化，而不是对局部进行简化，即应考虑同一个门电路能为多少个函数所共用，从而使总体电路所用门数减少，电路最简单。

4）逻辑门输入端数目的限制。在用小规模集成电路实现逻辑函数时，通常一个芯片中封装有几个逻辑门，每个逻辑门输入端数目是一定的。如74LS00芯片，一个芯片上有4个与非门，每个与非门都有两个输入端，又如74LS10芯片中有三个与非门，每个与非门有三个输入端。

当用这些逻辑门实现逻辑函数时，在许多情况下需要根据芯片中提供的逻辑门数目及输入端数目，在上述的设计方法基础上结合代数变换，以求使用的芯片数目最少，获得较好的数字设计。

例6-3 用与非门设计一个三变量"多数表决电路"。

解：（1）根据给定的逻辑要求建立真值表。

根据题意，首先假设用 A、B、C 分别代表参加表决的三个逻辑变量，函数 Y 表示表决结果。并约定，逻辑变量取值为0表示反对，逻辑变量取值为1表示赞成；逻辑函数 Y 取值为0表示决议被否定，逻辑函数 Y 取值为1表示决议通过。分析题意可知，函数和变量的逻辑关系是：当三个变量 A、B、C 中有两个或两个以上取值为1时，函数 Y 的取值为1，其他情况下函数 Y 的取值为0。由此可列出该逻辑问题的真值表，如表6-2所示。

（2）根据真值表写出函数的最小项表达式。

由表6-2所示的真值表，可写出函数 Y 的最小项表达式为

$$Y(A、B、C) = \overline{A}BC + A\overline{B}C + ABC$$

（3）化简函数表达式，并转换成适当的形式。

将函数的最小项表达式填入卡诺图，利用卡诺图对逻辑函数进行化简，得最简"与或"表达式为

$$Y(A、B、C) = AB + AC + BC$$

由于该题要求使用"与非"门，故还需要将上式表达式变换成"与非—与非"表达式

$$Y\ (A、B、C)\ =\overline{AB+AC+BC}=\overline{\overline{AB}\cdot \overline{AC}\cdot \overline{BC}}$$

例6-3的卡诺图及逻辑电路图如图6-6所示。

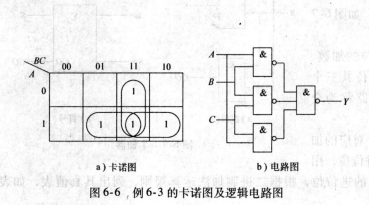

| a)卡诺图 | b)电路图 |

图6-6 例6-3的卡诺图及逻辑电路图

表6-2 例6-3真值表

A	B	C	Y
0	0	0	0
0	0	1	0
0	1	0	0
0	1	1	1
1	0	0	0
1	0	1	1
1	1	0	1
1	1	1	1

6.2 加法器

算术运算是数字系统的基本功能之一，更是计算机中不可缺少的组成单元。构成算术运算电路的基本单元是加法器（Adder）。加法运算是一种基本的算术运算，计算机中二进制数之间的加法、减法、乘法以及除法等各种数学运算都可以分解为基本的加法运算，因此加法器是构成算术运算电路的基本单元。

6.2.1 加法器的电路结构和工作原理

最基本的加法器是一位加法器，一位加法器按功能不同又可分为半加器（Half Adder）和全加器（Full Adder）之分。如果仅考虑加数本身，而不用考虑来自低位进位位的影响，完成这样两个一位二进制数的加法运算的逻辑部件则称为一位半加器。

如果用 A 和 B 分别表示两个一位加数，其和用 S 表示，C 表示向高位的进位位，则根据二进制加法运算规则，可得半加器的真值表如表6-3所示。

表6-3 半加器的真值表

输入		输出	
A	B	S	C
0	0	0	0
0	1	1	0
1	0	1	0
1	1	0	1

由真值表可得逻辑表达式：

$$\begin{cases} S = \overline{A}B + A\overline{B} = A \oplus B \\ CO = AB \end{cases} \tag{6-2}$$

由此可见，半加器可由一个"异或"门和一个"与"门组成，如图6-7所示。

所谓"全加"是指将本位的加数、被加数以及来自低位的进位位共三个数相加。实现这种运算的电路称为全加器。

如果用 A_i 和 B_i 表示两个对应的加数，用 C_{i-1} 表示来自低位的进位位，用 S_i 表示和，用 C_i 表示向高位的进位位，根据二进制加法运算规则，列出其真值表，如表6-4所示。

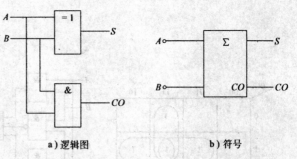

a) 逻辑图　　　　　　　b) 符号

图6-7　半加器

表6-4　全加器真值表

输入			输出	
A_i	B_i	C_{i-1}	S_i	C_i
0	0	0	0	0
0	0	1	1	0
0	1	0	1	0
0	1	1	0	1
1	0	0	1	0
1	0	1	0	1
1	1	0	0	1
1	1	1	1	1

由真值表得到逻辑表达式为

$$S_i = \overline{A}_i\,\overline{B}_iC_{i-1} + \overline{A}_iB_i\overline{C}_{i-1} + A_i\,\overline{B}_i\,\overline{C}_{i-1} + A_iB_iC_{i-1}$$

$$C_i = \overline{A}_iB_iC_{i-1} + A_i\,\overline{B}_iC_{i-1} + A_iB_i\,\overline{C}_{i-1} + A_iB_iC_{i-1}$$

利用公式法进行化简，得

$$\begin{aligned} S_i &= \overline{A}_i\,\overline{B}_iC_{i-1} + \overline{A}_iB_i\,\overline{C}_{i-1} + A_i\,\overline{B}_i\,\overline{C}_{i-1} + A_iB_iC_{i-1} \\ &= (\overline{A}_i\,\overline{B}_i + A_iB_i)C_{i-1} + (\overline{A}_iB_i + A_i\,\overline{B}_i)\overline{C}_{i-1} + A_iB_iC_{i-1} \\ &= \overline{A_i \oplus B_i}\,C_{i-1} + (A_i \oplus B_i)\overline{C}_{i-1} \\ &= A_i \oplus B_i \oplus C_{i-1} \end{aligned}$$

同理，可得

$$\begin{aligned} C_i &= \overline{A}_iB_iC_{i-1} + A_i\,\overline{B}_iC_{i-1} + A_iB_i\,\overline{C}_{i-1} + A_iB_iC_{i-1} \\ &= (\overline{A}_iB_i + A_i\,\overline{B}_i)C_{i-1} + A_iB_i(\overline{C}_{i-1} + C_{i-1}) \\ &= (A_i \oplus B_i)C_{i-1} + A_iB_i \end{aligned}$$

由此可得全加器的逻辑电路，如图6-8所示，其逻辑符号如图6-9所示。

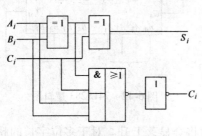 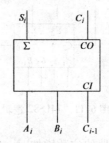

图6-8　全加器的逻辑电路　　　　　　　图6-9　全加器的逻辑符号

6.2.2　多位加法电路

多位加法器一般可由多个一位全加器串联而成。只要依次将低位全加器的进位输出端接到高位全加器的进位输入端，就可以构成多位加法器了。图6-10就是根据上述原理接成的4位加法器电路。显然，每一位的相加结果都必须等到低一位的进位产生以后才能建立起来。

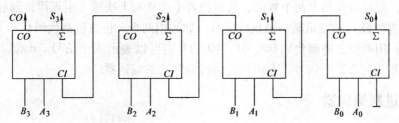

图6-10　4位加法器

这种加法器的最大缺点是运算速度慢。在最不利的情况下，做一次加法运算需要经过4个全加器的传输延迟时间（从输入加数到输出状态稳定建立起来所需要的时间）才能得到稳定可靠的运算结果。但考虑到串行进位加法器（Serial Carry Adder）的电路结构比较简单，因而在对运算速度要求不高的设备中，这种加法器仍不失为一种可取的电路。

6.2.3　标准MSI加法器74LS82、74LS283

集成电路74LS82是由两个一位全加器串联构成的2位串行进位全加器组件，其逻辑符号如图6-11所示。图中A_1、B_1和A_2、B_2分别为两个二进制数的第一位和第二位的数码，C_0为低位来的进位，Σ_1为第一位的和，Σ_2、C_2分别为第二位的和及向高位的进位。

由此可知，由两片7482型2位全加器串接，即可实现两个4位二进制的串行进位加法运算。但此电路的进位信号需要一位一位地传递，位数越多，所需的加法时间越长。为了提高电路的工作速度，为此，产生了快速进位的4位全加器74LS283。

74LS283是一个4位全加器，该器件中各进位不再由前级全加器的进位输出提供，而是同时形成的，这一器件称为超前进位全加器（Look-Ahead Carry Adder）。其逻辑图如图6-12所示。

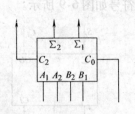
图 6-11 74LS82 逻辑符号

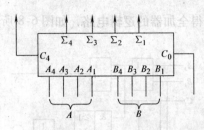
图 6-12 74LS283 逻辑图

当加法器的位数增加时，电路的复杂程度将会显著上升。对于多位字长的超前进位加法器，既要保持同时进位的快速性能，又要减少电路的复杂性，通常的做法是采取多种进位链结构，即根据元器件的特性，将超前进位加法器分为若干个小组，对小组内的进位逻辑和组间的进位逻辑采用不同的选择，从而提高了工作效率。

6.3 编码器

编码是一种用数字或者某种文字和符号来表示某一对象或信号。在数字电路中广泛使用二进制编码，即只有 0 和 1 两个数码，通过把若干个 0 和 1 按照一定规律排列起来组成不同的代码（二进制数）来表示某一对象或信号。如果用两个 1 位二进制代码 0 和 1，则可以表示两个信号；用两位二进制代码 00、01、10、11 则可以表示 4 个信号。n 位二进制代码有 2^n 种组合，可以表示 2^n 个信号。下面讨论两种最常用的编码器。

6.3.1 二进制编码器

在所有需要编码的信号中，任何时刻只允许一个输入信号有效，否则发生编码混乱，这样的编码器称为普通编码器。图 6-13 所示为 3 位二进制编码器电路图，其中有 8 个输入信号为 $I_0 \sim I_7$，3 个输出端，3 位二进制代码输出为 $Y_0 Y_1 Y_2$，输入和输出信号均为高电平有效，这种编码器又称为 8 线-3 线二进制编码器。其真值表如 6-5 所示。

表 6-5 8 线-3 线二进制编码器的真值表

输入								输出		
I_0	I_1	I_2	I_3	I_4	I_5	I_6	I_7	Y_2	Y_1	Y_0
1	0	0	0	0	0	0	0	0	0	0
0	1	0	0	0	0	0	0	0	0	1
0	0	1	0	0	0	0	0	0	1	0
0	0	0	1	0	0	0	0	0	1	1
0	0	0	0	1	0	0	0	1	0	0
0	0	0	0	0	1	0	0	1	0	1
0	0	0	0	0	0	1	0	1	1	0
0	0	0	0	0	0	0	1	1	1	1

由真值表得知，每一行的输入信号之中仅有一个取值为 1，因此可以直接得到各输出变量的逻辑表达式为

$$Y_2 = I_4 + I_5 + I_6 + I_7$$
$$Y_1 = I_2 + I_3 + I_6 + I_7$$
$$Y_0 = I_1 + I_3 + I_5 + I_7$$

由逻辑表达式画出 3 位二进制编码器的逻辑电路图如图 6-13 所示。

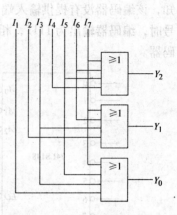

图 6-13　3 位二进制编码器的逻辑电路图

6.3.2　优先编码器

普通编码器每次只允许一个输入信号有效，而实际应用中常常会出现多个输入端上同时出现有效信号的情况，这时就必须对每个输入信号规定优先级，编码器只对优先级最高的信号编码，完成这种功能的编码器称为优先编码器。在实际应用中常用的 TTL 集成优先编码器有 74LS138（8 线-3 线优先编码器）、74LS147（10 线-4 线优先编码器）等。

74LS148 优先编码器的逻辑符号如图 6-14 所示，其真值表如表 6-6 所示。该编码器有 8 个信号输入端（0~7）、3 个编码输出端（A_2、A_1、A_0），输入和输出信号都是低电平有效，此外还有使能输入端 EI 和编码功能扩展端 GS、EO。

表 6-6　74LS148 的功能表

输入									输出				
EI	0	1	2	3	4	5	6	7	A_2	A_1	A_0	GS	EO
1	×	×	×	×	×	×	×	×	1	1	1	1	1
0	1	1	1	1	1	1	1	1	1	1	1	1	0
0	×	×	×	×	×	×	×	0	0	0	0	0	1
0	×	×	×	×	×	×	0	1	0	0	1	0	1
0	×	×	×	×	×	0	1	1	0	1	0	0	1
0	×	×	×	×	0	1	1	1	0	1	1	0	1
0	×	×	×	0	1	1	1	1	1	0	0	0	1
0	×	×	0	1	1	1	1	1	1	0	1	0	1
0	×	0	1	1	1	1	1	1	1	1	0	0	1
0	0	1	1	1	1	1	1	1	1	1	1	0	1

EI 为使能输入端，低电平有效。当 $EI = 0$ 时，编码器工作；$EI = 1$ 时，无论输入端为何种状态，三个输出端都被封锁为高电平，且编码功能扩展端 GS、EO 也输出高电平。

EO 为使能输出端（选通输出端），低电平有效，只有当 $EI = 0$ 且所有输入端全部为高电平时，其输出为 0；否则，输出为 1。它可以和其他相同器件的 EI 相连接，以扩展编码器的功能。

GS 为编码状态标志位，低电平有效，当 $EI = 0$ 且至少有一个输入信号有效时，输出为 0，处于工作状态，否则输出为 1。

由逻辑功能表可知，输入信号7的优先级最高，输入信号0的优先级最低。当优先级高的信号有效时，无论比它优先级低的信号处于何种状态，编码器只对该优先级高的信号编码。

图6-15是10线-4线优先编码器74LS147的逻辑符号，其功能如表6-7所示。从表中可知，该编码器没有提供输入端0，输入端0有效时的功能实现是当输入端1～9都是无效信号时，编码器输出为1111，相当于输入端为0有效时的编码。并且它也是一种二-十进制编码器。

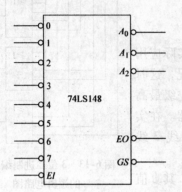

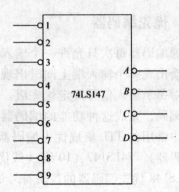

图6-14　74LS148优先编码器的逻辑符号　　　　　图6-15　74LS147优先编码器的逻辑符号

表6-7　74LS147的功能表

输入									输出			
1	2	3	4	5	6	7	8	9	D	C	B	A
1	1	1	1	1	1	1	1	1	1	1	1	1
×	×	×	×	×	×	×	×	0	0	1	1	0
×	×	×	×	×	×	×	0	1	0	1	1	1
×	×	×	×	×	×	0	1	1	1	0	0	0
×	×	×	×	×	0	1	1	1	1	0	0	1
×	×	×	×	0	1	1	1	1	1	0	1	0
×	×	×	0	1	1	1	1	1	1	0	1	1
×	×	0	1	1	1	1	1	1	1	1	0	0
×	0	1	1	1	1	1	1	1	1	1	0	1
0	1	1	1	1	1	1	1	1	1	1	1	0

6.4　译码器

译码是编码的逆过程，其作用就是将代码的原意翻译出来。或者说，译码器就是将具有特定含义的二进制代码译为对应的输出信号，以表示它的原意。根据需要，输出信号可以是脉冲信号或者电位信号。

译码器是多函数组合逻辑电路，而且输出端个数多于输入端个数。其输入为编码信号，对应每一组编码输入有一条译码输出信号线。当某个编码出现在输入端时，只有对应的译码线上会输出有效高电平（或者有效低电平），其他输出端的译码线上则出现非有效低电平（或者高电平）。

6.4.1 二进制译码器

二进制译码器有 n 个输入端，2^n 个输出端。输入的代码有时候也叫地址码，即每一个输出端有一个对应的地址码。实际应用中多采用集成电路产品来完成，如 TTL 电路中的 74LS139（2 线-4 线译码器）、74LS138（3 线-8 线译码器）和 74LS154（4 线-16 线译码器）等。

74LS139 是双 2 线-4 线译码器，内部含有两个相同的 2 线-4 线译码器，有两个地址输入端 A_1、A_0，输出信号 Y_0、Y_1、Y_2、Y_3 低电平有效，其中 G 为控制信号，当 $G=0$ 时，译码器处于工作状态，在此状态下，输入代码分别译码为对应输出信号，当 $G=1$ 时，译码器处于禁止工作状态，此时无论输入端为何种状态，所有输出端都被封锁为高电平无效状态。74LS139（2 线-4 线译码器）内部其中一个 2 线-4 线译码器的逻辑电路图如图 6-16 所示，其功能表如表 6-8 所示。

表 6-8 74LS139 的功能表

输入			输出			
G	A_1	A_0	Y_0	Y_1	Y_2	Y_3
1	×	×	1	1	1	1
0	0	0	0	1	1	1
0	0	1	1	0	1	1
0	1	0	1	1	0	1
0	1	1	1	1	1	0

由功能表可知，74LS139 中的每个译码器有两个地址输入端 A_1、A_0，4 个译码输出端 Y_0、Y_1、Y_2、Y_3 以及使能输入端 G。当 $G=0$ 时，译码器处于工作状态，在此状态下，4 个输入代码 00、01、10、11 分别对应输出 Y_0、Y_1、Y_2、Y_3 有效；当 $G=1$ 时，译码器禁止工作，无论地址输入端 A_1、A_0 为何种信号，所有的输出都被封锁为高电平。

由功能表还可得输出信号的逻辑表达式为

$$Y_0 = \overline{\overline{G}\,\overline{A_1}\,\overline{A_0}}$$
$$Y_1 = \overline{\overline{G}\,\overline{A_1}A_0}$$
$$Y_2 = \overline{\overline{G}A_1\overline{A_0}}$$
$$Y_3 = \overline{\overline{G}A_1A_0}$$

6.4.2 标准译码器 74LS138、74LS42 电路分析

74LS138 是一个用 TTL 与非门构成的 3 线-8 线译码器。它的逻辑符号如图 6-17 所示。$Y_0 \sim Y_7$ 是 A_2、A_1、A_0 这三个变量全部最小项的译码输出，所以也把这种译码器叫做最小项译码器。

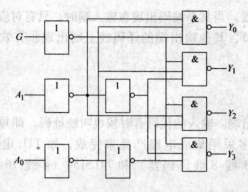

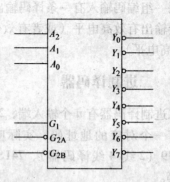

图 6-16　74LS139 内部其中一个 2 线-4 线译码器
的逻辑电路图

图 6-17　74LS138 的逻辑符号

74LS138 有三个附加的控制端 G_1、G_{2A} 和 G_{2B}。当 $G_1 = 1$、$G_{2A} + G_{2B} = 0$ 时，此时译码器处于工作状态。否则，译码器被禁止，所有的输出端被封锁为高电平。这三个控制端也称为"片选"输入端，利用片选的作用可以将多片 74LS138 译码器连接起来，以扩展译码器的功能，其功能表如表 6-9 所示。

表 6-9　74LS138 功能表

输入					输出							
G_1	$G_{2A} + G_{2B}$	A_0	A_1	A_2	Y_0	Y_1	Y_2	Y_3	Y_4	Y_5	Y_6	Y_7
0	×	×	×	×	1	1	1	1	1	1	1	1
x	×	×	×	×	1	1	1	1	1	1	1	1
1	0	0	0	0	0	1	1	1	1	1	1	1
1	0	0	0	1	1	0	1	1	1	1	1	1
1	0	0	1	0	1	1	0	1	1	1	1	1
1	0	0	1	1	1	1	1	0	1	1	1	1
1	0	1	0	0	1	1	1	1	0	1	1	1
1	0	1	0	1	1	1	1	1	1	0	1	1
1	0	1	1	0	1	1	1	1	1	1	0	1
1	0	1	1	1	1	1	1	1	1	1	1	0

带控制输入端的译码器又是一个完整的数据分配器。在图 6-17 电路中，如果把 G_1 作为"数据"输入端（同时令 $G_{2A} = G_{2B} = 0$），而将 $A_2 A_1 A_0$ 作为地址输入端，则从 G_1 送来的数据只能通过由 $A_2 A_1 A_0$ 所指定的一根输出线送出去。这就是为什么把 $A_2 A_1 A_0$ 称为地址输入端的原因。

例 6-4　用 74LS138 实现逻辑函数 $Y = \overline{A}\,\overline{B} + AB + \overline{B}C$。

解：把给定的逻辑函数化成标准与或式，有

$$Y = \overline{A}\,\overline{B} + AB + \overline{B}C$$
$$= \overline{A}\,\overline{B}\,\overline{C} + \overline{A}\,\overline{B}C + AB\,\overline{C} + ABC + \overline{A}\,\overline{B}C + A\overline{B}C$$
$$= \overline{A}\,\overline{B}\,\overline{C} + \overline{A}\,\overline{B}C + AB\,\overline{C} + A\overline{B}C + ABC$$

由此可得逻辑连接图如图 6-18 所示。

6.4.3 二-十进制译码器

74LS42 是一个二-十进制译码器（Binary-Coded Decimal Decoder），其基本逻辑功能是将输入的 10 个 BCD 码译成相应的 10 个高、低电平信号输出，其功能表如表 6-10 所示。对于 BCD 代码的伪码（即 1010 ~ 1111 六个代码），$\overline{Y}_0 \sim \overline{Y}_9$ 均无低电平信号产生，译码器拒绝"翻译"，所以这个电路结构具有拒绝伪码的功能。

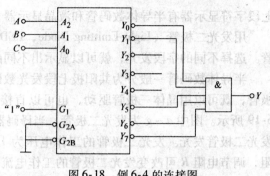

图6-18 例6-4的连接图

表 6-10 74LS42 功能表

序号	输入				输出									
	A_3	A_2	A_1	A_0	Y_0	Y_1	Y_2	Y_3	Y_4	Y_5	Y_6	Y_7	Y_8	Y_9
0	0	0	0	0	0	1	1	1	1	1	1	1	1	1
1	0	0	0	1	1	0	1	1	1	1	1	1	1	1
2	0	0	1	0	1	1	0	1	1	1	1	1	1	1
3	0	0	1	1	1	1	1	0	1	1	1	1	1	1
4	0	1	0	0	1	1	1	1	0	1	1	1	1	1
5	0	1	0	1	1	1	1	1	1	0	1	1	1	1
6	0	1	1	0	1	1	1	1	1	1	0	1	1	1
7	0	1	1	1	1	1	1	1	1	1	1	0	1	1
8	1	0	0	0	1	1	1	1	1	1	1	1	0	1
9	1	0	0	1	1	1	1	1	1	1	1	1	1	0
无效码	1	0	1	0	1	1	1	1	1	1	1	1	1	1
	1	0	1	1	1	1	1	1	1	1	1	1	1	1
	1	1	0	0	1	1	1	1	1	1	1	1	1	1
	1	1	0	1	1	1	1	1	1	1	1	1	1	1
	1	1	1	0	1	1	1	1	1	1	1	1	1	1
	1	1	1	1	1	1	1	1	1	1	1	1	1	1

6.4.4 数字显示译码器

在各种数字系统中，常常需要将测量数据和运算结果以十进制数码直观地显示出来，因此，数字显示系统电路是许多数字设备中不可缺少的部分。数字显示电路通常由显示译码器和数字显示器两部分组成，常用的显示器件有半导体数码管、液晶数码管和荧光数码管等。下面分别对数码显示器和显示译码器的电路结构和工作原理加以简单介绍。

1. 七段字符显示器

七段字符显示器（Seven-Segment Character Mode Display）是目前广泛使用的一种数码显示器件，常称为七段数码管。这种数字显示器由七段可发光的"线段"拼合而成。常见的七段字符显示器有半导体数码管和液晶显示器（Liquid Crystal Display，LCD）两种。

用发光二极管（Light Emitting Diode，LED）组成的七段字形显示器件称为半导体数码管。选择不同的字段发光，就可以显示出不同的字形。

半导体数码管一般分为共阳极七段发光数码管和共阴极七段发光数码管。其每段发光二极管，既可以用晶体三极管驱动，也可以直接用 TTL 门电路来驱动。晶体管驱动电路如图 6-19 所示。图中 $a \sim g$ 为发光二极管，当译码器输出高电平时，晶体管饱和导通，相应段的发光二极管发光。发光二极管的工作电压为 1.5 ~ 3V，工作电流为十几毫安。R 是限流电阻，调节电阻 R 可改变发光二极管的工作电流，用以控制发光二极管的亮度。

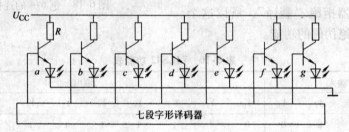

图 6-19　晶体三极管驱动电路

2. 七段显示译码器

七段显示译码器的功能是把"8421"二-十进制代码译成数码管上对应的 7 个字段信号的驱动信号，用于驱动数码管显示数字或字符的组合逻辑组件。半导体数码管有共阳极和共阴极两种结构，因而与之对应的七段译码器有低电平输出和高电平输出两类。常用的集成七段显示译码器有驱动共阳极显示器的 74LS47、74LS247 和驱动共阴极显示器的 74LS48、74LS49、74LS248、74LS249 等。

图 6-20 给出了七段显示译码器 74LS47 的逻辑符号。表 6-11 为 74LS47 功能表。由此可知，74LS47 有 4 个代码输入端 A、B、C、D 和 7 个驱动输出端 a、b、c、d、e、f、g（低电平有效，驱动共阳极显示器），另外还有三个辅助控制端 LT、RBI、BI/RBO。

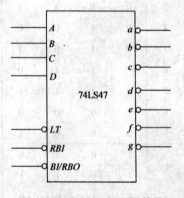

图 6-20　74LS47 的逻辑符号

表 6-11　74LS47 功能表

数字或功能	输入						BI/RBO	输出							显示字形
	LT	RBI	D	C	B	A		a	b	c	d	e	f	g	
0	1	1	0	0	0	0	1	0	0	0	0	0	0	1	0
1	1	×	0	0	0	1	1	1	0	0	1	1	1	1	1
2	1	×	0	0	1	0	1	0	0	1	0	0	1	0	2
3	1	×	0	0	1	1	1	0	0	0	0	1	1	0	3

（续）

数字或功能	输入						BI/RBO	输出							显示字形
	LT	RBI	D	C	B	A		a	b	c	d	e	f	g	
4	1	×	0	1	0	0	1	1	0	0	1	1	0	0	４
5	1	×	0	1	0	1	1	0	1	0	0	1	0	0	５
6	1	×	0	1	1	0	1	1	1	0	0	0	0	0	６
7	1	×	0	1	1	1	1	0	0	0	1	1	1	1	７
8	1	×	1	0	0	0	1	0	0	0	0	0	0	0	８
9	1	×	1	0	0	1	1	0	0	0	0	1	1	0	９
10	1	×	1	0	1	0	1	1	1	1	0	0	1	0	ｃ
11	1	×	1	0	1	1	1	1	1	0	0	1	1	0	⊃
12	1	×	1	1	0	0	1	1	0	1	1	1	0	0	∪
13	1	×	1	1	0	1	1	0	1	1	0	1	0	0	⊏
14	1	×	1	1	1	0	1	1	1	1	0	0	0	0	Ｌ
15	1	×	1	1	1	1	1	1	1	1	1	1	1	1	
灭灯	1	×	×	×	×	×	0	1	1	1	1	1	1	1	
灭0	1	×	0	0	0	0	0	1	1	1	1	1	1	1	
试灯	0	×	×	×	×	×	1	0	0	0	0	0	0	0	８

其功能和用法如下：

灯测试输入 LT：低电平有效，作用是检查七段显示器能否正常发光。当输入 $LT=0$ 时，无论其他输入端处于何种状态，a、b、c、d、e、f、g 将全为低电平。由此可见，利用此功能便可使被驱动数码管的七段同时点亮，以检查该数码管各段是否能正常发光。正常工作时，LT 为高电平。

灭零输入 RBI：低电平有效，设置灭零输入信号 RBI 的目的是为了能把不希望显示的"0"熄灭。例如，有一个8位的数码显示电路，整数部分为5位，小数部分为3位，在显示168.2这个数时，将呈现00168.200字样。如果将前、后多余的零熄灭，则显示的结果将更醒目。

灭灯输入/灭零输出 BI/RBO：这是一个双功能的输入/输出端。BI/RBO 作为输入端使用时，称为灭灯输入控制端，低电平有效。只要加入灭灯控制信号 $BI=0$，无论其他输入端处于什么状态，均可将被驱动的数码管的各段同时熄灭。

BI/RBO 作为输出端使用时，称灭零输出端。只有当输入端代码为 *DCBA* = 0000 时，且灭零输入信号有效时（即 *RBI* = 0）时，*RBO* 才输出低电平，表示译码器正处于灭零状态。

将灭零输入端与灭零输出端配合使用，即可实现多位数码显示系统的灭零控制。只需在整数部分把高位的 *RBO* 与低位的 *RBI* 相连，在小数部分将低位的 *RBO* 与高位的 *RBI* 相连，就可以把前、后多余的零熄灭。在这种连接方式下，整数部分中只有高位是零，而且被熄灭的情况下，低位才有灭零输入信号。同理，小数部分只有在低位是零，且其被熄灭时，高位才有灭零输入信号。

6.5 数据选择器和数据分配器

6.5.1 数据选择器

数据选择器的功能就是通过控制数据选择信号（地址码）从多路输入数据中选择其中的一个作为输出。常用的集成数据选择器有 74LS157（2 选 1）、74LS153（4 选 1）、74LS151（8 选 1）、74LS150（16 选 1）等。下面主要介绍数据选择器的工作原理和逻辑功能。

74LS153 为双 4 选 1 数据选择器，内部含有两个相同的 4 选 1 数据选择器，图 6-21 是其中一个 4 选 1 数据选择器的逻辑图，D_0、D_1、D_2、D_3 是数据输入端，A_0、A_1 是数据选择端（地址码输入端），G 是使能端，低电平有效，Y 是数据输出端。

由逻辑图可得表达式为

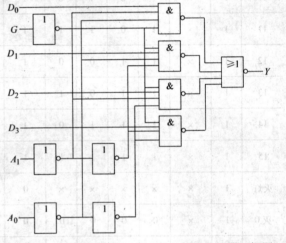

图 6-21　74LS153 其中一个 4 选 1 数据选择器逻辑图

$$Y = D_0\overline{A_2}\,\overline{A_0}\,\overline{G} + D_1\overline{A_1}A_0\overline{G} + D_2A_1\overline{A_0}\,\overline{G} + D_3A_1A_0\overline{G}$$

由此得到其功能表如表 6-12 所示。

表 6-12　74LS153 的功能表

使能	选择		输出
G	A_1	A_0	Y
1	×	×	0
0	0	0	D_0
0	0	1	D_1
0	1	0	D_2
0	1	1	D_3

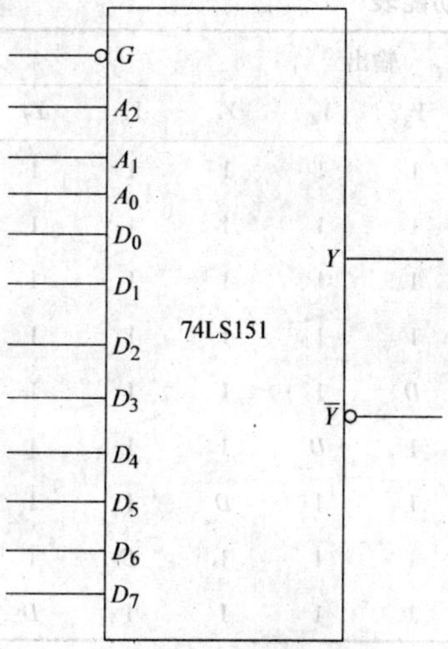

图 6-22 74LS151 逻辑符号

表 6-13 74LS151 功能表

使能	选择			输出	
G	A_2	A_1	A_0	Y	$\overline{Y}$
1	×	×	×	0	1
0	0	0	0	D_0	$\overline{D_0}$
0	0	0	1	D_1	$\overline{D_1}$
0	0	1	0	D_2	$\overline{D_2}$
0	0	1	1	D_3	$\overline{D_3}$
0	1	0	0	D_4	$\overline{D_4}$
0	1	0	1	D_5	$\overline{D_5}$
0	1	1	0	D_6	$\overline{D_6}$
0	1	1	1	D_7	$\overline{D_7}$

74LS151 是 8 选 1 数据选择器，其逻辑符号如图 6-22 所示，功能表如表 6-13 所示。

例 6-5 用 74LS151 实现逻辑函数 $Y = AB + BC + CA$。

解：将该逻辑函数用最小项表示为
$$Y = AB + BC + CA = \overline{A}BC + A\overline{B}C + AB\overline{C} + ABC$$

将输入变量 A、B、C 分别接到数据选择器 74LS151 的地址输入端 A_2、A_1、A_0，将数据输入端 D_3、D_2、D_1、D_0 接 1，其余输入端接 0，用 74LS151 的同相输出信号 Y 作为逻辑函数的输出 Y，电路如图 6-23 所示。

6.5.2 数据分配器

数据分配器一般由译码器变换而来，不单独生产。其功能就是通过控制输入的地址码使一路输入数据送到不同的输出端上。例如可将 74LS138 型译码器的 G_{2A} 作为数据输入端，G_{2B} 接地，G_1 作为使能端，代码输入端 A_0、A_1、A_2 输入地址控制码，这样就可以把 G_{2A} 输入端的数据根据地址码分配到 $Y_0 \sim Y_7$ 等 8 个输出端上，具体电路如图 6-24 所示。用 74LS138 实现的数据分配器的功能表如表 6-14 所示。

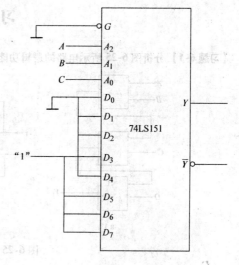

图 6-23 例题 6-5 的连接图

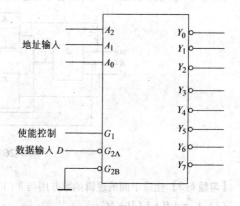

图 6-24 用 74LS138 实现的数据分配器

表 6-14　用 74LS138 实现的数据分配器的功能表

输入						输出							
G_1	G_{2A}	G_{2B}	A_0	A_1	A_2	Y_0	Y_1	Y_2	Y_3	Y_4	Y_5	Y_6	Y_7
0	×	0	0	×	×	1	1	1	1	1	1	1	1
1	D	0	0	0	0	D	1	1	1	1	1	1	1
1	D	0	0	0	1	1	D	1	1	1	1	1	1
1	D	0	0	1	0	1	1	D	1	1	1	1	1
1	D	0	0	1	1	1	1	1	D	1	1	1	1
1	D	0	1	0	0	1	1	1	1	D	1	1	1
1	D	0	1	0	1	1	1	1	1	1	D	1	1
1	D	0	1	1	0	1	1	1	1	1	1	D	1
1	D	0	1	1	1	1	1	1	1	1	1	1	D

习　题

【习题 6-1】分析图 6-25 所示电路的逻辑功能。

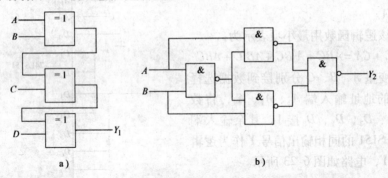

图 6-25　习题 6-1 电路

【习题 6-2】试分析图 6-26 所示电路的逻辑功能。

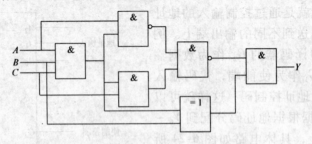

图 6-26　习题 6-2 电路

【习题 6-3】化简下面的逻辑函数并用与非门实现。

(1) $Y_1 = A\overline{B} + A\overline{C}D + \overline{A}C$

(2) $Y_1 = A\overline{B} + B\overline{C}D + ABD + \overline{A}C$

(3) $Y_3 = \sum_m(0, 2, 3, 4, 6)$

(4) $Y_4 = \sum_m(0, 2, 8, 10, 12, 14, 15)$

【习题 6-4】设计一个楼梯电灯的控制电路，要求无论是在楼上还是在楼下按开关都可以打开或者关闭楼梯灯。

【习题 6-5】用与非门设计一个裁判表决电路，已知 4 人中有 1 个人是主裁判，其余 3 个人是普通裁判，当主裁判同意时得两票，普通裁判同意时得一票，三票以上表决通过。

【习题 6-6】设计一个 4 变量判奇电路，即 4 个变量中有奇数个 1 时输出为 1，否则输出为 0，要求用与非门。

【习题 6-7】用集成二进制译码器 74LS138 和与非门构成全加器和全减器。

【习题 6-8】用集成二进制译码器和与非门实现下列逻辑函数，选择合适的电路并画出连线图。

(1) $Y_1 = ABC + \overline{AB} + \overline{AC}$

(2) $Y_1 = \overline{(A+B)\ (\overline{A}+\overline{C})}$

(3) $Y_3 = \sum_m(0, 2, 6, 8, 10)$

【习题 6-9】用数据选择器 74LS153 实现逻辑函数 $Y = \sum_m(1, 2, 3, 7)$。

【习题 6-10】用数据选择器 74LS151 分别实现下列逻辑函数

(1) $Y_1 = \sum_m(0, 2, 4, 5, 6, 7, 8, 9, 14, 15)$

(2) $Y_1 = A\overline{B} + B\overline{C} + C\overline{D} + A\overline{D}$

【习题 6-11】某次大赛需要对 4 种抢答器进行编码。优先级最高的是 1 号抢答器，其次是 3 号抢答器，再次是 4 号抢答器，最后是 2 号抢答器，试用与非门设计此控制电路。

【习题 6-12】试用 OC 与非门实现逻辑函数 $Y = \overline{AC + BD + F}$。

第 7 章　时序逻辑电路

前面所学习的基本逻辑门电路以及由其构成的组合逻辑电路均不具备记忆功能，即输出状态与电路的历史状态无关，完全取决于当时输入变量的组合状态。但在计算机、自动控制等数字系统中，有时需要存储信息（或称为具有记忆功能），使电路的工作状态不仅取决于当时的输入逻辑变量，还与电路的原来所处的状态有关，这类电路称为时序逻辑电路。

触发器是构成时序逻辑电路的基本单元。因此，本章先简要讲述触发器的工作原理和逻辑功能，然后再讨论由此构成的寄存器、计数器等主要时序功能部件，以深化对时序逻辑电路的理解。

7.1　双稳态触发器

触发器按其工作状态可分为双稳态触发器、单稳态触发器、无稳态触发器（多谐振荡器）等。其中双稳态触发器按照逻辑功能又可分为 RS 触发器、JK 触发器、D 触发器、T 触发器等。它们都可以存储 1 位二进制数，并且根据输入信号的不同，具有置 "1"、置 "0"、"计数"、"保持" 等 4 种（或其中几种）逻辑功能。

7.1.1　RS 触发器

1. 基本 RS 触发器

（1）电路构成　基本 RS 触发器由两个与非门 G_1 和 G_2 的输出端和输入端交叉连接而成，其电路构成如图 7-1a 所示。

R_D 和 S_D 为触发器的输入端，其中输入端 R_D 称为置 "0" 端（或称为复位端），输入端 S_D 称为置 "1" 端（或者称为置位端）。R_D 和 S_D 平时规定接高电平，处于 "1" 态；当加负脉冲后，由 1 态转变为 "0" 态。

Q 和 $\overline{Q}$ 分别为两个逻辑状态互反的信号输出端。习惯上规定 Q 的状态表示触发器的输出状态。因而这种触发器有两个稳定状态：一个称为 "0" 态（复位状态），此时 $Q=0$，$\overline{Q}=1$，输出端为低电平；另一个称为 "1" 态（置位状态），此时 $Q=1$，$\overline{Q}=0$，输出端为高电平。需要注意的是，Q 和 $\overline{Q}$ 的状态是永远相反的，即 Q 为 0 时，$\overline{Q}$ 就为 1，反之，Q 为 1 时，$\overline{Q}$ 就为 0。

基本 RS 触发器的逻辑符号如图 7-1b 所示，其中框下面输入端处的小圆圈表示低电平有效，这是一种约定，只有当所加信号的实际电压为低电平时才表示有信号，否则就视为无信号。

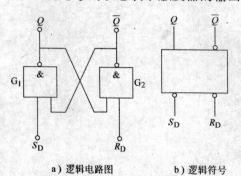

a）逻辑电路图　　　　b）逻辑符号

图 7-1　基本 RS 触发器

（2）工作原理 当 $R_D=0$、$S_D=1$ 时，由图7-1a可知，此时逻辑门 G_2 的 R_D 端加负脉冲后，按与非门的逻辑关系有 $\overline{Q}=1$；该信号反馈到逻辑门 G_1 的输入端，而 S_D 为 1，故触发器的输出端 Q 为低电平，即触发器处于"0"态；同时触发器输出端信号 Q 再反馈到逻辑门 G_2 的输入端，这样即使输入的负脉冲信号 R_D 消失，即 R_D 恢复到高电平，依然会有 $\overline{Q}=1$。在这种情况下，不论触发器原来为"0"态或者"1"态，经触发后翻转并保持为"0"态。

当 $R_D=1$、$S_D=0$ 时，由于逻辑门 G_1 的 S_D 端加负脉冲后，按与非门的逻辑关系有 $Q=1$；该信号再反馈到逻辑门 G_2 的输入端，而 R_D 为 1，故触发器的输出端 $\overline{Q}$ 为低电平，即触发器处于"1"态；同时触发器的输出端信号 $\overline{Q}$ 再反馈到逻辑门 G_1 的输入端，这样即使输入的负脉冲信号 S_D 消失，即 S_D 恢复到高电平，但由于有 $R_D=1$，依然有 $Q=1$。在这种情况下，不论触发器原来为"0"态或者"1"态，经触发后翻转保持为"1"态。

当 $R_D=1$、$S_D=1$ 时，由于此时触发器的输入端 R_D 和 S_D 均没有加负脉冲，触发器保持原来状态不变。例如触发器原来处于"0"态，即 $Q=0$，$\overline{Q}=1$。则逻辑门 G_2 有一个输入端为 0，会保持 $\overline{Q}=1$，该信号反馈到与非门 G_1 的输入端，使与非门的输入全为 1，这会使 Q 的输出为 0，因此，当输入端 R_D 和 S_D 均为高电平时，触发器保持原状态不变。

当 $R_D=0$、$S_D=0$ 时，即输入端 R_D 和 S_D 同时加负脉冲，此时两个与非门 G_1 和 G_2 的输出信号都为 1，这不符合"0"态和"1"态的定义要求，当负脉冲消失后，触发器将由各种偶然因素决定其状态，这种情况在实际使用中要禁止出现。

（3）现态、次态、特性表和特性方程 现态是指触发器接收输入信号以前所处的状态，用 Q^n 和 $\overline{Q^n}$ 表示。由于触发器只有两个稳定状态，在未接受输入信号之前总是处于某一个稳态，不是 0 态就是 1 态。次态是指触发器接收到输入信号以后所处新的状态，用 Q^{n+1} 和 $\overline{Q^{n+1}}$ 表示。其值不仅和输入信号有关，并且还取决于现态 Q^n。

描述触发器次态 Q^{n+1} 和现态 Q^n 以及与输入信号 R_D 和 S_D 之间对应关系的表格称为特性表。根据上面的分析，得到基本 RS 触发器的特性表如表7-1所示。

表7-1 基本 RS 触发器的特性表

R_D	S_D	Q^n	Q^{n+1}
0	1	0	0
0	1	1	0
1	0	0	1
1	0	1	1
1	1	0	0
1	1	1	1
0	0	0	未定
0	0	1	未定

由基本 RS 触发器的特性表可得到其简化的特性表，如表7-2所示。

表 7-2　基本 RS 触发器的简化特性表

S_D	R_D	Q^{n+1}	功能
1	0	0	置0
0	1	1	置1
1	1	Q^n	保持
0	0	不定	禁止

由此可知，Q^{n+1}的值不仅和 S_D 和 R_D 有关，而且和 Q^n 有关；Q^n、S_D、R_D 三个变量在正常取值时，000、001 两种取值是不会出现的，由此可得如图 7-2 所示的卡诺图。

$$\begin{cases} Q^{n+1} = \overline{S_D} + R_D Q^n \\ S_D \cdot R_D = 1 \ \text{约束条件} \end{cases} \tag{7-1}$$

此式描述了基本触发器的次态输出和现态以及输入信号之间的逻辑关系，称之为特性方程。在满足约束条件的情况下，可以根据输入信号的取值和现态，利用特性方程计算次态输出。触发器的两个稳态以及相关的转换条件还可以用如图 7-3 所示的状态转移图来表示。

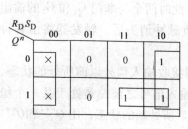

图 7-2　Q^{n+1} 的卡诺图

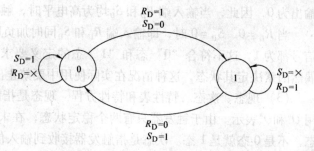

图 7-3　基本 RS 触发器的状态转移图

2. 同步 RS 触发器

（1）电路构成　同步 RS 触发器的电路构成如图 7-4a 所示，由图可知，它由基本 RS 触发器外加两个与非门以及一个时钟脉冲控制端构成。其逻辑符号如图 7-4b 所示，R_D 和 S_D 是直接置位端和直接复位端，R 和 S 是信号接收端。在触发器开始工作前，通过 R_D 和 S_D 这两个端口给触发器某一预先指定的状态（"0"态或者"1"态），触发器工作期间不再使用这两个信号，其保持高电平状态。

（2）工作原理　当 $CP = 0$ 时，控制门 G_3 和 G_4 被封锁，基本触发器状态保持不变。因此时钟信号为低电平时，输入端信号对触发器的状态没有影响；当 $CP = 1$ 时，控制门 G_3 和 G_4

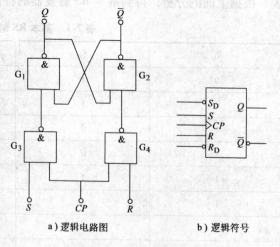

a）逻辑电路图　　　　b）逻辑符号

图 7-4　同步 RS 触发器

打开，输入信号才被接受进入基本触发器，触发器的状态由此时 S、R 端的输入信号来决定。

当 $S=1$、$R=0$ 时，控制门 G_3 的输出变为 0，该信号向与非门 G_1 送去一个置 1 的负脉冲，使触发器输出端 Q 原来无论处于何种状态都将处于"1"态，此时与非门 G_2 的输入信号都是 1，其输出为 0。可见在 CP 脉冲作用期间，如果 $S=1$、$R=0$，则触发器输出状态为 1。

当 $S=0$、$R=1$ 时，控制门 G_4 的输出变为 0，该信号向与非门 G_2 送去一个置 1 的负脉冲，使触发器输出端 $\overline{Q}$ 原来无论处于何种状态都将处于"1"态，此时与非门 G_1 的输入信号都是 1，其输出为 0。可见在 CP 脉冲作用期间，如果 $S=0$、$R=1$，则触发器输出状态为 0。

当 $S=0$、$R=0$ 时，控制门 G_3 和 G_4 输出的输出都变为 1，不向基本触发器送负脉冲，在这种情况下，触发器的状态保持不变。

当 $S=1$、$R=1$ 时，控制门 G_3 和 G_4 都向基本触发器送负脉冲，使与非门 G_1 和 G_2 的输出都为 1，这是不允许出现的状态，违反了基本触发器输出端逻辑状态应该相反的规定。当时钟脉冲过去以后，与非门 G_1 和 G_2 的输出端将处于何种状态是不确定的，这种情况在正常情况下是应该禁止的，称为禁态。

（3）特性表、特性方程及状态转移图　由上面的分析可知，同步触发器也具有置"0"、置"1"和保持三种功能，但是与基本触发器不同的是，触发器输出端的状态受时钟脉冲 CP 控制，若 $CP=0$，无论 S、R 端的输入信号如何，触发器的状态都保持不变；只有当 $CP=1$ 时，触发器才接收输入信号，其输出状态才由 S、R 端的输入信号决定，由此得到其特性表如表 7-3 所示，简化特性表如表 7-4 所示。

表 7-3　同步 RS 触发器的特性表

R	S	Q^n	Q^{n+1}
0	0	0	0
0	0	1	1
0	1	0	1
0	1	1	1
1	0	0	0
1	0	1	0
1	1	0	未定
1	1	1	未定

表 7-4　同步 RS 触发器的简化特性表

S	R	Q^{n+1}	功能
0	1	0	置0
1	0	1	置1
0	0	Q^n	保持
1	1	未定	禁止

由此可得其卡诺图和状态转移图分别如图 7-5 和图 7-6 所示。

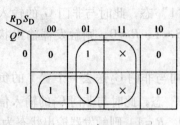

图 7-5　Q^{n+1} 的卡诺图

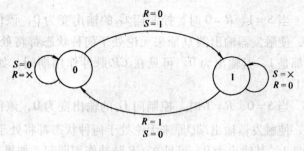

图 7-6　同步 RS 触发器的状态转移图

由卡诺图，可得其特征方程为

$$\begin{cases} Q^{n+1} = S + \overline{R}Q^n \\ SR = 0 \quad （约束条件） \end{cases} \tag{7-2}$$

式（7-2）称为同步 RS 触发器的特性方程。图 7-7 是它的波形图。

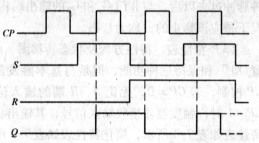

图 7-7　同步 RS 触发器的波形图

7.1.2　JK 触发器

JK 触发器简介：JK 触发器分为主从型 JK 触发器和边沿型 JK 触发器两种，但是主从型 JK 触发器由于存在一次变化问题（即在时钟脉冲作用期间，J、K 的变化会引起触发器状态的改变，但只能改变一次），因而抗干扰能力较差。目前，应用较广泛的是边沿 JK 触发器。

边沿触发器抗干扰能力极强，在时钟脉冲作用期间，即使输入端出现干扰信号，触发器输出状态也不会发生改变。边沿触发器通常分为正边沿触发器和负边沿触发器，其逻辑符号如图 7-8 所示。

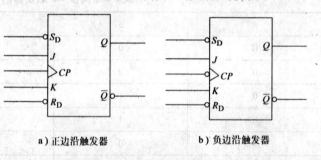

a）正边沿触发器　　　　b）负边沿触发器

图 7-8　边沿 JK 触发器的逻辑符号

（1）正边沿 JK 触发器　正边沿 JK 触发器的输出状态由时钟脉冲的上升沿到来时 J、K 的状态决定。在时钟脉冲作用期间或者时钟脉冲的下降沿等其他任何条件下，触发器的状态不受 J、K 输入信号的影响，保持不变。如此，只要在触发沿附近一个极短的时间内，加在输入端的 J、K 信号保持稳定，触发器就能可靠地接收，这也是其具有强抗干扰性能的主要原因。图 7-8a 所示为逻辑符号，其真值表如表 7-5 所示。

（2）负边沿 JK 触发器　负边沿 JK 触发器的输出状态由时钟脉冲的下降沿到来时 J、K 的状态决定。在时钟脉冲作用期间或者时钟脉冲的上升沿以及其他任何条件下，触发器的状态不受 J、K 输入信号的影响，保持不变。正因为如此，只要在触发沿附近一个极短的时间内，加在输入端的 J、K 信号保持稳定，触发器就能可靠地接收。图 7-8b 所示为逻辑符号，

表 7-5　正边沿 JK 触发器真值表

J	K	CP	Q^{n+1}
0	0		Q^n
0	1		0
1	0		1
1	1		$\overline{Q^n}$

其真值表如表 7-6 所示。常用的集成 JK 触发器有 74LS73、74LS114 等。

表 7-6　负边沿 JK 触发器真值表

J	K	CP	Q^{n+1}
0	0		Q^n
0	1		0
1	0		1
1	1		$\overline{Q^n}$

（3）特征方程式和状态转移图　由真值表得到负边沿 JK 触发器特性表如表 7-7 所示。

表 7-7　负边沿 JK 触发器特性表

J	K	Q^n	Q^{n+1}
0	0	0	0
0	0	1	1
0	1	0	0
0	1	1	0
1	0	0	1
1	0	1	1
1	1	0	1
1	1	1	0

由特性表得 Q^{n+1} 的卡诺图如图 7-9 所示。

74LS74、74LS175、74LS174 等都是常用的维持阻塞型集成 D 触发器

由此得边沿 JK 触发器的特征方程为

$$Q^{n+1} = J\,\overline{Q^n} + \overline{K}Q^n \tag{7-3}$$

JK 触发器的状态转移图和波形图分别如图 7-10 和图 7-11 所示。

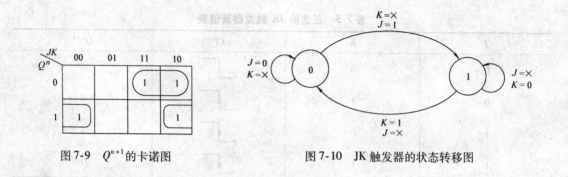

图 7-9　Q^{n+1} 的卡诺图　　　　　图 7-10　JK 触发器的状态转移图

7.1.3　D 触发器

D 触发器种类繁多，目前应用最广泛的是维持阻塞型触发器。它有一个输入端 D、一个时钟脉冲控制端 CP、两个输出端 Q^n 和 Q^n、直接置位端和直接复位端。维持阻塞触发器 D 触发器的逻辑符号如图 7-12 所示。

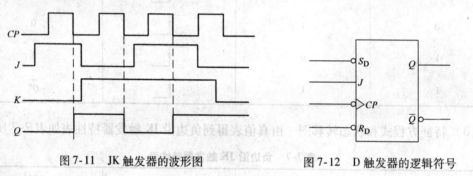

图 7-11　JK 触发器的波形图　　　　　图 7-12　D 触发器的逻辑符号

D 触发器的真值表如表 7-8 所示。由此真值表可知，当时钟脉冲边沿到来时，触发器的状态仅仅取决于该时钟到来之前输入端 D 的状态，并和它保持一致，与触发器的原来的状态无关。

表 7-8　D 触发器的真值表

D	Q^{n+1}
0	0
1	1

由真值表得其特征方程为

$$Q^{n+1} = D \tag{7-4}$$

D 触发器的状态转移图和波形图分别如图 7-13 和图 7-14 所示。

7.1.4　触发器逻辑功能的转换

触发器种类繁多，实际应用中有时需要将某种触发器附加一些逻辑电路转换为另一种触发器。由于 JK 触发器和 D 触发器功能完善，使用方便，在实际应用中最为广泛，故本节主要介绍这两类触发器之间的转换方法。

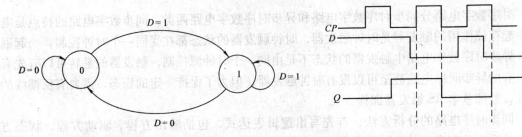

图 7-13　D 触发器的状态转移图　　　　　图 7-14　D 触发器的波形图

（1）D 触发器转换为 JK 触发器　已知 D 触发器的特征方程为

$$Q^{n+1} = D$$

而 JK 触发器的特征方程为

$$Q^{n+1} = J\overline{Q^n} + \overline{K}Q^n$$

比较这两个触发器的特征方程可知，只要 D 触发器的输入信号满足方程

$$D = J\overline{Q^n} + \overline{K}Q^n$$

则 D 触发器就可以转换为 JK 触发器，其逻辑电路如图 7-15 所示

（2）JK 触发器转换为 D 触发器　由 JK 触发器的特征方程得知

$$Q^{n+1} = D = D(\overline{Q^n} + Q^n) = D\overline{Q^n} + DQ^n$$
$$= D\overline{Q^n} + \overline{\overline{D}}Q^n$$

对比上面的方程和 JK 触发器的特征方程可得

$$\begin{cases} J = D \\ K = \overline{D} \end{cases}$$

这样，通过简单转换可由 JK 触发器转为 D 触发器，其逻辑电路图如图 7-16 所示。

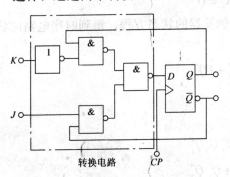

图 7-15　D 触发器转为 JK 触发器的电路图

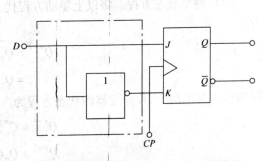

图 7-16　JK 触发器转为 D 触发器的电路图

7.2　时序逻辑电路的分析

若在一个数字电路中，现在的输出不仅仅取决于现在的输入，而且也取决于过去的输入，这样的数字电路就称为时序数字电路。也就是说时序数字电路必须有记住电路过去状态的功能，所以必须有存储电路。因此，时序数字电路是由组合数字电路和存储电路两部分组成的，存储电路一般是由各类触发器构成。

176

时序数字电路分同步时序数字电路和异步时序数字电路两类，同步数字电路的特点是电路中起存储作用的触发器是时钟触发器，时钟触发器的状态都在受同一个时钟控制，一起翻转。异步时序数字电路中触发器的状态不是由同一个时钟源控制，触发器的翻转可以有先有后；有的异步时序电路甚至可以没有时钟触发器，但为了保持一定的稳态，需要有反馈线的存在，就像基本 RS 触发器那样。

同步时序电路的分析方法：首先写出逻辑表达式，包括输出方程、驱动方程、状态方程，然后画状态表、状态图和时序图，最后分析电路功能。

例 7-1 分析图 7-17 所示逻辑电路的功能，设初始状态为 000。

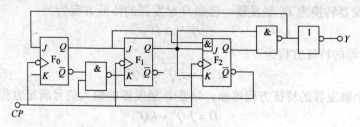

图 7-17 例 7-1 的电路图

解： 分析题意可知，该电路由三个 JK 触发器和两个与非门组成，是一个同步时序逻辑电路。无外部输入信号。

（1）列写驱动方程

$$J_0 = \overline{Q_2^n Q_1^n} \qquad K_0 = 1$$
$$J_1 = Q_0^n \qquad K_1 = \overline{\overline{Q_0^n}\ \overline{Q_2^n}}$$
$$J_2 = Q_1^n Q_0^n \qquad K_2 = Q_1^n$$

（2）列写状态方程。将以上驱动方程代入 JK 触发器的状态方程，得到时序电路的状态方程

$$Q_0^{n+1} = \overline{Q_2^n Q_1^n}\ \overline{Q_0^n} + \overline{1} Q_0^n$$
$$= \overline{Q_2^n Q_1^n}\ \overline{Q_0^n}$$

同理可得其他两个 JK 触发器的状态方程为

$$Q_1^{n+1} = Q_0^n \overline{Q_1^n} + \overline{Q_0^n}\ \overline{Q_2^n} Q_1^n$$
$$Q_2^{n+1} = Q_0^n Q_1^n \overline{Q_2^n} + \overline{Q_1^n} Q_2^n$$

输出方程为 $\qquad\qquad Y = Q_1^n Q_2^n$

（3）列写真值表。时序电路的状态是由触发器 Q 端状态的集合来表示，对于同步时序数字电路而言，它的状态数与触发器的级数有关，若触发器级数为 n，时序电路的状态数等于或小于 2^n。将时序电路的状态按照它的转换顺序排列成表格就是状态转换表，状态的转换受时钟控制，状态的转换顺序称为态序。

推导状态转换表时，先设一个电路的初态，一般设定全部触发器的初始状态为"0"，即全"0"为初态，由此推导出在时钟作用下，电路状态是如何变化的。具体方法是将状态"0"代入以上电路的驱动方程式，得出对应态序 0 时数据端的真值，然后根据触发器的真值表，确

定在下一个时钟作用后，对应态序 1 时电路的新状态。然后再将对应态序 1 的状态值重新代入驱动方程式，得到对应态序 1 时数据端的真值，在第二个时钟来到时，电路将转换到态序 2，依次不断进行，直至电路状态出现循环为止（例如本题中态序 6 和态序 0 相同）。

由上述分析可知，此电路无输入信号（注意时钟信号是同步信号，不是输入逻辑变量），次态和输出只取决于电路的初态。首先设定初态 $Q_2^n Q_1^n Q_0^n = 000$，并代入状态方程和输出方程，得到 $Q_2^{n+1} Q_1^{n+1} Q_0^{n+1} = 001$，$Y = 0$；依此类推，可得当 $Q_2^n Q_1^n Q_0^n = 001$ 时，次态为 $Q_2^{n+1} Q_1^{n+1} Q_0^{n+1} = 010$。直到次态为 $Q_2^n Q_1^n Q_0^n = 110$ 时，输出 $Q_2^{n+1} Q_1^{n+1} Q_0^{n+1} = 000$，又回到了原来的初始状态，构成了一个循环，其真值表如表 7-9 所示。

表 7-9 例 7-1 的真值表

CP 顺序	Q_2^n	Q_1^n	Q_0^n	Q_2^{n+1}	Q_1^{n+1}	Q_0^{n+1}	Y
0	0	0	0	0	0	1	0
1	0	0	1	0	1	0	0
2	0	1	0	0	1	1	0
3	0	1	1	1	0	0	0
4	1	0	0	1	0	1	0
5	1	0	1	1	1	0	0
6	1	1	0	0	0	0	1
7	1	1	1	0	0	0	1

（4）分析电路功能。由状态转换表可以得到该电路的状态转移图，如图 7-18 所示，箭头表示状态转换的方向，其上面的反斜杠表示电路的输出。由此可见该电路是按二进制码增加的方向转换，并且能根据电路的状态判断出记下的时钟脉冲数目，这个电路称为同步二进制加法计数器，也称为 3 位二进制加法计数器，

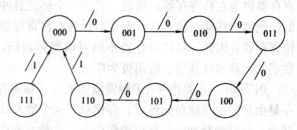

图 7-18 例 7-1 的状态转移图

共有 8 个状态，主循环共有 7 各状态，称为 6 进制计数器。"111" 称为偏态，将其代入状态方程，求得次态为 "000"，回到主循环，这表明该电路具有自启动能力。

7.3 寄存器

7.3.1 数码寄存器

由 4 个 D 触发器及与非门构成的 3 位数码寄存器的逻辑电路图如图 7-19 所示。$F_0 \sim F_2$ 的作用是存储数据，与非门的作用是控制数据输入。其工作原理简述如下：

（1）清除数码 工作之前先给一个清零负脉冲，使触发器 $F_0 \sim F_2$ 的输出端为 "0" 状态，这样在存放数码之前将寄存器内部原来的数码清除，为存放新的数码做好准备。

（2）寄存数码　当寄存指令到来时（寄存指令为正脉冲），外部输入的数码才能被寄存器接收并在时钟作用下存放在寄存器中。如输入数码 011 时，因为寄存指令为正脉冲，所以输入的数码 011 被分别送到 $F_0 \sim F_2$ 这三个 D 触发器的输入端，在时钟脉冲作用下，该数码被存放在三个寄存器中，只要不出现清零信号，寄存器中的数码就能一直保持下去。

（3）取出数码　当需要取出数码时，可给取出指令信号（正脉冲），各位数码就可以从输出端取出。

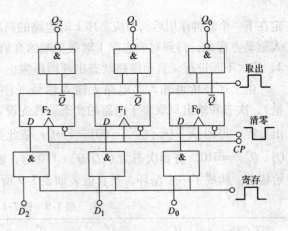

图 7-19　D 触发器构成的寄存器

7.3.2　移位寄存器

在数字系统中，常常需要寄存器不仅具有存放数码的功能，还能将存放的数码通过时钟节拍作用向左或者向右移位。也就是每当来一个移位正脉冲（时钟脉冲）时，触发器的状态便向右或向左移动一位。具有这种功能的器件称为移位寄存器。

1. 单向移位寄存器

若在一个移位脉冲的作用下，存放在寄存器中的数码依次由高位到低位移动一位，这种寄存器称为左移寄存器；反之，若在一个移位脉冲的作用下，存放在寄存器中的数码依次由低位到高位移动一位，这种寄存器称为右移寄存器；具备上述两种功能的寄存器成为双向移位寄存器。因此，移位寄存器不但可以寄存数码，还可以用来实现数据的串行-并行转换、数据的运算和处理等，应用极为广泛。

图 7-20 所示是由 4 个 D 触发器构成的右移寄存器，由电路图可知，它有两个基本特征：一是由相同的存储单元组成，存储单元的个数和移位寄存器的位数相同；二是各个存储单元共用一个时钟脉冲——移位操作命令。这种电路由于各个时序单元共用一个时钟同步工作，故称为同步时序逻辑电路。4 位左移寄存器如图 7-21 所示。移位寄存器的工作状态表如表 7-10 所示。

2. 集成寄存器

目前已经有许多集成寄存器，从结构上可分为"单一寄存器"和"寄存器堆"两种。前

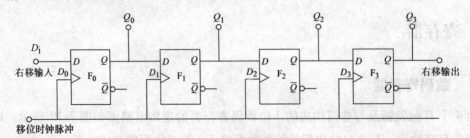

图 7-20　4 位右移寄存器

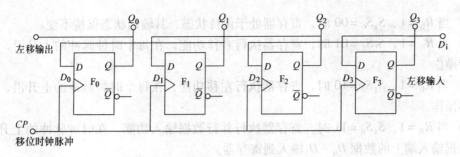

图 7-21   4 位左移寄存器

表 7-10   移位寄存器的工作状态表

| 移位脉冲 | 寄存器中的数码 | | | | 输入 | 移位过程 |
	Q_3	Q_2	Q_1	Q_0	D_i	
0	0	0	0	0	0	清零
1	0	0	0	1	1	左移一位
2	0	0	1	0	0	左移两位
3	0	1	0	1	1	左移 3 位
4	1	0	1	0	0	左移 4 位

者在一单片上只有一个寄存器，后者在一个单片上有多个寄存器组成的矩阵，用途更为广泛。

图 7-22 是一种功能较为齐全的双向 4 位集成寄存器 74LS194 的引脚排列图。

在该芯片的引脚排列图中，C 为时钟输入端，R_D 为清零端，D_{IR} 为数据右移输入端，D_{IL} 为数据左移输入端，$D_0 \sim D_3$ 为并行数据输入端，$Q_0 \sim Q_3$ 为并行数据输出端。移位寄存器的工作状态由控制信号端 S_0 和 S_1 的状态决定。其逻辑功能表如表 7-11 所示。

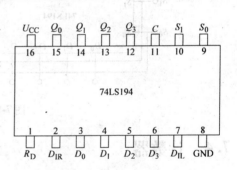

图 7-22   74LS194 的引脚排列图

表 7-11   74LS194 的逻辑功能表

R_D	S_1	S_0	C	功能
0	×	×	×	置0
1	0	0	↑	保持
1	0	1	↑	右移
1	1	0	↑	左移
1	1	1	↑	并行输入

由此可见，74LS194 具有保持、右移、左移、并行数据输入、清零等五种功能，简述如下：

1）当 $R_D = 1$、$S_1 S_0 = 00$ 时，寄存器处于保持状态，其输出状态保持不变。

2）当 $R_D = 1$、$S_1 S_0 = 01$ 时，寄存器执行右移功能，在每个时钟脉冲的上升沿，执行一次右移操作

3）当 $R_D = 1$、$S_1 S_0 = 10$ 时，寄存器执行左移功能，在每个时钟脉冲的上升沿，执行一次左移操作。

4）当 $R_D = 1$、$S_1 S_0 = 11$ 时，寄存器执行并行数据输入功能，在时钟脉冲的上升沿，将并行数据输入端上的数据 $D_0 \sim D_3$ 输入到寄存器。

5）当 $R_D = 0$ 时，寄存器执行清零功能，不需要时钟脉冲的配合，就可以执行一次清零操作。

例 7-2 用 74LS194 构成 8 位双向移位寄存器。

解： 用两片 74LS194 构成 8 位双向移位寄存器的电路如图 7-23 所示。由此可见，只要将其中一片的 Q_3 端接到另外一片的 D_{IR} 端，同时将另外一片的 Q_0 端接到该片的 D_{IL} 端，并且将这两片的 C、R_D、S_0、S_1 分别并联即可。

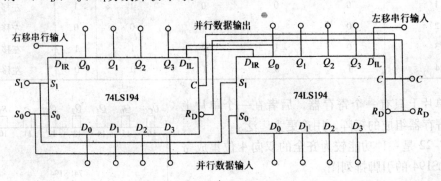

图 7-23　例 7-2 的电路图

7.4　计数器

在数字系统中，计数器是最基本的部件之一，其作用是计算输入脉冲的数目。如果触发器所有的时钟输入端都共用一个时钟信号，使应翻转的触发器能同时翻转，触发器的时钟端不再由其他触发器来控制，具有这种特性的触发器称为同步计数器。

同步计数器可分为二进制计数器、十进制计数器以及其他进制计数器等。计数器既可以进行加法计数也可以完成减法计数，当然也可以完成两种功能都有的可逆计数。下面介绍几种常用的计数器。

7.4.1　同步二进制加法计数器

图 7-24 所示为 3 位同步二进制加法计数器的电路图，由图可知，该计数器由三个 JK 触发器和一个与门构成。

按照时序逻辑电路的分析方法，有

1）写出有关方程式

时钟方程　　　　　　　　　　$CP = CP_0 = CP_1 = CP_2$

驱动方程　　　　　　　　　　$J_0 = K_0 = 1$，$J_1 = K_1 = Q_0$，$J_2 = K_2 = Q_0 Q_1$

将上述方程式代入 JK 触发器的特征方程 $Q^{n+1} = J\overline{Q}^n + \overline{K}Q^n$，有

$$Q_0^{n+1} = \overline{Q_0^n}$$

$$Q_1^{n+1} = Q_0^n\overline{Q_1^n} + \overline{Q_0^n}Q_1^n$$

$$Q_2^{n+1} = Q_0^nQ_1^n\overline{Q_2^n} + \overline{Q_0^nQ_1^n}Q_2^n$$

2）计算状态表 设定触发器的初始状态为0态，即 $Q_2^nQ_1^nQ_0^n = 0$，经过计算可列出状态表，如表 7-12 所示。

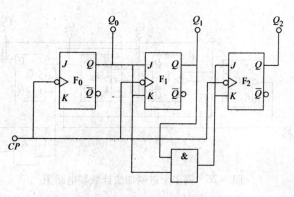

图 7-24　3 位二进制加法计数器电路图

表 7-12　同步二进制加法计数器状态表

计数脉冲	Q_2^n	Q_1^n	Q_0^n	Q_2^{n+1}	Q_1^{n+1}	Q_0^{n+1}
1	0	0	0	0	0	1
2	0	0	1	0	1	0
3	0	1	0	0	1	1
4	0	1	1	1	0	0
5	1	0	0	1	0	1
6	1	0	1	1	1	0
7	1	1	0	1	1	1
8	1	1	1	0	0	0

由此可知，这是一个二进制加法计数器，计数长度是 8，类似的还有同步二进制减法计数器，其计数电路如图 7-25 所示。

7.4.2　同步十进制加法计数器

二进制计数器结构简单，但是有些场合采用十进制加法计数器更为方便。十进制计数器是在二进制计数器的基础上得到的，用 4 位二进制数来代表十进制数的每一位，所以也称为二-十进制计数器。图 7-26 所示为同步十进制加法计数器电路图。

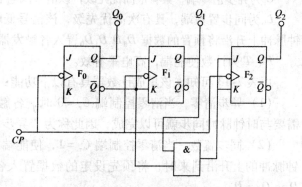

图 7-25　3 位二进制减法计数器电路图

7.4.3　集成计数器

随着集成电路的发展，各种大规模集成计数器得到了广泛应用。下面简要介绍其中的一种同步集成计数器 74LS161。

74LS161 是二-十六进制同步计数器，内部由 JK 触发器和逻辑门电路构成，其外部引线排列图如图 7-27 所示，逻辑功能表如表 7-13 所示。

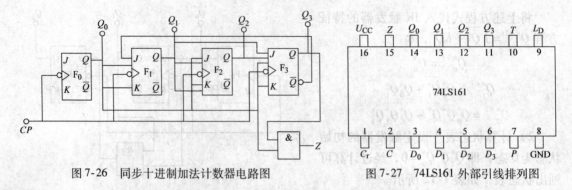

图 7-26　同步十进制加法计数器电路图　　　　图 7-27　74LS161 外部引线排列图

表 7-13　同步集成计数器 74LS161 逻辑功能表

输入									输出			
C_r	CP	L_D	P	T	D_3	D_2	D_1	D_0	Q_3	Q_2	Q_1	Q_0
0	×	×	×	×			×		0	0	0	0
1	↑	0	×	×	d_3	d_2	d_1	d_0	d_3	d_2	d_1	d_0
1	↑	1	1	1			×		计数			
1	×	1	0	×			×		保持			
1	×	1	×	0			×		保持			

Z 为进位端，其逻辑表达式为 $Z = Q_3 Q_2 Q_1 Q_0 T$。仅当 $T = 1$，且计数器状态为 "1111" 时，Z 端才产生高电平，输出进位信号。

C_r 为异步清零端，具有最高优先级，该信号低电平有效，即 $C_r = 0$ 时，有 $Q_3 Q_2 Q_1 Q_0 = 0000$。

L_D 为同步置数端，具有次高优先级，该信号低电平有效。当 $C_r = 1$，且 $L_D = 0$ 时，在时钟脉冲上升沿将预置的数据 $D_3 D_2 D_1 D_0$ 置入各触发器中。

P、T 为计数使能端，高电平有效。

由表 7-13 可知，该集成计数器具有以下功能：

（1）异步清零　当清零控制端 $C_r = 0$ 时，各触发器呈清零状态。由于这种清零方式不需要与时钟脉冲同步就可以完成，因此称为 "异步清零"。

（2）同步置数　当清零控制端 $C_r = 1$，使能端 $P = T = ×$，预置控制端 $L_D = 0$ 时，当时钟脉冲的上升沿到来时，将预先设定的数据置入各触发器中，即 $Q_0 = D_0$、$Q_1 = D_1$、$Q_2 = D_2$、$Q_3 = D_3$。

（3）保持　当 $L_D = C_r = 1$ 时，只要使能输入端 P、T 中有一个为 "0" 电平，此时无论是否有计数脉冲输入，各触发器的输出状态均保持不变。

（4）计数　当 $L_D = C_r = P = T = 1$ 时，触发器在时钟的上升沿完成计数功能。

由于该计数器功能齐全，故在实际应用中非常广泛。

例 7-3　用 74LS161 集成计数器构成十进制计数器

解： 由于 74161 是 4 位同步计数器，可提供 16 个输出状态。如果使计数器的输出 $Q_3 Q_2 Q_1 Q_0$ 从初态为 "0000" 开始计数，当计数到第九个时钟脉冲时，亦即计数器输出状态 $Q_3 Q_2 Q_1 Q_0$ 为 "1001" 时，产生一个低电平信号并反馈到预置数控制端，当第十个时钟脉冲到来时，使计数器的状态能被预置到 "0000"，这种整个计数器的输出状态均按照自然态序变化，10 个脉冲循环一周，因此这就构成了一个十进制计数器，其自然态序连接图如图 7-28 所示。

当然，如果选用计数器的后 10 个独立状态为有效状态，前面的 6 个状态为无效状态，也可以构成一个十进制计数器，其状态装换表如表 7-14 所示。其非自然态序连接电路图如图 7-29 所示。

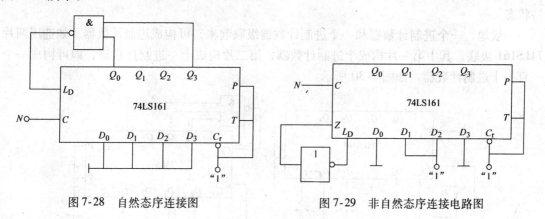

图 7-28　自然态序连接图　　　　　　　　图 7-29　非自然态序连接电路图

表 7-14　例 7-3 的状态转换表

计数 N	输出			
	Q_3	Q_2	Q_1	Q_0
无效状态	0	0	0	0
	0	0	0	1
	0	0	1	0
	0	0	1	1
	0	1	0	0
	0	1	0	1
0	0	1	1	0
1	0	1	1	1
2	1	0	0	0
3	1	0	0	1
4	1	0	1	0
5	1	0	1	1
6	1	1	0	0
7	1	1	0	1
8	1	1	1	0
9	1	1	1	1
10	0	1	1	0

这种设计方法中计数器的初态为"0110"，并由此开始计数，输入第九个脉冲后，计数器 $Q_3Q_2Q_1Q_0$ 输出为"1111"，进位 $Z=1$，经反相器加到 L_D 的信号为 0，当第十个脉冲到来

时，将计数器再预置到"0110"，完成一个循环，这是一个非自然态序的十进制计数器。

当计数容量不够时，需要几片计数器级联组成计数链。当低位片计数器没有计到它的最大数时，高位片计数器应不计数，处于保持状态，仅仅低位片计数器计数。当低位片计数器计到最大数时，应送出一个进位信号给高位片计数器，使之脱离保持状态而计数。对于多位计数链的规则是，只有所有的低位片计数器计入最大数时，高位片才计数，否则该片处于保持状态。

一般地，一个进制计数器和一个进制计数器级联起来，可构成进制计数器。如选用两片74LS161级联，其中第一片构成十进制计数器，第二片构成十一进制计数器，即可构成一个一百一十进制计数器，如图7-30所示。

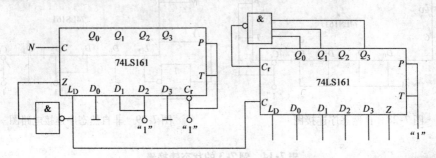

图7-30　一百一十进制计数器连接图

十进制计数器每经过十个脉冲循环一次，在第一个计数器工作时，第二个计数器处于保持状态，只有每当第十个脉冲到来时，由"1"变为"0"，使第二片计数器开始计数。这样十进制计数器经过第一次 10 个脉冲后，十一进制计数器变为"0001"；同理，十进制计数器经过 20 个脉冲后，十一进制计数器变为"0010"，依此类推，经过 110 个脉冲后，十一进制计数器状态变为"1011"。在下一个脉冲到来后清零，构成了一百一十进制计数器。

习　题

【习题7-1】由 D 触发器组成的电路如图 7-31a 所示，输入波形如图 7-31b 所示，画出 Q_0、Q_1 的波形。

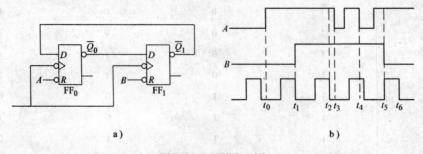

图7-31　习题 7-1 图

【习题7-2】图 7-32 是用或非门构成的基本 RS 触发器，试分析电路的工作原理并写出输入和输出之间的逻辑表达式。

【习题7-3】已知时钟脉冲 CP 的波形如图 7-33 所示，试分别画出图 7-33 所示各触发器输出端的波形

（设定它们的初始状态均为0），并指出哪个具有计数功能。

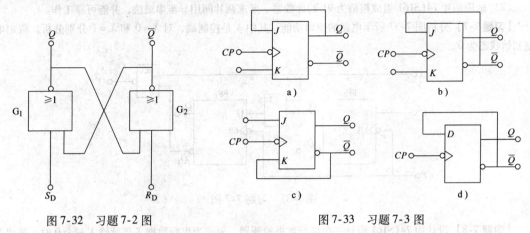

图 7-32　习题 7-2 图　　　　　　　　图 7-33　习题 7-3 图

【习题 7-4】 在图 7-34 所示的逻辑电路中，试画出输出端 Q_1 和 Q_2 的波形，时钟脉冲是频率为 400Hz 的占空比为 1:1 的方波。如果时钟脉冲的频率为 4kHz，那么波形的频率是多少？设初始状态为 0。

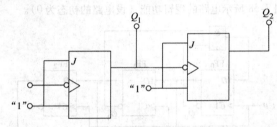

图 7-34　习题 7-4 图

【习题 7-5】 电路如图 7-35 所示，设起始状态为 $Q_2Q_1Q_0 = 000$，试画出电路的时序图。

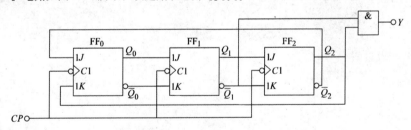

图 7-35　习题 7-5 图

【习题 7-6】 由两片 74LS161（4 位同步二进制计数器）组成的同步计数器如图 7-36 所示。

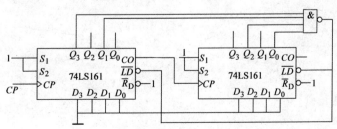

图 7-36　习题 7-6 图

（1）试分析其分频比（即输出 Y 与 CP 的频率之比），当 CP 的频率为 20kHz 时，Y 的频率为多少？

（2）试用两片 74LS161 组成模值为 91 的计数器，要求两片间用异步串级法，并能可靠工作。

【习题 7-7】 分析图 7-37 所示电路的逻辑功能，其中 X 是控制端，对 $X=0$ 和 $X=1$ 分别分析，假定电路初始状态为 0。

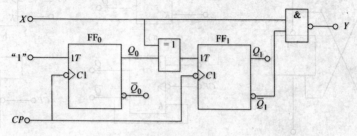

图 7-37　习题 7-7 图

【习题 7-8】 设计用 74LS161 设计一个串行数据检测器。要求当串行数据 X 连续输入三个 0 时，输出为 1，否则输出低电平。

【习题 7-9】 试用 4 个 D 触发器构成移位寄存器。

【习题 7-10】 试分析图 7-38 所示电路的逻辑功能（设电路的初态为 0）。

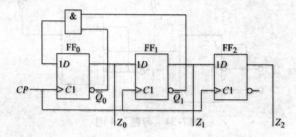

图 7-38　习题 7-10 图

第 8 章　存储器与可编程逻辑器件

半导体存储器是数字系统特别是计算机系统中必不可少的组成部分。它是一种由许多存储单元组成的能存储大量信息的器件。由于具有高集成度、体积小、可靠性高、使用方便等特点，从而获得了广泛应用。

可编程逻辑器件（Programmable Logic Device，PLD），是专用集成电路家族中的一员，其逻辑功能由用户对器件编程来决定，它的规模较大，可以满足许多复杂数字系统的设计要求，在实际应用中，可代替中、小规模通用逻辑电路，从而获得了越来越广泛的应用。

8.1　存储器概述

半导体存储器的种类很多，按照使用功能分，有随机存取存储器和只读存储器两大类。

随机存储器（Random Access Memory，RAM）：正常工作状态下，可以随机地向存储器任意存储单元写入数据或从任意存储单元读出数据。断电后，RAM 中的信息会丢失。

只读存储器（Read Only Memory，ROM）：正常工作时，存储器中的数据只能读出，不能写入。信息被事先固化到存储器内，可以长期保留，断电后，ROM 中的信息不会丢失。

从电路的器件构成情况来看，半导体存储器可分为双极型和 MOS 型两大类。MOS 型随机存储器又可分为静态存储器和动态存储器两种。目前常见的存储器有：可以一次编程的只读存储器 PROM；用紫外线擦除的可编程只读存储器 EPROM；电擦除的可编程只读存储器 E^2ROM；静态存储器 SRAM；动态存储器 DRAM 等。

此外，还有非易失性 RAM，它由 SRAM 和 E^2PROM 组成，正常工作时，用 SRAM 存取信息，断电时数据被转移到 E^2PROM 中。采用锂电池供电，数据可以长期保存。快闪存储器（Flash Memory）类似于 E^2PROM，具有容量大、使用方便等优点。

只读存储器电路比较简单，集成度较高，成本低，断电后存储的信息不会丢失，是一个永久性的存储器。所以，在实际应用中，尽可能把一些重要的且不需修改的程序放在 ROM 中。

存储容量、存取时间是存储器的两个主要技术指标。

1. 存储容量

存储容量表示存储器存放二进制单元的数目，一般来说，存储容量就是存储单元的总数。

一组二进制信息称为一个字，而一个字由若干位（Bit）组成，若一个存储器由 N 个字组成，每个字为 M 位，则存储器的容量为 $N \times M$，单位是二进制的位。例如一个存储单元有 1K 字，每个字的字长是 8 位，则该存储器的容量是 8192 位二进制单元。

2. 存取时间

存储器的性能基本上取决于从存储器读出信息和把信息写入存储器的速率。

存储器的存取时间一般用读写周期来表征，把连续两次读（写）操作所间隔的最短时间称为读写周期。其值越小，即存取时间越短，存储器的工作速度越快。

8.2 只读存储器

8.2.1 只读存储器的组成

只读存储器主要由存储矩阵、地址译码器、输出缓冲器三个部分组成，其结构框图如图 8-1 所示。存储矩阵是 ROM 的主体，由大量的存储单元构成。每个存储单元有唯一的地址编码，可以存放一位二进制数码 1 或 0。存储单元可以用二极管构成，也可以用晶体管或 MOS 管构成。

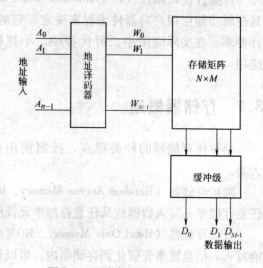

图 8-1 只读存储器的结构框图

通常将表示数据和信息的若干位二进制数码称为一个字，它的位数称为字长。存储器中一组存储单元存放一个字，如果存放一个字长为 M 的字，则需要 M 个存放单元，这 M 个存储单元称为字单元，每个字单元的标号称为地址。在图 8-1 中，$W_0 \sim W_{N-1}$ 分别称为 N 个字单元的地址；其对应的线称为字线或地址选择线。$N \times M$ 称为存储单元的容量。

地址译码器是 ROM 中另一个重要组成部分，它有 n 位输入地址码，由此组合出 2^n 个输出译码地址，对应于 N 条字线或 N 个字单元的地址（$W_0 \sim W_{N-1}$）。地址码的取值决定选择哪一条字线，被选中的那条字线所对应的一组存储单元中的各位数码便经过位线（也称数据线）$D_0 \sim D_{M-1}$ 通过输出缓冲级读出。

输出缓冲级的作用有两方面：一是提高存储器的带负载能力；二是实现对输出状态的三态控制，以便与系统的总线连接。

存储矩阵是由存储单元组成的，PROM、EPROM、E²PROM 和 FLASH 存储器都具有地址译码器、输出缓冲器和存储矩阵，它们之间的区别就是存储单元不同以及擦除、写入和读出方法不同。

8.2.2 只读存储器的内部结构

一个具有 2 位地址输入码和 4 位数据输出的二极管 ROM 电路如图 8-2 所示，它的存储单元和地址译码器均由二极管构成。2 位地址代码 A_1A_0 可以给出 4 个不同的地址，地址译码器将这 4 个地址代码代别译成 $W_0 \sim W_3$ 这 4 根位线上的高电平信号。

1. 存储矩阵

这个存储矩阵有 4 条字线 $W_0 \sim W_3$ 和 4 条位线 $D_0 \sim D_3$，字线和位线的每个交叉点都是一个存储单元，可以存放一位二进制数码 0 或 1。交叉点处接有二极管时相当于存 1，没有接二极管时相当于存 0。例如 W_0 与位线有 4 个交叉点，其中有两处接有二极管。当其为高电平（其余字线均为低电平）时，有两个二极管因正偏而导通，使位线 D_0 和 D_2 均为高电平；另外两个交叉点因没有接二极管，故位线 D_1 和 D_3 均为低电平。交叉点的数目也就是存储单元数。习惯上用存储单元的数目表示存储器的存储容量，写成字数×位数的形式。例如图 8-2 中 ROM 的存储容量为 4×4（4 字×4 位）。

2. 地址译码器

地址译码器的输入端有两位地址 $A_1 A_0$，能译出 4 个不同的地址码 00、01、10 和 11。在读出数据时，只要输入指定的地址码，则指定地址内各存储单元所存的数据便会出现在输出数据线上。如 $A_1 A_0 = 00$ 时，$W_0 = 1$，而其他字线均为低电平，可在数据输出端得到 $D_3 D_2 D_1 D_0 = 0101$。

为了简化 ROM 电路，由图 8-2 所示电路可得到简化的 ROM 电路图如图 8-3 所示。图中在与-或矩阵交叉线处加黑点表示有存储元件（在真值表上表示 1）；不加黑点表示无存储元件（在真值表上表示 0）。

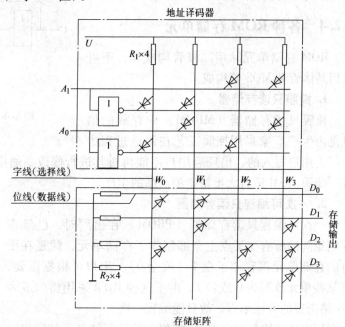

图 8-2 二极管 ROM 电路

这种简化图又称为"ROM 阵列图"，它与 ROM 电路真值表有一一对应的关系。

8.2.3 ROM 应用举例

在实际应用中，ROM 可用于实现组合逻辑函数、在计算机中存放固定程序和各种函数表以及在自动控制中实现微程序控制器等。

由图 8-2 二极管 ROM 的结构图可以看出，译码器的输出包含了全部输入变量的最小项，而每一位数据的输出又都是这些最小项之和。这表明 ROM 可实现组合逻辑网络的功能，在它的输出端可以得到 n 个输入变量的全部最小项之和。由于或门的输入信号是可编程的，所

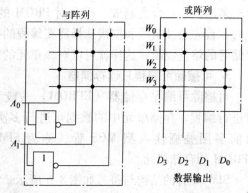

图 8-3 简化的 ROM 电路图

以 ROM 在任一个输出端都可以实现 n 变量的逻辑函数。下面举例说明。

例 8-1　试用 ROM 设计实现下列逻辑函数的功能。

$$Y_1 (A, B, C) = \sum_m (3, 4, 6, 7)$$
$$Y_2 (A, B, C) = \sum_m (0, 2, 3, 4, 7)$$

解：由条件可知，输入地址是 3 位，输出数据是 8 位，因此可得到用 ROM 实现该逻辑函数的阵列图，如图 8-4 所示。

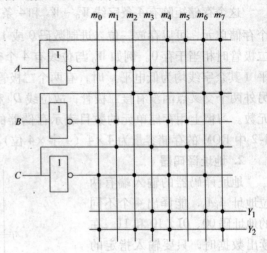

图 8-4　例 8-1 逻辑函数的阵列图

8.2.4　各种 ROM 存储单元

ROM 存储单元除用二极管构成外，还可以用晶体管和 MOS 管构成。

1. 掩膜只读存储器

掩膜只读存储器（MROM）中存放的信息是由生产厂家采用掩膜工艺在制造过程中专门为用户写入的，出厂后用户不能再对其进行修改。通常用来存放固定数据、固定程序等。掩膜 ROM 适合大批量定型产品的生产。

2. 一次可编程只读存储器

一次可编程只读存储器（PROM）在出厂时，已经在存储矩阵的所有交叉点上全部制作了存储单元，就是在所有的存储单元都存储了全 1（或全 0）。用户可根据需要，将某些单元改写为 0 或者 1。由于这种 ROM 采用熔丝或者 PN 结击穿的方法编程，故只能编程一次。

PROM 结构与固定 ROM 相似，但是存储单元和输出电路不同。熔丝型 PROM 存储单元的原理图如图 8-5 所示，由图可见，它由一只晶体管和串联在发射极的快速熔丝组成。晶体管的 be 结相当于接在字线和位线之间的二极管，熔丝多用低熔点合金制成。用户对 PROM 的编程是逐位进行的，首先通过字线和位线选择需要编程的存储单元，然后利用合适的电压产生脉冲电流将存储管的熔丝烧断，这样就可以对该单元的内容进行改写了。

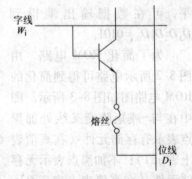

图 8-5　熔丝型 PROM
存储单元的原理图

3. 可擦除可编程只读存储器

可擦除可编程存储器（EPROM）一般利用浮栅 MOS 管进行编程，存储单元中的数据可进行多次擦除和修改。目前多用叠栅注入型 MOS 管（称为 SIMOS 管）构成 EPROM 的存储单元。

SIMOS 管的结构与符号如图 8-6 所示。它是一个 N 沟道增强型的 MOS 管，有两个重叠的栅极—控制栅（G_c）和浮栅（G_f）。控制栅用于控制读出和写入，浮栅用于保存电荷。

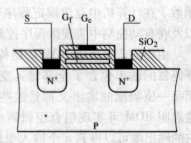

图 8-6　SIMOS 管的结构与符号

向浮栅注入电荷：当漏极—源极之间加上 20～25V 的电压时，将会发生雪崩击穿现象，若在此情况下在控制栅加上高压正脉冲，形成方向与沟道垂直的电场，则在栅极电压的作用下，一些速度高的电子就会穿越氧化层到达浮栅，被浮栅捕获而称为注入电荷，浮置栅上有注入电荷相当于写入了"1"。使用 SIMOS 管的存储单元如图 8-7 所示。

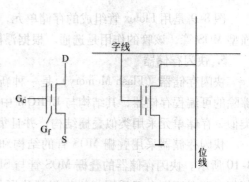

图 8-7　使用 SIMOS 管的存储单元

如果浮栅极上已注入了负电荷，则必须在控制栅上加上更高的电压才能抵消注入电荷的影响从而形成导电沟道，此时在控制栅加上正常的高电平信号将不能使 SIMOS 管导通，相当于存储了"0"；反之，在浮栅极上未注入电荷时，SIMOS 管开启电压较低，因而当该管的控制栅被地址选中后，该管导通，相当于存储了"1"。由此可见，SIMOS 管是利用浮栅是否积累负电荷来表示信息的。这种 EPROM 出厂时为全"1"，用户可根据需要写"0"。

EPROM 芯片封装时表面都有一个石英玻璃透明窗口。用专门的设备（如紫外线擦除器）使芯片窗口受到紫外线照射时，电路中浮栅上的电荷获得能量会形成光电流泄漏掉，使管子恢复初始状态，从而把原先写入的信息擦去。经过照射后的 EPROM，还可以用专门的设备（EPROM 写入器）把所需要的信息再写入，然后用黑纸或黑胶布把小窗口贴上，以防紫外线把其中的内容擦掉。

要注意，编程后的芯片在阳光的影响和室内荧光灯的照射下，经过 3 年左右时间浮栅上的电荷可泄漏完。若在太阳光直射下，约一个星期电荷可泄漏完。所以，在正常使用和储藏时，应在芯片窗口上贴上黑色的保护纸。

4. 电可擦除可编程只读存储器

擦除 EPROM 芯片的方法是将芯片取下，用紫外线照射十几分钟即可，这种擦除方法是将整个芯片的信息全部擦除。电可擦除可编程只读存储器（EEPROM 或 E²PROM），其存储信息的原理类似于 EPROM，但擦除的原理不同。E²PROM 是通过在存储信息的 MOS 管的源极和漏极之间加一个较高的电压，使浮栅上的电荷跑掉。它可以整片擦除，也可以擦除指定的单元。

E²PROM 的存储单元中采用了一种叫做浮栅隧道氧化层 MOS 管，简称 Flotox 管，结构与符号如图 8-8 所示。

Flotox 管也是 N 沟道增强型 MOS 管，有两个栅极—控制栅（G_c）和浮置栅（G_f），但是 Flotox 管的浮栅与漏区之间有一个氧化层极薄的（厚度小于 2×10^{-8}m）区域，称为隧道区，当隧道区的电场强度大于 10^7V/cm 时，漏区与浮栅之间就会形成导电隧道，电子可以双向通过，形成电流，这种现象称为隧道效应。

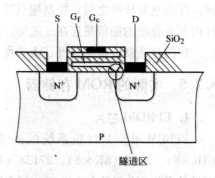

图 8-8　Flotox 管的结构与符号

图 8-9 是用 Flotox 管组成的存储单元，其中 V_1 管是 Flotox 管，而 V_2 管是普通 N 沟道增强型 MOS 管，该管的作用是选通。根据浮栅上是否充有负电荷来区分单元的 1 或 0 状态。

5. 快闪存储器

快闪存储器（Flash Memory）是一种新型的电信号擦除的可编程存储器，其结构与 EPROM 中的 SIMOS 管类似，存储单元采用类似叠栅结构，并且集成度更高。

快闪存储器采用叠栅 MOS 管的结构和符号，如图 8-10 所示。快闪存储器的叠栅 MOS 管与 SIMOS 管极为相似，两者区别在于浮栅与衬底间氧化层的厚度不同，在 EPROM 中这个氧化层的厚度一般为 30 ~ 40nm，而在快闪存储器中仅为 10 ~ 15nm。而且浮栅与源区重叠部分是由源区的横向扩散形成的，因而浮栅—源区之间的电容比浮栅—控制栅之间的电容小很多。当控制栅和源极之间加电压时，大部分电压降落在浮栅与源极之间的电容上。快闪存储器的存储单元如图 8-11 所示。

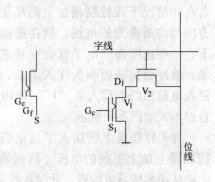

图 8-9　Flotox 管组成的存储单元

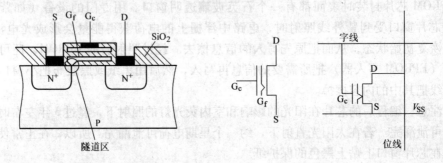

图 8-10　快闪存储器中的叠栅 MOS 管　　　图 8-11　快闪存储器的存储单元

在读出状态下，字线加 5V 电压，若浮栅上没有电荷，则 MOS 导通，位线输出低电平；如果浮栅上有电荷，则 MOS 截止，位线输出高电平。

擦除过程：在擦除状态下，控制栅为 0 电平，同时在源极加入幅度为 12V、宽度为 100ms 的正脉冲。这时在浮栅与源极之间将出现隧道效应，使浮栅上的电荷经过隧道区释放。浮栅电荷放掉之后，控制栅只要 2V 的电压就能在源极与漏极之间形成导电沟道。由于片内所有叠栅的栅极是连在一起的，所以全部存储单元同时被擦除。

快闪存储器以高集成度、大容量、低成本等优点获得了越来越广泛的应用。

8.2.5　实际的 ROM 存储器

1. EPROM 芯片

EPROM 可作为微机系统的外部程序存储器，其典型产品是 2716（2K ×8）、2732（4K ×8）、2764（8K ×8）、27128（16K ×8）、27256（32K ×8）、27512（64K ×8）。这些型号的 EPROM 都是 NMOS 型，与 NMOS 相对应的 CMOS 型 EPROM 分别为 27C16、27C32、27C64、27C126、27C256、27C512。NMOS 与 CMOS 型的输入与输出均与 TTL 兼容，区别是 CMOS 型 EPROM 的读取时间更短、消耗功率更小。例如 27C256 的最大工作电流为 30mA，

最大维持电流为1mA，而27256的最大工作电流为125mA，维持电流为40mA，可见27C256比27256小得多。

27系列的EPROM引脚图如图8-12所示。各个引脚功能如下：

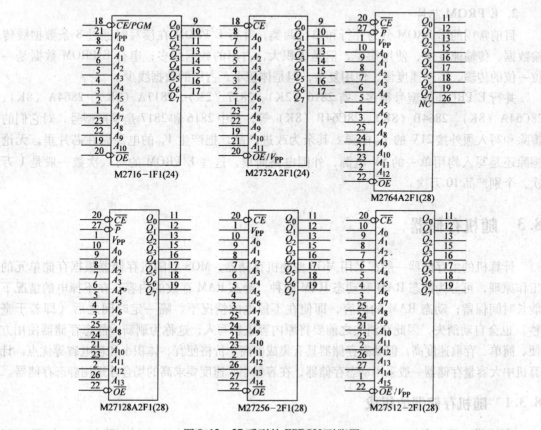

图8-12 27系列的EPROM引脚图

$A_0 \sim A_{15}$：地址输入线。

$Q_0 \sim Q_7$：三态数据总线，读或编程校验时为数据输出线，编程时为数据输入线，维持或编程禁止时呈高阻态。

$\overline{CE}$：片选信号输入线，低电平有效。

PGM：编程脉冲输入端。

$\overline{OE}$：读数据使能端，低电平有效。

V_{PP}：为编程电源线，数值因芯片型号和制造厂商不同而不同。

其中：2716/2732的$\overline{CE}$和PGM合用一个引脚，2732/27512的CE和V_{PP}合用一个引脚。

EPROM的主要工作方式：

（1）读方式 系统一般就工作于这种方式，工作于这种方式的条件是：片选端$\overline{CE}$和输出使能端$\overline{OE}$为低电平。

（2）维持方式 芯片进入维持方式的条件是：片选端为高电平，这时数据端为高阻状态。

（3）编程方式 进入编程方式的条件是：V_{PP}端加编程电压，$\overline{CE}$和$\overline{OE}$端加合适电压

（不同芯片要求的电平不同）。

（4）禁止输出方式　虽然 $\overline{CE}=0$，芯片被选中，但是 $\overline{OE}=1$ 使三态门输出高阻态，禁止输出。

2. E²PROM 芯片

目前常用的 E²PROM 分为并行和串行两类，并行 E²PROM 在读写时通过 8 条数据线传输数据，传输速度快，使用简单，但是体积大，占用的数据线多；串行 E²PROM 数据是一位一位的传输，传输速度慢，使用复杂，但是体积小，占用的数据线少。

并行 E²PROM 的型号很多，有 2816（2K）、2817（2K）、2817A（2K）、2864A（8K）、28C64A（8K）、2864B（8K）、28C64B（8K）等，其中 2816 和 2817 是早期型号，对它们的擦除和写入须外接 21V 的 V_{PP} 电源。其余为改进产品，把产生 V_{PP} 的电源做在芯片里，无论擦除还是写入均用单一的 5V 电源，外围电路简单，这些 E²PROM 的写入次数一般是 1 万次，个别产品 10 万次。

8.3　随机存储器

计算机的主存储器一般都采用 MOS 型随机存储器，MOS 型随机存储器根据存储单元的工作原理，可分为静态 RAM 和动态 RAM 两种。静态 RAM 存放的内容，在不掉电的情况下能长时间保留；动态 RAM 的内容，即使在不掉电的情况下，隔一定时间之后（即若干毫秒）也会自动消失，因此在消失之前要将原内容重新写入，这称为刷新。静态存储器使用方便、简单、存取速度高，但动态存储器具有集成度高、价格便宜、体积小和耗电省等优点。计算机中大容量存储器一般采用动态存储器，在容量小、速度要求高的场合才选用静态存储器。

8.3.1　随机存储器的组成

存储器一般由存储矩阵、地址译码器、读/写放大器和片选控制电路组成，如图 8-13 所示。

1. 存储矩阵

存储矩阵是存储器的核心部件，是许多存储单元的集合。如果存储矩阵有 m 个存储单元，每个存储单元可存储 n 位二进制数，则存储矩阵由 $m \times n$ 个存储单元电路组成。在较大容量的存储器中，常常把各个存储单元的同一位组织在一块大规模集成电路芯片中（存储器芯片）。例如，可把 4096 个存储单元的同一位组织在一块 4096×1 的芯片中，用 16 块这样的芯片就可组成容量为 4096 × 16 的存储器。

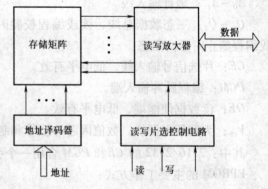

图 8-13　存储器的基本组成

2. 地址译码器

地址译码器对地址译码后产生相应的选择驱动信号，以便选中所需的存储单元进行操作。地址译码有单译码和双译码两种方式。单译码方式（又称一维地址译码方案或线选方案）只有一个地址译码器，由它对全部地址进行译码，译码器的输出线称为字选择线，每个地址都对应一根字选择线，直接选中某个存储单元的所有位进行操作。这种方式需要较多的选择线，只适用于容量较小的存储器。双译码方式（又称二维地址译码方案或重合译码方案）把地址分成 X 行（高位）和 Y 列（低位）两部分，用两个译码器分别译码，输出线分别称为行选择线和列选择线，每个 X 地址和 Y 地址都对应有一根行选择线和列选择线。在存储矩阵中，行列位置同时被选中的那个存储单元才可进行读写，这种交叉选择的结果，保证了要读写的存储单元的唯一性，同时减少了选择线的数目。例如，设地址码有 12 位，对应有 $2^{12} = 4096$ 个地址。若采用单译码方式，则需要 $2^{12} = 4096$ 根字选择线。若采用双译码方式，X、Y 地址都是 6 位，则行、列选择线均为 2^6 根，总数需要 $2 \times 2^6 = 128$ 根，选择线数量大为减少。双译码方式适用于大容量存储器，因而使用很广。

3. 读写放大器

读写放大器处于数据总线与被选中的存储单元之间，可用来对选中单元的各位同时进行数据的读出或写入，并具有信号放大的作用。

4. 控制电路

由于集成度的限制，每个存储器芯片的存储容量是有限的，这样对于需要一个较大容量的存储器，往往需要一定数量的芯片组成。每个芯片上有一个控制输入信号叫"片选"，用于对芯片进行选择。当它有效时，该芯片才能将输入数据写入或把数据读出放在数据总线上。片选信号仅决定芯片是否工作，而芯片执行读还是写则由读写信号控制。

注意，每个芯片和数据总线相连的数据线有三种状态：即"0"、"1"或"高阻状态"，只有选中的芯片在逻辑上才能和数据总线相连，其他芯片均处于高阻状态（即相当于断开），因而不会造成数据总线上信息的混乱。数据的输入和输出通道是共用的，读出时，它是输出端，写入时它又是输入端。读操作与写操作是分时进行的，读的时候不允许写，写的时候不允许读。

8.3.2 各种 RAM 存储单元电路

存储器中用来存放一位二进制信息"0"或"1"的电路称为存储单元电路。MOS 存储单元电路具有集成度高、制造容易、功耗低等优点，被广泛使用。静态 MOS 存储单元电路是利用一个双稳态触发器电路来存储信息的，动态 MOS 存储单元电路则是利用电容上有无电荷来表示信息的。

1. 静态 MOS 存储单元电路

一种 6 管静态 MOS 存储器单元电路如图 8-14 所示。NMOS 管 V_1、V_2、V_3 和 V_4 组成一个 RS 触发器，可存储一位二进制信息代码。V_5、V_6 称为行选通管，相当于两个开关，由字线 X（即行选择线）控制，不工作时，字线处于低电位，V_5、V_6 截止，因而位线与存储单元电路隔离，如果字线处于高电平，Q 和 $\overline{Q}$ 的存储信息分别送到位线 D 和 $\overline{D}$。V_7、V_8 称为列选通管，受列选择线控制，当列选择线处于高电平时，位线 D 和 $\overline{D}$ 上的信息分别被送到输入输出线 I/O 和 $\overline{I/O}$。

读出信息时，行选择线和列选择线均为高电平，则存储信息 Q 和 $\overline{Q}$ 被读到输入输出线 I/O 和 $\overline{I/O}$。写入信息时，行选择线和列选择线也必须均为高电平，同时将要写入的信息加

到 I/O 线上，经过反相后 $\overline{I/O}$ 线上有反相的信息，经 V_5、V_6 和 V_7、V_8 加到触发器的 Q 和 $\overline{Q}$ 端，即加在了 V_1、V_3 的栅极，从而使触发器触发，信息被写入。

由于 CMOS 电路具有极低的功耗，故目前大容量的 RAM 中几乎都采用 CMOS 存储单元，其电路工作原理与图 8-14 类似，只是负载管 V_2、V_4 改用了 P 沟道增强型 MOS 管。

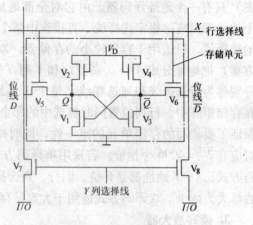

图 8-14 一种 6 管静态 MOS 存储器单元电路

2. 动态 MOS 存储单元电路

动态 MOS 存储单元有 4 管电路、3 管电路和单管电路。为了提高存储器的集成度，大容量的动态 MOS 存储器都是由一个 MOS 管和一个电容构成的单管动态 MOS 存储单元电路组成。单管动态 MOS 存储单元电路是依靠电容存储电荷或不存储电荷的两个状态来记忆信息 "1" 或 "0" 的，电路如图 8-15 所示。

在保存信息时，行选择线 X 处于低电位，MOS 管 V 截止，电容 C 与外部电路断开，即不能被充电，也不能放电，将保持原状态不变（有电荷表示存 "1"，无电荷表示存 "0"）。

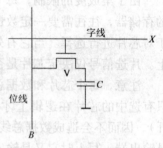

写入信息时，行选择线（即字线）处于高电位，MOS 管 V 导通。如果列选择线（即位线）也为高电平，则存储单元电路被选中，数据线送来的信息通过读出放大器和 MOS 管 V 送到电容 C，写 "1" 时，位线 B 为高电平，经 V 对 C 充电，C 上便有电荷；写 "0" 时，位线为低电平，电容 C 可经 V 放电，使 C 上无电荷。

图 8-15 单管存储单元电路

读出信息时，行选择线 X 为高电平，使 MOS 管 V 导通，若原存 "1"，则 C 上电荷经位择线 B（即读出线）向读出放大器（又称刷新放大器）放电，产生读 "1" 的输出信号，当位选择线也为高电平时，该存储元件读出的信息可送到数据总线上，若原存 "0"，C 上无电荷，不产生读出电流，因此也无输出信号，即读出为 "0" 信号。

为了在读出后，仍能保证原存的信息不变（由于读出是破坏性的），所以读出放大器读出之后又自动立即重写，使每次读出后电容 C 上的电荷又恢复到原来的数值。

由于电容存在漏电流，电容 C 上的电荷将逐渐泄漏掉，这将使存入的信息丢失，因此在实际使用中，必须定期给电容充电，以补充丢失的电荷，这一过程称为刷新。

动态 MOS 存储器比静态 MOS 存储器集成度高，功耗低，价格便宜，但速度不如静态 MOS 高，而且需要刷新电路。

8.3.3 存储器芯片的扩展

在数字系统中，当一片 RAM 不能满足存储器容量的要求时，就需要进行扩展，把多片 RAM 组合起来，形成一个大容量的存储器。

当芯片的位数够用，而容量不足时，就需要将多个芯片连接起来，进行字扩展以满足大容量存储器的需要，也就是说用几片存储器芯片组合起来对存储空间进行扩展，称为字扩展。

字扩展的方法是将各个芯片的数据线、地址线和读/写控制线（$R/\overline{W}$）分别并联在一起，而片选信号线（$\overline{CS}$）单独连接。例如用 4 片 256（字数）×8（位数）的 RAM 构成 1024×8 的 RAM，连接图如图 8-16 所示。在这里位数不变，而字数需要扩展，用 4 片组成，每片分配 256 个地址，用高位地址（A_8 和 A_9）经过译码器而产生的输出信号作为各个芯片的片选信号，选中一个芯片工作。用低位地址（$A_0 \sim A_7$）作为各芯片的片内地址，以便选中芯片内部的一个存储单元进行读/写操作。

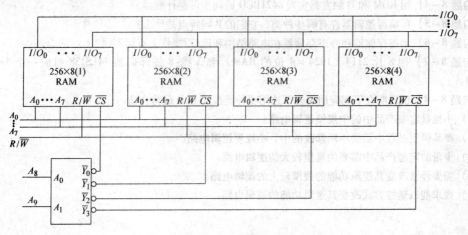

图 8-16　字扩展连接图

如果每个芯片 RAM 中的字数够用，而每个字的位数不足时，就要对位数进行扩展。扩展的方法是将多片存储器芯片的地址线、读/写控制线（$R/\overline{W}$）和片选信号线（$\overline{CS}$）全部并联在一起，而将其数据线分别引出接到存储器不同位的数据总线上。例如用 8 片 1024×1 的 RAM 可构成 1024×8 的 RAM。

实际的存储器往往需要对字和位同时进行扩展。如果所用的存储器芯片的规格是 $m \times n$，组成存储单元为 M、字长为 N 的存储器，则所需要的芯片数则为 $M/m \times N/n$，其扩展的方法不难从上述两种方法中得出。

以上两种扩展方法同样适合于 ROM。

8.3.4　常用的随机存储器

目前常用的 SRAM 有 6116（2K × 8）、6264（8K × 8）、62128（16K × 8）、62256（32K × 8）。随机存储器 6116 的引脚排列如图 8-17 所示。

各个引脚的功能如下：

$A_0 \sim A_{10}$：地址输入线。

$DQ_0 \sim DQ_7$：双向数据线（输出有三态）。

$\overline{CE}$：片选信号输入线，低电平有效。

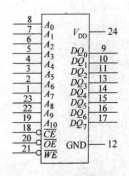

图 8-17　随机存储器
6116 的引脚排列

$\overline{OE}$：读数据使能端，低电平有效。

当 6116 的 $\overline{CE}$ 为低电平时，芯片进入降耗保持状态，这时的电源电流只有微安级，电源电压可能降到 3V 左右，用一个 5 号电池就可以在长时间内保持数据不丢失。

习　题

【习题 8-1】 ROM 和 RAM 的主要区别是什么？它们各适用于哪些场合？

【习题 8-2】 用 ROM 实现 4 位二进制数的平方。

【习题 8-3】 用 ROM 实现 8 位二进制码至 8 位格雷码的码组变换电路。

【习题 8-4】 用 ROM 和 D 触发器实现 8421BCD 码同步可逆计数器。

【习题 8-5】 可编程逻辑器件有哪些种类？它们的共同特点是什么？

【习题 8-6】 动态存储器和静态存储器在电路结构和读/写操作上有何不同？

【习题 8-7】 用 8 片 2114（1024 × 4 位的 RAM）和 3 线-8 线译码器 74LS138 组成一个 4K × 8 位的 RAM。

【习题 8-8】 试说明在下列应用场合下选用哪种类型的 PLD 最为合适。

（1）小批量定型产品中的中规模逻辑电路。

（2）产品研制过程中需要不断修改的中、小规模逻辑电路。

（3）少量的定型产品中需要的规模较大的逻辑电路。

（4）需要经常改变其逻辑功能的规模较大的逻辑电路。

（5）要求能以遥控方式改变其逻辑功能的逻辑电路。

部分习题参考答案

【习题1-2】a) 12V   b) +6V

【习题1-5】(1) 0V；1.55mA   (2) 0V；3.1mA   (3) 3V；1.15mA

【习题1-7】(1) $U_i = 10V$ 时，$U_o \approx 3.33V$；$U_i = 15V$ 时，$U_o = 5V$；$U_i = 35V$ 时，$U_o = 6V$

【习题1-8】22.5～35V

【习题1-9】a) 100   b) 50

【习题1-11】a) 可能   b) 不能   c) 可能   d) 不能   e) 可能

【习题2-1】a) 不能   b) 能   c) 不能

【习题2-3】(1) 饱和失真，增大 R_B (2) 截止失真，减小 R_B

【习题2-4】(1) $I_{BQ} = 0.029mA$ $I_{CQ} = 2.32mA$ $U_{CEQ} = 4.344V$ (3) $A_u = -78$ $r_i \approx 900\Omega$
$r_o \approx 3.3k\Omega$

【习题2-5】(1) $I_{BQ} = 0.025mA$；$I_{CQ} = 1.27mA$；$U_{CEQ} = 3.35V$ (3) $A_u = -103$；$r_i \approx 0.98k\Omega$；
$r_o \approx 3.9k\Omega$ (4) $A_u = -0.72$；$r_i \approx 11k\Omega$；$r_o \approx 3.9k\Omega$

【习题2-6】(1) $I_{BQ} = 32.3\mu A$；$I_{EQ} = 2.62mA$；$U_{CEQ} = 7.14V$ (3) $R_L = \infty$ 时：$A_u \approx 0.996$；
$r_i \approx 110k\Omega$；$r_o \approx 37\Omega$ $R_L = 3k\Omega$ 时：$A_u \approx 0.992$；$r_i \approx 76k\Omega$；$r_o \approx 37\Omega$

【习题2-7】$I_{BQ} = 24.5\mu A$；$I_{CQ} \approx 1.96mA$；$U_{CEQ} \approx 5.7V$

当从 u_{o1} 输出时：$A_{u1} \approx -4.1$；$U_{om1} = 0.41V$；$r_i \approx 164k\Omega$；$r_o \approx 10k\Omega$

当从 u_{o2} 输出时：$A_{u2} \approx 0.99$；$U_{om2} = 0.099V$；$r_i \approx 164k\Omega$；$r_o \approx 16\Omega$

【习题2-8】$A_u = \dfrac{g_m R'_L}{1 + g_m R'_L}$；$r_i = R_G$；$r_o = R_S \parallel \dfrac{1}{g_m}$

【习题2-9】(3) $A_{u1} = -94.5$；$A_{u2} = 0.996$；$A_u = A_{u1}A_{u2} = -94.15$ $r_i \approx 1.9k\Omega$；$r_o \approx 97\Omega$

【习题2-10】$A_{u1} = -0.85$；$A_{u2} = -107.1$；$A_u = A_{u1}A_{u2} = 91$ $r_i = 1153k\Omega$；$r_o \approx 5k\Omega$

【习题3-1】a) 直流负反馈   b) 交流直流正反馈   c) 直流负反馈   d) 交流直流负反馈   e) 交流直流负反馈

【习题3-2】a) 电压串联负反馈   b) 电流串联负反馈   c) 电压并联负反馈   d) 电流并联负反馈

【习题3-3】稳定输出电压有 a)、c)，稳定输出电流有 b)、d)

提高输入电阻有 a)、b)，降低输入电阻有 c)、d)

提高输出电阻有 b)、d)，降低输入电阻有 a)、c)

【习题3-4】5V

【习题3-5】5mA

【习题3-6】$u_o = -\dfrac{1}{R_1}\left(R_2 + R_3 + \dfrac{R_2 R_3}{R_4}\right)u_i$

【习题3-7】500kΩ

【习题3-8】$u_o = -u_i$

【习题3-9】$u_o = -\dfrac{R_{f2}}{R_3}\left(1 + \dfrac{R_{f1}}{R_1}\right)u_{i1} + \left(1 + \dfrac{R_{f2}}{R_3}\right)u_{i2}$

【习题3-10】$u_o = -2(u_{i1} + u_{i2})$

【习题3-11】$u_o = -\dfrac{u_i}{RC}t = -\dfrac{u_i}{0.5}t$

【习题 3−12】 $u_o = -RC \dfrac{du_i}{dt}$

【习题 3−13】 $u_o = -\dfrac{1}{R_2 C} \int (u_{i2} - u_{i1})dt$

【习题 3−14】 $i_o = \dfrac{u_i}{R}$

【习题 3−15】 6 ~ 1V

【习题 3−16】 a) 6 ~ 12V   b) 0 ~ −6V

【习题 4−1】 能，负载电压极性相反

【习题 4−2】 13.5V，6.75mA；2AP4 或 2AP5

【习题 4−4】 122V；2CZ12B(173V，1.1A)

【习题 4−5】 35.5V，75mA；2CZ53C

【习题 4−6】 (1) 12V   (2) 14V   (3) 9V   (4) 10V

【习题 4−9】 (1) 19V   (2) 16V   (3) 10mA   (4) 23V

【习题 4−10】 (1) $I_o = 9$mA； $I_Z = 21$mA   (2) 不能   (3) 360 ~ 2250Ω

【习题 4−11】 (1) 25V   (2) 12 ~ 24V

【习题 4−12】 (1) 12V   (2) 15V   (3) 12.5V

【习题 5−3】 (1) $Y = AC + B$ (2) $Y = A$ (3) $Y = \bar{B} + C + D$

(4) $Y = AB + \bar{A}C$ (5) $Y = A\bar{B} + D + C$ (6) $Y = \overline{AB} + C + B\bar{D} + BE$

【习题 5−4】 (1) $\bar{Y} = (\bar{A} + \overline{BC})(\bar{C} + \bar{D})$ (2) $\bar{Y} = [(\overline{\bar{A} + \bar{B}}) \bar{C} + \bar{D}](\bar{A} + \bar{C})$

(3) $\bar{Y} = \left(\overline{\overline{\overline{AC} + \bar{B} + \bar{C} \cdot \bar{D}} + \bar{B}\,\bar{C}}\right)(\bar{A} + \bar{D})$ (4) $\bar{Y} = \bar{A} \cdot [\bar{B} + (\bar{C} + \bar{D})](\bar{A} + \bar{D})$

【习题 5−5】 (1) $Y' = A + B\bar{C}$ (2) $Y' = AB + A\bar{C} + BC + BD$

【习题 5−6】 (1) $Y = \bar{A}B + AC$ (2) $Y = A + \bar{D} + \bar{B}C$

(3) $Y = B$ (4) $Y = \bar{A}C + A\bar{C} + ABD$

(5) $Y = \bar{A}C + A\bar{C} + \bar{C}D$ (6) $Y = \bar{A}BC + \bar{A}BD + A\bar{C}\bar{D}$

(7) $Y = \bar{A}D + \bar{A}C + A\bar{C}$ (8) $Y = \bar{B} + C\bar{D} + \bar{A}D$

【习题 5−7】 (a) $Y_1 = \overline{AB0 \oplus C} = \bar{C}$ (b) $Y_2 = \overline{A + B + 0} \oplus 1 = A + B$

附　录

附录A　半导体分立器件型号命名方法

第一部分		第二部分		第三部分		第四部分	第五部分
用阿拉伯数字表示器件的电极数目		用汉语拼音字母表示器件的材料和极性		用汉语拼音字母表示器件的类别		用阿拉伯数字表示序号	用汉语拼音字母表示规格号
符号	意义	符号	意义	符号	意义		
2	二极管	A	N型，锗材料	P	小信号管		
		B	P型，锗材料	V	混频检波管		
		C	N型，硅材料	W	电压调整管和电压基准管		
		D	P型，硅材料	C	变容管		
3	三极管	A	PNP型，锗材料	Z	整流管		
		B	NPN型，锗材料	L	整流堆		
		C	PNP型，硅材料	S	隧道管		
		D	NPN型，硅材料	K	开关管		
		E	化合物材料	U	光电管		
示例				X	低频小功率晶体管（截止频率<3MHz，耗散功率<1W）		
				G	高频小功率晶体管（截止频率≥3MHz，耗散功率<1W）		
				D	低频大功率晶体管（截止频率<3MHz，耗散功率≥1W）		
				A	高频大功率晶体管（截止频率≥3MHz耗散功率≥1W）		
				T	闸流管		
				Y	体效应管		
				B	雪崩管		
				J	阶跃恢复管		

3 A G 1 B
规格号
序号
高频小功率管
PNP型，锗材料
晶体管

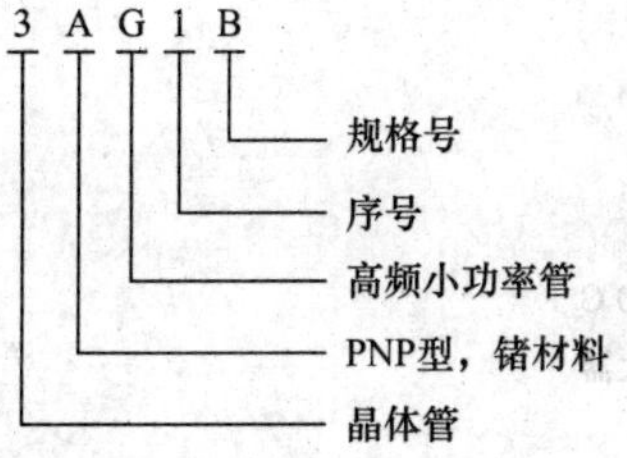

附录 B　半导体集成电路型号命名方法

第 0 部分		第一部分		第二部分	第三部分		第四部分	
用字母表示器件符合国家标准		用字母表示器件的类型		用阿拉伯数字表示器件的系列和品种代号	用字母表示器件的工作温度范围/℃		用字母表示器件的封装	
符号	意义	符号	意义		符号	意义	符号	意义
C	符合国家标准	T	TTL		C	0 ~ 70	F	多层陶瓷扁平
		H	HTL		G	− 25 ~ 70	B	塑料扁平
		E	ECL		L	− 25 ~ 85	H	黑瓷扁平
		C	COMS		E	− 40 ~ 85	D	多层陶瓷双列直插
		M	存储器		R	− 55 ~ 85	J	黑瓷双列直插
		F	线性放大器		M	− 55 ~ 125	P	塑料双列直插
		W	稳压器				S	塑料单列直插
		B	非线性电路				K	金属菱形
		J	接口电路				T	金属圆形
		AD	A/D 转换器				C	陶瓷片状载体
		DA	D/A 转换器				E	塑料片状载体
							G	网格阵列

示例

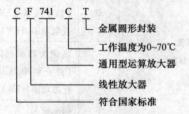

C F 741 C T
- 金属圆形封装
- 工作温度为0~70℃
- 通用型运算放大器
- 线性放大器
- 符合国家标准

附录 C 部分半导体分立器件的参数

表 C-1 检波与整流二极管

型号	最大整流电流 /mA	反向工作峰值电压 /V	最大整流电流下的正向压降/V	最高反向工作电压下的反向电流/μA
2AP1	16	20		
2AP2	16	30		
2AP3	25	30	≤1.2	≤250
2AP4	16	50		
2AP5	16	75		
2AP6	12	100		
2AP7	12	100		
2CP10		25		
2CP11		50		
2CP12		100		
2CP13		150		
2CP14		200		
2CP15	100	250	≤1.5	
2CP16		300		≤5
2CP17		350		
2CP18		400		
2CP19		500		
2CP20		600		
2CZ11A		100		
2CZ11B		200		
2CZ11C	1 000	300		
2CZ11D		400	≤1	≤600
2CZ11E		500		
2CZ11F		600		
2CZ12A		50		
2CZ12B		100		
2CZ12C	3 000	200		
2CZ12D		300	≤0.8	≤1 000
2CZ12E		400		
2CZ12F		500		

表 C-2　开关二极管

型号	最大正向电流/mA	反向工作峰值电压/V	反向击穿电压/V	反向恢复时间/ns
2AKl	100	10	30	≤200
2AK2	150	20	40	≤200
2AK3	200	30	50	≤150
2AK4	200	35	55	≤150
2AK5	200	40	60	≤150
2AK6	200	50	75	≤150
2AK7	10	30	50	≤150
2AK8	10	35	55	≤150
2AK9	10	40	60	≤150
2AK10	10	50	70	≤150

表 C-3　稳压二极管

型号	稳定电压/V	稳定电流/mA	最大耗散功率/mW	最大稳定电流/mA	动态电阻/Ω
2CW11	3.2 ~4.5	10	250	55	≤70
2CW12	4 ~5.5	10	250	45	≤50
2CW13	5 ~6.5	10	250	38	≤30
2CW14	6 ~7.5	10	250	33	≤15
2CW15	7 ~8.5	5	250	29	≤15
2CW16	8 ~9.5	5	250	26	≤20
2CW17	9 ~10.5	5	250	23	≤25
2CW18	10 ~12	5	250	20	≤30
2CW19	11.5 ~14	5	250	18	≤40
2CW20	13.5 ~17	5	250	15	≤50
2CW51	2.5 ~3.5	10	250	71	≤60
2CW52	3.2 ~4.5	10	250	55	≤70
2CW53	4 ~5.8	10	250	41	≤50
2CW54	5.5 ~6.5	10	250	38	≤30
2CW55	6.2 ~7.5	10	250	33	≤15
2DW7A	5.8 ~6.6	10	200	30	≤25
2DW7B	5.8 ~6.6	10	200	30	≤15
2DW7C	6.1 ~6.5	10	200	30	≤10

表 C-4　半导体晶体管

型号	电流放大系数 β	穿透电流 I_{CEO}/μA	集电极最大允许电流 I_{CM}/mA	最大允许耗散功率 P_{CM}/mW	集-射极击穿电压 $U_{(BR)CEO}$/mA	截止频率 f_T/MHz
3AX51A	40 ~150	≤500	100	100	≥12	
3AX55B	30 ~150	≤1200	500	500	≥20	≥0.5
3AX81A	30 ~250	≤1000	200	200	≥10	≥0.2
3AX51B	40 ~200	≤700	200	200	≥15	≥0.006
3CX200B	55 ~400	≤2	300	300	≥18	≥0.006
3DX200B	55 ~400	≤2	300	300	≥18	

型号	电流放大系数 β	穿透电流 $I_{CEO}/\mu A$	集电极最大允许电流 I_{CM}/mA	最大允许耗散功率 P_{CM}/mW	集-射极击穿电压 $U_{(BR)CEO}/mA$	截止频率 f_T/MHz
3AG54A	≥ 20	≤ 300	30	100	≥ 15	≥ 30
3AG87A	≥ 10	≤ 50	50	300	≥ 15	≥ 500
3CG100B	≥ 25	≤ 0.1	30	100	≥ 25	≥ 100
3CG120A	≥ 25	≤ 0.2	100	500	≥ 15	≥ 200
3DG110A	≥ 30	≤ 0.1	50	300	≥ 20	≥ 150
3DG120A	≥ 30	≤ 0.01	100	500	≥ 30	≥ 150
3DD11A	≥ 10	≤ 3000	30A	300W	≥ 30	
3DD15A	≥ 30	≤ 2000	5A	50W	≥ 60	
3DK8A	≥ 20		200	500	≥ 15	≥ 80
3DK10A	≥ 20		1500	1500	≥ 20	≥ 100

附录 D 常用模拟集成电路的参数和符号

表 D-1 运算放大器的参数和符号

参数名称	符号	单位	通用型			高精度型	高阻型	高速型	低功耗型
			CF741（单运放）	F358（双运放）	F324（四运放）	CF7650	CF3140	CF715	CF253
电源电压	U	V	$\leq \|\pm 22\|$	32 或 ± 16	32 或 ± 16	± 9	± 22	$\leq \|\pm 18\|$	36 或 ± 18
差模开环电压放大倍数	A_{uo}	dB	≥ 94		≥ 87	120	≥ 86	90	≥ 90
输入失调电压	U_{io}	mV	≤ 2	3	2	0.7	≤ 5	2	1
输入失调电流	I_{io}	nA	≤ 200		≤ 50		≤ 0.01	70	≤ 50
输入偏置电流	I_{iB}	nA	80	45	45	1.5pA	10pA	400	20
共模输入电压范围	U_{icM}	V	± 13	$U+$ ~ -1.5	$-0.3 \sim U_+$	$+2.6$ ~ -5.2	$+12.5$ ~ -15.5	± 12	± 13.5
差模输入电压范围	U_{idM}	V	$\leq \|\pm 30\|$				$\leq \|\pm 8\|$	± 15	$\leq \|\pm 30\|$
共模抑制比	K_{cMR}	dB	90		70	130	≤ 94	92	100
差模输入电阻	r_{id}	$M\Omega$	2			10^6	1.5×10^6	1	6
最大输出电压	U_{opp}	V	± 13			± 4.8	$+13 \sim -14.4$	± 13	
静态功能	P_D	mW	50				120	165	
U_{io} 温漂	$\dfrac{dU_{io}}{dT}$	$\mu V/℃$	$20 \sim 30$			0.01	8		

表 D-2　W7800 系列和 W7900 系列集成稳压器的参数和符号

参数名称	符号	单位	7805	7815	7820	7905	7915	7920
输出电压	U_o	V	$5 \pm$ $5 \times 5\%$	$15 \pm$ $15 \times 5\%$	$20 \pm$ $20 \times 5\%$	$-5 \pm$ $-5 \times 5\%$	$-15 \pm$ $-15 \times 5\%$	$-20 \pm$ $-20 \times 5\%$
输入电压	U_i	V	10	23	28	-10	-23	-28
电压最大调整率	S_U	mV	50	150	200	50	150	200
静态工作电流	I_0	mA	6	6	6	6	6	—
输出电压温漂	S_T	mV/℃	0.6	1.8	2.5	-0.4	-0.9	-1
最小输入电压	U_{imin}	V	7.5	17.5	22.5	-7	-17	-22
最大输入电压	U_{imax}	V	35	35	35	-35	-35	-35
最大输出电流	I_{omax}	A	1.5	1.5	1.5	1.5	1.5	1.5

附录 E　常用数字集成电路功能和外引线排列

类别	型号	名称	外引线排列														
			1	2	3	4	5	6	7	8	9	10	11	12	13	14	15	16
门电路	74LS00	四2输入与非门	$1A$	$1B$	$1Y$	$2A$	$2B$	$2Y$	GND	$3Y$	$3A$	$3B$	$4Y$	$4A$	$4B$	V_{CC}		
	74LS01	OC门	$1Y$	$1A$	$1B$	$2Y$	$2A$	$2B$	GND	$3A$	$3B$	$3Y$	$4A$	$4B$	$4Y$	V_{CC}		
	74LS04	六反相器	$1A$	$1Y$	$2A$	$2Y$	$3A$	$3Y$	GND	$4Y$	$4A$	$5Y$	$5A$	$6Y$	$6A$	V_{CC}		
	74LS08	四2输入与门	$1A$	$1B$	$1Y$	$2A$	$2B$	$2Y$	GND	$3Y$	$3A$	$3B$	$4Y$	$4A$	$4B$	V_{CC}		
	74LS11	三3输入与门	$1A$	$1B$	$2A$	$2B$	$2C$	$1C$	GND	$3Y$	$3A$	$3B$	$3C$	$1Y$	$1C$	V_{CC}		
	74LS20	双4输入与非门	$1A$	$1B$	NC	$1C$	$1D$	$1Y$	GND	$2Y$	$2A$	$2B$	NC	$2C$	$2D$	V_{CC}		
	74LS27	三3输入或非门	$1A$	$1B$	$2A$	$2B$	$2C$	$1C$	GND	$3Y$	$3A$	$3B$	$3C$	$1Y$	$1C$	V_{CC}		
	74LS32	四2输入或门	$1A$	$1B$	$1Y$	$2A$	$2B$	$2Y$	GND	$3Y$	$3A$	$3B$	$4Y$	$4A$	$4B$	V_{CC}		
	74LS86	四2输入异或门	$1A$	$1B$	$1Y$	$2A$	$2B$	$2Y$	GND	$3Y$	$3A$	$3B$	$4Y$	$4A$	$4B$	V_{CC}		
	74LS134	三态门	A	B	C	D	E	F	G	GND	Y	H	I	J	K	L	$\overline{EN}$	V_{CC}
触发器	74LS74	双D触发器	$1\overline{R}_D$	$1D$	$1CP$	$1\overline{S}_D$	$1Q$	$1\overline{Q}$	GND	$2\overline{Q}$	$2Q$	$2\overline{S}_D$	$2CP$	$2D$	$2\overline{R}_D$	V_{CC}		
	74LS112	双JK触发器	$1CP$	$1K$	$1J$	$1\overline{S}_D$	$1Q$	$1\overline{Q}$	$2\overline{Q}$	GND	$2Q$	$2\overline{S}_D$	$2J$	$2K$	$2CP$	$2\overline{R}_D$	$1\overline{R}_D$	V_{CC}
	74LS175	四D触发器	$1\overline{R}_D$	$1Q$	$1\overline{Q}$	$1D$	$2D$	$2\overline{Q}$	$2Q$	GND	$2CP$	$3Q$	$3\overline{Q}$	$3D$	$4D$	$4\overline{Q}$	$4Q$	V_{CC}
计数器	74LS161	4位二进制同步计数器	$\overline{R}_D$	CP	A	B	C	D	EP	GND	$\overline{LD}$	ET	QD	QC	QB	QA	RCO	V_{CC}
	74LS162	4位十进制同步计数器	$\overline{R}_D$	CP	A	B	C	D	EP	GND	$\overline{LD}$	ET	QD	QC	QB	QA	RCO	V_{CC}
	74LS290	2~5分频计数器	R_{91}	NC	R_{92}	QC	QB	NC	GND	QD	QA	CP_A	CP_B	R_{o1}	R_{o2}	V_{CC}		
	74LS293	2~8分频计数器	NC	NC	NC	QC	QB	NC	GND	QD	QA	CP_A		CP_B	R_{o1}	R_{o2}	V_{CC}	

参 考 文 献

[1] 秦曾煌. 电工学：下册 [M]. 6 版. 北京：高等教育出版社，2003.
[2] 华成英，童诗白. 模拟电子技术基础 [M]. 北京：高等教育出版社，2006.
[3] 申凤琴. 电工电子技术基础 [M]. 北京：机械工业出版社，2007.
[4] 渠云田. 电工电子技术：（下册）[M]. 北京：高等教育出版社，2003.
[5] 康华光. 电子技术基础 [M]. 3 版. 北京：高等教育出版社，1988.
[6] 周永金. 电工电子技术基础 [M]. 西安：西北大学出版社，2005.
[7] 杨世彦. 电工学：中册电子技术 [M]. 北京：机械工业出版社，2008.
[8] 刘淑英，蔡胜乐，王文辉. 电路与电子学 [M]. 2 版. 北京：电子工业出版社，2002.
[9] 徐淑华. 电工电子技术 [M]. 2 版. 北京：电子工业出版社，2008.
[10] 杨振坤，刘晓晖，刘晔. 电工技术 [M]. 西安：西安交通大学出版社，2002.
[11] 李晓明. 电路与电子技术 [M]. 2 版. 北京：高等教育出版社，2010.
[12] 林育兹. 电工技术 [M]. 北京：科学出版社，2006.
[13] 李春茂. 电工学学习指南 [M]. 北京：气象出版社，2003.
[14] 黄元峰. 电工电子技术疑难指导与习题全解 [M]. 武汉：华中科技大学出版社，2007.
[15] 刘全忠. 电子技术（电工学Ⅱ）学习辅导与习题解答 [M]. 北京：高等教育出版社，2008.
[16] 殷瑞祥. 电路与模拟电子技术学习辅导与习题解答 [M]. 北京：高等教育出版社，2010.
[17] 耿苏燕. 模拟电子技术基础学习指导与习题解答 [M]. 北京：高等教育出版社，2011.
[18] 潘松，黄继业. EDA 技术实用教程 [M]. 3 版. 北京：科学出版社，2006.